LES

RUES DE NANCY

Du XVIe siècle à nos jours

Par Ch. COURBE

TABLEAU

Historique, moral, critique et satirique des Places, Portes, Rues, Impasses
et Faubourgs de Nancy

Recherches sur les causes et les origines
des vocables qui leur ont été appliqués depuis le XVIe siècle

TOME TROISIÈME

NANCY

IMPRIMERIE LORRAINE, 5, RUE DU CROSNE

1886

LES RUES DE NANCY

Du XVIe siècle à nos jours

LES
RUES DE NANCY

Du XVIe siècle à nos jours

Par CH. COURBE

TABLEAU

Historique, moral, critique et satirique des Places, Portes, Rues, Impasses
et Faubourgs de Nancy

Recherches sur les causes et les origines
des vocables qui leur ont été appliqués depuis le XVIe siècle

TOME TROISIÈME

NANCY

IMPRIMERIE LORRAINE, 5, RUE DU CROSNE

1886

PLACES

(Suite)

DAMES (Place des)

La plus ancienne place des deux villes de Nancy, est la place des Dames. Sa création remonte à la naissance de Nancy, qui alors n'était qu'un château-fort et qu'on appelait *Vieil-Châtel*, situé dans la partie comprise entre la rue de la Source, la rue du Bon-Pays, la rue Lafayette, la place des Dames et la rue du Cheval-Blanc.

Jusqu'en 1495 elle a été l'unique place de la Ville-Vieille. On l'appelait alors la *place du Chastel* où se faisaient joûtes et tournois, courses de bagues et de lances. C'est sur cette place que vint chevaucher Jeanne d'Arc en présence du duc Charles II, avant de se rendre près du roi de France Charles VII.

Suivant la chronique de Lorraine, elle était alors appelée *place du Chastel ;* nous l'avons trouvée dite aussi *place devant le Chastel*. Elle n'est pas dénommée dans les rôles de 1551 et 1572 et est comprise dans la *rue du Chastel*. Dans les rôles de 1582 et 1589, elle est appelée *la Grande Place*. En 1602 et 1616, elle était devenue *place du Vieux Change*, dénomination que partageaient depuis près d'un siècle la rue du Cheval-Blanc et la rue de la Charité (v. ces vocables). Nous la trouvons dite en 1664 *place des Dames Prescheresses*. Ce serait donc à partir du milieu de XVIIᵉ siècle, qu'elle aurait pris ce vocable conservé presqu'intégralement jusqu'à nos jours, à part le qualificatif des prêcheresses qui n'était pas toujours prononcé. Le peuple aime assez les locutions concises. Antérieurement au XVIIIᵉ siècle, on préférait les vocables composés, les désignations joyeuses et burlesques.... Arrêt !

Les plans du XVIIIe sont presque tous muets : *place des Dames Prêcheresses* c'est long à écrire et comme le dit l'italien ou l'auvergnat : « cha tient d'la plache. »

Que ce soit *place des Dames* ou *place des Dames Prêcheresses*, c'est tout un pour tout le monde.

Les républicains de 1791, après avoir donné à la petite rue des Dames le nom de *rue de l'Union* et à celle des Dames celui *d'Héveltius*, respectent le vocable séculaire de la place. Est-ce par galanterie ?... Nous ne saurions le dire. Marat meurt ; crac ! on décide au Conseil général que la place des Dames deviendrait la *place Marat*. En voilà un chançard, un veinard que ce Marat. Thiers et Gambetta ne sont plus à côté de lui que de la petite bière, une tourte à la crème. Nous avons constaté et nous constatons, *ipso facto* : une *rue Marat* (rue Héré), une *place Marat* (place des Dames), un *quartier Marat* (quartier neuf ou gendarmerie actuelle) et une *section Marat* (la sixième). En voilà-t-il des *Marat*.

Les Maratistes passèrent, comme tant d'autres passent et s'éteignent. Les notables de l'an III, qui n'étaient pas tout à fait des enthousiastes, supprimèrent partout le nom de Marat — on a oublié de l'effacer rue Héré, — et appelèrent la place Marat, *place des Vétérans*. Le choix de ce vocable était heureux, parce qu'il y avait à Nancy beaucoup de *vétérans*. On appelait de ce nom de vieux soldats qui, après un long temps passé au service se sentaient encore la force d'être utiles à l'Etat ; sur leur demande, on les incorporait pour le service des places : de ce fait, ils touchaient une solde et avaient droit à l'alimentation du soldat. Or, en ce temps, c'était une bonne chose que d'avoir du pain sur la planche. Dans les divers rôles et états du dernier siècle, que nous avons consultés, on trouve un grand nombre de vétérans, les uns propriétaires, les autres censitaires, d'autres locataires. Lorsqu'on forma la garde nationale, nous croyons bien qu'il y eut une compagnie de vétérans ; nous savons au moins que les vétérans étaient, sous la Révolution, distincts des autres corps armés. En un mot, les vétérans étaient des hommes énergiques, d'abnégation, qui, après avoir servi la patrie vingt-cinq ou trente ans, se sacrifiaient encore à un service, pour une maigre pitance. Il ne faut pas confondre le vétéran du XVIIIᵉ siècle avec le vétéran de nos jours. Nous appelons vétéran tous vieux soldats; c'étaient en effet, au XVIIIᵉ siècle de vieux soldats, mais qui ne demandaient qu'à utiliser et épuiser leurs forces au service de l'Etat, moyennant une maigre solde qui les aidait à vivre. Les vétérans n'étaient généralement pas riches, et souvent surchargés de famille.

Ce vocable donné le 18 fructidor an III, à la place des Dames, dura jusqu'à la Restauration. En 1814 la *place des Vétérans* redevient *place des Dames Prêcheresses*, puis *place des Dames*, comme autrefois.

« La *place des Vétérans*, nommée primitivement *du Châtel*, parcequ'elle était devant le château du Prince, et ensuite *des Dames*, à cause des religieuses Prêcheresses qui ont été dans ce château depuis 1298 jusqu'en 1793, est assez vaste et formée presqu'entièrement par quatre à cinq hôtels principaux... Cette place, dans le plan de La Ruelle (de 1611), est appelée au nº 36: « la *Grande Place* où l'on vend toute sorte de gibiers, volailles et « fruits. »

« Depuis la destruction de l'église des religieuses, on élargit la petite rue qui était devant son portail ; mais il serait à souhaiter qu'on eût continué cet élargissement jusqu'à l'angle de la rue de la Monnaie et qu'on exécutât cette communication qu'avait voulu faire le roi Stanislas (*sic*) par cette rue de la Ville-Vieille à la Ville-Neuve (1). Quel avantage n'en recevraient pas les citoyens, et quelle diminution de dépense pour l'entretien du pavé, qui ouvert en plusieurs endroits serait moins broyé par les voitures qui n'ont d'autre issue d'une ville à l'autre que la porte du Peuple. » (Lionnois, *Calendrier pour 1797, Vᵉ année de la République Française*, p. 24).

Si nous consultons les rôles du XVIᵉ siècle, nous constatons que la *rue du Chastel*, comprenant la rue Lafayette et la place des Dames, était en partie habitée par des hauts et puissants seigneurs ayant fief à la campagne, maison à Nancy et pignon sur rue. Elle a depuis conservé ce caractère aristocratique qui lui est particulier, par les nombreux hôtels qui y étaient et qui y sont construits.

_____

(1) Lionnois commet ici une erreur. Le projet de relier la Ville-Vieille, soit par la rue Saint-Dizier, soit par la rue des Carmes, n'a pas été conçu sous le règne de Stanislas, mais après sa mort, par les ingénieurs Le Semellier et Lecreulx sous l'inspiration du maréchal de Stainville, commandant en chef notre province.

« Quatre à cinq grands hôtels forment presque tout le contour de cette place, dit Lionnois dans ses *Essais*, p. 355. Le plus moderne et le plus apparent est celui de Custine, nº 137, aujourd'hui à M. le marquis de Ludres, bâti en 1715 sur les débris de vieilles maisons qui avaient des arcades, comme sur la place Saint-Epvre ; il forme avec la maison des Dames Prêcheresses occupée par Madame la comtesse de Bonzey, dame de la Clef-d'Or de S. M. I. R. et A., la face méridionale (occidentale) de cette place jusqu'à la rue du Cheval-Blanc. L'hôtel de Gournay-Duc, ci-devant de Germiny, en occupe toute la partie septentrionale (méridionale) entre la rue des Dames Prêcheresses et celle du Moulin. Il est ancien : sur sa partie il y a deux écus surmontés d'un casque avec lambrequins : le premier à trois chevrons comme Bassompierre ; le second est lozangé et parti ; le premier a les trois chevrons ci-devant, le second une croix ; mais on ne peut en distinguer les émaux. L'hôtel de Croismar, ci-devant de Cleron de Saffre de Haussonville, dont la porte a été reconstruite à la moderne, est aussi ancien, et fait aussi avec l'hôtel des Salles, le côté opposé à celui de Custine. L'hôtel de Phalzbourg forme un rentrant au midi (au nord) et commence la séparation des vieux plancs. On voit à l'angle sur le mur vers les deux tiers du bâtiment qui appartient aux héritiers du baron Schakin, une sculpture en bas-relief, représentant un chameau, et dans une espèce de porte une femme qui prie, et près d'elle une forteresse avec ses tours. Sur la porte de la maison sont les armes de Diviers Bourgeois et de Gertrude Fournier, qui en firent la dotation de la Chapelle de Saint-Epvre, comme nous l'avons dit à la p. 290. »

Or, voici ce qu'a écrit Lionnois en cet endroit :

« Didier Bourgeois jadis Conseiller de son Altezze, en son
» conseil privé et Trésorier général de ses finances... ont rendu
» leurs ames à Dieu ; lui aagé de 50 ans, le 27ᵉ jour du mois
» d'aoust 1584, et elle aagée de 55 ans, le 4ᵉ jour du mois de
» jung. »
« Ils n'eurent point d'enfant, et établirent la dotation de cette chapelle sur leur maison dite l'hôtel de Phaltzbourg, situé sur la place des Dames et formant l'angle rentrant qui a vue sur ladite place et le commencement de la petite rue qui va à Saint-Epvre ; sur la porte de cette maison qui appartient aujourd'hui au baron Schackin, se voient encore les mêmes armes qui sont sur cette épitaphe. »

L'hôtel de Phalzbourg, qui porte sur la place des Dames le nº 19 actuel, avait remplacé la maison qu'on appelait anciennement *le Change*, où les maîtres Echevin et Eschevins de Nancy tenaient leurs séances (1). On appelait indifféremment cette maison l'hôtel de Phalzbourg ou le vieux Change. Cet ancien souvenir avait fait donner le nom de Vieil Change ou Vieux Change à la place du Chastel, à la rue de la Charité et à celle du Cheval Blanc, ainsi que nous l'avons dit plus haut.

Ce changement de vocable n'a dû survenir que dans la seconde moitié du XVIe siècle, car nous trouvons dans les comptes du cellerier de 1516-1517, une dépense faite « pour ung arbre vert dressé en la *place dite le Chastel*, devant la halle de Nancy, pour le tournoy. » En 1528-1529 la place du Chastel est dite la *place devant les Prescheresses*. C'est en 1531-1532 qu'il est le plus question de *la halle* devant la maison de M. Claude de Hassonville. Un mot sur cette halle. Nous nous demandons si c'est bien celle construite en 1508 à la suite de cette circonstance : » Huyn Reynette, président des Comptes de Lorraine, ayant été, pour ses démérites, condamné à avoir la tête tranchée, ses biens furent confisqués ; les habitants de Nancy demandèrent et obtinrent sa maison située *rue du Château*, et y établirent la halle. » (H. Lepage, *Communes de la Meurthe*, II, 134). Reste à savoir dans quel endroit de la place des Dames se trouvait cette neuve halle, qui a été faite durant l'année des comptes de 1508-1509, surtout qu'en 1531, on la dit devant la maison de M. Claude de Hassonville.

Nous ferons remarquer que la maison de Huyn Reynette est dite *située rue du Château ;* que la *rue des États* a porté le nom de *rue Reynette ;* que l'hôtel d'Haussonville, suivant Lionnois (I, 358) remonte à 1445 ; qu'il n'est pas dit, par aucun historien, ce qui existait avant 1580, supposons, sur l'emplacement occupé peu de temps après par les hôtels de Moy et de Mérigny. — Nous posons cette question : Pourquoi la rue des Etats s'est-elle appelée rue Reynette, et pourquoi nos historiens placent-ils la *neuve halle* plutôt sur la place des Dames que sur la place de l'Arsenal ?

(1) Le Change n'était pas, comme l'a écrit à tort M. H. Lepage, dans la maison Maffioli, autrefois hôtel des Halles, mais bien en face où était bâti l'hôtel de Phalzbourg (*Archives*, I. p. 112). On a souvent appelé Change, la halle et la maison de ville ; en ce cas M. H. Lepage aurait raison pour la halle construite vers 1508.

Nous avons dit dans notre introduction, que l'auteur du trop fameux *Mémoire sur les Antiquités de Nancy* ne valait pas la peine d'être consulté, tant nous y avons reconnu d'erreurs et autres machineries de ce genre: « Pendant la minorité de l'Altesse de Charles III, l'Arsenal fut rebâti tout à neuf, par sa mère et monsigneur Nicolas de Lorraine, comte de Vaudémont, ses gouverneurs. Mondit seigneur de Vaudémont fit bâtir vis-à-vis Notre-Dame, sur la place, un palais pour lui et pour ceux de sa maison qu'ils tiennent encore à présent. Balthazar d'Haussonville, gouverneur de Nancy, fit faire celui où réside à présent M. de Marcossy, à la rue Saint Michel. »

Nous avons lu quelque part, — nous ne savons plus où — que la place des Dames avait servi quelque temps de marché à la ville-vieille, et qu'elle perdit cette destination par suite de la création de la place Saint Epvre. Sans doute que l'auteur qui a avancé cette erreur n'avait pas connaissance du plan de La Ruelle de 1611, ni des anciennes ordonnances concernant les marchés. La place des Dames fut longtemps réservée à la vente des comestibles, tels que gibiers, volailles fruits, légumes, œufs, etc. Le marché des comestibles s'y tenait déjà, avant la création de la place Saint Epvre. Il y a une ordonnance du 21 octobre 1602, touchant le marché au gibier qui doit continuer à se tenir sur la place du Vieux-Change, avec les cossons et revendeurs (H. Lepage, *archives*, t. I, p. 310). On a une déclaration de ceux qui tiennent en 1616 des étaux en la place du Vieux-Change, où figurent des vendeuses de chandelles, beurre, harengs, légumes, semences, etc. (*Ibid*. II, p. 210). En 1620, il est fait défense aux potiers de terre étrangers, d'exposer leurs marchandises ailleurs que devant l'église des Dames prêcheresses, où se tiennent ceux de la Ville, (*Ibid*. I, 320). Ces marchés avaient lieu, suivant l'ordonnance du 6 février 1604 de Charles III, les mercredis et samedis de chaque semaine. La place du Vieil Change était alors depuis longtemps réservée au marché aux vivres, et choses servantes à la nourriture et aliments des personnes. En 1664, par l'ordonnance de Charles IV du 11 août, le marché qui avait été transféré en 1645, par M. de Vignier, intendant du roi de France en Lorraine, sur la place de la Ville-Neuve, fut rétabli, les mercredis et vendredis, sur les places Saint Epvre et des Dames prêcheresses (*Ibid*. IV,

p. 155). On a donc la preuve que le marché qui existait sur cette dernière place, et qui paraît n'avoir été supprimé qu'au XVIIIe siècle, a persisté à s'y maintenir.

La police des marchés ne paraît avoir été réglementée que vers 1591, par le duc Charles III, lorsque la Ville neuve commença à devenir populeuse. On trouve, dans les comptes du Domaine de la Ville de cette année, une dépense de 5 frans 6 gros pour une enseigne peinte par Jean Contesse, pour mettre à la tappe du vin, c'est à dire sur la place du Marché Couvert, à la ville neuve. Le même comptable déclare avoir payé à Ch. Chuppin, peintre, 17 frans 6 gros pour avoir fait des panontiaulx pinct des deux costels l'ung pour mectre à ung poictot à la place de la Ville neuve où l'on vend le vin, et l'autre à la place du Vieil Change.

Lionnois vient malheureusement renverser l'échafaudage dressé par le trop confiant annaliste de la Primatiale. Mais, disons-le, ce que Lionnois a écrit en 1779 ne se trouve pas reproduit dans son *histoire* (1805). Nous ouvrons donc les *Essais* à la page 348 et nous y lisons cette critique :

« Il n'y a plus rien de remarquable sur cette place (Notre Dame ou de l'Arsenal) que l'ancien hôtel de Haussonville, qui a sa porte principale, bâtie à la moderne, en face du petit portail de la Paroisse. L'auteur du Mémoire sur Nancy, prétend que Balthazard de Haussonville, gouverneur de Nancy, grand maître du duc Charles III sous lequel il vivait en 1564 le fit faire. Mais il faut qu'il n'ait pas fait attention à la structure de l'édifice, et aux armes qui sont sur la porte de la petite rue Notre Dame. Ces armes présentent deux écus : le premier de Haussonville, d'or à la croix de gueules, frettée d'argent ; le second lozangé et porté au premier de Haussonville ; au second de Hen, de gueules, à la bande d'argent, chargé de trois coquilles de sable. Ce qui ne peut convenir qu'à Jean de Haussonville, sénéchal et maréchal de Lorraine qui épousa Catherine de Hen en secondes noces, et avec laquelle il vivait en 1445 ; ce qui doit faire remonter la construction de cet hôtel cent ans avant la date que lui assigne cet auteur. . »

Par conséquent, si l'hôtel de Haussonville occupé aujourd'hui comme presbytère par Mgr. Trouillet, curé de Saint Epvre, a été construit dans le milieu du XVe siècle, la *neuve halle* dont il est question plus haut l'aurait été, en 1508, sur l'emplacement des jadis hôtels de Moy et de Mérigny, car nous estimons, que Claude de Hassonville, étant un descendant de Jean, et non de Balthazar, n'a pas habité un autre hôtel. Ainsi s'expliquerait le vocable de *Reynette* donné à la rue des Etats à la fin du XVI⁰ siècle.

Nous n'avons pas la prétention d'être dans le vrai, mais il y a là une telle concordance de faits, une telle similitude de noms, que nous ne serions pas éloigné d'ajouter foi à la version de Lionnois, évidemment plus exacte que celle émise par l'auteur du *Mémoire sur les Antiquités de Nancy*.

DOMBASLE (Place).

La place Dombasle est une dépendance de l'ancienne rue ou place Saint Jean, qui constituait ce qu'on a appelé depuis l'Esplanade. (V. rue Stanislas.)

Pour avoir une idée de sa formation, il suffit de comparer un des plans du XVII⁰ siècle, avec celui de Dom Calmet de 1728, et ceux qui lui sont postérieurs.

Elle n'est pas dénommée dans le plan de Dom Calmet ; mais, plus tard, elle devient *place de Grève*, vers 1733-1734. Elle servit à l'exécution des criminels jusqu'en 1770, époque de la construction de l'Université, sur une partie de son emplacement. On peut encore lire, à l'angle de la maison qui porte sur la rue de la Poissonnerie, le n° 34, ces mots gravés dans la taille sur la rue de la Visitation : *Place de Grève. S. R.*

Ce qui en reste aujourd'hui fut alors nommé *Petite place de Grève*. Les exécutions criminelles eurent lieu jusqu'en 1779, sur la place du Marché Ville-Neuve.

Le plan de Mique l'appelle *place de l'Université*, quoique celui de Moithey 1778, lui ait conservé le nom de *place de Grève*.

La délibération du 13 pluviôse an II, l'appelle *place du Lycée*, vocable que lui conserve celle du 18 fructidor an III. Le 6 mai 1791 elle était encore *petite place de Grève*. A la Restauration elle devient *place de l'Université*, puis *place Saint Louis*. Le règlement de Police pour la ville de Nancy, du 14 mai 1817, nous aprend, art. 36, que le marché du vin se tenait à cette époque sur la place Saint

Louis. Nous pensons qu'il s'agit bien ici de la place Dombasle actuelle, et non de la petite place située entre le Cours Léopold et la porte Désilles, laquelle s'est aussi appelée place Saint Louis.

La Révolution de Juillet lui restitua son vocable révolutionnaire, et elle redevient *place du Lycée*, jusqu'en 1840. Le 20 décembre 1839, on la débaptise de nouveau, pour l'appeler *place du Collége*. D'après la nomenclature de cette époque, elle aurait déjà porté ce nom ; mais nous n'en avons pas trouvé trace. Mathieu de Dombasle étant mort le 27 décembre 1843, une souscription fut spontanément ouverte, pour lui élever une statue; en même temps, le Conseil municipal donna son nom à la *place du Collége*, le 3 février 1844.

On se demandera naturellement comment elle a été nommée, d'abord *place du Lycée*, à une époque où il n'y avait pas encore de Lycées, et quand, à peine, les écoles centrales étaient créées. En février 1793, s'agitait la question de l'établissement des Lycées. Nancy était en rivalité avec Strasbourg, et réclamait la préférence. L'Académie fondée par Stanislas était mourante : elle eut encore la force d'appuyer la demande de la Ville. Le Conseil général de la Commune trouva cet appui trop entaché d'anti-républicanisme, et agit seul, en tout bien tout honneur. Voilà donc pourquoi et comment la *petite place de Grève*, aujourd'hui *place Dombasle*, fut nommée *place du Lycée*, alors que dans notre ville, il n'y a pas eu de lycée, proprement dit, avant l'an XII.

C'est à propos de cette affaire, que l'Académie des sciences, arts et belles-lettres de Nancy, avait décidé, dans ses séances des 18 décembre 1792 et 8 janvier 1793, l'an 2ᵉ de la République française, de rédiger un rapport pour appuyer près de la Convention nationale la demande de la Ville de Nancy; ce rapport, élaboré par des commissaires nommés à cet effet, fut rédigé par son secrétaire perpétuel; il est intitulé : « Rapport historique sur l'Académie de Nancy, où l'on indique la place qu'elle doit tenir, et celle que peut réclamer la ville de Nancy, dans les établissements dont le projet a été présenté à la Convention Nationale, par le Comité d'Instruction publique. Par le citoyen COSTER, ancien premier commis des Finances, secrétaire perpétuel et bibliothécaire. — A Nancy, de l'Imprime-

rie Nationale de M. Hœner. — 1793. » in-4, titre vj
et 13 p.

Ce rapport, qui a beaucoup servi à Justin Lamoureux
pour son « Mémoire pour servir à l'histoire littéraire du
département de la Meurthe » renferme un exposé des travaux de l'Académie, fort curieux à examiner, par ceux qui
sont versés dans les connaissances des personnages dont
les noms et les travaux sont rappelés, avec une impartialité digne de la plume de Coster-le-Citoyen ; il se termine
ainsi :

« Quand la Société littéraire de Nancy met cet exposé sous les
yeux de la Convention Nationale, ce n'est pas pour rien obtenir,
puisqu'elle ne demande rien ; ce n'est pas pour se glorifier, puisque les œuvres seules doivent parler. Une Société libre et indépendante, qui veut se rendre utile, doit montrer à quoi elle peut
être bonne. Si elle entre dans les détails de ce qu'elle a fait,
c'est pour indiquer ce qu'elle peut faire ; et si, sous l'ancien régime, elle a excité, elle a soutenu l'émulation dans une ville où
il y avait de nombreuses écoles pour tous les âges, une Université, un Collège de médecine, des chaires fondées pour tous les
genres de sciences ; si ceux qui ont rempli ces chaires avec le
plus de distinction sont les mêmes hommes qui ont embelli les
Annales de l'Académie, en se disputant ses couronnes et ses places, comment une pareille Société deviendrait-elle étrangère à
l'enseignement, dans le nouveau plan d'instruction publique,
dont on voit qu'elle a constamment embrassé toutes les parties ?
Et dans un temps, où des sociétés politiques s'établissent librement partout, comme des sentinelles attentives pour surveiller
l'exécution des lois, pourquoi détruirait-on une Société littéraire,
qui continuerait d'exercer sur les études l'espèce de surveillance
qui leur est si nécessaire ; celle qui prévient la léthargie des ta-
lens et l'usurpation des fausses lumières ?

» Et sous ce point de vue, l'Académie de Nancy est peut-être,
par sa position, l'une des Académies de France qui serait d'une
utilité plus sensible. Le plan du Comité préfère Strasbourg à
Nancy, pour y placer *un des neuf lycées*, qui se partageront les
territoires de la République ; il veut attirer le concours des étrangers en s'approchant d'eux, et en leur offrant tous les avantages
locaux qui peuvent les déterminer.

» L'Académie n'élèvera, à cet égard, aucune question de concurrence. Si la Convention Nationale n'adopte que neuf lycées ;
si elle n'est pas touchée de l'inconvénient de placer ainsi à la
frontière extrême un établissement qu'elle veut rendre commun
à plusieurs départements ; si le tumulte des armes dans une ville
de guerre de première ligne, si l'idiôme qui domine à Stras-

bourg, et qui n'a pas absolûment cédé la place à la langue française, qu'une foule d'étrangers vient apprendre à Nancy ; si ce ne sont pas là des obstacles, comme des considérations d'un ordre aussi supérieur ne peuvent point échapper à la sagacité des Législateurs qui vont prononcer, l'Académie, en se permettant de les indiquer, ne croit pas leur devoir plus de développement. En cas qu'il y ait un Lycée à Nancy, il y trouvera une Bibliothèque, aussi nombreuse, aussi bien choisie qu'il puisse en exister dans la République ; il y trouvera des professeurs presque tous formés pour toutes les sciences ; il y trouvera un Jardin de Botanique, un laboratoire de chymie, des Amphythéâtres d'anatomie et des Edifices de tous les genres, qui semblent préparés d'avance pour les plus grands établissements. Ce Lycée se placera au milieu du département du Hault et du Bas-Rhin, de la Moselle, de la Meuse, de la Haute-Marne, des Vosges et de la Meurthe ; et la Société littéraire de Nancy existera auprès de lui, pour offrir à ses professeurs comme à ses élèves, les secours qui sont à sa disposition et les leçons de l'expérience. Si le Lycée est à Strasbourg, si Nancy doit renoncer à cet avantage, que toutes les localités semblent solliciter pour elle, l'Académie y suppléera dans tout ce qui peut dépendre de son organisation, de ses moyens et de son zèle pour le département de la Meurthe et pour les départements voisins, que leur éloignement de Strasbourg priverait des instructions et des secours dont les Lycées auront particulièrement la dispensation.

« Signé COSTER, *Secrétaire perpétuel et Bibliothécaire.* »

Si l'Académie pressentait sa fin prochaine, qui lui était annoncée presque officiellement, Coster-le-Citoyen n'était pas homme à se laisser enterrer vivant, sans au moins protester contre les menaces de mort qui parvenaient à l'oreille de la docte compagnie, laquelle ne comptait malheureusement pas beaucoup de Coster dans son sein. Coster voulait que le soleil luise pour tout le monde, et que tout le monde vive : la municipalité n'entendait pas très bien de cette oreille ; elle avait l'ouïe dure, et l'Académie la gênait. Peu de temps après, la Société littéraire cessait d'exister, les trois Facultés restantes de l'Université étaient supprimées, le Collège était de nouveau réorganisé et transféré dans les bâtiments des ci-devant Dames de la Visitation.

Revenons à la place Dombasle et écoutons Lionnois, qui nous en retrace l'historique en quelques mots dans son Calendrier pour 1797.

« Au haut de cette rue (de la Poissonnerie), dit-il, était la place de Grève, où se faisait l'exécution des criminels, avant l'établissement de la grande place de Grève, qui n'en est séparée que par la rue Neuve des Michottes. Sur moitié de son emplacement, on a construit le bâtiment dit de l'*Université,* qui servait aux leçons de théologie, de droit et de médecine, avant la suppression de ces Facultés. On doit aussi y transporter la Bibliothèque publique dite de Stanisles, qui est encore en la Maison-Commune, et qui, par sa réunion avec tous les livres, manuscrits, médaillons, instruments de mathématique, physique et chimie, etc., provenant, tant des corps et communautés, que des émigrés, doit procurer les plus grands avantages aux maîtres et aux disciples de l'Ecole centrale, qui est placée dans ce bâtiment.

» Les maîtres qui enseignent dans cette maison sont : pour l'histoire naturelle, le citoyen Pierre-François Nicolas ; la botanique, le citoyen Willemet ; les langues anciennes, le citoyen Lamoureux ; la grammaire générale, le citoyen Mongin ; les belles-lettres, le citoyen François Nicolas ; l'histoire, le citoyen Coster ; la législation, le citoyen Thieriet.

» A côté, et vis-à-vis de ce bâtiment, est celui de la Visitation, où était depuis la Révolution, le Collège. Il demeure attaché à l'Ecole centrale. On a destiné sa rotonde, le chœur et les galeries, au dépôt et à l'exposition des tableaux, sculptures et autres ouvrages d'art qui appartiennent à la Nation. On y tient encore trois Ecoles, savoir : celle du dessin, sous le citoyen Laurent ; celle de mathématique, sous le citoyen Spitz ; enfin celle de physique et de chimie expérimentale, sous le citoyen Deshayes.

Lionnois parlant ici de l'Ecole centrale récemment installée dans notre ville, au moment ou il écrivait son *Calendrier pour l'an V, 1797, v. s.,* nous croyons intéressant de reproduire le Règlement publié le 9 prairial an IV, 28 mai 1797. Ce document fort peu connu, n'est pas sans valeur historique. Après sa lecture, on comprendra mieux l'exposé que fait le préfet Marquis dans sa *statistique* de l'instruction publique dans notre ville.

EGALITÉ   LIBERTÉ

ÉCOLE CENTRALE

DU DÉPARTEMENT DE LA MEURTHE

Fixée à Nancy par la loi du . . . .

Séance du 9 prairial an IV de la République.

« L'administration du département de la Meurthe, vu l'article IX du titre II de la loi du 3 brumaire an IV, sur l'organisation de l'instruction publique, par lequel la Convention, après avoir déterminé l'emplacement des Écoles centrales, les objets d'enseignement dont elles sont chargées, le nombre de professeurs qui les composent, la manière de les élire, le traitement qui leur est accordé, charge les administrateurs du Département d'arrêter, sous l'approbation du Directoire exécutif, les autres points de règlement nécessaires à cet établissement ; vu aussi le procès-verbal terminé le 12 floréal, des élections faites pour le Jury d'instruction, nommé le 6 nivôse précédent, considérant que si le temps employé pour des choix qui exigeaient la plus parfaite maturité, a retardé l'installation d'une école que le public attend avec la plus juste impatience, il n'en devient que plus instant d'en déterminer l'époque, sans autre délai que celui qui est absolument nécessaire pour préparer le local qui doit la recevoir, et pour en avertir les pères de famille dans toute l'étendue du Département ; ouï le rapport et le commissaire du Directoire exécutif, arrête provisoirement les articles suivants :

RÈGLEMENT

POUR L'ÉCOLE CENTRALE DU DÉPARTEMENT DE LA MEURTHE

« ARTICLE PREMIER. — Les bâtiments construits pour la Bibliothèque publique et pour la ci-devant Université, demeureront exclusivement attribués à ladite Bibliothèque et à l'École centrale.

» ART. II. — La rotonde, le chœur et les galeries adjacentes, dans les bâtiments voisins, dit ci-devant de la Visitation, continueront de servir de dépôt et à l'exposition des tableaux, sculptures et autres ouvrages d'art, qui appartiennent à la Nation. L'école de dessin sera établie dans le salon, au-dessus du chœur qui se trouve préparé pour cet usage.

» ART. III. — Le surplus de ladite maison demeurera provisoirement affecté : 1º aux écoles de mathématiques et de physique, dans les salles qui servaient pour cet usage, dans le ci-devant Collège ; 2º dépôt des bibliothèques nationales, qu'il sera nécessaire d'y faire transporter, pour faire cesser l'encombrement qu'elles produisent dans les bâtiments qui doivent servir à la bibliothèque centrale et aux écoles.

» ART. IV. — La maison de la Visitation pourra être définitivement proposée pour y former un pensionnat, tant des élèves de l'École centrale qui pourraient y *être envoyés, que des vingt élèves*, auxquels la nation accorde une pension temporaire, VII du titre V de la loi du 3 brumaire.

» ART. V. — Les livres provenant des corps et communautés

et des émigrés, actuellement déposés dans les salles du bâtiment ci-devant de l'Université, seront transportés dans les salles, cellules, et corridors du bâtiment de la Visitation, pour y être rangés suivant l'ordre prescrit par les arrêtés du ci-devant comité d'instruction publique, sous la direction et la garde des commissaires bibliographes.

» ART. VI. — Il sera distrait desdites bibliothèques nationales, sur l'indication des professeurs de l'Ecole centrale, conformément à l'instruction envoyée par le ministre de l'Instruction, et jointe à sa lettre circulaire du 15 floréal dernier, pour la formation des bibliothèqués dans les départements, les livres qui manquent à la bibliothèque publique, dite Stanislas, et que les professeurs jugeront utiles à l'enseignement dont ils sont chargés.

» ART. VII. — Ladite bibliothèque publique, actuellement dans les salles de la Maison commune, sera transférée, aussitôt qu'il sera possible, dans la salle qui lui est destinée au premier étage du bâtiment de l'Université, pour former le noyau de la Bibliothèque centrale, ordonnée par la loi du 3 brumaire, et pour être augmentée des livres qui, conformément à ladite instruction, auront été accordés par le Gouvernement.

» ART. VIII. — La lecture publique sera rétablie, aussitôt qu'elle pourra avoir lieu avec une entière sûreté, pour la garde des livres : en attendant, la bibliothèque sera ouverte tous les jours d'enseignement, aux professeurs de l'école centrale, pendant trois heures de l'après midi.

» ART. IX. — Les autres salles du même bâtiment sont attribuées à l'Ecole centrale, suivant la distribution portée par le plan qui est annexé au présent règlement, et les ouvrages qui restent à faire, pour les mettre en état de ce service, seront achevés avec la promptitude et l'économie que les circonstances requièrent.

» ART. X. — Le jardin national des plantes et ses dépendances ; les tableaux, dessins, statues et monumens réunis au dépôt de la Visitation ; les médailles et machines appartenant ci-devant à l'Académie de Nancy ; tout ce qui appartient à la nation dans les instrumens de mathématiques, cabinets de physique et d'histoire naturelle, et autres objets qui étaient à l'usage des Ecoles centrales, est mis sous la garde des professeurs à l'enseignement desquels chacun desdits objets est plus particulièrement relatif : lesdits professeurs s'en chargeront, sur des inventaires faits triples, un pour le Département, et le troisième pour l'Ecole centrale, qui nommera des commissaires pris dans son sein pour procéder auxdits inventaires, sous la direction d'un commissaire nommé par l'administration du département ; le revêtement desdits inventaires se fera à la fin de chaque année, dans la même forme.

» ART. XI. — L'Ecole centrale sera installée par les administrateurs du Département, le 1er messidor, les pères, mères ou tuteurs des élèves, depuis 12 jusqu'à 16 ans, feront inscrire leurs enfans pour les écoles des deux premières sections, sur un registre qui sera tenu à cet effet par le bibliothéquaire, les jeunes gens de 16 ans et au dessus pourront eux mêmes s'inscrire sur le même registre. Et en exécution de la loi du 3 brumaire, on payera 25 liv. par élève, somme à laquelle le Département a fixé la rétribution annuelle ordonnée par l'art. VII, titre II, de ladite loi qui en détermine la distribution.

» ART. XII. — L'inscription ne pourra être reçue, pour chaque élève, qu'en justifiant de son âge par la représentation de son acte de naissance : elle lui servira de titre, pour être admis dans l'école pour laquelle il se sera fait inscrire.

» ART. XIII. — L'inscription se renouvellera à l'ouverture des écoles, et sera acquittée pour toute l'année scolaire, à quelque époque de la même année que l'élève se présente pour être inscrit.

» ART. XIV. — L'année scholaire commencera au 21 germinal, et à compter de la seconde année, il y aura dans chaque école deux cours, le premier pour les élèves qui auront suivi les leçons dans l'année précédente ; le second pour les nouveaux élèves. Les leçons pour chacun des deux cours seront alternatives, soit du matin au soir, soit de deux jours l'un.

» ART. XV. — Il y aura sept jours d'enseignement par décade, par chaque école ; et les heures de l'enseignement seront distribués ainsi qu'il suit :

» L'Ecole de dessin, le matin depuis 10 heures jusqu'à midi, après midi depuis 2 heures jusqu'à 4.

» L'Ecole d'histoire naturelle, le matin depuis 10 heures jusqu'à midi ; et pour la Botanique, cinq leçons par décade, depuis 4 heures jusqu'à 6 heures dans les temps convenables.

» L'Ecole des langues anciennes, le matin depuis huit heures jusqu'à 10, après midi depuis 3 heures jusqu'à 4.

» L'Ecole des mathématiques, le matin depuis 10 heures jusqu'à midi, après midi depuis 3 heures jusqu'à 4.

» L'Ecole de physique et de chimie expérimentale, le matin depuis 10 heures jusqu'à midi, après midi pendant les trois mois d'été pour l'électricité, l'optique et l'astronomie, depuis 4 heures jusqu'à 5.

» L'Ecole de grammaire générale, le matin depuis 8 heures jusqu'à 10.

» L'Ecole des Belles-Lettres, le matin depuis 10 heures jusqu'à midi.

» L'Ecole d'histoire, le matin depuis 10 heures jusqu'à midi.

» L'Ecole de législation, le matin depuis 8 heures jusqu'à 10.

» XVI. — Après le quart d'heure accordé pour rassembler les élèves dans chaque école, le professeur fera un appel de tous les élèves inscrits, et il sera fait registre des absens, pour en donner connaissance aux familles, à la fin de chaque décade, et les déférer au département, en cas de négligence pendant trois décades.

» XVII. — Pour faire participer les élèves aux pensions, prix et récompenses, promis par les articles VIII et suivans du titre V de la loi du 3 brumaire, il y aura des examens et un exercice public pour chaque école. La présentation pour la distribution des pensions, prix et récompenses, sera *au jugement de tous les membres de l'École centrale*, à la pluralité absolue.

» XVIII. — Les exercices publics et les examens seront terminés avant la fête de la Jeunesse.

» XIX. — Il y aura vacance pendant la décade qui suivra ladite fête ; et depuis le 1er jour supplémentaire, jusqu'au 10 brumaire.

» XX. — L'administration départementale ayant approuvé et ratifié les élections faites le 12 floréal par le jury d'instruction,

» L'Ecole de dessin aura pour professeur le citoyen *Laurent*, peintre ;

» L'Ecole d'histoire naturelle, le ciroyen *Pierre-François Nicolas*, ancien professeur de chimie, correspondant de l'Institut national ; et, pour la Botanique, le citoyen *Willemet*, ex-doyen du ci-devant Collège de pharmacie ;

» L'Ecole des langues anciennes, le citoyen *Lamoureux* fils, officier de santé ;

» L'Ecole des mathématiques, le citoyen *Spitz*, professeur de mathématiques au Collège de Nancy ;

» L'Ecole de physique et de chimie expérimentale, le citoyen *Dsehayes*, professeur de physique au Collège de Nancy ;

» L'Ecole de grammaire générale, le citoyen *Mougin*, profes- de rhétorique à Toul ;

L'Ecole des Belles-lettres, le citoyen *François Nicolas*, ci-devant professeur de rhétorique et vicaire épiscopal ;

» L'Ecole d'histoire, le citoyen *Coster*, bibliothéquaire de la bibliothèque publique, ex-secrétaire perpétuel de la ci-devant Académie ;

» L'Ecole de législation, le citoyen *Thieriet*, homme de loi, ex-maire de Nancy ;

» Et la bibliothèque centrale aura pour bibliothécaire, le citoyen *Marquet*, sous bibliothécaire de la bibliothèque publique.

» XXI. — Les professeurs et bibliothéquaires se réuniront au moins une fois par décade, tant pour traiter de leurs intérêts communs et des règlements de discipline, qui pourraient être proposés, que pour tenir entr'eux des conférences relatives aux différents objets de l'enseignement dont ils sont chargés.

» Fait à Nancy, les an et jour avant dits.

» Par les administrateurs composant le Département de la Meurthe :

Signé : SALADIN, président ; VARINOT, POINCLOUX, BENOIT, HURLAUT, commissaires du pouvoir exécutif, et BRANDAN, secrétaire-greffier.

Ce règlement nous apprend bien des choses oubliées depuis cette époque. Nous y voyons que le Collège fondé en 1793, était tenu dans le monastère de la Visitation ; que cette institution ne répondait pas aux aspirations du plus grand nombre ; que la Bibliothèque publique de nos jours prend ici date de sa formation ; que l'instruction était alors presque gratuite ; que les prix et récompenses y distribués étaient acquis par le travail, et non à force d'intrigues ; que les professeurs avaient souci de leur mission. Plus on relit ce règlement, plus on admire l'esprit qui l'a dicté, et cependant l'on était à cette époque dans une période d'indécision, de tâtonnements, pour tout ce qui touchait à l'instruction publique. On sentait bien qu'il fallait faire renaître le goût des études, rétablir les écoles supprimées par la Révolution, mais les moyens théoriques et pratiques faisaient presque partout défaut (1). L'école centrale de la Meurthe, confiée à des professeurs habiles, sut acquérir le premier rang, et en peu de temps devint une des premières écoles de la République, citée partout comme un modèle, comme un centre d'instruction.

L'historique de l'Ecole centrale se résume dans l'exposé suivant :

INSTRUCTION PUBLIQUE

L'instruction est, suivant la Constitution, une des principales charges de la République. Son organisation actuelle est réglée par une loi du 3 brumaire an 4.

Il y a un Institut des arts et des sciences établi à Paris ;

Il y aura des écoles spéciales sur plusieurs points de la République ;

Il y aura une école centrale dans chaque département ;

Il y a, dans chaque canton, une ou plusieurs écoles primaires.

---

(1) Il existe une petite brochure in-8 de 35 p. intitulée : « L'Ecole centrale, considérée dans son objet et dans ses moyens. Discours prononcé à l'installation de l'Ecole centrale au Département de la Meurthe, à Nancy, le 1er messidor, an IV de la République, par le citoyen Joseph-François *Coster*, membre du Jury d'instruction publique et professeur d'histoire. — Prix, douze sous. — A Nancy, chez J.-R. Vigneulle, imprimeur du Département et de l'Ecole centrale, place du Peuple n° 207. » Ce discours est l'exposé du plan d'étndes qu'on se proposait de faire prévaloir. Nous engageons nos lecteurs à y recourir.

ÉCOLE CENTRALE

L'école centrale du Département de la Meurthe a été fixée à Nancy, par une loi du 18 germinal an 4 ;

Les professeurs et le bibliothécaire ont été nommés le 12 floréal an IX, sur le procès-verbal des élections faites au concours, par un jury d'instruction publique ;

L'Ecole centrale s'est organisée le 1er prairial, et le Département lui a donné son règlement le 9 du même mois ;

Elle a été installée le 1er messidor, dans les bâtimens dits de l'Universié et de la Visitation, et l'enseignement a commencé le lendemain ;

Elle a vacance depuis le 1er jour supplémentaire, jusqu'au 10 brumaire ;

L'enseignement est divisé en trois sections ; les élèves ne peuvent être admis au cours de la première, qu'après l'âge de douze ans ;

Au cours de la seconde, qu'à l'âge de quatorze ans accomplis ;

Au cours de la troisième, qu'à l'âge de seize ans au moins ;

Les élèves doivent présenter leur extrait de naissance, en se faisant inscrire, et payer une rétribution de 25 livres, dont le Département peut exempter pour cause d'indigence ;

L'élève inscrit pour une des Ecoles, est admis dans les autres Ecoles qui ne sont point ouvertes à la même heure ;

Il y a sept jours d'enseignement par décade, dans chaque école.....

(Almanach du citoyen pour le Département de la Meurthe, an IV de la République française — chez J. R. Vigneulle).

Dans la séance du Corps législatif (Conseil des Cinq Cents) du 22 brumaire an VII (2 novembre 1798), Etienne Mollevaut prononçait le discours suivant qui fut imprimé par ordre du Conseil :

« Citoyens représentants,

» L'Ecole centrale de la Meurthe a l'honneur d'offrir, par mon organe, au Conseil, l'hommage de ses travaux de l'an VI, et du programme de l'exercice public de ses élèves.

» Représentans du peuple : Si des productions utiles ou agréables obtiennent, dans cette enceinte, de justes éloges ; combien ne devons-nous pas d'encouragement à ces hommes précieux qui dévouent leur existence entière aux honorables, mais pénibles fonctions de l'instruction publique !

» Par leurs soins, chaque jour s'affaiblissent les ténèbres de l'ignorance, si favorable à la tyrannie, et chaque jour s'étendent, se fortifient, les lumières, si nécessaires à la liberté.

» Recevant les semences heureuses des talents sublimes et des vertus héroïques, l'âme tendre des jeunes citoyens se prépare à devenir l'ornement et l'appui d'une République, qui ne connaît entre les hommes d'autre distinction que celle du talent et de la vertu.

» Avec de grandes ressources : Muséum, Jardin botanique, cabinet de physique, bibliothèque, établissement de la plus haute distinction, l'école de la Meurthe, l'une des premières en activité, rencontra dans sa naissance, des obstacles, des besoins, une pénurie, qui inspiraient des inquiétudes.

» Mais, après quelques mois d'une existence difficile, un exercice public détruisit ces alarmes et pénétra d'admiration, de consolation et de grandes espérances, le cours des amis des sciences, des lettres et de la patrie.

» Les succès qui suivirent bientôt surpassèrent leur attente, et ceux de l'année dernière ont été plus éclatans encore et plus solides.

» Citoyens collègues, j'ai été le témoin du zèle actif, éclairé, patriotique, des professeurs de l'école de la Meurthe et de leurs succès ; et les autorités supérieures leur ont donné plus d'une fois, des preuves signalées d'estime et de la plus vive satisfaction.

» Enfin, je ne crains pas d'assurer que nulle école n'a mieux rempli ses devoirs et rendu plus de services à la République.

» Je demande la mention de l'hommage au procès-verbal, et l'envoi à la bibliothèque du Corps législatif. »

Ce discours est suivi d'un *Nota* qui nous révèle un fait peu connu jusqu'ici ; il signale l'existence de la première école secondaire formée à Nancy, et véritablement annexée à l'Ecole centrale :

» Un pensionnat vient de s'ouvrir à Nancy, rue d'Assas (rue Gilbert actuelle) dans un local très commode, récemment bâti sur le point le plus élevé de cette intéressante et agréable commune, et voisin de l'Ecole centrale de la Meurthe.

» Le citoyen *Michel*, connu depuis longtemps par des mœurs et des talents éprouvés, par une excellente méthode d'enseigner et de tenir une pension, par une multitude d'élèves distingués, s'est chargé de ce pensionnat, d'après l'invitation des professeurs, des administrateurs de la Meurthe et du ministre de l'Intérieur.

» Il y enseignera les langues grecque, latine et française, le calcul ; aura chez lui de bons maîtres de langue allemande, écriture, danse, musique ; tiendra ses élèves sous la surveillance la plus active, leur procurera une nourriture saine et convenable, plumes, encre, papier, blanchissage, raccommodage, les exercices et amusements de leur âge. La pension de tous ces objets est de 600 francs par année. »

Justin Lamoureux, qui n'est pas ordinairement exact dans son *Mémoire pour servir à l'histoire littéraire du département de la Meurthe*, a cependant frappé juste, quand il a écrit son article troisième : « Instruction publique », p. 90 et suiv.

« Le Conseil d'arrondissement de Nancy, en réponse à quelques questions adressées sur cet objet, par le ministre de l'Intérieur, en germinal an IX, s'exprime de la manière la plus énergique et la plus prononcée sur celle-ci : « Quelle est l'opinion » du Conseil sur les avantages des anciennes maisons d'éduca- » tion ? »

» Il serait difficile de faire connaître les avantages que l'on ' » semble apercevoir dans le plan d'instruction admis dans les an- » ciens collèges : s'il en existait quelques-uns, ils étaient bien » faibles auprès des vices sans nombre que ce plan offrait ; ils » ont été pendant longtemps l'objet des réclamations de tous les » gens instruits et de la France entière ; et ce n'est pas sans » doute après qu'on les a détruits, que l'on chercherait à les » faire renaître. » (1).

» Dans le tableau que je vais tracer des progrès de l'instruction publique dans le département de la Meurthe, Nancy tiendra le premier rang : autrefois capitale de la Lorraine, aujourd'hui chef-lieu du département, elle a dû en réunir dans son sein les principaux établissements.

» Nancy, par sa situation, semble faite pour être le séjour des arts : embellie, agrandie par la munificence de Stanislas, elle les vit naître à la voix de ce monarque libéral. La fondation de chaires pour l'enseignement de plusieurs sciences, d'une Académie distinguée parmi celles des provinces, rendent à jamais son nom cher aux amis des sciences et des lettres.

» En 1789, Nancy comptait une Université et un Collège d'université. Dix-huit professeurs enseignaient dans la première : la théologie, le droit romain, la médecine pratique, la physiologie, l'anatomie, la matière médicale, la botanique, la chimie, la physique et les mathématiques, la logique et la réthorique ; sept professeurs enseignaient au Collège, ce qu'on appelait les humanités, qui consistaient simplement en un cours de langue latine, dont on ne sortait qu'après sept années révolues ; ces derniers professeurs étaient des Chanoines Réguliers, dont la congrégation s'était chargée de l'enseignement public dans la Lorraine, moyennant l'abandon qui lui avait été fait des biens des Jésuites.

» La révolution ayant détruit ces différens établissemens, il ne

_____

(1) « Extrait des procès-verbaux du Conseil d'arrondissement de Nancy, session de l'an IX. »

resta plus, du Collège destiné à l'enseignement de la jeunesse, que quatre instituteurs qui exercèrent pendant trois ans un état qui devenait pénible, par les circonstances. Le cit. *Blau,* membre de la Société libre des sciences, arts et lettres, enseignait la langue latine, la géographie et les éléments des belles lettres ; le cit. *Spitz* professait les mathématiques ; le cit. *Deshayes,* la physique, et le cit. *Craincelin* était chargé de l'instruction militaire, de tout ce qui avait rapport aux exercices du corps, à la gymnastique, à la lutte, à la natation, etc. (1).

» Cet état précaire de l'instruction publique ne pouvait subsister plus longtemps : l'effervescence révolutionnaire étant un peu ralenti, le Corps législatif s'occupa de cet objet important. La loi du 3 brumaire an IV, vint mettre un terme aux désordres de l'éducation nationale, et le département de la Meurthe fut un de ceux qui, les premiers, en ressentirent les heureux effets. Le Jury de l'instruction publique, nommé par l'administration centrale le 12 nivôse an IV, fit annoncer un concours pour les places de professeurs à l'école centrale ; le programme détaillé des matières exigées des candidats, fut imprimé le 26 pluviôse suivant. Nombre de concurrens se présentèrent dans l'arène; les vainqueurs sont nommés ; et Nancy et le Département en tirent un augure favorable : deux sont tellement distingués, que le jury, dans une heureuse incertitude, n'accorde la préférence ni à l'un ni à l'autre, mais partage entr'eux une chaire qui devient un monument de la prééminence de leur mérite (1). Avec de pareils professeurs, que ne devait-on pas attendre ? Aussi l'espoir qu'on en avait conçu n'avait pas été trompé : par leur moyen, l'école centrale de la Meurthe est devenue l'une des plus florissantes de la République.

. . . .

» L'ambassadeur espagnol pria, en l'an VI, le Directoire de lui donner un plan d'instruction publique, et le Directoire lui fit transmettre, par le Ministre de l'Intérieur, le programme de l'Ecole centrale de la Meurthe. Chacune des sciences qui composent ces cours, y sont enseignées avec une égale supériorité : jamais, dans les collèges, les cours des langues anciennes, ou

(1) Ce paragraphe n'est pas exact. Le Collège installé à la Visitation, possédait d'autres professeurs qui enseignaient d'autres matières. Nous en parlons rue de la Visitation.

(2) « Le Jury d'instruction publique partagea la chaire d'histoire naturelle, entre le cit. Nicolas, correspondant de l'Institut national, et Willemet, aujourd'hui professeur » (note de J. L.)

Nous ferons remarquer, que Nicolas était chimiste, et que René Willemet était botaniste démonstrateur de chimie, à certaines heures, mais pas chimiste comme Nicolas. On ne pouvait centraliser exclusivement l'histoire naturelle, dans la chimie ni dans la botanique.

pour mieux dire, du latin, qui faisait seul la base de l'instruction, ne fut porté aussi loin ; les auteurs les plus difficiles de la langue grecque, Sophocle, Eschyle, Euripide, Démosthènes, Platon, Thycydide, Pindare, ont été traduits et expliqués aux élèves. Aussi le célèbre d'Ausse-de-Villaison, écrivait-il (2) : J'ai montré le programme de votre école à mes anciens camarades de l'Université, qui font comme moi profession de la respecter, et ils sont convenus qu'il n'y eut jamais rien, je ne dis pas de pareil, mais même d'approchant dans les anciens collèges. Ce savant helléniste dit, dans une autre lettre, que l'école centrale de la Meurthe est incontestablement un des premiers Lycées de l'empire français.

» Le cit. Coster, professeur d'histoire à l'école centrale, connu par un grand nombre d'ouvrages estimés, orateur éloquent, historien profond, politique habile, qui conserve dans un âge avancé toute la vigueur de la jeunesse, et qu'on retrouve partout où il s'agit d'utilité publique et de gloire nationale, a envoyé, le 17 messidor an X, au ministre de l'intérieur, sous l'approbation du Préfet et du Jury d'instruction, l'exposé analytique de la marche de l'Ecole centrale depuis son installation ; il y retrace maintenant la série des principales époques qui signalent l'existence de cette estimable école, et rappelle les encouragemens et les applaudissemens que lui ont donnés les premières autorités de la République. Les professeurs, en recherchant quel était le nombre des élèves qu'ils pouvaient se flatter d'avoir conduits au terme nécessaire pour en faire des citoyens utiles, en ont compté 74, savoir : artillerie, 18 ; génie, 14; marine, 22 ; barreau, 6 ; écoles (instituteurs), 12 ; diplomatie, 1 ; juge de paix, 1. Il faut ajouter à cette liste : peintres, 4 ; officiers de santé, 5 ; maire, 1 ; employés dans les diverses parties de l'administration publique, 7. Si chaque école centrale de la République offrait autant de titres à la reconnaissance nationale, alors elle aurait, comme celle de la Meurthe, acquis le droit d'être convertie en Lycée. »

Quoi qu'en pense Justin Lamoureux et quoi qu'en aient pensé les hommes de cette époque, nous croyons que la transformation de l'Ecole centrale en Lycée, a été plus nuisible que favorable, pour notre département du moins, à la diffusion des études. Le programme de l'Ecole centrale était laissé au libre arbitre des professeurs et de l'administration départementale, qui connaissaient mieux que le Ministre de l'Intérieur les besoins et les aspirations du peuple. Le programme imposé aux Lycées n'a pas répondu,

(1) Sans doute, à J.-B.-F.-R. Lamoureux, frère aîné de l'auteur, et professeur de langues anciennes à l'Ecole centrale.

dans la suite, aux espérances qu'on était en droit d'en attendre.

Ouvrons maintenant la *statistique* du préfet Marquis, p. 121, chapitre intitulé « *Situation de l'instruction publique en l'an IX.* »

« L'Ecole centrale du département, fixée à Nancy par la loi du 18 germinal an IV, y a été installée le 1er messidor de la même année, dans les bâtimens de l'Université.

» Les talents distingués des professeurs appelés à la composer, ont dissipé promptement les préventions que l'on avait généralement conçues contre ces institutions ; elle a bientôt été aussi suivie que pouvaient le permettre les circonstances, et l'on y a déjà formé beaucoup d'élèves, qui donnent les plus belles espérances.

» Ses programmes ont mérité l'éloge du gouvernement, et des premiers maîtres de France ; je crois même qu'elle peut être comptée parmi celles, dont les cours ont eu le plus de succès.

» Cependant, toutes les branches n'ont pas été également cultivées ; on a donné une grande préférence aux mathématiques, au dessin et aux langues anciennes ; mais on n'a pas montré le même goût, pour l'étude de l'histoire, de la grammaire générale et des belles lettres ; l'histoire naturelle n'est bien suivie que pendant l'été, à raison des leçons de botanique ; et les expériences de physique et de chimie attirent beaucoup plus de curieux, que les leçons régulières ne forment de véritables élèves : enfin, l'état incertain de notre jurisprudence a nécessairement détourné les jeunes gens de l'étude de la législation.

» On a éprouvé aussi le désavantage de l'isolement, dans diverses parties de l'instruction publique : beaucoup de jeunes gens ont été rebutés, par des difficultés qui ne les auraient pas effrayés, si l'enseignement eût été mieux gradué, et si le choix des études n'eût pas été abandonné au caprice d'une jeunesse inexpérimentée.

» Le nouveau plan qui vient d'être arrêté définitivement pour les lycées, paraît bien plus sagement combiné, et il y a lieu d'espérer qu'il remplira l'attente du gouvernement.

» La Ville de Nancy, désignée pour recevoir l'un de ces établissements, réunit tout ce qui peut y convenir.

» Le beau bâtiment de l'Université, affecté depuis à l'école centrale, présente un local aussi spacieux que commode pour l'enseignement ; et l'on pourra placer facilement un nombreux pensionnat, dans deux maisons nationales qui y sont presque contiguës. Une souscription est ouverte, pour subvenir aux premiers frais d'établissement.

» La bibliothèque publique établie près de l'école centrale, a été formée de celle de l'ancienne académie, à laquelle on a réuni

un choix de livres, extraits des bibliothèques des maisons religieuses et des émigrés.

» Elle contient environ 30,000 volumes, dont une partie n'est
composée, il est vrai, que de livres de théologie et de droit
canonique ; mais on y trouve aussi une collection précieuse,
quoique moins complète, d'ouvrages relatifs au droit écrit, aux
sciences et aux arts, aux arts mécaniques et à l'histoire civile,
littéraire et métallique : chacune de ces classes, mais particulièrement celle des sciences et arts, la médecine, la chirurgie et la
chimie, auraient besoin d'être complétées par l'acquisition de
quelques livres modernes. Il est surtout des ouvrages proposés
par souscription, dont les livraisons ont été interrompues depuis
la Révolution, à défaut de fonds ; une somme modique destinée
annuellement à ces dépenses, enrichirait bientôt cette bibliothèque,
déjà fort intéressante.

» On y pourvoirait facilement, par la vente de quantité d'ouvrages multipliés, qui sont encore dans les dépôts des ci-devant
districts ; celui de Nancy seul renferme plus de 50,000 volumes,
dont les doubles se trouvaient déjà à la bibliothèque, ou qui
n'ont point paru mériter d'y être placés.

» Le cabinet de physique est pourvu d'une collection d'instruments, suffisants pour l'exécution de la plus grande partie
des expériences relatives à cette science, et j'ai eu soin de
faire compléter quelques parties utiles qui avaient été négli-
gées.

» Le laboratoire de chimie est vaste, bien éclairé, garni d'une
forge de fusion, ainsi que des vaisseaux, des fourneaux et des
ustensiles convenables.

» Il ne lui manque que des produits plus nombreux, de ceux
surtout que l'on n'obtient qu'en grand, et qui, par conséquent,
n'ont pu jusqu'à présent avoir lieu dans des cours où l'on n'opère
qu'en petit.

» On trouvera à la suite de ce chapitre, un tableau qui contient la nomenclature des morceaux que possède le cabinet d'histoire naturelle : cette collection, sans être complète, ni même
riche, peut rigoureusement suffire à l'instruction.

» Le jardin botanique est aujourd'hui un des plus riche de la
République ; il contient plus de 4,000 plantes, tant indigènes
qu'exotiques. On vient de creuser un carreau, où l'on introduit
l'eau à volonté, pour y élever des plantes aquatiques ; on a élevé
un tertre, pour celles des montagnes ; il y existe aussi une serre
chaude, mais qui est devenue insuffisante, et que je me propose
de faire agrandir.

» La réunion de tous ces avantages est bien faite pour fixer
l'attention du Gouvernement, lorsqu'il s'agira du placement de
quatre écoles spéciales d'histoire naturelle : le voisinage des montagnes des Vosges, très riche dans les trois règnes de la nature,

pourra lui offrir encore un nouveau motif de préférence, en faveur de la Ville de Nancy.

» On a placé le muséum dans le ci-devant monastère de la Visitation, contigu à l'école centrale. L'église, qui est une rotonde éclairée par le milieu du dôme, présente un local singulièrement propre à recueillir des morceaux de sculpture, dans la partie basse, et à former une galerie de tableaux, dans la partie élevée. Je joins une description sommaire de ce bel édifice, et des monuments qu'il renferme. La collection de tableaux, déjà enrichie d'une partie de ceux qui devaient orner la salle du congrès de Lunéville, va être considérablement augmentée, par le lot qui est échu au muséum de Nancy, dans la distribution générale que le gouvernement vient de faire, entre les principales villes de la République.

» L'Ecole centrale possède enfin un médailler et un monétaire assez riche, avec quelques morceaux d'antiquités que l'on pourra réunir au muséum.

» La plupart des membres des anciens collèges de médecine, chirurgie et pharmacie de Nancy, ont formé depuis quelques années, une société libre de santé, dont l'objet est le même que celui de ces anciennes corporations : la communication réciproque des moyens propres à perfectioner l'art de guérir, l'instruction publique et gratuite des élèves, et le soulagement des malades indigents. Chaque semaine, le jour du principal marché, elle se réunit pour des consultations gratuites, et ses membres donnent des leçons publiques, pendant dix mois de l'année.

» A l'exemple des principales villes de France, qui ont cherché à ressusciter leurs anciennes académies, dont l'utilité n'est plus un problème, il vient de se former à Nancy, une réunion de savants et d'hommes de lettres, qui a pris le nom de *Société libre des arts et des sciences* ; je lui ai procuré un local convenable, et je ne négligerai aucun des moyens d'encouragement qui sont à ma disposition. »

A la création du Lycée en l'an XII, l'école de physique et de chimie expérimentale, qui se tenait dans le monastère de la Visitation, fut supprimée ; l'école de dessin le fut également, et devint une école particulière dirigée par Laurent, conservateur du muséum, lequel fut transféré dans le bâtiment de l'Université (V. rue de la Visitation).

En 1809, Napoléon, sur les instances de Mollevaut, proviseur du Lycée, créa, à Nancy, une académie universitaire, avec une Faculté des Lettres. Cette académie et la Faculté furent installées à l'Université, et l'on transféra le musée dans l'hôtel de la Comédie, où le Collège et la Société de médecine avaient successivement tenu leurs séances.

Par une lettre en date du 15 décembre 1809, S. Exc.
le Grand Maître de l'Université impériale, annonçait à
Mollevaut, proviseur, que la Ville de Nancy allait être
pourvue d'une Académie, et qu'en considération des services qu'il avait rendus, et de l'état florissant dans lequel
se trouvait le Lycée, S. Exc. le nommait officier de l'Université, et le revêtait des pouvoirs de recteur dans tout l'ar·
rondissement de l'Académie de Nancy.

Quelques jours après, le Moniteur universel nommait
pour l'organisation de l'Académie et du Lycée de Nancy :

MM. Spitz et Lacour, inspecteurs ; M. de la Romiguière
de Toulouse, comme secrétaire.

L'organisation du Lycée fut transformée.

Quelques mois plus tard, les nominations définitives·
furent adressées aux membres de l'Académie et de la
Faculté des Lettres. Recteur : Dr *Régel* ; inspecteurs :
Spitz et Lacour ; secrétaire : *De Véranis.*

Le ressort académique de Nancy se composait des
départements de la Meurthe, de la Meuse et des Vosges.

La Faculté des lettres avait pour professeur : *Dr Régel,*
doyen, pour la philosophie ; *Lamoureux,* pour les belles-
lettres ; *Mollevaut* père, pour l'histoire ; *Jacquemin,* sup-
pléant pour la philosophie ; en même temps, l'abbé
Jacquemin était secrétaire de la Faculté.

Celle-ci fut inaugurée le 6 décembre 1810.

Elle dût être supprimée en 1816 ou en 1817.

Nous avons la preuve que la municipalité fit des démarches, et adressa au ministre un mémoire, pour demander son maintien dans notre ville, et même rétablir l'ancienne Université :

MINISTÈRE   Paris, le 24 février 1816.
de
L'INTÉRIEUR
—

2e DIVISION
—

INSTRUCTION PUBLIQUE
—◦—

« MONSIEUR LE MAIRE,

» J'ai reçu et communiqué à la Commission de l'instruction
publique, le mémoire qui m'a été adressé par la Ville de Nancy.

» Le désir que cette Ville exprime, de voir rétablir les hautes Ecoles qu'elle réunissait autrefois dans ses murs, est fondé sur des titres recommandables, et s'il arrivait que l'on formât, par la suite, des Universités locales, aussi complètes que celles qui existaient jadis, je pense qu'il serait convenable d'en accorder une à l'ancienne capitale de Lorraine, où le goût des sciences et des lettres a constamment régné.

» J'aurais été d'avis de maintenir la Faculté des lettres, si les cours de cette faculté n'avaient offert un double emploi de l'instruction donnée dans les hautes classes du Collège Royal, et surtout si la réduction des revenus de l'instruction publique n'avait commandé impérieusement sa suppression.

» Rien, au reste, ne pouvant être statué sur la demande faite par la Ville de Nancy, avant la réorganisation de l'Instruction publique, je ne puis que vous donner l'espérance de voir alors les départements qui forment l'Académie de Nancy, traités plus favorablement.

» J'ai l'honneur, Monsieur le Maire, de vous offrir l'assurance de la considération la plus distinguée.

» Le ministre secrétaire d'état de l'intérieur.

VAUBLANC.

M. LE MAIRE DE LA VILLE DE NANCY.

Près de l'entête de cette lettre, in-f° double 33 sur 21, on lit : « à envoyer en communication à Monsieur le docteur Haldat, Nanci le 4 mars 1816. »

Alexandre-Haldat et son ami Caumont, nous l'avons dit ailleurs, poursuivaient déjà un but, dont toute la gloire est revenue, à tort, à Prosper Guerrier-Dumast. Celui-ci a récolté, sur un terrain que d'autres avaient labouré profondément et ensemencé.

Après la création des écoles centrales, après le rétablissement des anciens collèges de médecine, sous le nom de Société de santé, ou d'école gratuite de médecine, le gouvernement songea aussi à établir en l'an VI, des Sociétés d'agriculture, dans chaque chef-lieu de département.

D'après la circulaire du ministre de l'intérieur du 3 floréal, l'administration centrale du département de la Meurthe, arrêta, le 19 thermidor, les bases de cette nouvelle association, appelée à contribuer, pour sa part, dans l'enseignement public, et nomma les membres qui devaient composer la *Société libre d'agriculture*. Ces membres étaient au nombre de vingt, savoir :

CHARLES-FRANÇOIS ADRIAN, maître de poste et cultivateur à Bénaménil.

BERTIER, cultivateur à Roville.

BANS, père, ancien cultivateur à Blénod.

DAUPHIN, cultivateur à Ham.

FERRIÈRES, propriétaire à Flavigny.

GORMAND, officier de santé à Nancy.

HŒNER, père, propriétaire à Nancy.

JARDY, propriétaire à Neuviller.

LALLEMAND, officier de santé à Nancy.

MICHEL LECREULX, ingénieur en chef à Nancy.

MATHIEU, chimiste à Nancy.

MAYEUR, artiste vétérinaire à Nancy.

PRUGNEAUX, cultivateur à Montrot.

RAIDOT, cultivateur à Gerbéviller.

REGNEAULT, propriétaire à Xermaménil.

RENAUD, propriétaire des verreries de Baccarat.

ANTOINE SCHNEIDER, propriétaire à Dieuze.

STRUBER, directeur des haras à Rosières.

VILBERT, cultivateur à Hamonville.

WILLEMET, pharmacien à Nancy.

Aux termes de l'article III de l'arrêté du Département du 19 thermidor an VI, les membres nommés choisirent pour président : *Lallemand*, officier de santé, et pour secrétaire : Michel Lecreulx, ingénieur en chef, et Willemet pharmacien.

Le *Journal de Nancy*, du 29 prairial an VI, dit qu'on espère « que la Société d'agriculture s'assemblera le 10 messidor. Il serait beau, ajoute-t-il, à voir cette société ouvrir une séance publique, le jour consacré à célébrer les bienfaits de l'agriculture. »

Le 29 fructidor an IX, en exécution d'un arrêté du ministre de l'intérieur du 14 prairial précédent, le préfet Marquis établissait le Conseil d'agriculture, arts et commerce. Le 2 thermidor an X, il autorisait la création de la Société libre des sciences, lettres et arts de Nancy. En l'an XII, celle-ci absorbait, pour ainsi dire, les deux sociétés, ses aînées, qui se disloquaient, par le départ de ses principaux membres.

La Société libre d'agriculture ne vécut donc que très peu de temps ; elle n'avait d'ailleurs par elle-même aucun moyen d'existence. Absorbée par une société littéraire, ses efforts furent annihilés. En effet, que pouvaient faire devant des phraseurs, des hommes pratiques, habitués à manier la charrue et la herse ?

La Société libre des sciences, lettres et arts de Nancy, ajoute, peu de temps après, l'épithète *d'agriculture*. Si jamais cette docte compagnie a négligé un point essentiel, c'est bien l'agriculture, qui n'offrait rien de poétique, mais qui était et sera toujours par trop naturaliste, pour certains esprits.

On a un peu trop oublié, à Nancy, le passage à la préfecture de la Meurthe, de M. le vicomte Alban de Villeneuve-Bargemont. Nous avons dit, dans nos *Promenades historiques*, que, grâce à lui, Mathieu de Dombasle avait pu voir son œuvre couronnée d'un plein succès.

Le vicomte Alban de Villeneuve-Bargemont, né à Saint-Alban (Var) en 1754, est mort en 1850. Il fut successivement préfet de Lérida, en 1812, de Namur, en 1813, de Toulouse, en 1814, d'Angoulême, en 1818, de Nancy, en 1819, de Nantes, en 1826, et de Lille, en 1828. La Révolution de 1830 brisa sa carrière administrative, qui n'est pas sans éclat, et le rendit à la vie privée.

Après avoir sorti Mathieu de Dombasle de l'ornière dans laquelle celui-ci était embourbé, il voulut continuer son œuvre, en instituant, dans notre département, les sociétés d'agriculture qui y faisaient défaut. En effet, il ne comprenait guère qu'une société purement littéraire, composée de puristes, de grammairiens, puisse s'occuper efficacement d'une chose qui était de l'hébreu pour elle, voire même du sanscrit. M. de Villeneuve-Bargemont pensait avec raison, qu'ici le vieil adage : « a chacun son métier et les vaches sont bien gardées » était applicable dans l'espèce.

L'année 1820 fait époque dans la vie de M. de Villeneuve : il fait récompenser Mathieu de Dombasle, en présentant sa charrue au gouvernement ; il fonde et institue, par souscription, la ferme-école de Roville, et enfin il crée les sociétés d'agriculture. Tout cela est son œuvre, accomplie dans une année, et dans une année qui n'était guère favorable à de semblables entreprises.

C'est encore à lui qu'on doit l'ouverture de la sous-cription (1823) qui a permis d'ériger la statue de Stanislas, sur la place Royale.

Après avoir été le *Mécène* d'un agriculteur, d'un cher-cheur, il s'est fait le protecteur des cultivateurs et d'un roi. Les bienfaits de son administration ne s'arrêtent pas là. Il est regrettable que de semblables hommes soient méconnus, et mis à l'index, par les passions politiques.

Nous disions donc que M. de Villeneuve menait de front la création d'une ferme modèle à Roville, et l'éta-blissement de sociétés d'agriculture, dans notre départe-tement.

Le 22 octobre 1820, l'organe officiel de la Préfecture, le *Journal de la Meurthe* publiait un long article sur les sociétés d'agriculture. Nous en détachons seulement ce passage :

« Nous nous empressons d'annoncer à nos lecteurs, que le gouvernement a approuvé l'établissement d'une société d'agri-culture, dans chaque arrondissement du département de la Meurthe.

» Ces sociétés, liées entre elles, et dont le centre commun de correspondance est placé à Nancy, seront installées savoir : celle de l'arrondissement de Nancy, par M. le préfet le 11 novembre prochain, et celle des arrondissements de Toul, Lunéville, Sarre-bourg et Château-Salins, par MM. les sous-préfets, le 6 du même mois.

» Le but de cette institution est de contribuer à l'amélioration du système agricole, soit dans ses moyens directs de culture pratique, ainsi que dans toutes les autres parties de l'économie rurale, soit dans ses rapports avec l'industrie, qui en reçoit et verse les produits dans la circulation. »

Sans faire un éloge du nouveau préfet, ce journal cons-tate les progrès accomplis depuis huit ou neuf mois, sous son administration. N'oublions pas de faire remarquer, qu'alors la rédaction était confiée à Psaume, dont l'expé-rience, en toutes matières, était incontestable. Psaume était aussi un peu cultivateur, et un peu vigneron ; et, puis il avait vu tant de choses et il avait connu tant d'hommes, qu'il pouvait être considéré comme bon juge :

« Pour atteindre plus particulièrement ce but, ajoute-t-il en parlant de la tendance générale qui se manifestait, pour le per-fectionnement de tout ce qui se rattache aux travaux agricoles,

— le Conseil général du département s'est empressé de seconder les sociétés naissantes, en votant un fonds pour les prix qui seront mis à un concours public, et décernés aux cultivateurs qui les auront mérités. »

Le mardi 14 novembre 1820, le *Journal de la Meurthe* annonce à ses lecteurs, que la société d'agriculture avait été solennellement installée, le samedi précédent, à une heure après midi. C'est seulement le 1er décembre suivant, qu'il donne quelques détails sur cette cérémonie.

« Nous avons annoncé dernièrement, dit-il, l'établissement d'une société d'agriculture dans chaque arrondissement du département de la Meurthe. Nous pouvons aujourd'hui donner quelques détails sur l'installation de ces sociétés. Elle a eu lieu le 6 de ce mois, dans les arrondissements de Toul, Lunéville et Sarrebourg......

» La Société de l'arrondissement de Nancy, qui en forme le point central, a été installée le 11 du même mois, par M. le vicomte de Villeneuve, préfet du département de la Meurthe, accompagné de M. le Secrétaire général de la Préfecture. Cette cérémonie a eu lieu à l'hôtel de l'Université, où la Société centrale est établie...... ....

» M. le Secrétaire général, ayant donné lecture des arrêtés d'installation des sociétés, et de la première énumération de leurs membres, M. le préfet a pris la parole, et s'est attaché à indiquer le but de cette institution et les avantages qu'on pouvait s'en promettre. Il a été procédé ensuite à l'élection des présidens, vice-présidens, secrétaires et secrétaires adjoints. On ne saurait trop applaudir aux choix que la Société centrale a faits, pour remplir ces honorables fonctions.

» La majorité absolue des suffrages a été donnée à M. *Mathieu de Dombasle*, aîné, pour la présidence ; à M. l'abbé *Vautrin*, pour la vice-présidence ; à M. le baron *Mallarmé*, membre du Conseil général, pour la place de secrétaire ; et à M. *Braconnot*, pour celle de secrétairet adjoint. M. le préfet, président-né de la Société, a, sur le champ, proclamé ces nominations, qui ont été consignées dans le procès-verbal d'installation. »

Le jour des funérailles de Mathieu de Dombasle (31 décembre 1843), plusieurs discours furent prononcés sur sa tombe, notamment par M. le docteur de Haldat, au nom de l'Académie, et par M. de Myon, au nom de la Société d'agriculture. Dans son discours, M. de Haldat exprima le vœu de voir élever bientôt, au moyen d'une souscription lorraine, un monument à la mémoire du fondateur de l'Ecole de Roville.

Quelques jours après, un comité se formait, à Paris, pour atteindre le même but. Nous lisons dans l'*Espérance* du 11 janvier 1844 :

« La Société centrale d'agriculture de Nancy, dont M. de Dombasle a été l'un des principaux fondateurs, se réunit aujourd'hui même, et se propose, dit-on, de s'associer à la souscription ouverte à Paris, ou d'en ouvrir une elle-même, pour perpétuer, par un monument, le souvenir d'un homme auquel la Lorraine s'honore d'avoir donné le jour. »

Nous devons dire, que cette société s'était déjà réunie le 4 du même mois, et avait nommé une commission, chargée d'étudier les voies et moyens pour provoquer une souscription.

Le même journal publie le 14 janvier l'entrefilet suivant :

« Nous apprenons, qu'indépendamment de la Commission qui s'est formée à Paris, parmi les agronomes ou disciples de M. de Dombasle, la conférence agricole de la Chambre des Députés s'est occupée, dans sa première réunion de 1844, du projet d'élever un monument à la mémoire de notre célèbre compatriote.

La conférence a nommé une Commission composée de MM. de Tracy, Cordier, Bœnin, de Beaumont (Somme), Desjobat, Darblay, Dangeville, Houzeau-Muiron et Lemaire. Cette commission s'est aussitôt constituée et a chargé M. de Tracy, son président, de s'entendre avec les membres de la Chambre des pairs, qui s'occupent des intérêts de l'agriculture, pour organiser un comité définitif et arrêter les moyens d'exécution. »

La Société d'agriculture de Nancy faisait publier, dans le même moment, la circulaire suivante, que reproduisirent à l'envi tous les journaux :

SOUSCRIPTION

POUR ÉLEVER UN MONUMENT A M. MATHIEU DE DOMBASLE·

« La Société centrale d'agriculture du Département de la Meurthe, qui a eu pendant plusieurs années l'honneur d'être présidée par M. Mathieu de Dombasle, a pensé qu'il lui appartenait de prendre l'initiative de l'hommage public, si légitimement dù à sa mémoire.

» Dans sa séance du 4 de ce mois, elle a, conformément au

vœu exprimé sur la tombe de M. de Dombasle, nommé une commission, pour se mettre en rapport avec les sociétés d'agriculture du Royaume, et provoquer, sur tous les points de la France et partout où le nom de cet agronome illustre a pénétré, le concours de tous ceux qui apprécient les services éminents qu'il a rendus.

» Elle croit pouvoir, avec confiance, ouvrir une souscription, dont le produit serait destiné à lui élever, dans la Ville de Nancy, où il est né et décédé, et qui a été pendant la plus grande partie de sa vie, le siège de ses études et de ses travaux, une statue qui, placée dans un lieu plus particulièrement fréquenté par les populations agricoles, offriraient à leurs yeux, et transmettraient d'âge en âge à la vénération publique, le souvenir et l'image du père de l'agriculture française, au XIXe siècle.

» Les fonds pourront être adressés, soit au secrétaire-trésorier de la Société d'agriculture, soit aux Présidents ou Trésoriers des différentes sociétés d'agriculture de France, qui voudront bien, nous n'en doutons pas, accepter cette délégation, et s'unir activement à nous, pour remplir de la manière la plus digne, le devoir à la fois et le vœu du pays.

» La liste générale des souscripteurs sera publiée.

» Nancy, le 8 janvier 1884.

Les membres de la Commission :

> POIREL, membre du Conseil général de la Meurthe, président ; le baron DAURIER, membre du Conseil municipal de Nancy ; DE MYON ; DE SCITIVAUX DE GREISCHE, membre du Conseil général de la Meurthe ; Turck, directeur de l'institut agricole et pratique de Sainte Geneviève.

> Adopté en séance, le 11 janvier 1844.

» Pour la Société centrale d'agriculture de Nancy,

Le Secrétaire-archiviste-trésorier,   *Le Président,*

SOYER-WILLEMET.   GIRONDE.

Plusieurs sociétés d'agriculture répondirent à cet appel. L'impulsion donnée fut si vigoureuse, qu'en moins d'une année, la souscription atteignit le chiffre, respectable pour cette époque, de 25,000 francs.

A Nancy, la souscription fut ouverte : au secrétariat de la Mairie : au secrétariat de la Société centrale d'agriculture, à l'Université ; au cercle du Casino ; au cercle du

Commerce ; au café Parisien, rue des Dominicains ; dans les hôtels de l'Evêché et de la Chartreuse, place Saint Georges ; et chez MM. Perrot, Poirot et Binger, notaires.

A peine la souscription fut-elle ouverte, qu'à Paris et à Nancy, on s'occupa du choix d'un emplacement convenable, pour recevoir le monument projeté.

» La Commission formée à Paris, pour s'occuper d'un hommage à rendre à la mémoire de notre illustre compatriote, M. Mathieu de Dombasle, a, conformément au vœu émis par la Société centrale d'agriculture de Nancy, été d'avis que si l'on doit élever un monument à la mémoire de M. Mathieu de Dombasle, ce monument devrait être placé dans la Ville de Nancy où le célèbre agronome a commencé et fixé sa carrière, et près de laquelle il avait fondé et dirigé la Ferme modèle et l'institut agricole de Roville. Elle a également pensé, que si le montant des sommes le permettait, on pourrait, en s'entendant avec les héritiers, faciliter l'impression des œuvres inédites de Mathieu de Dombasle, et la réimpression de ceux de ses ouvrages le plus spécialement consacrés aux questions d'agriculture pratique. » (*Meurthe,* 30 janvier 1844).

Nous avons dit précédemment que le 3 février, le Conseil municipal de Nancy avait donné le nom de *Dombasle* à la place du Collège. Cette décision souleva de la part de l'*Espérance* une crainte que nous croyons exagérée :

« On nous assure que, dans une dernière séance, le Conseil Municipal de Nancy a voté une somme de 3,000 francs pour le monument à élever à la mémoire de M. Mathieu de Dombasle, et a décidé que la *place du Collège* s'appellerait désormais *place Dombasle.*

» Nous applaudissons sincèrement à ces témoignages de reconnaissance , envers le célèbre agronome lorrain, dont le nom se place si bien à côté de ceux d'Olivier de Serres, Thaër, Arthur Young, l'abbé Rosier ; mais le choix d'un emplacement nous semble encore prématuré, et celui-ci paraît assez mal choisi, pour l'érection de tout objet analogue, en raison particulièrement de l'exiguïté de l'espace, et de l'isolement presque absolu, de cette partie de la ville. » (*Espérance,* 6 février 1844.)

Il nous semble, que c'était cependant l'endroit le plus convenable à l'érection de la statue, puisque Mathieu de Dombasle est né dans la maison qui porte, de nos jours, le n° 66, de la rue Stanislas, laquelle se trouve être précisément en face. Les bonnes raisons données par l'*Espérance* ont peut-être leur valeur ; mais, à cette époque, la place

Dombasle n'était pas dans un isolement aussi complet qu'elle le prétend : les gens de la campagne fréquentaient encore la halle aux grains, et nous ne pensons pas que le marché de foin, paille, bois, se soit tenu ailleurs que sur la grande place de Grève (de l'Académie). En réalité, le choix de l'emplacement n'était pas aussi mauvais, que le veut bien dire ce journal. Pour expliquer ce choix, il manque une plaque commérative, sur la façade de la maison natale de Mathieu de Dombasle.

Le 8 ou le 9 février, le *Patriote de la Meurthe* annonçait que la commission des souscriptions ouvertes à Paris, avait fait des démarches auprès de David d'Angers, pour l'engager à se charger de l'exécution du monument projeté.

La *Meurthe* du 6 avril publie la lettre d'adhésion écrite par ce statuaire à M. Poirel, président de la commission de Nancy, le 23 mars. David, d'Angers, est venu visiter les lieux et s'entendre avec la commission, dans les derniers jours de juin 1846.

Arrivant au moment de l'érection, il ne nous reste plus qu'à feuilleter les journaux du temps.

« On vient de décharger sur la place Dombasle plusieurs bornes en granit gris, et l'on annonce l'arrivée toute prochaine, d'énormes blocs d'un superbe granit rose des Vosges, destinés au piédestal de la statue du savant agronome. » (*Meurthe* 28 juillet 1850.)

» La statue Dombasle est arrivée jeudi (1er août) à Nancy ; elle a été posée dans la cour du Lycée, jusqu'à l'époque de son inauguration, fixée au 8 septembre, jour de l'ouverture du Congrès scientifique (*ibid.* 3 août).

» La statue de Mathieu de Dombasle, est, comme on sait, l'œuvre de David (d'Angers). L'illustre agronome est représenté debout, dans l'attitude méditative de l'écrivain. Il est vêtu d'une longue redingote. A ses pieds, est un soc de charrue (*Ibid.* 5 août).

» On a amené sur la place du Lycée, le dé du piédestal de la statue de Dombasle. C'est un bloc de granit rosé, très remarquable par le grain et le poli de la pierre. Ce cube pèse 9.000 kilogrammes. Sur l'une des faces on lit cette inscription, gravée en lettres rustiques.

A MAT. DE DOMBASLE
1850

» On n'attend plus, pour compléter tout le matériel nécessaire à l'érection de la statue, qu'une pierre de base, dite semelle ; cette pièce arrivera lundi. » (*ibid.*, 19 août).

« Toutes les pièces de granit qui doivent former le piédestal de la statue Dombasle sont arrivées. Des ouvriers travaillent activement à les mettre en place, afin que l'inauguration du monument élevé au célèbre agriculteur français, soit une des plus belles fêtes occasionnées, dans nos murs, par la réunion du monde savant. » (*Espérance*, 20 août.)

« Les derniers travaux du monument élevé à Mathieu de Dombasle sont terminés. Les ouvriers sont occupés à enlever les échafaudages et à sabler la place. » (*Meurthe*, 2 septembre).

L'inauguration eut lieu le 7 septembre 1850, à une heure et quelques minutes de l'après-dînée. Aucun journal, en rendant compte de la cérémonie, n'a fait l'éloge de l'œuvre de David (d'Angers). Nous prenons, entre tous, le compte-rendu publié par l'*Espérance*, le 8 septembre. C'est le moins acerbe. Le voile vient de tomber, et le reporter éprouve un instant de stupéfaction :

« Jetons maintenant un regard sur la statue. C'est une œuvre de David, d'Angers. Nous regrettons de dire qu'elle n'est pas à la hauteur de la réputation du célèbre sculpteur. Elle figurerait beaucoup mieux sur un cimetière, que sur une place publique, tant elle est triste et sombre. La pose n'est ni aisée ni noble. L'attitude méditative donnée à M. de Dombasle, nuit à l'œuvre artistique. Nous abandonnons les détails aux critiques de profession.

» Nous savons que le costume moderne ne se prête pas, comme les antiques draperies, aux fantaisies du ciseau. C'est décourageant pour nous autres, qui pouvons, dès aujourd'hui, prévoir la piètre figure que nous ferons, si jamais on nous élève des statues. Mais enfin, costume à part, l'œuvre de M. David laisse à désirer, laisse beaucoup trop à désirer, sortant d'aussi habiles mains.

» La musique se tait : les discours commencent. »

Eh bien, si David d'Angers était à Nancy, il a pu mettre cela dans sa poche, ce qui ne l'a pas empêché de faire, plus tard, une statue encore plus ridicule : celle du général Drouot.

C'est alors, que les quolibets ont plu, et sur la statue Drouot et sur la statue Dombasle. Ah ! pour le coup, l'*illustre* David, d'Angers, a perdu son illustration chez les vrais nancéiens, qui n'ont jamais pu lui pardonner depuis, les affreuses caricatures dont il a doté notre ville.

« J'ai trouvé un jour, dit Fr. Najotte, une petite pièce de vers destinée à décorer le piédestal de la statue Dombasle. Je ne puis me refuser le plaisir de la transcrire ici, avec l'apostille qui l'accompagne, et je crois que, tacitement, le public nancéien et l'ombre gigantesque de M. de Dombasle lui-même, s'associeront à cette complainte :

> *Quel crime ai-je commis, quel est donc mon forfait,*
> *Messieurs, pour mériter d'être ainsi contrefait !*
> *Parce que j'ai fondé la ferme de Roville,*
> *Devait-on m'ériger une statue en ville ?*
> *Un buste mieux sculpté m'eût paru suffisant,*
> *A me voir là, j'éprouve un chagrin bien cuisant !*
> *Cette perche à houblon, dans sa haute encolure,*
> *Fait de mon personnage une caricature*
> *Qu'en vain je veux cacher, lorsque les étrangers*
> *Me narguent sans pitié, grâce à David, d'Angers !*
> *J'ai beau me plaindre, hélas ! ma posture forcée*
> *M'empêche d'écouter la voix de ma pensée*
> *Qui voudrait me soustraire aux regards insolents ;*
> *Il faut rester en butte au lazzis des passants....*
> *Messieurs, délivrez-moi de cette farce indigne,*
> *S'il vous plaît, qu'à mon sort enfin je me résigne.*
> *Que béni soit le jour, où l'on me descendra,*
> *Et puissé-je écraser ceux qui m'ont planté là !*

« M. de Dombasle proteste contre l'érection de la croûte en
» bronze qui prétend reproduire ses traits, et les faux plis de ses
» pantalons, il s'inscrit en tête de cette pétition destinée à lui
» faire garantir plus grande ressemblance, et à lui faire rendre
» une position plus naturelle ; il se fonde surtout, sur ce qu'il
» est affligé d'une déviation dans la colonne vertébrale. »

« Il est de fait que M. de Dombasle, pour les services qu'il a rendus à l'agriculture, méritait mieux qu'une affreuse statue, et que Nancy, qui a le droit d'être fier de le compter au nombre de ses enfants, est plutôt honteuse de sa reconnaissance mal traduite ; on peut en dire autant pour la statue Drouot. Cette honte sera-t-elle éternelle ? » (*Revue monumentale à Nancy*, p. 11).

Si la statue Dombasle n'est pas réussie, il faut reconnaître ausssi que ceux qui ont fourni l'inscription du socle, n'ont pas été bien inspirés.

A

MAT. DE DOMBASLE

1850

Nous observerons d'abord que le nom de Dombasle est ici un nom d'emprunt, qui n'appartenait pas à l'agronome, seulement à son père, lequel a eu le droit de le porter quelques années, en qualité de seigneur pour partie de Dombasle.

Pourquoi avoir supprimé ici le nom patronymique de Christophe-Joseph-Alexandre MATHIEU, et pourquoi avoir fait de ce nom patronymique le semblant d'un prénom ?

Cette supercherie ressemble beaucoup à celle de Alex. Haldat, qui raccourcissait son nom patronymique d'ALEXANDRE, pour avoir la gloriole de se parer du nom patronymique de sa grand'mère Françoise-Claire de Haldat du Lys, qui avait épousé le 14 mai 1736, François ALEXANDRE, avocat à la Cour, lequel était fils de François ALEXANDRE, notaire royal au baillage de Bassigny et d'Anne *Regnault*.

EPVRE (PLACE SAINT)

Ceux qui ont connu Nancy, il y a une vingtaine d'années, c'est à dire avant 1860, ne reconnaîtraient plus aujourd'hui la place Saint Epvre. En 1882, on pouvait encore déterminer exactement son étendue et sa configuration ; mais cela n'est plus possible, depuis le nivellement qui a été opéré à la fin de cette même année, jusque sur l'ancienne place supprimée, qui avait alors le nom de *petite Carrière*.

Entrer dans tous les détails des transformations subies dans ce quartier, est chose difficile. Les documents ne font pas précisément défaut, au contraire, ils sont tellement nombreux, qu'ils arrêtent l'historien.

La place Saint Epvre d'aujourd'hui, n'est plus la place Saint Epvre créée en 1495, par le duc René II. On est à se demander, de nos jours, où sont ses limites et l'on se dit : jusqu'où va-t-elle aller ? Mgr. Trouillet n'a pas dit encore son dernier mot ; et dans le plan qu'il a exposé à la municipalité vers 1878-1879, il reste encore bien des choses à faire, non seulement pour dégager la basilique Saint Epvre, mais encore pour fixer, d'une manière définitive, les limites de la place, qui absorbe déjà la petite Carrière et la place des Dames. Tout cet immense espace, qu'on verra probablement agrandir sur la grande Rue, depuis la maison n° 51 jusqu'à la rue Saint Antoine, ne sera plus que la place Saint-Epvre.

Cela ne suffira pas : un besoin en appelle un autre ; et bientôt, le projet abandonné depuis 1842, de relier la Pépinière au cours Léopold, par un boulevard en ligne droite, partant de l'hémycicle de la Carrière, renaîtra de ses cendres. Ce projet s'impose et il est indispensable qu'il se réalise. Aussi adieu, vieille rue de la Boucherie, nous te souhaitons, d'ores et déjà; bon voyage dans le monde des oublis.

Ah ! c'est qu'aujourd'hui le progrès n'est plus si lent qu'autrefois, les capitaux abondent et ils embarrassent. On démolit et l'on reconstruit ; tant mieux, quand on est dans la bonne voie, tant mieux quand on étudie sérieusement un projet, et qu'on l'exécute de point en point ; mais tant pis, quand on massacre des rues, pour créer des ouvertures qui répondent à des besoins n'ayant aucun rapport avec l'ensemble, si magnifique, du tracé de notre ville.

Nous le dirons franchement, toutes les percées nouvelles, sauf celles de la rue des Tiercelins et de la rue Charles III, sont des percées massacrées par des agents ignorant l'histoire de la ville, et méconnaissant les projets magnifiques des Lecreulx, des Lesemellier, des Dosse et autres, qui voulaient faire de la capitale de Lorraine la cité la plus belle de tout le Royaume.

La création nouvelle de la place Saint-Epvre est, à notre notre avis, la transformation complète de la Ville-Vieille ; nous ne le dissimulons pas, elle est à la hauteur des créations de Stanislas, pour la Ville-Neuve, lequel, en somme, n'a créé qu'un quartier comprenant la place Stanislas, la rue de la Constitution, la rue Sainte-Catherine, la rue et la place d'Alliance. Les rues de la Poissonnerie et Stanislas sont du règne de Léopold.

Nous ne considérons pas ici les beautés architecturales, nous nous arrêtons seulement devant l'utilité des voies créées, devant l'assainissement d'un quartier ; par contre, nous réclamons la régularité de la ligne droite. Cette régularité n'ajoute pas seulement à la beauté, elle ne flatte pas seulement l'œil, elle est aussi la source de la richesse.

Les hommes des XVII et XVIIIe siècles avaient bien compris que leur époque n'appartenait plus au moyen âge, c'est pourquoi ils ont tracé des rues droites, dans toutes les villes ouvertes où s'étendait la domination royale, à cause de la santé publique, du développement du commerce. On ne voit pas le même progrès s'accomplir dans les villes fermées, ou villes de guerre. Ici, on se borne à quelques embellissements : à établir de nouvelles promenades qu'on appelait Esplanades, à aligner et élargir lentement et progressivement, les ruelles étroites ; car il ne suffisait pas de déplacer toute une population, pour transformer un quartier, sans assurer à cette population un abri plus que momentané. Comme les événements politiques ne peuvent répondre du lendemain, les villes de guerre sont toujours demeurées à peu près dans le même état.

Il suffit de lire Lionnois, pour avoir une idée de l'aspect que présentait encore la place Saint Epvre, il y a une cinquantaine d'années ; car depuis, toutes les arcades sur lesquelles s'appuyaient les façades de ses maisons, ont disparu. La dernière, dite la *maison au Pilier* (n° 8) a été démolie vers 1864. Il ne reste plus que les arcades de la maison n° 14, dont la construction ne remonte qu'au règne de Stanislas. Les dessins exécutés par MM. Thorelle et Chatelain, nous ont également conservé l'aspect sévère de cette place.

Nous allons donc ouvrir l'*histoire* de Lionnois, à la p. 280, que nous lirons attentivement, en ayant soin de présenter nos observations sur chacune de ses parties.

« La place Saint Epvre, la plus ancienne de cette ville, et la seule qui ait conservé la plupart de ses bâtiments antiques, fut construite pour des Halles et une Place de Marché. Elle avait déjà cette destination, avant l'an 1495, lorsque le duc René II y fit faire une fontaine environnée d'un vaste bord exagone de pierre de taille, avec un grillage élevé, et placer dans le milieu sa statue (*sic*), qui a été remise sur la nouvelle qu'on y voit aujourd'hui depuis le règne du roi . Stanislas. La chronique de Lorraine s'explique ainsi à ce sujet : « L'an 1495, fut faite la » fontaine qui est à présent en la place qui, auparavant, était la » halle où tout se vendait. »

Nous observerons d'abord que Lionnois fait erreur, en disant que la place Saint Epvre est la plus ancienne de la ville-vieille. Il le dit dans ses *Essais*, il le répète dans son *Histoire* et dans son *Calendrier pour 1797*, alors que chaque fois il fournit des preuves contraires à l'appui. La citation qu'il fait de la chronique de Lorraine, lui démontre, qu'avant la place, il y avait une halle. Et plus loin, dans un autre passage, qui a trait à la fontaine établie en 1495, il nous apprend qu'il a fallu détruire un pâté de maisons, pour créer la place et y établir la fontaine, A notre avis, la place Saint Epvre ne date que de la fin du XVe siècle, donc elle n'est pas la plus ancienne, puisque la place des Dames, primitivement dite *du Chastel*, remonte à l'origine de Nancy. En 1508-1509, on construisit une neuve halle, de laquelle il est souvent question dans les comptes du XVIe siècle. Nous ne savons trop où elle était située ; des mentions telles que celle-ci laissent supposer que c'était au haut Bourget : « pour estançonner le toit de la halle devant la maison de M. Claude de Hassonville. » La première statue posée sur la fontaine de la nouvelle place Saint Epvre, reproduite sur le plan de 1611, n'était pas originairement celle du duc René II ; c'était un Saint-Georges. Celle du duc René II l'a remplacée un siècle plus tard, (de 1603 à 1607) alors que le Saint Georges, ou le gendarme, comme on l'appelait vulgairement, tombait en ruines. Cela est constaté par de nombreux actes municipaux, qui sont aux archives de la ville. La fontaine Saint Epvre, qui n'existe plus maintenant que comme curiosité, au musée lorrain, a toute une page d'histoire, et mérite certainement une monographie spéciale ; car, à la fin du dernier siècle, elle a passé pour une des sept merveilles de Nancy.

» La statue est équestre, et le prince tient l'épée élevée, comme pour en frapper les ennemis. Elle est petite, mais dans une belle proportion, et d'un bon dessin pour le temps, ajoute naïvement Lionnois, qui la vieillit de plus d'un siècle. Ce fut pour les marchés de poissons, que fut établie cette fontaine, pour laquelle on détruisit une île entière de maisons qui, du côté de la place, suivait l'alignement septentrional de la rue de la cour, et de l'autre, regardait la face orientale de la place, laissant entre deux un intervalle, pour la *rue* dite *de l'Eperonnerie*. Dans un ancien titre, portant ascensement de la maison qui est à l'angle de la place et de la rue du Four sacré (rue Saint Epvre) payable aux Dames Précheresses, cette maison est encore dite dans les nouveaux titres située sur la *rue de l'Eperonnerie*. »

Voici, en réalité, un aveu très important auquel nous attachons un certain prix.

La rue qu'il dit être de l'*Eperonnerie*, avait aussi nom de *rue de l'Hormerie*. Les éperonniers et les Hormiers ou Lormiers étaient gens de même métier, ou à peu près ; ils fabriquaient mors, freins, éperons et aulxtres accoultrements de guerre, et harnachements de chevaulx. Cette rue de l'Hormerie ou de l'Eperonnerie, s'étendait au XVe siècle, de la rue de la Cour, maintenant supprimée, à la rue du Point du Jour, qui venait aboutir sur la rue de la Boucherie, dans l'alignement de la partie septentrionale de la rue de la Cour. C'est Lionnois qui nous l'apprend, dans son *calendrier pour 1797,* en parlant de la Fontaine Saint Epvre : « Pour établir cette fontaine, dit-il, p. 23, on détruisit une île de maisons qui formaient, avec celles qui subsistent encore à l'orient, une rue dite de l'*Hormerie* (éperonnerie), et qui communiquait de la rue de la Cour, élargie dans ce siècle de six pieds, à celle du Point du Jour. » Il y a ici une contradiction évidente, avec ce qu'il écrit dans son *Histoire.* Il faut le dire franchement, Lionnois s'est souvent contredit, en reformant son Histoire sur ses Essais, et en travaillant à ses Calendriers.

Nous laissons de côté une dissertation inutile de Lionnois, sur les pescheurs, et nous le reprenons à la p. 281 de son *Histoire.*

« Cette place peu étendue, n'a rien de remarquable pour ses bâtimens qui, tous, sont fort anciens, à l'exception de deux (les no 15, 16, ces derniers détruits) d'une belle construction, qui devaient servir de modèle aux autres, à mesure qu'on les réédifierait. Ces anciens formant des arcades avancées, sous lesquelles se plaçaient à couvert les grains, *lorsque cette Place servait de halle à la ville* (1). Toute la façon de ces arcades consiste en de gros

(1) Il faut remarquer, qu'au moyen-âge, on ne créait guère de places publiques, sans établir dans le contour des arcades, espèce de cloître, promenade publique, mettant à l'abri tout un chacun. Ce sont ces arcades qui ont servi dans l'origine de halles, ou mieux de marchés aux grains. Ce qu'on entendait, en ce temps, par halles, n'était pas un bâtiment spécial servant de halles proprement dites, mais simplement un appentis appuyé contre un bâtiment quelconque, destiné à préserver les grains de la pluie. On voit encore de ces anciennes halles, ou arcades, dans bon nombre de villes, citons seulement celles de Pont-à-Mousson, Remiremont, Saint Dié, Raon l'Etape, Rambervillers, etc.

Dans la neuve halle, construite à Nancy, en 1508, on n'y tenait pas seulement le marché au blé, on y établit en 1541 « des estaulx de merciers. »

piliers, sur lesquels des poutres soutiennent les étages supérieurs des maisons, laissant au rez-de-chaussée un espace d'environ six pieds de large, pour communiquer, à couvert, d'un côté de la Place à l'autre. Le Portail de l'église Saint Epvre, qui forme, au midi, un rentrant considérable, est le plus grand obstacle à sa régularité, ainsi que la maison qui y est contiguë, dont les arcades en pierre, avec leur avance subsistent encore, quoiqu'on ait obligé, dans le temps de l'élargissement de la rue de la Cour, de détruire celle des deux maisons voisines. »

Tout cela a disparu, et la génération actuelle n'en a même plus qu'un vague souvenir. Le Nancy du moyen-âge s'est éteint sous nos yeux, depuis la Révolution et même seulement depuis le premier Empire, et personne n'y a pris garde ; nul n'est venu nous dire, à nous, qui touchons au vingtième siècle : hier, la rue du Point du Jour, la rue de la Charité, la rue des Dames, étaient, avec la rue de la Cour, d'étroites ruelles ; la place Saint Epvre et la place des Dames étaient garnies d'arcades et d'échoppes, de petites « bouticles » comme l'on disait jadis, qui rappelaient le vieux Nancy, le Nancy des XIVe et XVe siècle. Non, tout cela a disparu petit à petit, morceau par morceau, sans qu'oncques le voie. Et puis, de même que Soubise, nous prenons, un beau matin, une lanterne en mains, et nous nous demandons d'un air surpris : Tiens, mais, où donc est le Nancy de Lionnois ? Mon Dieu, la réponse est facile, il s'est tamisé dans le crible du progrès. Nous ne regrettons pas certainement toutes ces vieilleries antiques, mais n'y avait-il pas, ci et là, des parties pittoresques de nos rues, qui demandaient à être conservées, et même entretenues aux frais de la commune ? Ne pouvait-on respecter, en l'isolant, ce vieil hôtel des Salles, qui ne gênait en rien le chevet de Saint Epvre ? Nancy, ville coquette, par excellence, a trop subi l'influence de la coquetterie féminine. Maintenant Nancy, Nancy le vieux, n'existe plus. On a tout arraché dans notre ville, même les plumes de l'histoire ; et, à l'heure qu'il est, nous savons qu'on voudrait pouvoir passer l'éponge sur les souvenirs historiques, comme on fait passer les démolisseurs sur un édifice qui ne convient plus. Qu'on prenne garde à l'heure des revendications, sur laquelle on ne compte jamais.

En un mot, telle était la place Saint Epvre, lorsque la Révolution éclata.

Au XVIe siècle, elle n'était pas dénommée ; nous la trouvons dite dans les Comptes du Domaine de Nancy *la place où est la grande fontaine*. Les rôles de 1551 à 1589 disent : *le circuyt de la place.* »

Comme on avait donné à la petite rue de passage, entre les places des Dames et de Saint Epvre, le nom de *rue de l'Union*, le 17 septembre 1791, on ne tarda pas à appeler la place Saint Epvre *place de l'Union*, c'est le vocable qui lui est attribué déjà, dans la délibération du 13 pluviôse an II, et que nous lui voyons confirmé par celle du 18 fructidor an III. Elle l'a conservé, jusqu'à la Restauration.

Voici donc en 1814 la place Saint Epvre, avec ses maisons à arcades, à niches de saint, à piliers à moitié démolis, avec une fontaine démantibulée, ne tenant plus debout sur ses assises, accolées d'énormes bornes de pierre, comme on n'en voit plus, dans le but de la sauvegarder des imprudences calculées des conducteurs, qui aiment à tourner court pour mieux verser. Ah ! nous y songeons, autrefois les bornes en pierre de taille n'étaient pas suffisantes, pour garantir les propriétés contre l'imprudence des rouliers, et aussi du râclement des moyeux. Presque toutes étaient garnies d'énormes barres de fer. Il en reste encore un échantillon à la maison faisant angle sur la rue de la Hache et la rue Saint Dizier, où elle porte le n° 111. Nous nous souvenons bien avoir vu, dans notre enfance, toutes les bornes bardées de fer, comme de preux chevaliers partant en guerre pour... la Syrie. Avec ces bornes, dont nous ne comprenons plus l'usage depuis l'installation des trottoirs, il faut se rappeler aussi les vieux charriots de paysans à jantes étroites, avec leurs essieux à la Malborough. En ce temps là, la plus forte sensation pour les femmes sensibles, c'était un accrochement de voitures. Nous avons encore assisté à ces scènes turbulentes, qui mettaient tout un quartier en émoi.

Si, depuis la création du Marché couvert à la Ville-Neuve, le marché qui se tenait jadis sur la place Saint Epvre avait continué de subsister, dans son état primitif, on l'aurait vu encombré de voitures de fagots, de charbon, de coquetiers et de beaucoup d'autres encore. La tenue du marché serait devenue impossible, étant donné le nombre de véhicules de tous genres qui circulent maintenant dans les rues. Tous les jours, il en serait résulté des accidents, à cause de l'exiguïté des voies d'accès qui conduisaient au centre de la place. Il aurait fallu, depuis longtemps, mettre à exécution le projet du boulevard qui devait relier la petite Carrière au Cours Léopold, pour obvier aux inconvénients que présentaient, il y a quelques années, les rues étroites qui aboutissaient au centre de la place. On a dit, on a écrit que l'idée de M. le curé Trouillet était une dépense de luxe. Non ; ce n'est point du luxe, c'est du nécessaire qui s'imposait, malgré qu'il n'y ait plus de marché tenu en cet endroit. La façade du nouveau Saint Epvre exigeait un dégagement, tout aussi bien que la place elle-même, qui y a gagné par l'aspect. La question hygiénique n'est pas non plus à dédaigner.

Nous n'en voulons pour preuve, que cette plainte et grande lamentation, écrite il y a quarante ans. par un vieux Nancéien qui voyait disparaître, d'un œil triste, le vieux Nancy, et qui se réjouissait de contempler, d'un œil plus gai, les nouvelles façades des antiques maisons de la place Saint Epvre.

« Le vieux Nancy s'en va ! où sont aujourd'hui les vieilles maisons, aux façades plus ou moins sculptées, qu'on observait curieusement encore, il y a peu d'années, çà et là, dans notre ville-vieille. La place Saint Epvre elle-même, avec sa haute tour gothique, voit disparaître autour d'elle tout ce qui rappelait encore le vieux temps. D'élégantes constructions plus en harmonie avec nos habitudes, vont remplacer ces masures supportées par des piliers, marché couvert au XVe siècle. L'administration municipale ne négligeant rien pour assurer la régularité des rues et leur embellissement, vient d'acquérir récemment une de ces habitations, presque croulante, afin d'élargir d'autant la petite rue de la Charité, débarrassée de son insalubre abattoir et de son ruisseau fangeux ; insensiblement, la Ville-Vieille de Nancy tend à s'harmoniser, on ne peut mieux, avec sa cadette si habilement tracée par le duc Charles III, notre grand duc. « (*Espérance*, 8 octobre 1844).

Si, depuis cette époque, celui qui a écrit ces lignes, a vécu, il a vu que le progrès allait plus rapidement qu'il n'osait alors l'espérer. Les transformations qui se sont opérées sur la place Saint Epvre et dans les environs, tiennent du prodige, si l'on considère le peu de temps qu'elles ont mis à s'accomplir.

GEORGES (Place Saint)

Il est bien difficile de déterminer l'origine de cette place, qui s'est formée petit à petit, sans qu'aucun document en fasse mention. La limite extrême qu'on pourrait conscieneieusement lui accorder, n'irait pas au delà de 1699. Ce n'est que seize ans plus tard, que le quartier du Marais a pris tournure, et s'est composé des rues du Manège et des Jardins. Par la situation du terrain, avoisinant une des principales portes de la Ville-Neuve, on devait espérer trouver là, plus tard, une place. Elle était bien place en 1622, puisqu'on y avait établi un marché de foin, paille et bois de chauffage ; mais c'était alors une place immense, à peu de chose près semblable à celle que nous représente le plan de La Ruelle en 1611. Ce n'est guère qu'à partir de 1715, qu'elle a été limitée. Elle figure dans le plan de Dom Calmet, à peu près telle qu'elle est de nos jours, mais elle n'y est pas dénommée. On l'a un peu embellie et agencée vers 1742-1744, lorsque Stanislas s'est occupé de cette partie de la ville, qui avait été délaissée depuis longtemps, à cause des calamités de tous genres, dont la capitale de la Lorraine était la victime. C'est seulement dans les plans de Lerouge 1752, qu'elle est qualifiée *place Saint-Georges*.

Elle est devenue nécessairement *place de la Fédération*, le 17 septembre 1791, quoique la délibération du Conseil général de la commune de Nancy sus-visée, n'en souffle mot.

A la Restauration, la *place de la Fédération* a repris son ancien vocable de *place Saint-Georges*, et puis tout est dit.

Lionnois n'en parle guère dans ses *Essais* et dans son *Histoire* ; il est un peu plus loquace dans son *Calendrier pour 1797* (p. 36). Ce qu'il en dit fait supposer qu'elle n'a jamais été ni renommée, ni remarquable :

« Cette place qui avait pris son nom de la Porte sur laquelle est la superbe effigie de ce Saint, monté sur un cheval d'une rare beauté et qui semble galopper, est aujourd'hui nommée *Place de la Fédération*. Elle n'existe avec quelqu'étendue et décoration, que depuis que MM. de l'Hôtel-de-Ville ont fait construire, depuis le Pont-Mouja jusqu'à cette porte, le canal couvert qui conduit les eaux du moulin hors de la Ville, et qui était à découvert dans toute cette rue. Le lavoir, placé aujourd'hui dans la courtine, au côté gauche de la porte depuis 1744, était précisément dans l'endroit où est la fontaine qu'on y a fait dresser, avec une auge pour les chevaux des gens de campagne. Ce reculement du lavoir qui défigurait toute cette place, a permis de construire ces belles maisons qui en décorent le côté septentrional. »

La fontaine dont parle Lionnois existait encore vers 1838, elle était située en face de l'hôtel de la Chartreuse. M. Thorelle en a donné un dessin dans son album. Sans doute, qu'elle avait été déplacée ; car dans le plan de Belprey, elle figure sur l'emplacement qu'occupe la fontaine actuelle, qui est loin de valoir celle dont M. Thorelle nous a laissé un dessin. C'est en 1839, qu'on a élevé ce chef-d'œuvre de l'art moderne, dont les municipaux du temps étaient si prodigues. Elle est contemporaine du *Triomphe de la canule*, maintenant au Jardin des Plantes.

Si la place Saint-Georges n'offre rien de remarquable dans les fastes de notre histoire locale, nous appellerons l'attention des lecteurs et des amateurs d'antiquités, sur cette mention que nous relevons dans les *Archives de Nancy* I, p. 334, à la date du pénultième mars 1637 : « Ordre aux commis de ville, de restituer les clefs de la maison où est *la Purificatoire*, près la porte Saint-Georges, au propriétaire d'icelle, sauf à les lui répéter, pour s'en servir au besoin. »

Que pouvait donc bien être *la Purificatoire ?*

Léopold, en arrivant dans ses Etats, créa une Académie d'exercices destinée surtout aux jeunes gentilshommes. Suivant le réglement qui dit qu'elle sera établie à Nancy, au mois de mai 1699, les élèves devaient monter à cheval, courir la bague et les têtes, faire des armes, voltiger, danser, apprendre l'histoire, les langues, les mathématiques et les exercices de guerre, le blason, la sphère et la géographie. Si l'on en croit Lionnois, et quelques autres écrivains, Léopold fit construire un manège en planches, à l'extrémité méridionale de la place Saint-Georges, pour les exercices des cadets. Ce serait à la suite de cette création que, quelques années plus tard, la rue du Manège aurait été créée. Nicolas dit en 1715, v. rue du Manège.

Stanislas, par son arrêt du Conseil des finances du

24 juillet 1739, fit don à la Ville, entre autres choses, de ce manège et de son sol. Le 15 décembre de la même année, le conseil de Ville demanda l'autorisation à M. le chancelier de La Galaizière de « vendre le Manège près la porte Saint-Georges », ce qui fut accordé. Le manège fut donc démoli en 1740 et le terrain servit, sans doute, à agrandir la place Saint-Georges actuelle.

Par un autre arrêt du Conseil des finances, du 9 février 1759, Stanislas fit encore abandon à la Ville de divers immeubles, notamment du sol et bâtiment, composé de remises, écuries et greniers, situés sur la place Saint Stanislas ou de l'alliance, pour servir de décharge au lieutenant-général de police, et d'un terrain près la porte Sainte-Catherine, à l'extrémité du Manège. M. H. Lepage ajoute en note : « démoli en 1741, et sur lequel fut bâti l'hôtel de M. Collenel. » (*Archives* III, 30). C'est une grave erreur, qu'à commise là notre savant confrère. Les mots « près la porte Sainte-Catherine » auraient dû lui donner l'éveil, car la porte Sainte-Catherine n'est pas la porte Saint-Georges. En regardant le plan de Belprey, rue d'alliance, on voit de quel terrain il s'agit ; il était, en effet, situé à l'extrémité du Manège et formait une petite place, jusqu'au mur de clôture auquel tenait la première porte Sainte-Catherine. La rue des Champs n'était pas créée, et la rue d'Alliance n'était pas terminée.

M. Lepage n'ignorait cependant pas l'existence de l'avertissement publié en 1757, par le sieur Antoine de Weyrother, qui s'orne des titres les plus pompeux, pour annoncer la fondation, à Nancy, d'une Académie Royale d'exercices. (*Archives*, IV, 112.)

« Cet établissement aura son commencement, dès le premier juillet 1757, dit l'avertissement. Les pensionnaires de cette Académie seront spécialement sous la protection du Roi. Il y a un hôtel bâti à neuf, sur la place d'Alliance, à la Ville-Neuve, et disposé pour recevoir tous ceux qui s'y présenteront. »

Suivent les conditions d'admission en XXIII articles. (In-4, Nancy, Charlot, 1757.) Cette Académie d'exercices devait se tenir dans la maison portant, de nos jours, le nº 13 de la rue d'Alliance.

Cinq ans auparavant, Stanislas avait déjà autorisé, par lettres patentes, du 8 janvier 1752, le sieur Nicolas-René Rolland, l'un de ses écuyers ordinaires et lieutenant au régiment de Clermont prince-cavalier « d'établir et tenir Académie publique, en la ville de Nancy, pour y enseigner à monter à cheval, faire des armes et autres louables exercices nécessaires et convenables à la noblesse : pour, par lui, jouir dudit privilége, exclusivement à tous autres, pendant le terme de vingt années, aux honneurs, droits, priviléges et franchises qui sont annexés à pareils établissements dans le royaume de France. » (*Communes de la Meurthe*, t. II, p. 208.)

Stanislas prit cette institution sous sa protection, et permit au sieur Rolland de l'intituler *Académie Royale*. Nous ignorons dans quelle rue elle fut établie. Combien de temps a-t-elle subsisté ? C'est ce que nous ne savons pas, non plus.

Nous ferons remarquer cependant, que la rue du Manége s'étant appelée, à cette époque, *rue de l'Académie*, il n'y aurait rien d'impossible, que le sieur Rolland ait établi son Académie dans les environs. C'est ici une pure hypothèse que nous mettons en avant, et il n'entre pas dans notre esprit de dire que cela était ainsi.

On a dit et on a répété maintes fois, que c'était sur le terrain du Manége, démoli en 1741, qu'avait été construit l'hôtel de M. Collenel, devenu hôtel de Raigecourt, et aujourd'hui occupé par la Banque la Société Nancéienne. L'état des maisons de Nancy de 1767, débute ainsi : *Porte Saint Georges :* nᵒ 1, les PP. Chartreux ; *Rue du Manége :* nᵒ 2, hôtel ; nᵒ 3, les PP. Chartreux ; nᵒ 4, les héritiers de M. Malcuit, etc. — Nous avions cru un instant, que les PP. Chartreux avaient acquis le terrain sur lequel avait été construit le Manége ; mais une note insérée dans le travail de M. H. Lepage, intitulé *Les Chartreuses de Sainte Anne et de Bosserville*, nous oblige à une rectification.

M. H. Lepage dit que, vers 1731, les Chartreux avaient fait « construire à Nancy une assez vaste maison avec une chapelle », et dans une note il ajoute :

« Cette maison, qui s'appelait *la Chartreuse*, n'occupait pas, comme on pourrait le croire, l'emplacement de l'hôtel qui porte encore aujourd'hui ce nom. Elle était située à gauche de la porte Saint Georges, en entrant à Nancy, derrière l'ancienne maison Collenel, actuellement l'hôtel de Raigecourt.

» Par lettres patentes du 5 juin 1728, Léopold avait accordé aux Chartreux une petite rue entre leur maison et jardin de

Nancy et le Manége, pour y bâtir des remises, écuries et basse-cour, pour l'utilité de cette maison. Ils y firent, de plus, con-struire, pour la Chartreuse, un petit refuge dans lequel se trou-vaient trois chambres pour les officiers et une pour les frères. En 1733, on fit faire au dessus de cette chambre, une petite chapelle qui fut bénite, le 26 janvier 1734, par le prieur de la maison, Dom Joseph Jaquet, co-visiteur de la province, en présence de M. l'abbé de Nenez, prévôt de Saint Georges.

» La Chartreuse de Nancy, dont un plan se trouve aux Ar-chives, occupait l'emplacement de la maison possédée aujour-d'hui par Mlle Dumesnil. »

Nous dirons d'abord, que la première maison des Char-treux était la maison Vagner, rue du Manége, n° 3, dans laquelle Châteaufort, a habité au moins depuis 1758 jus-qu'à sa mort, et où nous trouvons encore sa veuve en 1772, et plus tard. Du moment que l'état de 1767 dé-nonce comme appartenant aux PP. Chartreux la maison n° 1 de la paroisse Saint Sébastien, sous la rubrique *Porte Saint Georges* au lieu de *Place Saint Georges*, il faut en con-clure que la façade de cette maison donnait sur la place Saint Georges, près la porte de ce nom.

Nous avons sous les yeux la purge d'hypothèque de l'hôtel de Raigecourt, acte Marchal du 2 mars 1813, dans lequel nous lisons : « Une maison sise dans ladite ville, place de la Fédération, près la porte de la Meurthe, fai-sant angle à la rue Châteaufort, avec les cours, jardin et bâtiment qui en dépendent, provenant aux vendeurs d'ac-quet fait par acte Bigelot du 16 pluviôse an IX, sur Elisa-beth-Marthe-Béatrice Joly, veuve de François-Louis Hum-bert, général de brigade, demeurant à Nancy, sur Ger-main Henry, homme de lettres, demeurant en la même ville, et sur Elisabeth-Suzanne Humbert, son épouse, qui l'avaient acquise de Georges-Sigisbert Chevin, cultivateur, et de Marguerite Masson, son épouse, demeurant à Nancy, par acte Pierre du 4 ventôse an V.

Le prix de vente payé à cette époque, par les époux de Raigecourt, acquéreurs, fait bien croire qu'il s'agit de l'an-cien n° 1 de la Paroisse Saint Sébastien, possédé avant la Révolution par les PP. Chartreux. Si l'hôtel indiqué dans l'état de 1767, sous le n° 2, était l'hôtel de Raigecourt, il avait alors son entrée principale sur la rue du Manége, et les Chartreux auraient possédé le terrain à la suite, vers la porte Saint Georges, et les maisons nᵒˢ 1 et 3 actuels de la rue du Manége. Nous sommes certain que la maison de M. Vagner, imprimeur, leur a appartenu ; nous ignorons s'il en est de même pour la poste aux chevaux, nᵒ 1 actuel, tenue, sous l'empire, par Blachin.

JEAN (Place Saint)

La place Saint Jean se trouve déjà dessinée dans le plan de 1611 ; elle ressemble plus à une place, que le terrain vague qui se trouve au devant de la porte Saint Georges. Elle n'a pris la forme que nous lui avons connue, avant la démolition de la porte, que lorsque Léopold eut fait construire l'hôtel de la gendarmerie, qu'on appelle vulgairement le quartier Saint Jean. On l'a appelée *place Saint Jean*, jusqu'au 13 pluviôse an II, que le conseil général de la commune jugea à propos d'en faire la *place Lepelletier*. Celui du 18 fructidor an III, en fit les *places de la Cavalerie ;* sous l'Empire, elle redevint insensiblement *place Saint Jean*, de sorte qu'elle était complètement rebaptisée, lorsque les Bourbons rentrèrent en France.

» Cette place, dit Lionnois, avait pris son nom de la belle porte devant laquelle elle est située, et gravée par Israël Sylvestre, dans le le dernier siècle, et par Colin en 1762. On a donné, depuis la Révolution, à la porte et à cette place, le nom de la Cavalerie. Avant la construction de la porte de Toul, (Stanislas) celle-ci conduisait à Paris.

» La place est très vaste et terminée au midi, par l'hôtel de la gendarmerie, au couchant, par la porte, au nord, par les maisons et la belle église des ci-devant Prémontrés, et au levant, par des maisons de particuliers.

» L'hôtel de la gendarmerie commencé en 1699, pour les gardes du corps et chevaux légers du souverain, sert de logement à la cavalerie.

» Du côté gauche de la porte, sont l'hôpital militaire et le Moulin de la ville, dont les eaux viennent de l'étang Saint Jean » (*Calendrier pour 1797*, p. 37).

De toute cette place, il ne restera bientôt plus que l'ancienne église des Prémontrés, devenu le temple protestant.

La porte est détruite ; et, un jour ou l'autre, l'Etat alié-
nera le quartier Saint Jean. Une rue nouvelle sera
incessamment percée dans l'alignement du Temple, pour
isoler le nouveau Lycée. Ceux qui n'ont pas connu la
place Saint Jean avant 1870, ne pourront guère se faire,
plus tard, une idée de ce qu'elle était et des transformations qu'elle a subies, surtout depuis 1875, alors qu'on a
abaissé la chaussée conduisant à la porte, et qui formait
une pente rapide très fatigante pour les chevaux. Un square
fut créé en même temps, du côté du Temple protestant.
Les petites maisons qui étaient construites contre le mur
de soutènement de la rue de l'hôpital militaire ont été
rasées, à la même époque.

M. Thorelle, dans son album nancéien, nous a heureu-
ment laissé une vue pittoresque de la place Saint Jean,
telle qu'elle était avant 1840, et telle que nous l'avons
connue encore avant 1870 ; car jusque là, on n'y avait
apporté aucun changement.

Au dernier siècle, il se tenait, sur cette place, une foire
dite de Saint Joseph, dont on ne connaît pas l'origine,
mais qui, cependant, ne devait pas être très ancienne.

« La foire Saint Joseph, qui se tient au devant de l'Eglise des
Prémontrés, est-il dit dans un document cité par M. H. Lepage
(*Archives*, IV, 153), prend toutes les années de nouveaux ac-
croissements, en sorte qu'elle commence à occuper et embarrasser une grande partie des rues qui y aboutissent. Les officiers
de Schomberg ne cessent d'en porter des plaintes, étant empê-
chés dans leurs manœuvres. La célébration du service divin est
profanée, par des criaillements continuels. Il conviendrait donc,
pour lui donner plus d'étendue, de la placer sur la promenade,
près la place Neuve (du Marché), d'autant que les Prémontrés,
fondés sur le laps de temps, pourraient réclamer la possession et
s'opposer, par la suite, à cette translation indispensable. »

Ce document, cité par M. H. Lepage dans ses *Archives*,
IV, 153, paraît être une requête présentée à la Cour, en
suite d'une ordonnance de police par le Lieutenant-Général
de police. Généralement, toutes les ordonnances de police
étaient soumises à la sanction de la Cour, qui leur donnait, par son homologation, force de loi. Suivant l'usage,
une enquête fut ouverte. Les Prémontrés répondirent :
« Qu'ils sont très indifférents à ce qu'il y ait une foire sur
la place de Saint Jean ou non, si ce n'était la décence de

l'office divin, qui est interrompu. Ils supplient aussi la Cour de faire attention que les ânes, qui y apportent des bois, y causent une indécence par leur *chant*, qui interrompt très fort le service divin. »

Par son arrêt du 15 mars 1774, la Cour autorisa la translation de cette foire sur la place Mengin.

On vient de remarquer, « l'indécence du *chant* » des ânes ; cet animal sobre était en grand honneur chez nos pères. Les jours de marché, les rues et places de Nancy étaient encombrées d'ânes : les maraîchers, les laitiers, et généralement tous les forains, amenaient leurs denrées en ville à dos d'ânes. Claudot, qui saisissait au vif la réalité dans ses tableaux, y fait presque toujours figurer un âne et des chiens, soit dans ses vues nancéiennes, soit dans ses vues champêtres. Il n'y a pas si longtemps, que l'âne n'est plus en usage dans notre pays, où il convenait parfaitement, pour monter ou descendre dans les chemins rapides, des côteaux qui bordent les vallées de la Meurthe et de la Moselle.

LAFAYETTE (Place)

On a supprimé, en 1867, la petite place de la Carrière, sous prétexte que le numérotage des maisons appartenait à la Grande-Rue. C'est bien pire pour la place Lafayette. Celle-ci n'a aucune maison à elle. Les deux magasins qui lui font face à l'est, dépendent l'un de la maison nº 13 de la rue Callot, et l'autre, de la maison nº 24 de la rue des Maréchaux : de sorte, qu'au nord et au midi, ce sont ces deux rues qui y empiètent ; à l'ouest, le numérotage appartient à la rue d'Amerval, et la plaque indicative posée à l'angle de la maison nº 17, dénomme cette face rue d'Amerval. Donc, la place Lafayette n'existe que nominativement, et n'a pas plus droit d'exister que la petite place de la Carrière, qui a au moins pour elle deux façades, tandis que la place Lafayette n'en a qu'une, qui n'est pas à elle. Ce n'est plus une place, depuis qu'on a eu l'heureuse idée d'y créer un square, en 1866-67. C'est simplement un square, le plus beau de tout Nancy, le plus ombrageux, le plus agréable. On en doit l'exécution à M. Pugnière, alors ingénieur des ponts et chaussées.

M. H. Lepage, dans ses *Transformations de Nancy* p. 64, raconte l'historique de la création de cette place. Nous en avons dit aussi quelques mots, dans nos *Promenades historiques à travers les rues de Nancy*, p. 388.

Elle ne fut terminée qu'à la fin de 1813. On n'avait pas eu le temps, au conseil municipal, de la dénommer, lorsqu'à la Restauration, on proposa de l'appeler *place Mique*. Joseph Mique, préfet de la Meurthe, refusa, et lui fit donner le nom de *place Vioménil*. A la Révolution de Juillet 1830, on en fit la *place Lafayette*. En 1867, M. Louis Lallement avait proposé de l'appeler *place Saint-Urbain*, du nom de notre célèbre médailliste ; cette proposition ne fut pas admise (v. rue Saint-Urbain).

Les deux vocables qu'elle a portés sont les noms de deux généraux et de deux hommes politiques. Cependant, le général de Vioménil était lorrain ; et, de plus, l'hôtel qui était bâti sur cette place lui avait appartenu et avait porté son nom, avant la Révolution ; (v. Lionnois, histoire, t. I p. 288), même, pendant et après, on ne le désignait que sous le nom du ci-devant hôte Vioménil.

En 1846, lorsque M. P.-G. Dumast voulait faire nommer la rue Lafayette, *rue Ferry III,* il écrivait dans son *Nancy* p. 229, note *c* :

» La future rue Ferry III s'appelle en ce moment rue La Fayette, Or, La Fayette, célébrité postérieure à la réunion de la Lorraine à la France, est dans des conditions normales pour pouvoir figurer à Nancy sans anachronisme ; et c'est un nom bon à conserver, parce qu'il représente un principe que l'on oublie trop, *la liberté pour tous*. Mais, justement, il n'y aurait pas lieu de l'effacer : la place d'à côté (place Vioménil) le porte déjà : elle le garderait. Une place La Fayette suffit, sans que l'on y ajoute encore une rue. *L'hôte des Etats-Unis* n'a pas besoin de deux mentions dans une même ville. »

Citons maintenant quelques actes qui se rattachent à la création de cette place.

« Par la loi du 10 septembre 1807, M. le préfet du département de la Meurthe est autorisé à aliéner à la ville de Nancy, l'hôtel dit de Vioménil, provenant de l'émigré de ce nom, duquel hôtel la démolition est partie reconnue nécessaire, pour ouvrir une communication directe, entre les quartiers dits de la Ville-Neuve et la Ville-Vieille. » (*Meurthe,* 2 octobre 1807.)

« Le 1er avril 1809, 10 heures du matin, en la salle des séances ordinaires de la Mairie, il sera pardevant elle, conformément à l'arrêté approbatif de M. le préfet de la Meurthe, en date de ce jour, procédé à la vente des démolitions de la totalité du grand hôtel dit Vioménil, aliéné à la ville de Nancy, par le gouvernement le 10 septembre 1807. » (*Ibid.*, 28 mars 1809.)

Ce furent MM. Gény, frères, demeurant rue de la Poissonnerie, qui se rendirent acquéreurs de la démolition, quelques mois plus tard, ils annonçaient la vente à l'amiable des matériaux qui en provenaient.

Par décret impérial du 6 mars 1810, M. le Maire de la ville de Nancy fut autorisé à vendre, par adjudication publique et à l'enchère, les parties du bâtiment de l'hôtel Vioménil, dont l'emplacement était hors de l'alignement de la nouvelle rue, qui prolonge celle de la Constitution. Il fut également autorisé à céder au sieur Trousset fils, un terrain dépendant du même hôtel (*Ibid*, 15 mai 1810).

Par un autre décret impérial du 28 août 1810, il fut encore autorisé à céder au sieur François-Joseph Trousset fils, les portions de terrain provenant de la maison de M. Gauthier et de l'*impasse des Maréchaux*, qui se trouvaient hors de l'alignement de la nouvelle rue de communication, entre les quartiers dits de la Ville-Neuve et de la Ville-Vieille *(Ibid.*, 7 octobre 1810).

Enfin, par un autre décret impérial daté de Vitepsk le 31 juillet 1812. S. M. a décidé qu'il serait formé une *place publique*, au devant de la maison du sieur Voirin, à Nancy, sur l'emplacement provenant de l'hôtel de Vioménil, démoli, entre la *rue de la Constitution*, la *rue Callot*, la *petite rue des Maréchaux* (sic) et la *rue des Maréchaux*, à la charge par le sieur Voirin, de verser dans la caisse municipale une somme de 2000 francs (*Ibid.*, 12 septembre 1812).

Le sieur Voirin dont il est ici question, était Jean-Baptiste Voirin, notaire, père du vaudevilliste Charles Voirin, dit Victor Varin, à qui appartenaient la maison qui forme la façade orientale de la place Lafayette, numérotée 13 sur la rue Callot, et 24, sur la rue des Maréchaux. C'est cette dernière qui a été donnée à la ville, par un ancien cordonnier retraité, M. Berguier, lequel passe de nos jours pour un bienfaiteur, puisqu'on lui a consacré sa petite rue,

MARCHÉ COUVERT (Place du)

Lors du tracé de la Ville-Neuve, on avait réservé l'espace compris entre la rue du Lycée, la rue des Carmes, la rue de la Poissonnerie et la rue de la Visitation, pour y construire un hôtel-de-ville (V. Lionnois, *histoire de Nancy*, t. II, p. 343, carré de l'hôtel d'Angleterre).

La place du Marché Couvert, qui est bien distincte par son origine de la place Mengin, avait été réservée par le Duc Charles III, pour y construire une vaste Cathédrale. Il poursuivait, à cette époque, l'érection d'un évêché, à Nancy (*Ibid.* t. III, p. 251 et suiv.). Ce projet ayant échoué, et le Pape ayant accordé à ce Prince d'établir dans sa capitale une Primatie, la place réservée pour l'érection de la Cathédrale fut abandonnée.

Le plan de La Ruelle (1611) nous dit que la place du Marché actuel devint l'*Estappe*. Or, qu'était l'*estappe?* uniquement le marché aux vins, où ceux-ci étaient tappés par les contrôleurs du droit domanial, avant la vente.

Au commencement de la création de la Ville Neuve, cette place est nommée la *Grande Place Neuve*, la *Neuve Grande Place*, la *place de la Grande Eglise*. Elle a été dite, aussi, *place de l'Auditoire*. Ce vocable, propre au XV⁰ siècle, se comprend, car, du haut du balcon de l'Hôtel-de-Ville, le magistrat assemblé haranguait le peuple dans les grandes circonstances lors des fêtes publiques ; on lui avait donné ce nom, encore à cause des réunions de toutes les juris-dictions, dans le même bâtiment : Cour souveraine, Chambre des Comptes, Bailliage présidial et Chambre de ville.

En 1703, elle est dite, *place de la Ville Neuve*. Le plan de Dom Calmet, 1728, la nomme *place d'Arme de la Ville Neuve*. C'est un vocable qu'elle avait déjà en 1659, suivant les comptes du Domaine de Nancy. Ceux de 1752, 1754, 1758, l'intitulent *place du Marché*. L'état de 1767 la fait *place Neuve*. Le plan de Moithey, 1778, *place Neuve du Marché*. Le 26 avril 1792, nous la trouvons dite *place de la Constitution*. La délibérarion du 17 septembre 1791, ne vise que la rue Saint Dizier, et celle du 26 avril 1792, ne s'applique qu'à la place Mengin, laquelle devient *place de la Constitution*. Le 13 pluviôse an II, elle prend le nom de *place de la Constitution Républicaine*. Le 18 fructidor an III, elle redevient simplement *place de la Constitution*. En 1789, elle était *place Neuve du Marché*. En 1814, elle redevient *place du Marché*. C'est le vocable actuel ; cependant le plan de 1857 l'appelle *place du Marché Couvert* ; celui de Micault, 1871, ne lui donne aucun vocable, car il nomme *place du Marché* la *place Mengin*. Le plan Roussel, 1879, l'appelle *Marché Couvert*.

En somme, est-ce une place ou n'en est-ce pas une ? Si c'en est une, il faut le dire. Si ce n'en est plus une, il faut le dire encore, et le répéter bien haut.

La plaque émaillée qui brille au soleil n'est pas suffisamment instructive.

On ne peut guère appeler place un bâtiment municipal, dans lequel existe une grande cour, surtout lorsque ce bâtiment municipal forme à lui seul un carré, et se trouve dans l'alignement des rues de l'est à l'ouest. On a déjà proposé, croyons-nous, que la place du Marché Couvert fut supprimée en tant que place, et que les deux rues latérales, qui longent ses ailes au nord et au midi, soient considérées comme rues et aient chacune leur vocable particulier. Il nous semble que cette proposition était assez logique et méritait la peine d'être examinée par la Commission d'administration.

Durant un siècle et demi, de 1611 à 1751, la place du Marché de la Ville Neuve, servant de parvis à l'Hôtel-de-Ville, a été le théâtre des plus graves et des plus solennels événements politiques qui ont caractérisé notre ville, avant, pendant, et après les différentes occupations de l'armée française.

Lionnois, en parlant de l'Hôtel-de-Ville, t. III, p. 32 et suiv., donne de longs et minutieux détails sur tout ce qui a été solennellement fait en la grande place de la Ville-Neuve.

Tout en laissant subsister les marchés qui se tenaient à à la Ville Vieille, sur la place du Vieil Change (des Dames), et sur la place Saint Epvre, on en créa un en 1602 qui devait se tenir tous les samedis sur la place de la Ville Neuve ; mais, il paraît que ce marché fut peu fréquenté par les forains qui alimentaient la ville.

Pour assurer l'existence de ce marché nouveau, qui menaçait de n'être point suivi ni par les gens de la campagne, qui apportaient leurs denrées en ville, ni par les bourgeois, on résolut, qu'à l'avenir, toutes les exécutions criminelles se feraient en la place devant la Grand'Maison dite auditoire. La première exécution eut lieu le 1er juillet 1609. Elles avaient généralement lieu le samedi, le plus important des marchés de la semaine (1).

Lorsque la place de Grève (Dombasle), fut créée, elle servit aux exécutions criminelles jusqu'à ce qu'on commença les travaux pour le bâtiment de l'Université. De nouveau, celles-ci eurent lieu sur la place du Marché actuel. La grande place de Grève (de l'Académie), étant terminée, elle fut spécialement affectée aux exécutions, jusqu'au moment où l'on choisit le Cours Léopold pour y placer la statue du général Drouot.

L'exposition publique des condamnés et la marque eurent lieu depuis l'an XI sur la place du Marché. Ces peines, qui avaient été abolies par la Révolution, furent rétablies à peu près à cette époque. On lit dans la *Meurthe* du 23 germinal an XI :

« Hier, en son audience, le tribunal criminel spécial de la Meurthe, a condamné X..., serrurier à Ceintrey, à quatre ans de fer, à six heures d'exposition au poteau, et à être flétri avec un fer rouge de la lettre F, convaincu du crime de faux en écritures privées ; l'exécution de ce jugement sera, à Nancy, la première opération du rétablissement de la peine de la Marque, pour les faussaires. »

Ces sortes d'exécutions avaient généralement lieu le jour du plus fort marché, soit le samedi. C. Lapaix, dans ses descriptions illustrées de Nancy et de ses environs, dit que les expositions des condamnés avaient lieu sur la place Mengin. Ce ne pourrait être que depuis 1830, car, avant cette époque, la place Mengin était plantée d'arbres qui auraient empêché le peuple de voir l'échafaud, et les condamnés qu'on exposait.

(1) Malgré ce qu'en dit Lionnois, on exécutait encore, au XVIIe siècle, sur différentes places de la Ville Neuve, tantôt sur la place du Vieil Change, tantôt sur la rue Neuve (la Carrière), tantôt sur la place entre les deux villes. On en a la preuve par des dépenses faites pour ces exécutions,

Vers 1837 et 1838, il était vaguement question de créer, à Nancy, un Marché Couvert, et de construire de nouvelles halles en remplacement de celles qui existaient dans la rue Stanislas, entre la maison n° 54 et la rue des Michottes. Mais on était indécis sur le choix des emplacements et sur les moyens financiers. La Ville n'était pas riche, et, d'un autre côté, on entreprenait, à cette époque, un grand nombre de travaux aussi utiles qu'urgents ; notamment la construction de l'abattoir, les égoûts, les fontaines, etc. Insensiblement, les projets de ces deux établissements furent renvoyés à des temps plus prospères. Ces deux projets, ayant rencontré un certain nombre de partisans, leur question revint sur le tapis municipal en 1844.

Voici ce qu'on proposait :

1° L'établissement d'une halle au blé dans le terrain actuel du Jardin botanique, lequel aurait été transféré à la Pépinière.

2° La construction d'un Marché Couvert, occupant toute la place du Marché.

3° Le transfert, hors de l'enceinte de la ville le quartier de cavalerie Saint Jean.

4° La réunion, dans l'emplacement compris entre les rues Saint Dizier, de Grève et Saint Nicolas, des divers hospices de Nancy.

5° La désaffectation de l'église Saint Nicolas, qui aurait reçu une autre destination, et le transfert de la paroisse dans l'ancienne église plus vaste et plus belle du Noviciat des Jésuites, qui se trouvait convertie depuis longues années en lavoir (*Meurthe* du 26 février 1844).

De tous ces projets, un seul fut étudié mûrement et mis à exécution : le Marché couvert. Le projet de halle au blé fut abandonné, parce que ce marché, abandonné par la culture, n'amenait plus sur la place « de quoi nourrir la volaille de la ville » ; on commençait déjà à traiter la vente du blé et des autres céréales sur échantillons.

C'est seulement en 1848, que la question du marché couvert est poussée activement et reçoit une solution.

Une pétition du citoyen Richy, présentée à l'administration municipale le 21 juillet 1848, demandant qu'on s'occupe de la construction de marchés couverts sur la place du Marché et celle de Saint-Epvre, afin de donner de l'occupation aux ouvriers en bâtiments, est renvoyée à la Commission chargée d'examiner les divers projets de constructions à faire.

Dans la séance du 9 septembre suivant, « M. le maire (Monet) donne communication au conseil du rapport de la Commission chargée d'examiner la question d'un marché couvert. En même temps, il soumet à l'assemblée, le plan proposé par M. Corrard des Essarts, architecte, avec les devis qui l'accompagnent. Il engage MM. les membres du Conseil à étudier ce projet, afin qu'à la première réunion, la question puisse être mûrement examinée et résolue. En conséquence, le plan et les devis resteront dans la salle des délibérations, pour que MM. les Conseillers aient tout le loisir de s'en rendre un compte bien exact. » (*Meurthe,* 22 septembre 1848).

A cette époque, la *Meurthe,* le *Patriote,* l'*Espérance,* l'*Impartial* et le *Travailleur,* entrent en lice et discutent le pour et le contre de l'établissement d'un Marché Couvert et en même temps, le projet Corrart des Essarts et le rapport du maire. Ces articles, nombreux et étendus, défraient les journaux cités dans les mois de septembre et d'octobre.

Le projet Corrard des Essarts est publié dans *la Meurthe* du 16 septembre, le rapport du maire, dans celle du 18.

Nous nous bornerons à reproduire le texte de quelques articles de *la Meurthe,* indiquant succintement la marche de l'affaire :

« Dans sa séance de mardi, le Conseil municipal de Nancy s'est prononcé sans opposition, sur la question d'utilité d'un marché couvert et l'établissement de ce marché sur la place qu'il occupe actuellement. La discussion a dû continuer le lendemain pour les conditions du programme qui servira de base au concours, ce mode ayant également été adopté. » (*Meurthe,* 17 novembre 1848).

» Le Conseil municipal a terminé, dans sa séance de mercredi, la discussion relative au Marché couvert. Cet établissement se fera au moyen d'un emprunt. Une commission de neuf membres s'occupera de toutes les parties du programme du concours. Elle sera composée d'hommes de l'art, pris tant dans le Conseil municipal qu'en dehors du Conseil. Toute garantie d'indépendance et d'impartialité pour le jugement du concours, a été sérieusement débattue, et doit donner toute confiance aux concurrents. Les primes sont de 2,000 fr. pour la première esquisse, 1,500 fr. pour la deuxième, et de 1,200 fr. pour la troisième, avec la réserve que celle-ci pourra être partagée entre deux ou trois des projets jugés égaux. » (*Ibid.* 19 novembre).

Les conditions du concours furent publiées le 15 décembre et envoyées dans la mairie de chaque chef-lieu de département. Les projets devaient être envoyés sans frais et déposés au secrétariat de la mairie de Nancy, avant le 15 mars 1849, époque de la clôture du concours.

L'exposition pendant dix jours, des esquisses, eut lieu dans le grand salon de l'Hôtel-de-Ville, du 24 mars au 3 avril 1849, de 9 heures à 4 heures.

« L'exposition des plans du Marché Couvert a été continuellement visitée, avec intérêt, par un grand nombre de nos concitoyens. Trente neuf architectes ont concouru.. Les dix plans qui ont obtenu la distinction d'être classés à part pour être envoyés à Paris sont inscrits sous les numéros suivants : 8, 9, 20, 26, 33, 34, 35, 36, 37 et 39. Plusieurs sont très remarquables et ne pourront que servir à l'embellissement de la Ville-Neuve. » (*Meurthe*, 6 avril 1849).

La Commission des bâtiments civils de Paris rendit son jugement sur les dix esquisses qui lui étaient soumises, dans les premiers jours de juillet.

« L'auteur du plan pour le Marché Couvert, classé le premier, est M. Corrard des Essarts, de Nancy. Le plan classé le deuxième, est d'un architecte de Paris. Celui de M. Thiébert, architecte de la Ville de Nancy, vient en troisième lieu. » (*Ibid.* 9 juillet).

Dans la polémique qui s'était engagée entre les journaux, dans les mois de septembre et d'octobre 1848, M. Thiébert, architecte de la Ville, avait été personnellement attaqué. Ces critiques, auxquelles il n'était pas habitué sans doute, l'engagèrent à demander sa mise à la retraite et à donner sa démission. Le Conseil municipal, dans sa séance du 10 novembre 1848, passa à l'ordre du jour, sur sa demande, tout en reconnaissant les excellents services rendus par celui-ci, dans ses fonctions d'architecte de la Ville, et en renouvelant le témoignage formel de satisfaction à cet égard, inscrit dans les délibérations des 23 décembre 1843, et 10 novembre 1847 (*Meurthe*, 21 novembre 1848).

La Commission des bâtiments civils avait classé premier le projet Corrard des Essarts, et troisième, le projet Thiébert. On pouvait croire que l'administration municipale confirmerait ce jugement en confiant la construction du nouvel édifice à M. Corrard des Essarts. Pas du tout, dans la séance du 17 août 1849, le Conseil municipal adopta le projet Thiébert, classé troisième. Etait-ce pour consoler celui-ci des critiques qu'il avait essuyées, ou bien par mesure d'économie ? En tout cas, la Ville s'aliéna, par ce choix malencontreux, les membres de la Commission des bâtiments civils. C'était, en effet, critiquer les appréciations de cette commission, que d'adopter un projet qu'elle n'avait pas cru devoir classer en première ligne. A quoi sert d'ouvrir un concours, si on a l'intention d'accorder la préférence à l'un des concurrrents, alors que ce concurrent arriverait le dernier ? Il nous semble, et nous l'avons vu pratiquer, qu'au premier prix revient tout l'honneur. La municipalité en a décidé autrement, elle a eu tort. En voici la preuve. On comptait, à Nancy, que les travaux du Marché Couvert allaient se poursuivre aussi rapidement que possible, une fois la décision prise, mais on comptait sans les difficultés que la Ville s'étaient créées, sans le vouloir sans doute, devant les impeccables du ministère.

« Le *Patriote* fait remarquer, avec raison, dit *la Meurthe* du 31 mai 1850, combien sont fâcheux pour les départements les effets du système de centralisation qui nous régit.

» Depuis plus d'un an, dit ce journal, un projet de construction d'un Marché Couvert a été adopté pas le Conseil municipal. Les ouvriers en bâtiment attendent avec impatience la mise en adjudication de cette importante fondation, qui doit leur assurer pour longtemps du travail. Après des délais aussi prolongés, ils pouvaient bien croire être à la veille de voir leurs espérances se réaliser ; et bien ! nous sommes malheureusement obligé de les détromper. Comme on a la prétention, à Paris, de savoir mieux ce qui convient à Nancy, que ses propres habitants, après avoir laissé dormir longtemps, dans les cartons du Conseil d'État, la demande de l'emprunt voté par le Conseil municipal, pour mettre à exécution les travaux projetés, on s'est décidé enfin à l'exhumer ; mais, les grands esprits, qui brillent à Paris, ne se sont pas trouvés suffisamment éclairés sur le bien fondé de la chose. En conséquence, ils ont écrit à M. le préfet, qui a envoyé une lettre au Conseil municipal : 1° pour obtenir des renseignements exacts sur la situation des finances de la Ville ; 2° pour que ledit Conseil, ait à justifier, d'une manière plus complète qu'il ne l'a fait, non seulement de l'utilité, mais encore de la nécessité de commencer de nouveaux travaux avant que le dernier emprunt ne soit remboursé, c'est-à-dire avant le 1er janvier 1854 ; 3° pour savoir enfin s'il ne vaudrait pas mieux imposer extraordinairement les habitants de Nancy, ou aliéner ses propriétés et ses rentes plutôt que de proroger les taxes additionnelles de son octroi.

» M. le Maire de Nancy, comprenant toute l'importance d'une prompte réponse à des questions aussi oiseuses, s'est empressé de réunir le Conseil municipal. Celui-ci a pris, à l'unanimité, une délibération par laquelle il fait savoir à MM. du Conseil d'État.

» 1° Que les revenus ordinaires de la Ville se décomposent ainsi :

» Revenus fonciers. 22,780,50
» Rentes sur l'État . . . . 19,047 »
» Créances et revenus divers 398,093,09

Total 439,920ᶠ 59

» 2° Que sur les immeubles faisant l'objet des articles 4, 5, 25 et 30 des recettes, cinq seulement seraient susceptibles d'être aliénés, tous les autres ayant des destinations spéciales ou faisant partie d'édifices affectés à des services publics.

» Celles des propriétés qui pourraient être aliénées présentent une valeur vénale de 31,420 fr. savoir : Le petit hôtel des Pages, estimé 14,400 fr. ; l'ancienne tuerie de la Ville, 2,000 fr. ; un petit terrain situé près du pont des laveuses, 1,200 fr. ; un pré, 12,120 fr. ; enfin un autre petit terrain près du pont de Mal-zéville, 1,500 fr.

» 3° Que les rentes sur l'Etat s'élevant à 19,047 fr., la Ville ne pourrait aliéner que 1,094 fr. pouvant produire au cours de 90 fr. un capital de 19,692 fr. ; le surplus de ces rentes provenant de fondations et ayant une destination spéciale et inaliénable.

» Les diverses ressources de la Ville ne produiraient donc qu'une somme de 50,912 fr.

» Le Conseil a ensuite ajouté que ce qui l'a décidé à mettre immédiatement à exécution le projet du Marché Couvert, c'est le désir d'assurer la tranquillité publique, en procurant du travail à la classe ouvrière.

» Une autre cause de l'utilité et de l'opportunité de la mise à exécution immédiate de ce projet de construction, c'est aujourd'hui le bas prix des matériaux. Plus tard, l'établissement du débarcadère du chemin de fer élèverait le prix de ces matériaux, s'il y avait simultanéité entre l'établissement de ces deux constructions. Cette simultanéité nuirait à la classe ouvrière de Nancy, en appelant dans nos murs une surabondance d'ouvriers attirés par l'appât d'un travail productif.

» Enfin, plustôt le Marché sera terminé, plustôt la Ville sera mise en possession d'un revenu important.

» Avec les centimes additionnels, il faudrait onze années pour amortir le capital ; avec la prolongation des taxes additionnelles de l'octroi, on obtiendrait ce résultat dans huit ans.

» Il faut espérer que MM. du Conseil d'État, dûment convaincus cette fois, voudront bien donner une apostille favorable à la demande de l'emprunt de 300,000 fr., qui leur est faite, et que nos représentants ne laisseront pas dormir cette demande dans les cartons de l'assemblée nationale. La saison est ouverte, et les ouvriers attendent. »

Le *Patriote,* était alors l'organe officieux de l'administration municipale, et son rédacteur en chef, Ch. Lalire, était membre du Conseil. Cette note a donc un caractère tout à fait officieux et certainement conforme à la vérité.

L'autorisation sollicitée fut enfin accordée, mais trop tard, pour que les travaux pussent être commencés en 1850.

L'adjudication en eut lieu le 28 septembre sur les bases suivantes :

1er Lot. — Terrassement et maçonnerie.	98,350 fr.
2e — — Charpente et menuiserie	39,200
3e — — Couverture en tuiles.	8,400
4e — — Ferblanterie, couverture métallique et fontainerie.	17,300
5e — — Serrurerie	26,600
6e — — Peinture et vitrerie.	9,800
7e — — Pavage.	10,650
10e — — Dallage et asphalte	7,700
Mobilier de l'établissement	12,000
Total de l'évaluation de la dépense.	230,000 fr.

L'*Espérance* du 12 octobre annonçait :

« Les travaux, pour la construction du Marché Couvert, sont commencés. On entoure de planches l'espace que devront occuper les ouvriers, et déjà des pierres sont déposées sur la place Mengin. »

Par suite de ce commencement d'exécution, les marchands urbains et forains qui fréquentaient habituellement la place du Marché, furent dépossédés des endroits qui leur étaient assignés. Un arrêté municipal, qui fut appliqué le 12 octobre, détermine les divers emplacements que devaient occuper, à l'avenir, les étalagistes et marchands de toute nature, pendant la construction du Marché Couvert.

Aux termes de cet arrêté, l'ancienne boucherie, ayant une entrée sur la rue Raugraff et une autre sur la rue des

Ponts, fut destinée, entre autres, aux charcutiers, marchands de volailles et de gibier et aux marchands de beurre et d'œufs.

Les coquetiers, dits cossons, les marchands de crême et de fromages blancs etc., occupèrent les revers des deux cassis de la rue Raugraff.

Le Marché des légumes, jardinage, fleurs et fruits se tint de chaque côté de la rue des Quatre Eglises, à partir de la place du Marché.

Les objets exposés en vente devaient disparaître des rues, les jours de Marché, à trois heures de l'après midi, et les échoppes des étalagistes, enlevées avant la nuit.

On lit dans la *Meurthe* du 13 novembre 1850 :

« Le Conseil municipal de Nancy, dans sa séance de samedi, a décidé que la toiture du Marché Couvert serait en fer. L'administration municipale est chargée de traiter de gré à gré avec l'entrepreneur pour cet objet. Le Conseil a décidé, en même temps, qu'il serait émis, au mois de mai prochain, un emprunt de 100,000 fr., par actions, avec intérêt 4 p. %, pour solder les dépenses de la construction du Marché Couvert. »

Le provisoire du 12 octobre 1850, cessa le 1er mai 1852, jour où le Marché Couvert fut livré aux vendeurs, revendeurs et consommateurs. Voir dans la Meurthe du 28 avril 1852, l'article critique de A. Lemachois.

Une note communiquée aux journaux de Nancy nous indique l'esprit des dames de la halle, desquelles nous avons déjà entretenu le lecteur à propos de la rue Gambetta. Les Dames de la halle se sont toujours occupées de questions politiques et religieuses dans lesquelles elles ont plus d'une fois perdu leur latin. Voici l'avis communiqué :

« Le lundi 3 mai, Monseigneur l'Evêque célébrera une messe à l'église Saint Sébastien à neuf heures du matin et viendra ensuite bénir le Marché Couvert.

» Monseigneur s'est empressé d'accéder à cette pieuse requête qui lui a été spontanément adressée, au nom des Dames de la halle, par M. le maire de Nancy. »

Le Marché Couvert livré au public, bénit, fonctionne au grand contentement de quelques-uns. On loue quelquefois cette nouvelle institution dans les journaux du temps. Mais voici qu'au mois de septembre 1853 les Dames de la halle, qui avaient demandé les bénédictions du ciel sur le nouveau marché, s'ameutent contre un arrêté municipal et font quelque bruit pendant quelques jours.

Nous laissons A. Lemachois nous raconter les incidents :

« Une certaine animation régnait ce matin sur le marché de Nancy. L'administration municipale avait décidé qu'à Nancy, comme dans toutes, ou presque toutes les villes de France, les revendeurs ne pourraient acheter qu'après une heure désignée, et alors que les habitants auraient eu le temps de terminer leurs approvisionnements. L'annonce de cette mesure avait causé un peu d'émoi, parce qu'elle était subite et que les marchands venus du dehors et arrivés à Nancy dès le point du jour, ne trouvaient pas de débouchés pour leurs denrées. La place Mengin était littéralement pavée de grands paniers de mirabelles et de prunes. Si nous sommes bien informés, la Mairie, considérant que dans la saison où nous sommes, les fruits ont besoin d'être donnés de bonne heure aux spéculateurs, qui les expédient par le chemin de fer, a consenti — provisoirement au moins — à laisser les choses dans l'état où elles sont. » *(Meurthe,* 16 septembre 1853.)

» Nous avons parlé de mesures relatives au marché de Nancy. Ces mesures annoncées, puis suspendues, viennent d'être, nous dit-on, définitivement prises. Désormais les revendeurs ne pourront s'approvisionner qu'à partir de sept heures du matin. L'animation que nous avions signalée le jour même n'a fait que s'accroître quand il a été manifeste pour tous que la mairie persistait dans ses résolutions.

» Quant à la Mairie, nous ne nous croyons pas autorisés à examiner sa manière de procéder en cette circonstance ; mais quant à la mesure en elle-même, nous pensons que l'agitation provoquée n'a rien de légitime.

» En premier lieu, ou n'a fait qu'adopter à Nancy une mesure existant depuis longtemps déjà dans un nombre considérable de villes importantes. En second lieu, la mairie, en fixant, à sept heures, le moment où les revendeurs peuvent commencer leurs achats, s'est montrée très désireuse de ne pas léser le commerce des revendeurs. C'est en effet, une heure matinale pour un très grand nombre de gens, et les marchands verront bientôt que ce changement aux habitudes du marché, ne leur portera pas préjudice.

» Ce qu'il y a de bien positif, c'est que là où les administrations municipales ont pris une décision analogue, c'est-à-dire là où les habitants peuvent, si bon leur semble, arriver de bonne heure au marché, et s'approvisionner directement et avec un léger adoucissement dans le prix des denrées, on tient l'idée pour favorable à la population. »

M. A. Lemachois, alors trop nouveau venu à Nancy

pour connaître les us et coutumes des marchés, n'a pu, dans cette circonstance, faire valoir d'excellentes raisons qui, présentées au public et à la municipalité, auraient éveillé l'attention de celle-ci, et l'auraient engagée à respecter ou à faire revivre certaines ordonnances de police, qui ne sont pas à dédaigner dans la tenue des marchés de comestibles.

On s'est toujours plaint, à Nancy, du joug insupportable de la centralisation et du contrôle exercé par les Parisiens dans les affaires municipales ; mais aussi, Nancy est une des villes qui copie le plus servilement la capitale, qui l'imite sans se rendre compte, si les innovations sont ou non du goût de ses habitants, si même ces innovations s'adaptent à leurs habitudes. Depuis 1830, on a fait tout ce qu'il était possible pour parisienner Nancy ; on y est presque parvenu. Rien ne se fait dans notre ville, sans qu'on se soit d'abord enquis à Paris, à Lyon, à Bordeaux, à Marseille, etc., de ce qui s'y fait au cas particulier. Il semblerait qu'à Nancy les Nancéiens sont incapables d'initiative et que, si l'on ne faisait pas ici comme l'on fait à Paris, le rouage du service municipal ne pourrait plus fonctionner. On va chercher des modèles de règlement de police à Paris, à Lyon, à Bordeaux, à Marseille, quand il y en a à Nancy des bottes, dans les archives municipales et dans celles de la Cour. Les documents sur la matière ne font pas défaut : ils abondent, mais comme on les a laissés tomber en désuétude, qu'on ignore même leur existence, on croit faire du progrès en allant demander à une grande ville, qui n'a ni les mêmes habitants, ni les mêmes mœurs, ni les mêmes habitudes, comment elle régit telle ou telle matière.

On n'a pas fait attention jadis, que les marchés ont un caractère éminemment local, qu'ils sont créés, non pour l'avantage des marchands, mais mieux pour l'avantage et la commodité des habitants de la ville.

Nous connaissons des localités, où les Marchés ne s'ouvrent, en toutes saisons, qu'à 9, 10, 11 heures du matin, à midi, et quelquefois à une heure. Autrefois, les marchés à Nancy ne s'ouvraient pas avant cinq heures du matin en été, et avant huit heures en hiver, afin que tous les bourgeois et habitants puissent aisément s'approvisionner de tous les objets nécessaires à la consommation.

Aujourd'hui, les marchés s'ouvrent à la pointe du jour en été, et vers quatre ou cinq heures du matin, en hiver, c'est à dire quand tous les habitants sommeillent le plus profondément. Par conséquent, les marchés ne sont plus institués dans l'intérêt des habitants, mais uniquement dans celui des revendeurs, qui s'interposent constamment entre le consommateur et le producteur. La jurisprudence moderne, adoptée depuis 1830, n'a pas su ménager suffisamment les intérêts des consommateurs, diamétralement opposés à ceux des intermédiaires.

Le titre VIII du Code de Police de 1768, a servi de base aux diverses ordonnances et règlements concernant la tenue des marchés, publiés depuis cette époque. Les articles 1er, 3e et 9e, sont ceux qui se rapportent le plus directement à la question soulevée en 1853, par la municipalité, à l'encontre des revendeurs.

« ARTICLE PREMIER. — Les marchés se tiendront tous les lundi, mercredi et vendredi de chaque semaine, à la Ville-Vieille, sur la place Saint Epvre ; et tous les mardi, jeudi et samedi, à la Ville-Neuve, sur la place du Grand Marché ; et, en cas de fête, il sera devancé d'un jour. Ils s'ouvriront, en été, au mois d'avril, à cinq heures du matin, et en hiver, au mois d'octobre, à huit heures.

» ARTICLE TROISIÈME. — Fait aussi défenses auxdits coquetiers et marchands de denrées, de porter et vendre leurs denrées par eux mêmes ou par personnes interposées, à quelque heure que ce soit, jour de marché ou non, chez les traiteurs, cabaretiers, taverniers, rôtisseurs, revendeurs et revendeuses, sauf à ceux-ci d'en faire l'emplète sur les marchés, où ils ne pourront néanmoins se trouver avant dix heures du matin, en été commençant au premier avril, et à onze heures, en hiver, commençant au premier octobre ; le tout sous peine de vingt-cinq francs d'amende contre les vendeurs et de confiscation de leurs denrées, et de cinquante francs contre les acheteurs, payables à l'instant et par corps.

» ARTICLE NEUVIÈME. — Ordonne que les revendeurs de gibier, volaille, poissons, œufs, herbes, fruits, légumes et de tout autre espèce de comestibles, porteront une manche jaune, marquée d'un chardon brodé en laine, sous peine de prison et de trois livres d'amende au profit du rapporteur, payables avant la sortie, ce qui sera exécuté avec d'autant plus de rigueur qu'il arrive très souvent que les marchands forains tombent dans le cas de la contravention, à défaut de cette marque distinctive de la part des regratiers. »

Ces trois articles, sont la reproduction d'une ordonnance de police du 1er décembre 1753, et d'une autre du 26 septembre 1698.

Ces ordonnances tombaient insensiblement en désuétude, sans doute par l'ineptie ou l'impuissance des agents de la police ; nous les voyons notamment renouvelées les 22 juin 1776, 26 janvier et 16 avril 1778 et 14 juillet 1783. Dans cette dernière ordonnance, le Lieutenant-général de de Police expose ainsi les motifs qui le conduisent à publier de nouveau les anciennes ordonnances.

» L'exhorbitance du prix des comestibles étant particulièrement occasionnée par le désordre qui règne dans nos marchés et par les contraventions multipliées aux ordonnances et règlements rendus pour y maintenir la police ; nous sommes nécessités après avoir ouï le procureur du Roi, d'en renouveller les dispositions et d'y ajouter suivant les circonstances. »

Les revendeurs et les revendeuses faisaient fort peu de cas de ces règlements et y contrevenaient constamment, sans que la police puisse les faire respecter. Au moment de la Révolution, la licence était à son comble. Aussi le corps municipal dût-il prendre, le 17 mai 1791, l'arrêté suivant qui est assez curieux pour être reproduit littéralement.

« Le corps municipal sur les plaintes qui lui ont été faites au sujet de la cherté des comestibles et de la difficulté qu'éprouvent les citoyens de s'en procurer, considérant qu'elles ne peuvent avoir leur source que dans une fausse interprétation des lois nouvelles, et dans l'oubli des anciens règlements de police ; qu'il est nécessaire de détromper le peuple, sur le sens qu'il donne aux unes et de le rappeler à l'exécution des autres.

» Que c'est une erreur depuis trop longtemps accréditée parmi les gens de métier, de croire que la liberté consiste à faire tout ce qu'il leur plaît, et que la révolution doit faire taire toutes les ordonnances de police qui pouvaient la gêner ; mais ils se trompent, cette liberté a toujours ses bornes, et elle est subordonnée aux lois ; ce principe est consacré par le décret même de l'Assemblée nationale qu'ils invoquent, celui concernant les droits de l'homme et du citoyen.

» Il l'est encore par l'article IX des Lettres-patentes du 20 avril 1790 qui porte : « que la police administrative et conten- » tieuse sera par provision et jusqu'à l'organisation de l'ordre ju- » diciaire exercée par les corps municipaux, à la charge de se » conformer en tout aux Réglements actuels, tant qu'ils ne se- » ront ni abrogés ni changés. »

» Par l'article Ier du Titre XI des Lettres-patentes sur l'ordre judiciaire du 20 septembre dernier qui s'explique ainsi : « Les » corps municipaux veilleront et tiendront la main, dans l'éten- » due de chaque municipalité, à l'exécution des lois et règle- » ments de police et connaîtront du contentieux auquel cette » exécution pourra donner lieu. »

» Et enfin par l'article VII de la loi du 17 mars aussi dernier portant suppression des maîtrises et jurandes et établissement des patentes, dont il est essentiel de rappeler les termes : « A » compter du premier avril 1791, il sera libre à toute personne » de faire tel négoce, ou d'exercer telle profession, art ou métier » qu'elle trouvera bon ; mais elle sera tenue de se pourvoir aupa- » ravant d'une patente, d'en acquitter le prix suivant les taux » déterminés et de se conformer aux règlements de police qui » sont ou pourront être faits. »

» La liberté d'exercer tel métier qu'on trouve bon a donc des bornes ; ce sont les anciennes ordonnances, les règlements de police qui sont toujours en vigueur, et quiconque s'en écarterait, serait maintenant comme avant la nouvelle constitution, soumis aux peines qu'ils prononcent.

» Les revendeurs et revendeuses semblent plus particulière- ment les avoir oubliés, ou affectent de les méconnaître ; de là naît le désordre qui règne dans les marchés, la licence qu'ils se don- nent de ne plus se placer dans les lignes qui leur sont désignées, de se placer avec les marchands forains, d'acheter avant les heu- res qui leur sont fixées, de ne plus porter les marques distinc- tives de leur état, ce qui expose les coquetiers et marchands de denrées à tomber dans des erreurs involontaires, à encourir des amendes et confiscations ; de là viennent ces contraventions multi- pliées au titre VIII du Code de Police et autres règlements pos- térieurs ; de là naissent enfin l'accaparement des comestibles et la difficulté de s'en procurer à un juste prix.

» Le corps municipal pourrait, pour remédier à cet abus, faire usage de l'autorité qui lui est confiée, et en punir dès à présent les auteurs ; mais il préfère user encore des voies de la douceur et de la modération, et il espère qu'il lui suffira de rappeler à des esprits qui ne sont qu'égarés les principes et les lois de police qui les concernent, pour les faire rentrer dans le devoir.

» La matière mise en délibération, et après avoir ouï le rap- port du bureau de Police et le procureur de la Commune,

» Le corps municipal ordonne que le titre VIII du Code de Police, concernant les marchés, notamment l'article IX, sera suivi et exécuté suivant sa forme et teneur ; en conséquence, que les revendeurs de gibier, volailles, poissons, herbes, fruits, légu- mes et autres espèces de vivres, porteront la manche jaune, mar- quée d'un chardon brodé en laine, sous peine de vingt-cinq francs d'amende.

» Ordonne pareillement que les ordonnances de Police du 22 juin 1772 et 16 avril 1778 renouvelées par celle du 14 juillet 1783, seront suivies et exécutées suivant leur forme et teneur ; ce faisant, que tous marchands regratiers, revendeurs, jardiniers et tout autres marchands de quelle espèce de marchandises ce puisse être, seront tenus de se placer dans les lignes marquées sur la place de la Ville-Neuve, conformément à ladite ordonnance du 14 juillet 1783, sous les peines y portées.

» Ordonne que le présent règlement sera publié à son de caisse au premier jour de marché, imprimé et affiché dans tous les lieux ordinaires de cette ville.

» Mande aux Inspecteurs, commissaires et sergens de Police de tenir la main à son exécution et d'y veiller exactement. »

Ce règlement semble viser plus spécialement les regrattiers et revendeuses de la Ville-Neuve que ceux de la Ville-Vieille. Il est de fait, que les marchés de la place Saint Epvre étant relativement moins importants, n'exigeaient pas une surveillance aussi assidue et aussi scrupuleuse que ceux tenus sur l'immense place de la Ville Neuve, où, malgré les places marquées et affectées à chaque spécialité de denrées, il y avait encombrement, notamment les jeudis et les samedis.

Les évènements politiques firent nécessairement négliger cette partie de la police sous le régime de la Terreur, et après, sous le Consulat et sous l'Empire. Nous ne voyons pas que le préfet Marquis, qui s'est occupé de toutes les questions, ait prescrit des mesures pour la tenue des marchés de notre ville. Cependant nous savons que les gens de métiers, regrattiers, revendeurs, aubergistes, traiteurs et autres, ne pouvaient se présenter sur les marchés pour y faire leurs achats, qu'après les heures indiquées par les anciens règlements. Mais peu à peu ces heures furent légèrement modifiées.

Ainsi, le Règlement de police de la ville de Nancy du 14 mai 1817, qui est le résumé des anciennes ordonnances, s'est beaucoup relâché des rigueurs de celles-ci. Ouvrons le titre IV : *des Marchés*, et nous y trouvons le règlement suivant :

› Art. 36. — Le marché de comestibles continuera de se tenir les mardi, jeudi et samedi, sur la grande place de la Ville Neuve et les lundi, mercredi et vendredi sur la place Saint Epvre, Ville Vieille.....

› Art. 37. — Tous les comestibles, et notamment la volaille, le gibier, le poisson, les œufs, le beurre, ne pourront être vendus que sur les places destinées à la tenue de ces denrées ; en conséquence, il est défendu aux coquetiers de les porter à vendre chez les aubergistes, traiteurs, giboyeurs et revendeurs, qu'après l'heure de midi.

» ART. 38. — Il est défendu auxdits aubergistes, traiteurs, giboyeurs et revendeurs, d'acheter, ni même de se présenter sur la partie du marché destinée à la vente des objets détaillés en l'article précédent, avant neuf heures du matin depuis le 1er avril jusqu'au 1er octobre, et avant dix heures pendant les autres six mois.

» ART. 39. — Les coquetiers et revendeurs de comestibles, domiciliés en cette ville, occuperont une ligne séparée de celle des coquetiers forains, et il leur est défendu d'y acheter, et même de fréquenter la partie occupée par lesdits forains, avant les heures indiquées en l'article précédent.

» ART. 40. — Tous ceux qui étalent sur les marchés, sont tenus d'occuper la place qui leur sera indiquée par la police, ainsi que d'enlever, avant la nuit, leurs étaux ; il est défendu d'y laisser séjourner des animaux, des chars, charrettes, brouettes et autres objets qui pourraient embarrasser ou entraver la libre circulation.

» ART. 41. — Il est défendu d'exposer sur les marchés, des fruits qui ne seraient pas mûrs, notamment des noisettes, avant le 15 septembre. »

L'article 36 est la reproduction de l'art. 1er du titre VIII du Code de Police de 1768 ; les art. 37, 38 des articles 2 et 3 ; l'art. 41 de l'art. 8 et l'art. 40 des ordonnances des 22 juin 1772 et 16 avril 1778. Il va sans dire, que dans la rédaction de 1817, il y a eu quelques légères modifications ; la plus importante est l'obligation où étaient les regrattiers, ou revendeurs, de porter sur les marchés la manche jaune ornée d'un chardon brodé. Cet usage a dû tomber pendant la Révolution. M. de Raubecour avait certainement trop d'esprit pour la remettre en vigueur. A partir de 1830, le règlement de police de 1817 n'avait plus la même autorité, et bien des choses interdites précédemment, finissaient par être tolérées. C'est pourquoi nous voyons les revendeurs se révolter, quand la municipalité veut faire revivre, en 1853, en la mitigeant, la condition ou mieux l'interdiction de l'art. 38 du règlement de police de 1817.

En droit et en fait, les revendeurs étaient dans leurs torts, puisque la chose était acquise depuis un temps immémorial, et que la tolérance qui leur avait été accordée, ne remontait qu'à quelques années.

Le règlement de police de 1861 est absolument muet sur cette question. On comprend son silence, quand on compare les marchés de nos jours avec ceux qui se tenaient il y a quarante ans. Leur physionomie a changé du tout au tout.

Avant l'établissement des chemins de fer, il y avait moins de revendeurs et de regrattiers. La création du marché couvert a augmenté encore le nombre de ces industriels. Autrefois aussi le consommateur était plus directement en relation avec le producteur. Les marchés étaient plus fréquentés qu'ils ne le sont actuellement, par les habitants de la campagne. Ceux-ci ne trouvaient de débouchés sérieux pour l'excédant de leurs denrées, que sur les marchés voisins de leurs localités. Les femmes des cultivateurs ou les fermières des environs, amenaient régulièrement les jours de marché les produits de leurs basses-cours et de leurs laiteries. La campagne n'était pas alors battue par une légion de courtiers, comme elle l'est de nos jours, les marchés étaient alimentés directement par les producteurs. Les cossons et les coquetiers d'autrefois ne visitaient que les localités éloignées des centres et des marchés. Les marchés étaient encore plus fréquentés par les habitants de la campagne, aux approches des termes fixés pour les canons : à la Saint Martin, à Noël, à la Chandeleur, à Pâques, à la Saint Georges, à la Saint Jean, etc., etc.

Toutes ces circonstances réunies ont obligé les municipalités à modifier les règlements de police concernant la tenue des foires et des marchés, et à accorder une plus grande somme de liberté aux pourvoyeurs qui alimentent les marchés modernes, puisque, depuis près de quarante ans, les habitants de la campagne ont insensiblement cessé de les alimenter eux-mêmes, ayant trouvé dans l'intermédiaire des courtiers d'immenses avantages et de plus grands profits. A cette époque, les paysannes qui fréquentaient les marchés, y venaient à pied, portant leurs denrées sur une hotte ou dans de grands paniers à bras. Elles faisaient quelquefois six ou sept lieues, aller et retour, pour vendre trois ou quatre volailles, un demi-décalitre de pois ou de haricots, et autres objets de ce genre : elles perdaient donc une demi-journée pour un bien maigre bénéfice, si

l'on considère le cours de ces sortes de denrées : une volaille se payait de 1 fr. à 1 fr. 50 ; une oie 2 fr. 50 à 3 fr.;
la paire de pigeons « 75 cent. à 1 fr. » ; les œufs 40 à
60 cent. la douzaine, et le reste à l'équipolent.

Avant l'établissement des voies ferrées, on ne connaissait
pas sur les marchés de Nancy ce qu'on appelle la *vente en
gros* des fruits, légumes, etc. Cette vente commençait déjà
à s'y introduire en 1853 ; mais les règlements de police
qui régissaient la matière n'avaient pas prévu ce cas. La
municipalité dut donc tolérer une chose qu'elle n'avait pas
prévue, qu'elle n'avait pas règlementée et qu'elle ne pouvait interdire, sans porter une grave atteinte à de nombreux intérêts particuliers. Sur ces entrefaites, le Règlement
de police du 20 janvier 1861 fut élaboré et publié, dans un
moment où les marchés de Nancy n'étaient pas ce qu'ils
sont aujourd'hui. La population, tant sédentaire que flot-
tante, n'était que de 49,305 habitants. En 1881, elle était
montée à 71,991. Il ne faut pas perdre de vue, que la den-
sité de la population exerce une grande influence sur les
marchés. Aussi quelques-uns des articles du règlement de
police de 1861, ne sont-ils plus applicables de nos jours.
La suppression de la fermeture des portes de ville a également son rôle, dans cette grave question de l'alimentation
publique, et elle influe d'une manière sensible sur la police
des marchés. On peut s'en convaincre par la lecture des
articles 26 à 31 inclus, chapitre III, du Règlement de police du 20 janvier 1861.

» ART. 26. — Les marchés de comestibles, légumes, fleurs,
fruits et objets divers, se tiennent au marché-couvert, sur les
places Mengin et Saint-Epvre et ont lieu tous les jours aux heures fixées pour l'ouverture des portes de la ville, savoir :

» Du 1er mars au 1er mai à 5 heures du matin ;
» Du 1er mai au 1er septembre à 4 heures du matin ;
» Du 1er septembre au 1er novembre à 5 heures du matin ;
» Du 1er novembre au 1er mars à 5 heures du matin.

» ARTICLE 27. — Les galeries et la cour du marché-couvert
sont réservées pour la vente des comestibles de toutes sortes.

» Les boutiques construites dans la cour le long des grandes
galeries sont destinées à la mise en vente d'objets de lingerie, de
mercerie, d'étoffe, de chaussures, etc.

» La place Mengin, particulièrement destinée à la vente en
gros, des fruits et légumes, est en outre affectée au détail de
toutes les denrées et autres objets qui ne peuvent et ne doivent

pas trouver place dans la cour ou dans les galeries du Marché-Couvert.

» ART. 28. — Les marchés des places Mengin et Saint Epvre doivent être évacuées à 6 heures du soir du 1ᵉʳ avril au 1ᵉʳ octobre, et à 4 heures du 1ᵉʳ octobre au 1ᵉʳ avril.

» ART. 29. — Les dimanches et jours de fêtes, les marchés des places Mengin et Saint Epvre ne peuvent être prolongés au delà de 9 heures du matin, du 1ᵉʳ avril au 1ᵉʳ octobre, et de 10 heures du 1ᵉʳ octobre au 1ᵉʳ avril.

» ART. 30. — Les galeries du marché-couvert sont fermées, savoir : pendant les mois de novembre, décembre, janvier et février, à 3 heures du soir ; en mars, avril septembre et octobre à 4 heures ; en mai, juin, juillet et aout à 6 heures du soir. La cour du marché-couvert sera évacuée à midi en tout temps.

» ART. 31. — La vente des jardiniers ou marchands de légumes en gros, placés dans la cour ou sur la place Mengin doit cesser à neuf heures du matin, du 1ᵉʳ avril au 1ᵉʳ octobre, et à 10 heures pendant les six autres mois de l'année.

MENGIN (Place)

Le plan de La Ruelle, de 1611, nous montre qu'il y avait, entre la maison du sieur Mengin au midi, la rue de l'église à l'orient, la rue des Rôtisseurs au septentrion, et la rue des Petits Ponts à l'occident, un vaste corps de bâtiments qui contenait : l'Hôtel-de-Ville, le Palais, les Prisons de la conciergerie, et les halles, avec magasins à blé.

Stanislas, dit le Bienfaisant, qui s'était épris, en 1750, d'un amour extrême pour le néo-nancéisme, fit raser tout cela, en 1751, et transféra l'Hôte-de-Ville sur la place qui porte son nom, le Palais à l'hôtel de Craon, sur la Carrière. Sur cette place nouvelle, on planta des arbres sous l'ombre desquels il n'y eut pas que les marchands qui tinrent boutiques ; comme la maison du sieur Mengin, dont le grand mur noir et délabré n'inspirait que de l'effroi, les habitués des tilleuls de la nouvelle place venaient déposer journellement à ses pieds, l'humble tribut que l'homme le plus modeste, comme le plus vaniteux, doit à dame nature, tous les vingt-quatre heures, ou èz-environ. Le sieur Mengin, en sa qualité de magistrat, avait bien fait peindre sur cette façade murée, que par ordre de Monsieur le lieutenant général de police, il était fait expresse défense à tous habitants, bourgeois, manants et forains, de déposer en ce lieu leurs propres immondices, sous peine d'amende, et de plus forte, en cas de récidive. Mais la nature a des droits, et souvent il lui arrive d'oublier qu'il y a toujours un lieutenant-général de police, chargé de réglementer ses heures d'entrée et de sortie.

Le lieutenant-général Mengin, qui croyait que les urines humaines, remplies de salpêtre, pourrissaient les murs et atteignaient les fondations des maisons, se mit un beau matin la tête dans les deux mains, et compara le mal qui l'envahissait, aux sept plaies de l'Egypte, aux sept vaches maigres et aux sept vaches grasses. La situation n'était plus tenable, l'envahissement prenait, chaque jour, des proportions gigantesques, telles que l'odeur, sans être un parfum délicieux, pénétrait dans les appartements du second étage. Ceux qui n'ont pas connu le scatalogisme de nos vieilles rues, ne pourront jamais s'en faire l'idée. C'est à peine si l'arrêté municipal de 1832, pris en prévention de l'invention du choléra-morbus, nous rappelle l'usage encore en vigueur, de déposer le long des murs, ce qu'on doit mettre naturellement dans les lieux d'aisances.

C'est en 1751, que l'on démolit l'ancien Hôtel-de-Ville. On créa, à sa place, une promenade dans le genre de la Carrière, avec murs d'appui sur tout son pourtour, et on y planta des tilleuls. Par divers arrêts du conseil des finances, on avait projeté certains embellissements qui n'ont reçu aucune exécution.

Le 27 avril et le 22 août 1764, un accord intervint entre la Ville et M. Mengin, lieutenant-général du bailliage « par lequel ce dernier fut autorisé a faire construire, contre le mur de sa maison, depuis la rue des Ponts jusqu'à la rue des Quatre-Églises, de petites maisons en briques véritables ou peintes, en laissant subsister le corps-de-garde tel qu'il est, dont la Ville lui garantit la jouissance pendant trente années, au moyen de quoi, on ne pourra rien répéter de la plantation d'arbres devant l'église Saint Sébastien, servant à une promenade publique, des murs d'appui sur les rues des Ponts, des Quatre-Églises, de l'ancienne rue des Rôtisseurs, de la construction d'une fontaine en niche, et autres ouvrages mis à sa charge par ledit accord (27 août 1764). » (V. H. Lepage, *Archives de Nancy*, t. II, p. 95, t. III, p, 146.)

C'est à partir de cette époque, que la nouvelle promenade, près la place du Marché, ou près la place Neuve, prend le nom de *place Mengin*, à cause et uniquement de la construction des petites maisons qui y furent édifiées, en vertu de l'accord qui précède. En 1774 et 1776, la Cour souveraine lui consacrait officiellement ce vocable, dans différents arrêts. On trouve la même dénomination dans les ordonnances de police de 1772 et 1778 sur la tenue des marchés. Alors, la *place Mengin* était exclusivement réservée aux foires de la Saint Joseph et de la Saint Georges, ainsi qu'aux ventes judiciaires de meubles meublants. Dans l'état des maisons de Nancy de 1767, ainsi que dans le tableau des rues de Nancy, dressé sous le règne de Stanislas, elle est appelée *place Neuve*. En 1786 et années suivantes, nous l'avons trouvée dite *place Saint Sébastien* et *place Mengin*. Les plans de 1752, 1754 et 1758 lui donnent le nom de *place du Marché*. Le plan de 1778 l'indique *place Mangin*. La délibération du Conseil général de la commune, du 17 septembre 1791, respecta son vocable; mais celle du 13 pluviôse, an II, la débaptise et la nomme *place de l'Héroïsme*. Le 26 avril 1792, elle avait été nommée par le Corps municipal, *place de la Constitution*. Le Conseil général de la commune, du 18 fructidor, an III, fait de la *place Mengin* le *Cours de la Constitution*. Ce vocable lui a été conservé jusqu'en 1814. Le plan de 1817 nous la représente plantée d'arbres et on lui donne le nom de *Cours Mengin*, le plan de 1822, *place Mengin*; elle est encore plantée d'arbres. En 1828, les arbres n'existent plus. Le 30 décembre 1839, elle devient *place, du Marché*. C'est sous ce dernier vocable, que nous la voyons figurer dans les plans postérieurs à cette date, au moins jusque 1860. Nous ignorons à quelle époque on lui a restitué le vocable naturel et populaire, qu'elle porte encore de nos jours.

La place Mengin fut destinée, depuis la première Révolution, à recevoir les arbres de la Liberté.

Le premier y fut planté, en vertu d'une délibération du corps municipal du 30 avril 1792. C'était un *Mai*, surmonté d'une pique et d'un bonnet de la Liberté. Il paraît qu'il périt peu de temps après sa plantation.

On trouve dans le *Journal de Nancy et des Frontières*, du 22 novembre 1792, an 1er de la République Française, la relation de la cérémonie de la plantation d'un nouvel arbre de la Liberté.

« Nancy 19 novembre, — Notre arbre ayant été planté dans un sol qui n'était pas encore celui de la liberté, nous avons bien jugé qu'il ne repousserait pas au printemps prochain ; en conséquence, la Société a arrêté qu'il en serait planté un nouveau dimanche prochain (sic), et que cette cérémonie serait faite avec tout l'appareil d'une fête civique. Les corps administratifs, judiciaires et armés, tous les citoyens ont été invités à venir en augmenter la solennité.

« Dimanche, à onze heures du matin, trois coups de canon ont annoncé que la fête commençait, et l'on est parti de l'Hôtel-de-Ville, pour aller au devant de l'arbre qu'on devait planter.

« Une bannière aux trois couleurs était à la tête du cortège ; un citoyen venait ensuite, portant devant lui les Droits de l'homme ; un chœur de jeunes filles habillées de blanc, accompagné d'une foule d'instruments, chantait l'hymne marseillaise, et le cortège, composé de toute la garnison et de plus de deux mille citoyens, marchant lentement et avec ordre, répétait le refrain de cet hymne.

« Après avoir traversé ainsi une partie de la ville, pour aller recevoir l'arbre de la liberté à l'une des portes (?) ; on le conduisit dans le même ordre sur la place de...... (?) où il fut planté, au bruit de plusieurs salves d'artillerie, et au son d'une musique guerrière.

« Planté par des Républicains et sous les auspices de la victoire, il croîtra avec la gloire du nom français ; il nous ombragera de ses rameaux tutélaires, tandis que notre liberté ira successivement porter sa douce influence, sur tous les peuples de la terre ; un jour, lorsque, courbé sous le poids des ans, nos forces ne répondront plus à notre courage, nous viendrons, accompagnés de nos enfans, chercher un asile, sous cet arbre planté par nos mains ; là, nous leur raconterons les grands évènemens dont nous avons été témoins, la grandeur de notre sacrifice, et l'intrépidité de nos efforts, pour reconquérir les droits sacrés qu'une longue oppression avait fait méconnaître ; nous leur rappellerons ces nombreux combats, où le sang de nos pères a coulé, pour la cause de tous les peuples, et les traits d'héroïsme qui ont consacré chaque époque de notre révolution. A ce récit, leur jeune courage s'emflammera ; ils donneront des larmes à la mémoire de nos guerriers moissonnés dans les combats ; ils se pénétreront, à leur exemple, du saint amour de la liberté ; ils jureront haine éternelle aux tyrans ; mais, en leur retraçant les fureurs du despotisme, nous n'oublierons pas, non plus, les crimes de ces scélérats qui voudraient déshonorer la plus belle des révolutions, en la souillant du sang inutile qu'ils ont versé. Il faut que nos enfans sachent que la nation trahie, a été terrible dans sa colère, mais non pas atroce dans ses vengeances. »

« J. — A. Masson. »

Dans la chaleur de son improvisation, le citoyen rédacteur a oublié de remplir, sur son manuscrit, le nom de la place sur laquelle on venait de planter cet arbre de la Liberté, qui ne devait pas encore lui fournir, sur ses vieux jours, l'ombrage qu'il en espérait (1). Cet arbre n'eut pas plus de chance de vie, que le *Mai* qui l'avait précédé. Le 12 frimaire an II (2 décembre 1793), une délibération du Conseil général de la Commune, ordonnait la plantation de deux arbres de la Liberté, l'un sur la *place de la Constitution*, l'autre entre la porte du Peuple et la place de la République, c'est à dire à l'entrée méridionale de la Carrière.

Nous nous demandons pourquoi on allait chercher des arbres dans les forêts voisines, quand la Pépinière était si bien garnie de jeunes sujets.

Une lacune existe entre 1793 et 1798, dans les périodiques de notre ville; sans quoi, nous eussions peut-être trouvé que l'arbre du 12 frimaire, n'avait pas eu plus de racines que ses prédécesseurs. On lit dans le *Journal de la Meúrthe* du 8 pluviôse an VII (27 janvier 1799), une drôle de raison pour planter un arbre :

« La fête de la juste punition a été célébrée, à Nancy, avec une pompe simple et imposante; un arbre de la liberté a été planté sur la place de la Constitution, aux cris de *Vive la République, périssent les tyrans !* »

Nous n'avons pu savoir à quelle époque, le dernier arbre de la Liberté de la place de la Constitution, avait disparu. Est-il mort de sa belle mort, sous le premier Empire, ou a-t-il été abattu en 1814 ? Là est la question. Si, à Nancy, le sol de la place Mengin n'avait pas été favorable à leur croissance et à leur développement, nous savons qu'en certaines communes du département de la Meurthe, ils avaient si bien repoussé, qu'ils portaient ombrage à la préfecture, en l'an de grâce 1816. Ce fait peut paraître incroyable, et l'on se demande, tout d'abord, quelle analogie il peut y avoir entre un arbre et la politique. Qu'un arbre soit planté sur une place publique, ou au milieu d'un champ, c'est toujours un arbre. Qu'on le baptise n'importe comment, c'est un arbre. Eh bien, le 14 avril

(1) La tradition veut que les arbres de la Liberté aient été plantés sur la place Mengin ; mais il semble résulter de diverses relations, qu'ils l'étaient plutôt sur la grande place du Marché, alors nommée, comme la place Mengin, place de la Constitution.

1816 le *Journal de la Meurthe*, organe de la préfecture, publiait la pièce suivante :

Arrêté portant ordre d'abattre les arbres dits de LA LIBERTÉ, qui existeraient encore dans les villes et communes.

« Le préfet du département de la Meurthe, instruit qu'il existe encore dans quelques villes et communes du département, des *arbres dits de la liberté*, voulant détruire, autant qu'il dépend de nous, tout ce qui peut servir d'aliment à la malveillance, en rappelant des temps de licence et d'anarchie, arrête ce qui suit :

» ARTICLE PREMIER. — MM. les Maires, aussitôt la réception du présent, feront abattre les *arbres dits de la liberté* qui existeraient encore dans leurs communes, et les vendront en adjudication publique.

» ART. 2. — Le produit de ces ventes sera versé, pour le compte de la commune, entre les mains des percepteurs-receveurs, qui s'en chargeront en recette sur l'exercice de 1816.

ART. 3. — MM. les sous-préfets tiendront la main à l'exécution de cette disposition, et nous en rendront compte ; MM. les officiers de gendarmerie prescriront aux brigadiers de leur arme, de s'assurer, dans leurs tournées, que les arbres dont il s'agit n'existent plus, et ils signaleront à MM. les sous-préfets ou à nous-mêmes, les communes dans lesquelles on aurait négligé de se conformer au présent arrêté.

» Fait à Nancy, le 10 avril 1816.

» Le contre-amiral préfet de la Meurthe,

» *Signé :* le Comte de KERSAINT. »

Si jamais le comte de Kersaint a donné un grand coup d'épée dans l'eau, c'est bien ce jour là. Son arrêté ne fut pas plus exécuté, que ne le fut celui du représentant Faure, à propos des croix et autres emblêmes du culte catholique, dont celui-ci recommandait la destruction.

Quoiqu'on ait recommandé, en 1792, de prendre de préférence le chêne comme emblème de la Liberté, on avait planté dans un grand nombre de communes des noyers, qui, à la porte de l'église, qui, dans la cour du château ou de la maison seigneuriale, alors place publique du village. Les maisons seigneuriales devinrent presque toutes propriétés particulières ; quant aux parvis des églises, on sait qu'ils étaient et sont encore de nos jours, pour la plupart, une dépendance du cimetière communal. A l'heure qu'il est, il y a encore, dans maintes communes de la Meurthe, des *arbres dits de la Liberté*, plantés en 1792, auxquels se rattachent des légendes tout autres, fabriquées précisément pour les préserver de la destruction. Le paysan n'aime pas d'abattre ce qu'il a planté ; c'est ainsi qu'en 1816, certains arbres de la Liberté furent respectés dans les communes rurales.

Le nom de *place Mengin* est un vocable essentiellement populaire, appliqué avec malice, par le peuple, à l'occasion des interdictions du lieutenant-général du Bailliage, et des petites maisons qu'il a fait édifier le long du mur de sa propriété, afin que celui-ci fût respecté par les allant et venant, et par les gens du marché, tant forains que citadins.

M. Louis Lallement aurait voulu, en 1867, qu'on l'appelât *Place Charles III*. Ce vocable n'aurait été admissible, qu'en l'appliquant et à la place du Marché couvert et à la place Mengin. C'était une idée émise en 1846, par M. P.-G. Dumast dans son *Nancy, histoire et tableau,* p. 223 ; mais à la p. 234, il émet un singulier vœu pour la place Mengin.

« Enfin, et comme la principale force de la capitale de la Lorraine fut le patriotisme de ses habitants . . ., ceux qui la peuplent aujourd'hui, pour peu qu'ils aient du sang sous les ongles, ont à s'acquitter envers leurs ayeux d'un hommage collectif, en décidant, par vote unanime, que l'emplacement de l'ancien Hôtel-de-Ville, — que le terrain, à présent vide, où s'élevait, devant Saint Sébastien, l'édifice civique des Nancéyens, rasé sous Stanislas, sans l'ombre de nécessité, — prendra le nom de *Place Urbaine,* ou plutôt de *Place des Vieux Bourgeois,* terme qui nous semble avoir plus d'énergie. »

En 1857, le même auteur rejetait le vocable de Charles III, et voulait en faire la *place de Lorraine* ou *du peuple lorrain.*

On ne peut guère parler de la place Mengin, sans dire quelques mots de la fameuse croix de mission qui y a été élevée, le jeudi saint 14 avril 1825.

La mission a commencé ses exercices à Nancy, vers le 5 ou 6 mars de cette année, par une procession générale de toutes les paroisses de la ville, dans lesquelles figuraient : l'évêque et son clergé, les autorités, les principaux fonctionnaires publics et toute la garnison. Les exercices de cette mission durèrent environ six semaines.

Le 25 mars, la *Meurthe* publiait cet entrefilet, communiqué sans doute, comme tous les autres articles qu'elle a publiés à cette occasion.

« On va élever dans cette ville une croix de Mission, sur la place dite Mengin, en face de la paroisse Saint Sébastien. — On établira, en outre, un Calvaire, sur le bastion qui se trouve à l'extrémité de la Pépinière. »

. Le 15 avril suivant, la même feuille donnait la relation de la cérémonie qui avait. eu lieu la veille.

« La cérémonie de l'érection de la croix vient d'avoir lieu en cette ville. Rien ne contribue tant à faire ressortir ce que la religion a de plus sublime et de plus majestueux, que ces jours solennels, où, environnée de tout son éclat, elle étale à nos yeux sa pompe et sa grandeur. Quoi de plus imposant en effet, et de plus touchant, tout à la fois, que le spectacle d'une foule immense, suivant, tantôt dans un silence religieux, tantôt au milieu de pieux concerts, le glorieux triomphe de la croix !

» Ce jour, toutes les boutiques furent fermées, des drapeaux blancs flottaient à un grand nombre de fenêtres, les maisons furent couvertes de tapisseries, toute la garnison et les sapeurs-pompiers étaient sous les armes. Des arcs de triomphe, placés de distance en distance, annonçaient les rues ou devait passer le cortège sacré.

» La croix était portée en triomphe par 120 hommes à la fois, tous citoyens de cette ville, tous animés du plus beau zèle, et glorieux d'un si honorable fardeau.

» Arrivée au lieu où devait être élevé le signe du salut des hommes, S. Gr. a prononcé un discours, dans lequel elle épancha toute la joie que son âme éprouvait, et témoigna sa vive satisfaction à tous ceux qui avaient si bien secondé les efforts des missionnaires.

» Les autorités civiles et militaires, l'académie, les fonctionnaires publics, un nombreux clergé, auquel s'étaient joints tous les curés des communes voisines, les religieuses des différents couvents, le collège royal, l'école royale forestière, et même l'école ecclésiastique de Pont-à-Mousson, composée de 300 jeunes élèves, tous jaloux de payer un tribut d'hommages à la croix, assistaient à cette cérémonie, qui a duré cinq heures (*sic*), et qui avait attiré dans nos murs une foule d'étrangers.

» N. B. — Le Christ, d'une grandeur colossale et fait par M. Paulus, artiste de cette ville, nous a paru un morceau remarquable de sculpture. »

Cet article, qui n'émane pas de la rédaction du *Journal de la Meurthe*, dont le genre et l'esprit étaient bien diffé-

rents, ne tient aucun compte de la pression officielle exercée sur les corps constitués et sur l'armée. Le peuple assis-
tait aux processions, plutôt en curieux qu'en fervent. La
preuve en est, c'est que le 29 août 1830, on détruisit impitoyablement la croix de mission, qui serait tombée déjà
en 1828, si ce n'avait été la crainte des hommes qui sié-
geaient dans les tribunaux.

Noël a écrit, dans un de ses Mémoires, une assez longue
et curieuse note sur cette cérémonie. (V. *Mémoire*, n° 5,
p. 236 des notes.)

Décidément, depuis sa naissance, la place Mengin était
et a été constamment vouée au ridicule. Nous ne parlerons pas des divers urinoirs, plus ou moins parasols, qui
ont amusé les journaux de la localité depuis une vingtaine
d'années.

Le *nec plus ultrà* est la fontaine qui orne aujourd'hui le
modeste bassin du Jardin des plantes; avant d'en arriver
là, elle a figuré assez longtemps sur la place Mengin, où,
dès son installation, elle reçut le nom de *Canule*. Les plus
malicieux la surnommaient le *Triomphe de la Canule*, en
mémoire, sans doute, de la fontaine monumentale figurée
dans le *Triomphe de Charles III*, lors de la rentrée de ce duc
dans ses Etats. On avait déjà, à Nancy, depuis 1831, *la
Passotte*, c'est à dire la fontaine de la place de Grève, mo-
difiée en 1879 par M. Bernard, qui a utilisé la malheu-
reuse *Passotte* dans la réfection du Château-d'Eau. *La Canule* était le comble de *la Passotte*. Tous les Nancéiens
protestèrent contre ce mauvais goût.

La Canule avait la prétention d'être, de et par l'administration municipale, une fontaine monumentale; c'est ce
qui endiablait tout le monde, et déchaînait contre elle et
ses auteurs les quolibets des contribuables.

Nous avons dit ailleurs que, vers 1757-1764, une société joyeuse, composée d'hommes d'esprit, avait pris à
tâche de critiquer tout à la fois les fondations de Stanislas,
et les mœurs du jour : nous venons de nommer l'*Académie
de la Ville-Neuve*. Un de ses membres, Recouvreur, avocat
à la Cour, a composé pour cette académie, un mémoire
aussi curieux qu'amusant, intitulé : « Une machine nouvelle. » Ce n'est ni plus ni moins que l'apologie de la Se-
ringue, et surtout celle de la Canule. En 1837, les Mémoires de l'Académie de la Ville-Neuve étaient encore

presque populaires. Tous les Nancéiens quelque peu let-
trés, les connaissaient et savaient les commenter, selon les
circonstances. Il faut dire aussi qu'il y a quarante ans,
l'esprit du Nancéien était différent de celui d'aujourd'hui ;
il avait conservé cette franchise rustique et gouailleuse des
vieux lorrains, qu'on ne rencontre plus guère dans la génération moderne.

On lit dans la *Meurthe,* du 27 septembre 1837 :

« L'administration a fait exposer le 20 de ce mois, entre les
deux fontaines qui existent actuellement sur la place Mengin *(sic),*
un modèle en planches peintes, d'une fontaine monumentale.
Cette nouvelle fontaine, à deux ou quatre jets à volonté, aurait
pour double but d'embellir la place et de distribuer également
de l'eau, dans toutes les fontaines alimentées par la même file
de tuyaux.

» Les hommes de l'art, comme les hommes de goût, qui ont
à cœur l'embellissement de notre ville, s'empresseront, sans
doute, d'aider de leurs conseils et de leur expérience, l'administration dans l'exécution de son projet. »

Le 30 du même mois, le *Journal de la Meurthe* publiait
cet avis :

« MAIRIE DE NANCY. — Le public est prévenu que le simu-
lacre de la fontaine en fonte, projetée sur la place Mengin, sera
exposé de nouveau le 1er et le 2 octobre prochain.

» A. NOEL, *adjoint.*

Il faut remarquer, que le journal s'abstient, après ces
deux publications, de toute réflexion sur le modèle exposé : il ne le vante ni ne le critique. Cependant, il
n'hésitait pas d'ordinaire à donner son avis, dans des questions de ce genre.

Le 23 décembre 1837, il reproduit, sans commentaire,
la lettre suivante :

Tuzey, le 20 décembre 1837.

» A M. le rédacteur du *Journal de la Meurthe.*

» MONSIEUR LE RÉDACTEUR,

» Le 11 novembre dernier, j'adressai à M. le Maire de Nancy,
une lettre dans laquelle je lui proposai l'emploi d'une colonne
rostrale, exécutée sur le modèle de celles qui se confectionnent

en ce moment dans ma fonderie, et qui sont destinées à la décoration de la place de la Concorde, à Paris, pour remplacer la fontaine monumentale, que la ville de Nancy veut faire élever sur la place du Marché.

» Lors de mon dernier voyage à Nancy, j'ai vu l'exposition du modèle de fontaine. La colonne dont je parle lui est de beaucoup supérieure, sous tous les rapports, plus convenable, surtout dans la supposition probable de l'établissement d'un marché couvert sur la place. Je n'hésitai pas d'en faire la proposition à M. le Maire, ne doutant pas que le plus bel effet, et l'économie qui en résulterait pour la Ville, ne la fissent accepter par le Conseil municipal, auquel je priai M. le Maire de la communiquer.

« Ma proposition est restée sans réponse. J'ai pensé que M. le maire n'avait pas reçu ma lettre du 11 novembre, par laquelle je m'engageais à faire transporter, et poser à mes frais, une de ces colonnes rostrales, qui pourrait servir, soit de monument soit de fontaine, afin de livrer au jugement du public et du conseil municipal, le plus ou moins bel effet qu'elle produirait.

« Comme je pensais, qu'en regard du modèle de fontaine exposé, la préférence lui serait accordée, je fixai le prix de cette pièce à 5,000 fr., rendue et posée. Au cas contraire, ces frais et ceux d'enlèvement eussent été pour mon compte personnel.

« Craignant qu'une seconde demande n'éprouve le même sort, je prends la liberté de vous adresser celle-ci, persuadé que dans l'intérêt de la localité, vous voudrez bien lui donner une place dans votre prochain numéro.

« J'ai l'honneur d'être, etc.

« *Un de vos abonnnés,*

« A. MUEL, maître de fonderies. »

Il n'y a pas lieu de s'étonner du silence de l'administration municipale, celle-ci était engagée, avant l'exposition du modèle de la fontaine monumentale ; d'ailleurs, les choses se passaient ainsi : on demandait soi disant l'avis du public, quand on avait l'intention bien arrêtée, de ne tenir aucun compte de l'opinion qui se manifesterait. On en a encore eu la preuve, à propos du modèle de la statue du général Drouot, qu'on a exposé sur tous les points de la ville, alors qu'on était bien décidé à placer cette statue sur le cours Léopold, malgré les vives réclamations et protestations de la presse et du public compétent, en ces sortes de questions (v. cours Léopold).

Dans un compte rendu sur les *Souvenirs des Monuments et Curiosités de Nancy*, de feu M. Châtelain architecte, fait dans le *Courrier Lorrain* du 24 octobre 1834, « un observateur lorrain » regrette la disparition de plusieurs monuments sacrifiés depuis la Révolution, alors qu'il aurait été moins coûteux de les réparer, que de les détruire.

« Et la place Mengin ? se demande-t-il. N'aurait-on pas pu la réparer à bien peu de frais ? Couvert d'arbres et réparé, ce local exhaussé embellissait et assainissait tous les environs. La nouvelle place, devenue trop vaste pour les marchés, est irrégulière, mal percée. Le portail de l'église Saint Sébastien se trouvant dans un angle, ne produit plus l'effet de perspective qu'il offrait naguère. Les arbres formaient un beau coup d'œil, certes, préférable à la vue des masures que leur destruction met en évidence ; ils relevaient ce beau portail, en le laissant apercevoir à travers leurs feuillages ; ils attiraient de nombreux oiseaux, dont le chant matinal égayait les voisins et les paysans. Mais, abstraction faite du goût et de l'élégance, cette plantation qui n'existe plus, contribuait singulièrement à la salubrité du quartier ; par leur balancement, ces arbres élancés renouvelaient l'air, le purifiaient sans cesse, des miasmes dont il pouvait être chargé. On répondra peut-être qu'ils entretenaient aussi l'humidité ; mais on faisait disparaître cet inconvénient, en répandant du sable à leur pied. Ajoutons enfin, ce qui est d'une haute importance, qu'ils corrigeaient, du moins en partie, les fâcheux effets produits par le voisinage de la *tuerie* et de la *boucherie*, dont les émanations sont on ne saurait plus insalubres. Espérons que, par les soins du comité sanitaire, les deux établissements dont nous parlons ne resteront plus désormais au centre de la ville, et seront transportés ailleurs. Espérons aussi, qu'on sentira le besoin de replanter d'arbres ce qui fut la place Mengin. Ses habitants y trouveront alors une agréable promenade, et les acheteurs, comme les marchands, un abri pour le marché. »

Nous laissons à « l'Observateur lorrain » de 1831 l'originalité poétique et pastorale de quelques-unes de ces critiques; néanmoins, il a raison de reprocher à l'administration d'avoir abaissé le sol, et d'avoir arraché les arbres qui étaient plantés sur cette place. Si elle a changé de destination depuis cette époque, — maintes et maintes fois, — il n'en est pas moins vrai, qu'elle n'est pas encore, à l'heure qu'il est, ce qu'elle devrait être.

Les arbres, ormes et tilleuls, plantés en 1764, ont été détruits à deux reprises différentes. On fit d'abord une petite éclaircie dans l'hiver de 1821-1822, pour y installer la foire de mai; en 1830, on acheva d'arracher ceux qui restaient; on enleva la croix de mission; on détruisit les banquettes élevées aussi en 1754, pour agrandir le Marché.

Noël, dans son *Mémoire*, n° 5, *notes* p. 236, s'exprime avec franchise sur cette question :

« Dans toutes les villes en général, on recherche avec empressement, on conserve avec soin les arbres, comme assainissant l'air, abritant pendant l'été contre le soleil, et pendant l'hiver contre les vents, et offrant, en général, un aspect plus agréable qu'un mur (*sic*). On ne saurait croire que d'efforts ont été faits, pour obtenir la destruction de la Pépinière, qu'on voulait remplacer par un hippodrome ou champ de manœuvre. Nous ne savons par quel perfectionnement administratif, cette superbe promenade, destinée en partie aux plaisirs du public, et à fournir des arbres pour l'ornement des grandes routes, coûte plus d'entretien qu'elle ne rapporte, quoiqu'elle ne fasse aucune fourniture gratuite. Ce projet n'a reçu son exécution qu'en partie; la portion du fond seule a été arrachée, et toutes les bordures des carreaux. Il faut posséder un esprit d'innovation *diabolique*, pour trouver une amélioration dans une destination partielle, un embellissement dans un mur nu, dépourvu d'une tapisserie de verdure en charmille, qui le couvrait autrefois. On a détruit les arbres de la place Mengin, qui ont été remplacés par une fontaine à laquelle on donne le nom pompeux de Château-d'Eau, et qu'à plus juste titre on pourrait appeler l'*exaltation* ou le *triomphe de la canule*. On devrait donner à cette fontaine le nom de *Recouvreur*, nom d'un spirituel avocat, et en mémoire d'un charmant discours qu'il a composé sur les seringues. Quant au Château-d'Eau de la place de Grève, que quelques-uns appellent les *Gouttières,* il me semble qu'il serait mieux appelé la *Passotte,* afin de caractériser l'idée originale de son auteur, qui a trouvé plus beau de verser l'eau par des trous faits dans la conque, de représenter un vase fêlé, que de laisser l'eau tomber naturellement en nappe. Chacun son goût, et certes, celui-ci est fort remarquable. . . . Toutefois, originaux ou non, les habitants de la place Mengin ont été fort joyeux qu'on détruisit les arbres qui, autrefois, ornaient cette place. Il faut remarquer que, pour obtenir cette faveur, ils disaient qu'ils étaient incommodés de chenilles et de vermine que ces végétaux attirent, et plusieurs d'entre eux ont des arbres, dans les cours ou jardins dépendant de leurs maisons ! Ils firent sans doute valoir d'autres motifs, qui frappèrent d'admiration ceux qui sollicitèrent la destruction des arbres de la place d'Alliance et même du Cours Bourbon. On a même imprimé une pétition pour cette dernière demande. »

Voilà donc la canule, de par la volonté de M. le maire, installée crânement sur la place Mengin. Elle devait produire un singulier effet, au milieu de cette place, perdue dans le parallélogramme de l'immense place du Marché, dont la place Mengin n'était, à vrai dire, qu'une dépendance.

Nous lisons dans l'*Espérance* du 22 octobre 1851, le petit entrefilet suivant, signé Louis Lallement :

« L'autorité municipale vient de faire démolir cette hideuse fontaine élevée sur la place Mengin, sans doute parce qu'on va en réédifier une au milieu de la cour du Marché-Couvert. Nous espérons bien qu'on en élèvera une nouvelle, et qu'on ne replacera pas dans cet endroit la fontaine de la place Mengin, — fontaine qu'on avait si justement appelée le *Triomphe de la Canule !*...

» Du moins, il ne faut pas que ce monument, plus que ridicule, — qui a trop longtemps déparé la place Mengin — dégrade encore le nouveau Marché : la municipalité ne saurait le souffrir. »

La municipalité de 1861 comprit sans doute, que le monument en question n'était guère digne de figurer sur une place publique de notre ville ; c'est pourquoi elle le relégua au Jardin botanique.

Quelques mots maintenant sur l'arbre de la Liberté, planté en 1848.

On lit dans l'*Espérance* du 2 avril :

« Un arbre de la liberté sera planté aujourd'hui, à Nancy, sur la place du Marché. »

Nous savons pertinemment, qu'on donnait indistinctement le nom de place du Marché, à la place Mengin et à la place du Marché proprement dite. L'arbre dont s'agit a été planté sur la place Mengin.

Dans le numéro du 4 du même mois, l'*Espérance*, sobre de détails, narre ainsi la cérémonie :

« Dimanche, à une heure, a eu lieu, sur la place du Marché de Nancy, la plantation de l'arbre de la liberté. Une partie des troupes de la garnison, et deux compagnies de chacun des bataillons de la garde nationale, avaient été commandées pour maintenir l'ordre, et pour ajouter, par leur présence, à l'éclat de la cérémonie, que favorisait un temps magnifique.

» Les autorités civiles et militaires se sont réunies au grand salon de l'Hôtel-de-Ville, d'où le cortège est parti dans l'ordre suivant :

» Les ministres des différents cultes, catholique, protestant, israélite ;

» Les commissaires du gouvernement ;

» Les membres de la commission d'organisation du département de la Meurthe ;

» Les diverses autorités civiles ;

» Les autorités militaires ;

» L'école forestière ;

» Les écoles de la ville ;

» Une députation de la Société démocratique.

» Plusieurs discours ont été prononcés, le premier par M, Gridel, vicaire-général du diocèse, fidèle interprète de ces sentiments libéraux qui animent partout le clergé français. Il a déclaré que l'Eglise était prête à accorder partout son appui à la République, pourvu qu'en garantissant l'ordre, la République donnât *à tout le monde* la liberté.

» Les ministres protestant et israélite ont fait remarquer que leur présence à la cérémonie, était un premier hommage rendu par le gouvernement républicain au principe de la liberté civile des cultes, et de leur égalité devant la loi.

» MM. de Ludre, Marchal père et Marchal fils, ont, au nom du département, de la ville, et de la Société démocratique, prononcé aussi des discours, après quoi le cortège est revenu, en bon ordre, à l'Hôtel-de-Ville, d'où il était parti. »

Cette relation est suivie du discours de M. l'abbé Gridel.

On voit que cette cérémonie a été faite simplement, sans grand apparat, comme il convenait à une fête véritablement démocratique et nationale, à laquelle étaient conviés tous les ministres des cultes et toutes les autorités.

PÉPINIÈRE (Terrasse de la)

La délibération du 30 décembre 1839 la considère comme une *place*, et le tableau du 31 décembre 1839 la range parmi les places, sans lui assigner de limites. Si nous en croyons les inscriptions, cette place était alors excessivement rétrécie, et ne méritait guère d'être considérée comme telle, limitée qu'elle était au nord, par la grille de la Pépinière ; à l'ouest, par les murs de la conciergerie, le passage et les deux ou trois maisons qui la bordent ; au midi, par la grille et la fontaine d'Amphitrite ; à l'est, par les murs du jardin de l'Evêché, et du jardin de M. Corrard des Essarts.

Pour le public, la *Terrasse de la Pépinière* n'est ni une rue ni une place, c'est une promenade qui commence à la fontaine d'Amphitrite et qui finit à l'ancienne cour des Pages. C'est ce qui, de tout temps, a été appelé *la Terrasse*, n'en déplaise aux municipaux de 1839 et à ceux de 1883, qui négligent de l'indiquer.

La *place* de 1839 a pris, en 1883, des proportions assez étendues. La *Terrasse de la Pépinière* est devenue une vraie place, par l'adjonction qui vient de lui être faite, des emplacements occupés jadis par l'escalier monumental de l'Arc-de-Triomphe, et par les anciennes prisons de la conciergerie, rasées en 1871.

La plaque indicative a été posée le 24 août 1883, à huit heures du matin. Voilà un baptême de place, qui n'a pas exigé un grand effort d'esprit.

Parlons un peu du numérotage. La succursale du café de l'Opéra porte le n° 1. Le café de la Terrasse ne porte pas de numéro. La porte d'entrée, ouverte dans le Palais de Justice est numéroté 3. L'ancienne maisonnette du garde de la Pépinière, adossée au mur de l'Evêché, a le n° 36, et la maison Villa de la Pépinière, le n° 38. Nous ne saisissons pas la clef de ce numérotage. On voit bien le n° 30 sur la façade de l'ancienne Préfecture, place Stanislas, 2, qui n'appartient ni au numérotage par section (le département était numéroté 31) ni à la série qui conduisait au 36 et 38 de la Terrasse.

Puisque l'on vient de créer une nouvelle place, il n'y aurait aucun inconvénient à faire disparaître cette anomalie, et à donner aux maisons qui ont leurs façades sur la nouvelle Terrasse, un numérotage régulier, comme il convient de le faire pour une place ; surtout qu'on trouve le numéro 28, continuant la série de la rue Héré, et appartenant au *Passage de la Pépinière*, supprimé de fait depuis 1871.

Le vocable de *la Terrasse* est très ancien ; il est antérieur à la création de la Pépinière. *La Terrasse* commençait sur l'Arc-de-Triomphe, et se continuait sur les anciens remparts, jusqu'au bastion des Dames. Sous le règne de Stanislas, on avait insensiblement converti les anciens remparts de la Ville-Vieille, en promenades publiques, (V. les plans de Belprey, Moithey et Mique.)

La Pépinière fut commencée en 1765. On y arrivait par la Terrasse de l'Arc-de-Triomphe, par la pente de la rue des Ecuries, par la grille de l'hémycicle et par la Cour des Pages.

Après la mort de Stanislas, on ouvrit le passage de la Pépinière, et on enleva les deux petites fontaines qui étaient dans les deux portiques de la grille d'Amphitrite, que l'on remplaça par des vantaux grillés, du genre de ceux qui ferment la Pépinière sur l'hémycicle de la Carrière. Ces vantaux furent enlevés vers 1848.

C'est à la suppression des deux fontaines qui accompagnaient celle d'Amphitrite, que la *Terrasse de la Pépinière* prit naissance, et fut distinguée ainsi de la *Terrasse de l'Arc-de-Triomphe.*

Avant la Révolution, on avait établi dans l'ancien jardin du lieutenant de Roi, un café qu'on appelait le *Café de la Terrasse.* Ce terrain était un bien domanial; il fut vendu le 12 juin 1792, à un nommé Bertin. Nous en avons parlé dans nos *Promenades historiques,* p. 419.

En résumé, le vocable qui nous occupe est ancien, et ne s'applique pas seulement à la place actuelle, que la délibération du 30 décembre 1839, et que les plaques indicatives de 1883 lui ont assignée, mais encore sur toute l'étendue de la plate-forme des anciens remparts jusqu'au Fer-à-Cheval de la Pépinière, plus communément appelé la Cour des Pages.

Nous ne trouvons pas mauvais qu'on donne le nom de Terrasse de la Pépinière à la place innommée qui a été créée en 1871, puisque la délibération du 30 décembre 1839 a classé la Terrasse au nombre des places. Elle a donc le droit de s'agrandir, par l'adjonction du terrain vide qui forme, en cet endroit, une vraie place.

Avant 1871, la partie comprise entre la rue Héré et la Terrasse de la Pépinière, se nommait *Passage de la Pépinière.* En fait, ce passage, qui existe encore un peu, fut supprimé par la démolition des prisons de la Conciergerie. En droit, il existe toujours, puisqu'il est reconnu comme rue, par la délibération du 30 décembre 1839, et qu'à notre connaissance, aucune autre délibération n'a été prise, soit pour son maintien, soit pour sa suppression, ni depuis

1848, époque à laquelle fut créée la place des Chameaux, aujourd'hui de Vaudémont, ni depuis 1871.

La Terrasse de la Pépinière, proprement dite, dans toute sa longueur, appartient à quatre sections : à la 1re, à la 2e, à la 7e et à la 8e. Si l'on prend seulement les limites que nous avons indiquées plus haut, de la Fontaine d'Amphitrite à la grille de la Pépinière, elle se trouve encore appartenir à trois sections : 1re, 2e et 7e. C'est ce que nous avons fait ressortir, dans un article qu'a bien voulu reproduire le *Journal de la Meurthe* du 29 août 1883 :

UNE NOUVELLE PLACE

Vendredi 24 août 1883, à huit heures du matin, ès environ, on a baptisé officiellement une nouvelle place innommée depuis douze ans. Cette place sans nom est maintenant la *Terrasse de la Pépinière*, ainsi que l'indique la plaque indicative posée le susdit jour.

Seulement, il y a un cheveu, la plaque apposée contre le mur du Palais de Justice indique 2e section. Sans doute que l'employé chargé de la pose de cette plaque émaillée s'est trompé d'emplacement. La 2e section n'a pas de prise dans la rue des Ecuries, elle prend la moitié de la rue du Passage de la Pépinière et monte à la moitié de la rue de la Pépinière pour se diriger sur la rue d'Amerval. Tout ce qui est dans l'alignement de l'Arc-de-Triomphe jusqu'à la première rangée d'arbres de la Terrasse est de la 7e. La Terrasse comprise entre la grille de la Pépinière et celle de la fontaine d'Amphitrite appartient à trois sections : le côté est, à la 1re, le côté ouest, jusqu'au passage, à la 2e, et l'autre partie, à la 7e. Nous pensons qu'il suffit de signaler à l'administration ce lapsus, pour déplacer cette plaque et la poser contre le café de la Terrasse.

On devrait aussi profiter de cette circonstance, pour modifier le numérotage de la Terrasse, en faisant disparaître les numéros 36 et 38 qui devraient être 2 et 4 à l'est. Les numéros 28 et 30 du passage de la Pépinière devraient devenir 3 et 5 de la Terrasse, puisque le passage est supprimé de fait, depuis la démolition des prisons de la Conciergerie. Le n° 3 doit devenir 6.

Ch. COURBE.

La publication de cet article a provoqué, de la part d'un de nos amis une juste réclamation, qu'il avait jadis formulée, à la suite d'une notice biographie publiée par lui sur le docteur *Louis Valentin*, dans le *Courrier médical* du 2 novembre 1872.

Nous avons consacré une petite notice, — si toutefois nos coups de plumes peuvent être comparés à des notices, — dans nos *Promenades historiques*, au docteur Louis Valentin. Nous l'avons dit, le docteur Valentin est le premier qui ait introduit, dans notre pays, l'inoculation de la vaccine, d'après la méthode Jenner. De ce fait il a rendu d'immenses services aux populations.

Il est assez étrange, et nous l'avons constaté, que la mémoire du docteur Valentin ait été si vite oubliée des générations actuelles. C'est aussi ce que constatait notre ami, à la fin de sa notice, à laquelle nous empruntons, la dernière partie, les conclusions de son travail :

« Nous demandons pourquoi, si le docteur a été mis au nombre des bienfaiteurs du pays, n'a-t-on par donné son nom à l'une des nombreuses rues créées dans la ville, ou tout au moins, pourquoi ne l'a-t-on par donné à une rue quelconque, lors du changement de noms qui a eu lieu, il y a quelques années. Des hommes dont le seul talent a été d'avoir de la fortune, de mourir célibataires, de laisser leur argent à la ville, ont eu, quelques mois après leurs funérailles, leurs noms donnés à une rue, ou à une impasse de la ville neuve ; pourquoi donc cet homme, qui s'en alla au loin étudier une importante découverte; et qui l'importa dans le département de la Meurthe, n'aurait-il pas le sien appliqué aussi à une voie publique ?

» On vous déclare bienfaiteur de l'humanité et puis plus rien ; nous réclamons pour Valentin la faveur accordée au docteur Bénit, à Dom Calmet, à Pichon, à Grégoire, à Boulay, à Braconnot, à de Haldat, à Lamour et à tant d'autres, plus ou moins illustres, et nous affirmons que cela serait justice de récompenser celui qui a été à la peine.

» On l'a outragé ; les Nancéiens ont calomnié ce bienfaiteur lorrain ; depuis ils ont reconnu leurs torts ; eh bien, qu'ils expient leurs fautes, en honorant aujourd'hui le nom de cet homme. L'importation de la vaccine vaut bien toutes les grilles de Lamour, tous les écrits de l'abbé de Senones, et tous les plans de Héré. Agir ainsi que je le demande, serait justice; mais je sais qu'il y a des gens qui ne pensent pas comme moi. Cependant, interrogez le peuple et demandez-lui lequel des trois illustres que je viens de nommer, ou de Valentin, lui a rendu le plus de services, et vous verrez qu'il vous répondra que c'est ce dernier. Qu'importe au peuple qu'il y ait de beaux monuments dans sa ville, s'il meurt de faim !

» Municipalité nancéienne, soyez juste, et vous n'aurez pas à vous repentir d'avoir mis quelque part dans votre ville : *Rue Louis Valentin.*

» Faites-le maintenant, car tôt ou tard, vos successeurs, rendant hommage à ce savant médecin, seraient obligés de le faire. »

Hélas ! nous craignons beaucoup que les municipalités futures demeurent aussi sourdes à cet appel, que l'a été celle de 1872. Du moment que le docteur Valentin n'est pas patronné par un Guerrier-Dumast quelconque, il attendra longtemps, pour avoir les honneurs de l'hodographie nancéienne.

Comment se fait-il que feu P.-G. Dumast, qui l'a connu personnellement, qui a été son collègue à la Société royale des sciences, lettres et arts de Nancy, l'ait oublié dans son hodographie nancéyenne, dans laquelle cependant il a introduit Désiré Carrière, le cuisinier-peintre Alnot, Braconnot et *tutti quanti* ?

Si nous parlons ici du docteur Valentin, c'est qu'il a été propriétaire de l'ancien Café de la Terrasse, ou mieux de la villa de la Pépinière, n° 38 actuel, où il est mort le 11 février 1829.

Il est assez étrange, de voir des amis et des contemporains estropier les faits et fausser la vérité. C'est ce qui est arrivé, croyons-nous, à Alexandre-Haldat, en écrivant son éloge du docteur Valentin, en 1829, publié dans les histoires de la société royale des lettres, sciences et arts de Nancy.

Nous ne voulons pas discuter sur ce qui a été écrit, à propos de la vaccine et du docteur Valentin, en l'an XIII, et plus tard encore. Ce qu'il y a de certain, c'est que le docteur Valentin a introduit, à Nancy, l'inoculation du vaccin, d'après la méthode de Jenner, en 1800, et non comme on l'a dit, en 1802 ou 1803, et il n'a pas commencé, non plus, ses essais par le virus variolique. Si nous ouvrons le *Journal de la Meurthe*, à la date du 17 frimaire an IX (8 décembre 1800), nous y lisons l'avis suivant :

« Une révolution bien importante pour l'espèce humaine vient de s'opérer dans l'art de l'inoculation. La découverte de la *vaccine*, introduite d'Angleterre dans plusieurs villes de France, a déjà produit des succès étonnants, et donne lieu d'espérer des avantages beaucoup au-dessus de ceux qn'on a obtenus par la méthode ordinaire. Déjà, un grand nombre d'expériences ont prouvé que cette nouvelle inoculation est, non seulement exempte d'éruption et d'aucun accident quelconque, mais même qu'elle n'est pas contagieuse, et qu'elle préserve comme l'autre, de la petite vérole. La maladie est si légère, qu'elle mérite à peine ce nom, et qu'il n'y a aucun individu qui ne puisse y être soumis, en tout temps et en toute saison,

« Le docteur *Valentin*, ex-médecin en chef des hôpitaux français, vient de pratiquer à Nancy, cette nouvelle méthode, sur plusieurs sujets de différents âges.

« En conséquence, pour en propager les bienfaits et diminuer le nombre des victimes, d'un des plus redoutables fléaux du genre humain, il offre aux médecins et chirurgiens de ce département de visiter des *vaccinés, de les mettre au fait du procédé, et de leur fournir le virus vaccin dont ils auraient besoin.*

« Il inoculera gratuitement tous les pauvres, et les citoyens sans propriété, qui seront munis d'une attestation du juge de paix, ou d'une autorité quelconque.

« On le trouvera chez lui, cours de la Liberté, n° 197, tous les matins jusqu'à neuf heures. »

Le docteur Louis Valentin mit au fait de son procédé les docteurs Serrière et Alexandre-Haldat, qui furent tous deux de chauds partisans de la méthode Jenner, importée dans notre département, par le docteur Louis Valentin. Dans les cours publics d'anatomie et de physiologie, que ces deux médecins ouvrirent avec le docteur Champion, en l'an XI, dans les bâtiments de l'Université, Alexandre-Haldat enseigna la physiologie, Serrière l'hygiène et la *vaccination*, et Champion la clinique.

A part ces deux ou trois amis, qui avaient compris l'importance de la découverte de Jenner, et qui s'étaient joints au docteur Valentin pour la propager, celui-ci ne rencontra chez ses confrères qu'un accueil froid et réservé. Il ne faut pas s'en étonner, les médecins ont toujours été et seront toujours des routiniers. La médecine est la science qui a fait le moins de progrès : Nous en savons quelque chose par nous-même. Devant l'esprit de routine, qui animait les médecins de ce temps, devant l'extrême présomption qui les caractérisait, — car les médecins infatués de leur science, sauvegardaient mieux leurs titres que la santé des malades, — le docteur Valentin eut de nombreuses luttes à soutenir. Il faut remarquer, que le premier soin des médecins devant une innovation dans leur art, était d'en nier l'efficacité, et de crier tout d'abord à l'impossibilité d'une réussite. C'est encore l'usage chez les vieux médecins, de se draper dans un scepticisme désolant. On en a chaque jour la preuve, à propos des nouvelles découvertes et des expériences faites par les jeunes médecins. Valentin se contenta, croyons-nous, pour répondre à ses détracteurs, de publier une brochure sur la vaccine.

Le préfet Marquis, qui se connaissait en choses et en hommes, qui avait une grande expérience du monde, sut mieux apprécier les mérites de Valentin, dans sa *Statistique* p. 16, au chapitre de la maladie des hommes.

» Les retours de la petite vérole suivent des périodes assez régulières ; c'est tous les sept ou huit ans, qu'elle vient infecter la génération qui s'élève ; elle sacrifie de nombreuses victimes, surtout dans les campagnes, et parmi la classe indigente des villes : l'insalubrité des habitations ; l'usage des remèdes échauffants, dont on n'a pu désabuser que les personnes qui ont reçu quelque éducation, donnent à l'action du virus, une intensité souvent mortelle. Cependant, la méthode de l'inoculation commençait à être très usitée, même dans les petites villes, lorsque la découverte de la vaccine a fixé l'attention générale : c'est le docteur Valentin, correspondant du comité centrale de Paris, qui, le premier, l'a mise en pratique à Nancy. On n'a, depuis deux ans, aucun exemple bien constaté d'enfants qui aient été atteints de la petite vérole, après avoir été vaccinés ; mais on s'est plaint que plusieurs de ceux à qui l'on avait inoculé le vaccin, sans prépartion et sans les soumettre à un régime, avaient eu le tempérament altéré pendant quelque temps, et avaient éprouvé diverses irruptions d'humeurs. Le temps perfectionnera sans doute cette découverte, d'autant plus précieuse, que la pratique en convient bien mieux que celle de l'inoculation, aux classes inférieures, parmi lesquelles le virus variolique exerce le plus de ravages. »

Marquis ne pouvait pas en dire davantage, puisqu'il écrivait sa statistique en l'an X, c'est à dire au début des expériences du docteur Valentin, qui, on le voit, a été dans notre département l'importateur, l'initiateur, et le propagateur de la vaccine, d'après la méthode Jenner ; mais, étant donné l'esprit routinier du public, en général, et celui des médecins en particulier, qui abhorraient les innovations dans l'art de guérir, il est fort probable que sans l'initiative de Louis Valentin, la vaccine aurait eu infiniment de peine à s'introduire dans les départements composant l'ancienne province de Lorraine. Nous observerons aussi, que le journal du département, qui était cependant l'organe officiel de la Préfecture, n'a pas beaucoup contribué à propager l'usage de cette mesure préventive.

Nous avons vu l'homme à la peine, baffoué par ses contemporains, mais nous ne le voyons par recueillir les fruits de son initiative. Ah ! ici le proverbe est bien vrai :

Cheval faisant la peine
Ne mange pas l'avoine,

On dit en Lorraine : « ce n'est pas le cheval qui fait pousser l'avoine qui la mange. » Ce qui revient à dire, que ce ne sont pas les plus méritants qui sont récompensés :

Le Journal de la Meurthe du 17 avril 1810, apprenait à ses lecteurs :

« M. le Préfet du département de la Meurthe, d'après une lettre de S. Exc. le ministre de l'intérieur, a remis solennellement à MM. *Serrières*, médecin en chef de l'hospice civil de Nancy, et *Lemoine*, docteur en médecine, deux médailles portant chacune d'un côté l'effigie de S. M. l'Empereur, de l'autre les mots : *Vaccine-Serrières*. — *Vaccine-Lemoine*, années 1806 et 1807. Le ministre a également écrit à ces deux médecins une lettre flatteuse, pour leur annoncer que ces médailles avaient été décernées, comme une récompense de leur zèle. »

Nous comprenons qu'on n'ait pas décerné, ce jour-là, une médaille au docteur Valentin. Le préfet baron Riouffe avait peut-être ses raisons, pour ne pas mettre celui-ci en avant ; mais ce que nous ne comprenons pas, ce que nous blâmons, c'est que, lorsque le trop fameux baron Riouffe a formé le comité de vaccine, il ait oublié d'y faire entrer le docteur Valentin. Cet honneur lui était bel, bien et légitimement dû ; le baron Riouffe, préfet de papier doré, ne l'a pas ainsi pensé, et Valentin fut exclu du comité de vaccine, lui, qui en avait été l'introducteur. C'est à n'y pas croire. Le baron Riouffe avait peut-être la haine native du vaccin. Toujours est-il, que dans cette commission spéciale, les noms qui y figurent pompeusement, n'étaient guère aptes à régenter la chose, et la minorité des membres ne nous aurait par inspiré une grande confiance, si nous avions vécu en ce temps.

L'autorité napoléonienne avait pris l'habitude de mettre sa main sur tout et partout.

« S. M. l'Empereur et Roi, voulant bannir la petite vérole de ses États, a rendu le décret suivant, en date du 16 mars 1809. »

Imaginez-vous un Roi qui veut bannir les punaises des habitations de ses sujets, les cafards des boulangeries, les rats des égoûts, les souris des greniers à blé, etc., etc.

« Par un autre décret du 7 novembre 1809, la ville de Nancy a été désignée pour un dépôt de vaccine. Le Ministre de l'Intérieur a établi le dépôt à l'hospice des Orphelins. M. le docteur Serrières, médecin en chef des hospices civils, est nommé médecin-vaccinateur. Le comité de vaccine, qui doit siéger auprès du dépôt, est composé des fonctionnaires civils, ecclésiastiques et militaires qui jouissent, à raison de leurs places, d'une influence marquée sur le peuple. — (Donc le docteur Valentin ne jouissait pas de cette influence).

» Le ministre a nommé les membres dans l'ordre suivant : Messieurs, le baron *Riouffe*, préfet, président du comité ; le général *Gilot*, commandant la 4e division militaire ; le baron *d'Osmond*, évêque de Nancy ; *Lallemand*, maire de Nancy ; *Charlot*, curé de Notre-Dame ; *Poirot*, curé de Saint-Sébastien ; *Rolin*, curé de Saint Epvre ; *Mandel*, juge de paix ; l'administrateur des hospices, commissaire de l'hospice des Orphelins ; *Mollevaut*, proviseur du Lycée ; l'abbé *Henry*, directeur de la principale école secondaire ; *Serrières*, médecin en chef des hospices civils, médecin-vaccinateur ; *Bonfils*, professeur d'accouchement ; *Haldat*, médecin des épidémies ; *Lemoine*, docteur en médecine.

» Demain, 22 du courant, le comité sera installé par M. le préfet, » (*Meurthe*, 21 octobre 1810).

Tout le monde sait que la nouvelle place de la Terrasse de la Pépinière est désignée, par l'opinion publique, depuis 1877, pour recevoir la future statue de Claude Gelée, dit le Lorrain, quoiqu'on ait constaté dernièrement, que les fonds recueillis depuis 1877 ne pourraient guère fournir que le buste du sublime peintre lorrain. Mais on espère pouvoir recruter un plus grand nombre de souscripteurs, pour pouvoir y ajouter des bras et des jambes.

Claude le Lorrain n'a décidément pas de chance. En 1845, il s'était formé à Epinal un comité pour lui élever une statue, dans cette ville ; la souscription marchait assez bien, lorsque les évènements politiques vinrent en arrêter l'essor.

Voyez à quoi tiennent les choses ici-bas. Il y a quelquefois, dans l'histoire, des rapprochements bien bizarres, et celui-ci en est un.

Après l'érection de la statue Callot, le comité nancéien qui s'était formé pour élever, de l'autre côté de l'Arc-de-Triomphe, une statue à Claude le Lorrain, voyait avec plaisir sa souscription marcher rondement, et promettre de ne pas s'éterniser, lorsque Thiers meurt. On parle aussitôt, dans notre ville, d'élever une statue à l'ex-premier président de la République Française. M. Bernard était alors maire de Nancy. Il s'entendit avec le comité de Claude le Lorrain, pour ne pas contrarier les deux souscriptions, et promit à celui-ci aide et protection, dès qu'on serait assuré de la réussite de la statue Thiers; mais, en 1879, M. Bernard, nommé officier de la Légion d'honneur et conseiller à la Cour de Cassation, résigna ses fonctions de maire, et oublia, comme bien on pense, la statue de Claude le Lorrain, et l'appui moral qu'il avait promis au comité, quelque temps auparavant. Cette souscription, suspendue pendant que celle de Thiers marchait à toute vapeur, ne trouva plus, après 1879, que des indifférents, et peut-être aussi des gens fatigués de donner pour toutes les statues; car depuis, celle qui s'est ouverte pour l'abbé Grégoire, a été couverte en peu de temps. En attendant, Claude le Lorrain se trouve relégué au dernier plan, et semble un oublié, à côté de tous ces hommes politiques qu'on coule en bronze.

Voici un singulier rapprochement, entre Thiers et Claude le Lorrain, que nous trouvons dans le *Journal de la Meurthe et des Vosges*, du 15 août 1840.

« On vient d'élever, à Rome, un monument à notre immortel compatriote, Claude Gelée, natif de Chamagne, près de Toul (*sic*). Voici ce que nous lisons à ce sujet, dans un journal de Rome. *Notiziel del Giorno* :

» En 1836, M. Thiers, alors ministre de l'intérieur, ordonna à M. Lemoine, professeur de l'académie de Saint Luc, à Rome, d'exécuter un monument sépulcral, pour les cendres du célèbre peintre de paysage, Claude Gelée, dit le Lorrain, mort à Rome, en 1682. Ce monument étant terminé, il a été dernièrement placé dans l'église de Saint Louis des Français, où ont été transférées les cendres de Claude Gelée, qui étaient dans l'église de la Trinitia di Monti. Ce beau monument a été découvert en présence de M. le comte de Rayneval. L'inscription du piédestal est grave et simple. On y lit que « la nation française n'oublie pas » ses enfants célèbres, même lorsqu'ils sont morts à l'étranger. » L'inscription cite aussi les noms de Louis-Philippe, de M. Thiers, et du feu marquis de Latour-Maubourg, ambassadeur à Rome, lorsque le monument fut ordonné.

Ainsi, Thiers lui fait élever un monument à Rome, en 1836, et c'est lui qui, après sa mort, vient s'opposer à ce qu'il lui soit élevé une statue dans la capitale de la Lorraine, sa province natale.

Les Nancéiens connaissent bien Giorné Viard, l'auteur de la statue du duc Antoine, qui orne la Porterie du Palais ducal, des bustes du général Drouot, de Mathieu de Dombasle, de Digot, etc. Eh bien, Giorné Viard, qui finit ses jours à l'hôpital Saint Julien, a eu, lui aussi, la pensée d'élever une statue à Claude le Lorrain. Nous en avons la preuve, par cet article publié dans la *Meurthe,* le 12 avril 1856 :.

« On peut voir exposé depuis deux jours dans la grande salle du Musée de Nancy, un buste en marbre de Mathieu de Dombasle. Cette œuvre est due à notre compatriote, M. Giorné Viard. Elle fait le plus grand honneur à M. Giorné Viard, et à la ville de Nancy. Nous ne parlons pas de la ressemblance, qui est parfaite ; mais il est impossible de voir une tête mieux traitée dans tous ses détails. C'est un buste plein de vie. Le ciseau de M. Giorné Viard n'est pas seulement savant, il est habile, il est éminemment spirituel. C'est M. de Meixmoron qui a commandé, pour son compte, au sculpteur, le travail que nous louons ici, avec tant de justice et avec tant de plaisir. Il nous paraît difficile que l'acte, dicté à M. de Meixmoron par un pieux souvenir, ne donne pas à la ville de Nancy le désir de confier à M. Giorné Viard, une œuvre plus importante.

» En somme, c'est un talent qui mérite les encouragements les plus sincères. M. Giorné Viard a, dans son atelier, depuis deux ans, *un projet de statue à élever à Claude le Lorrain ;* il serait bien à désirer que ce projet pût se changer, plus ou moins prochainement, en une statue de marbre ou en bronze, et dont le buste que nous venons de voir, garantirait l'excellente exécution. »

Avant son attaque, qui lui a fait perdre presque l'usage de la parole, Giorné Viard ne manquait pas de talent : il avait malheureusement un défaut, qu'on ne pardonne guère aux gens qui ont du talent et du mérite, quand ils ne savent pas se dépouiller du *sui generis* qui indique à tous leur origine locale et roturière : Giorné Viard ne s'était pas du tout façonné aux mœurs de la capitale ; et comme il est revenu à Nancy aussi paysan lorrain, on s'est dit que n'ayant pas su se parisienner, il ne devait pas être un bon sculpteur. Ah ! s'il eût eu les allures de David, d'Angers, on lui aurait peut-être confié la statue Drouot ; mais il valait mieux la faire estropier par un « illustre maître » qui avait fait ses preuves avec Dombasle.

STANISLAS (Place)

Nous prévenons le lecteur que nous ne ferons pas l'historique de cette place. On le trouve dans toutes les histoires et dans tous les guides de voyageurs.

Avant la construction de l'hôtel de Rouerck, de la caffouse et du jeu de Paume, — emplacement actuel de l'Hôtel-de-Ville — v. le plan de D. Calmet, on disait la *place devant l'hôpital*, parce qu'entre la porte Saint Nicolas, entre les deux villes, jusqu'à l'hôpital Saint Julien, il n'y avait rien de construit. On l'appela ensuite *place entre les deux villes*. Sur cette place était *l'estrapade*, à peu près où est la rue Sainte Catherine, le *cheval de bois*, sur lequel on faisait monter les femmes publiques prises en flagrant délit avec les soldats, et la *jalaude* dans laquelle on les enfermait, ainsi que les mendiants et vagabonds.

« Ce pilori, que le peuple nommait *jalaude*, était une espèce de cage ronde de six pieds de haut, sur trois pieds de diamètre, garnie de gros barreaux de bois soutenus par un pivot comme celle des écureuils. On y mettait quelquefois trois et quatre filles que les écoliers, en sortant du Collège, faisaient tourner sans cesse, au point de leur faire vomir le sang. Cet instrument de justice était placé sur l'Esplanade, à peu près où est aujourd'hui la statue de Louis XV (de Stanislas). Sous le roi de Pologne, les troupes françaises ajoutèrent un cheval de bois, dont la partie supérieure était fort aigüe, et sur lequel, après le pilori, elles faisaient monter ces libertines, pour les exposer à la risée publique, près de la Porte Royale ; et à la garde montante, on les conduisait sur la Carrière, portant sous leurs bras, ayant les épaules nues, deux faisceaux de verges ou baguettes de saules, dont les soldats, rangés en haye, se servaient pour les frapper, selon le nombre de tours auquel elles étaient condamnées. » (Lionnois, *histoire* II p. 79).

Les instruments de supplice dont nous venons de parler demeurèrent sur la *place entre les deux villes*, jusqu'en 1751, époque à laquelle Stanislas jeta les fondements de la place qui porte aujourd'hui son nom.

Elle fut appelée d'abord *place Royale*, à cause de la statue pédestre de Louis XV.

Par délibération du Conseil général de la Commune du 26 avril 1792, la place Royale devint la *place du Peuple*, et la porte Royale (l'Arc-de-Triomphe) la *porte du Peuple* ; en même temps, on donnait le nom de place de la Constitution, à la place Mengin. Cette délibération fut prise, sur la proposition faite par Duquesnoy, maire de Nancy (1). On ne pouvait guère effacer le mot *Royale*, qui se trouvait gravé sur les angles de la place. Pour faire disparaître ce mot, on tailla assez profondément, afin de ne laisser aucune trace de la royauté. Le mot *place* fut respecté.

Voici maintenant dans quelle circonstance, la place du Peuple devint *place Napoléon*. Le maire, Lallemand, médecin, venait d'être décoré, à ce que nous a appris *la Meurthe* bien informée. A la date du 11 frimaire an XIII (2 décembre 1804), ce journal donne la relation suivante :

« Hier, vers le soir, le son des cloches de toutes les églises, des groupes de tambours circulant dans la ville, ont annoncé la solennité de la fête de cejourd'hui, que les citoyens de tous les cultes célèbrent séparément dans leurs temples, et ensemble dans les différentes cérémonies publiques (dont nous rendrons compte) et ce, conformément à la proclamation suivante :

» Le Maire de Nancy,

» Considérant que la ville de Nancy ne peut choisir une circonstance plus heureuse que l'époque du *Couronnement de S. M. l'Empereur*, qui doit avoir lieu le dimanche prochain, onze frimaire, pour réaliser le projet qu'elle a conçu depuis longtemps,

(1) V. compte-rendu par Ad. Duquesnoy à ses concitoyens, in-4°; 22 p., chez la veuve Bachot, imprimeur de la Société des Amis de la Liberté et de l'Egalité, rue de la Constitution, daté de Nancy, 29 septembre 1793, an 1er de la constitution républicaine; p. 15 on lit :
« Car je rappellerai un fait qui a été très public, c'est que le 30 juillet
» 1792, je m'opposais, au Conseil général de la commune, à ce qu'on
» fît une adresse au Roi ; je rappellerai que j'ai fait donner à cette place
» le nom de *Place du Peuple*, au lieu de celui de *Place royale*, dans un
» temps où Louis règnait encore. »

de donner à la principale place dite du Peuple, le nom de *place Napoléon*, et offrir à l'auguste chef de l'Empire, ce témoignage durable de son amour, de sa fidélité et de sa reconnaissance.

» Que cette époque mémorable doit être célébrée par des fêtes, où l'allégresse publique puisse se déployer, avec toute l'énergie du sentiment qu'elle inspire.

» En conséquence, arrête ce qui suit :

» ARTICLE PREMIER. — Le dimanche 11 frimaire, la place principale de cette ville, dite du Peuple, et la porte de ce nom, prendront le nom de *place* et *porte* NAPOLÉON ; des inscriptions indicatives y seront placées, ainsi que sur l'Arc-de-Triomphe.

» ART. 2. — L'inauguration de la place sous son nouveau nom, aura lieu ledit jour, onze frimaire, avec la plus grande solennité, et fera partie des fêtes que la Ville célébrera le même jour ;

» ART. 3. — Tous les habitants sont appelés à embellir ces fêtes, de leur présence et par tous les moyens qu'ils jugeront convenables. Ils sont particulièrement invités à faire illuminer les façades extérieures de leurs maisons, au moment où le son des cloches l'annoncera. »

A l'arrivée, à Nancy, des troupes alliées (14 janvier 1814), on s'empressa de badigeonner les inscriptions peintes le 2 décembre 1804. La place Napoléon redevint *place Royale*.

Le 23 mars 1815, la place Royale redevint *place Napoléon*, pour redevenir encore une fois *place Royale*, à la seconde Restauration. Elle est devenue *place Stanislas* en 1831, à propos de l'inauguration de la statue du Roi de Pologne.

Un des premiers actes du Conseil d'organisation, qui siégea à l'Hôtel-de-Ville après les journées de février 1848, fut de rendre à plusieurs places et rues de notre ville, les noms révolutionnaires qu'elles avaient portés. La place Stanislas devint donc la *place du Peuple*, jusqu'après le 2 décembre 1851.

Nous ne dirons qu'un mot des statues qui ont figuré, tour à tour, sur le piédestal où repose l'énorme et monstrueux Stanislas, au costume hybride.

La statue de Louis XV, en costume romain, fut inaugurée le 25 novembre 1755.

Elle fut remplacée, en 1792, par un faisceau de piques, surmonté du bonnet de la Liberté.

En l'an VIII, le piédestal fut destiné à porter une *colonne départementale*, qui devait être érigée à la mémoire des défenseurs de la patrie ; la première pierre fut même posée, mais on abandonna ce projet. Elle servit cependant, en

1808, à y placer un aigle impérial, qui assista du haut de la pyramide, que quarante siècles n'avaient pas cimentée, au défilé des troupes de la Grande Armée.

Peu de temps après, vers 1809, sans doute, on remplaça la susdite colonne par une statue en pierre due au ciseau de La Broisse, qui représentait le génie de la France; de cette statue, le même artiste en fit, en 1814, le génie de la Lorraine, qu'on descendit en 1831, pour y substituer celle de Stanislas.

Au génie de la Lorraine, se rattache un de ces bons mots qui font époque.

« Dans les beaux jours de la Restauration, un sapeur et un Jeanjean (conscrit) traversaient notre place; le plus jeune de nos héros s'arrête, près du monument de Labroisse, et semblait en admiration devant lui (devant le monument), en demandant à son frère d'armes quelle était cette statue? — Arrive donc, c'est un génie, dit l'ancien. — Quel génie? — Eh! parbleu, le génie du christianisme. »

Asmodée, qui raconte l'anecdote dans son numéro du 25 octobre 1846, donne le mot comme historique.

On sait que, pendant bien longtemps, le socle de la statue de Stanislas fut mal entretenu, et que l'un des panneaux était en bois, au lieu d'être en marbre, précisément celui sur lequel est écrit :

A

STANISLAS

LE BIENFAISANT

La Lorraine reconnaissante

1831

Meurthe — Meuse — Vosges.

Deux voyageurs s'étant arrêtés un jour devant la statue, contemplaient les traits du *bienfaisant*.

— Tiens, dit l'un, en ajustant son binocle, pour mieux voir l'inscription qui fait face à l'Arc-de-Triomphe, il paraît que la Lorraine a préféré le bois pour y graver sa reconnaissance !

— Sans doute, répliqua l'autre, c'est moins froid que le marbre. (*Asmodée*, 4 octobre 1846.)

Parlerons-nous de l'Hôtel-de-Ville ? — Non. — Parlerons-nous des grilles de Jean Lamour ? — Non. — Parlerons-nous des fontaines de Neptune et d'Amphitrite ? — Pas davantage. — De l'hôtel des fermes, de l'Intendance, devenu département, puis préfecture, du pavillon Jacquet, du pavillon de la comédie ? — Encore moins, car il nous faudrait parler du Collége de médecine, du théâtre, de la gabelle des tabacs, de l'évêché, de la préfecture, etc., etc.

La place Stanislas, depuis sa création, a été le théâtre d'évènements graves et solennels ; retracer son histoire, ce serait entreprendre l'histoire civile, morale, politique, de Nancy ; un volume suffirait à peine, pour raconter les principaux évènements, seulement les plus saillants. Si elle a été le théâtre de bien des émeutes, elle a été aussi celui de bien des fêtes nationales. Elle a été foulée aux pieds par les gardes nationales, en 1790, par les volontaires et les fédérés en 1792, par les phalanges de la Grande Armée. Que de têtes couronnées ont été reçues à la Préfecture ou à l'Hôtel-de-Ville ! mais aussi, elle a été occupée trois fois militairement, par des troupes étrangères, qui en ont fait momentanément une écurie d'Augias. On ne peut supputer tous les souvenirs historiques, et véritablement historiques, qui se rattachent à elle et à l'histoire de Nancy, depuis l'inauguration de la statue de Louis XV.

Pendant que les Nancéiens subissaient l'influence magnétique des courtes paroles du vieux maréchal Luckner, qui n'avait passé que trois heures dans notre ville, pour frapper du pied et s'écrier :

« Si nous étions unis, nous mettrions l'Allemagne et toute l'Europe là, disait-il, en frappant du pied ; mais où est l'union ? On a prêché l'union ; à côté, d'autres ont écrit : *point d'union ;* les uns veulent la Constitution ; les autres veulent la République ; les autres, je ne sais quoi : autant de têtes, autant d'opinions.

» Ce ne sont pas des honneurs qu'il me faut, ce sont des hommes. »

Pendant ce temps là, disons-nous, l'orage révolutionnaire grondait, et la démagogie allait jouir de son obscurité.

Le brave Luckner, s'il n'était point orateur, avait l'expérience des choses humaines. De mauvais plaisants ont tourné ses paroles en ridicule, dans un moment où la Patrie était en danger ; ils n'ont cependant pu empêcher cet enthousiasme, qui s'est emparé de la population.

Quand on songe à ce qui s'est fait à Nancy, le 22 juillet 1792, on est à se demander comment la démagogie, le terrorisme, ont pu y régner pendant dix-huit mois.

Ah ! c'est qu'alors Adrien Duquesnoy, qui avait voulu remastiquer le trône chancelant de la Monarchie, n'était qu'un patriote de faux aloi ; quand il excitait la population à courir aux frontières, c'était pour mieux assouvir sa rage de petit despote. La statue de Louis XV l'embêtait, c'était peut-être la sienne qu'il aurait voulu voir sur le piédestal de la place du Peuple.

Nous avons démontré, dans nos *Promenades historiques*, p.   et suivantes, qu'Adrien Duquesnoy, alors maire de la ville de Nancy, avait été le principal instigateur de la destruction de la statue de Louis XV.

Sa culpabilité, en cette circonstance, n'est pas contestable, quand on trouve dans le *Journal de Nancy et des Frontières*, dont il était l'inspirateur, des articles signés par Alexandre, par Beaussier. ou quelquefois anonymes, faisant appel au vandalisme, excitant les passions, et réclamant, non seulement l'enlèvement de la statue de Louis XV, mais encore la destruction de toutes les œuvres d'art qui ornaient les édifices de notre ville ; et Duquesnoy, en cette circonstance, n'a pas eu le courage de protester, ni d'improuver, en tant que maire, les articles·qui se publiaient dans son journal, lequel, en parlant des Marseillais, traite ceux-ci de « Goths » et de « Vandales ». Il nous semble que les rédacteurs du *Journal des Frontières* ne l'étaient pas moins qu'eux.

« *Nancy.* — Comment se fait-il qu'un corps administratif, établi par la Constitution, pour faire exécuter les lois, pour ramener aux principes, ceux qui, par erreur ou mauvaise volonté, s'en écarteraient ; comment se fait-il, dis-je, que ce corps constitué ait la faiblesse d'adhérer à une pétition, dont le but est de contrarier la loi du 14 août, sur l'enlèvement des statues ?

» La loi est cependant formelle, et il n'est pas permis à une administration quelconque d'en suspendre l'exécution, ou de composer avec elle. C'est cependant ce que vient de faire le département de la Meurthe, dont je suis bien loin de suspecter les

intentions, mais dont la faiblesse est inexcusable dans les circonstances. (1)

» Nous devons des éloges au Conseil général de la commune
qui, malgré la pétition et l'autorisation donné par le département,
de surseoir au déplacement de la statue de Louis XV, n'en a pas
moins exécuté la loi. Toute pétition contre la loi est nulle ; et il
est absurde de penser, que l'Assemblée nationale exceptera une
ville dans la loi générale.

« ALEXANDRE. »

Le citoyen Alexandre a oublié, le 9 septembre 1792,
que la statue de Louis XV n'était pas une propriété communale, mais un bien domanial relevant du département.
Le 23 septembre 1792, le *Journal des Frontières* traite ainsi
les membres du département, tant il avait à cœur la statue.

« Ces *petits Messieurs,* qui croient, sans doute, avoir tout fait
pour la chose publique, en autorisant la municipalité, sur une
pétition aristocratique, à suspendre l'enlèvement de la statue de
Louis XV, etc., etc.

Voilà que nous tombons dans un de ces pathos démagogiques, qui caractérisent si bien les troubles révolutionnaires. Cette statue est l'image d'un tyran. A bas le tyran !
On a beau dire à ces énergumènes : Mais non, si l'image
est d'un tyran, l'œuvre est artistique. Ce n'est pas l'image
qu'il faut considérer, c'est le monument. — Nous ne voulons pas de tyran, à bas le tyran ! — Calmez-vous, re-
marquez que la statue dont vous demandez la destruction,
est l'ouvrage d'ouvriers, d'artistes, comme vous ; que c'est
un chef-d'œuvre qu'ils ont créé. — Non, non, non. A
bas le tyran. A cette époque, les gens sensés qui se permettaient de raisonner, et qui cherchaient à apaiser les
passions de la foule, étaient traités d'aristocrates par la
masse, qui refusait d'écouter leurs avis ou leurs conseils ;
aussi, remarque-t-on qu'alors, bon nombre de personnes
notables se sont complètement désintéressées de la chose
publique, en s'abstenant de toute manifestation politique,
négligeant même d'user de leurs droits de citoyens actifs.
Cependant, en face des préparatifs faits pour descendre de
son piédestal la statue de Louis XV, plus de six cents ci-

---

(1) « Si le patriote Salle et quelques autres eussent été présents, ils
n'auraient sans doute pas souffert que le département commît une pareille faute. »

toyens, de tous ordres, s'assemblèrent dans l'église des ci-devant Carmes, et signèrent la pétition suivante :

« Cejourd'hui, deux septembre mil sept cent quatre-vingt-douze, l'an quatrième de la Liberté Française,

» Les citoyens de la Ville de Nancy, soussignés, assemblés dans l'église des ci-devant Carmes, après avoir prévenu la municipalité, voulant user du droit de pétition que la loi leur accorde, observent à leurs magistrats :

» Qu'ils n'ont vu qu'avec la plus grande sensibilité, les préparatifs faits pour l'enlèvement de. la statue de Louis XV. Ce monument, chef-d'œuvre d'un artiste célèbre et leur compatriote, était bien propre à ajouter à l'embellissement de la cité, et à la rendre l'objet des recherches et de l'admiration des étrangers : mais quelque puissant que soit ce motif, il n'eût pas suffi, pour occuper leur sollicitude ; ce qui excite leur douleur, est le souvenir cher et précieux qu'ils conservent de la mémoire de Stanislas.

» C'est à la munificence de ce monarque bienfaisant, que la ville de Nancy doit sa splendeur. On ne peut faire un pas dans son enceinte, sans avoir sous les yeux une marque de sa bonté paternelle ; et si toute la Lorraine a été l'objet de ses soins, combien n'a-t-il pas distingué Nancy des autres villes de cette province.

» Le commerce, encouragé par des fonds destinés à faire fleurir l'industrie indigente ; des hôpitaux fondés pour procurer à l'enfance délaissée, à la vieillesse souffrante, des asyles propres à leur faire oublier leur infortune ; des écoles gratuites pour l'éducation ; des magasins d'abondance, pour écarter la disette et les malheurs, suite nécessaire de la rareté des denrées ; des hospices de charité, dont l'établissement a éloigné des campagnes le fléau destructeur des maladies épidémiques ; des secours accordés aux victimes du ravage des incendies ; tout porte l'empreinte du soin qu'il prenait des hommes (1) ; et semblable à la Providence, on eût dit qu'elle ne l'avait fait naître pour les commander, que pour les combler de bienfaits.

» Quel est le citoyen de Nancy qui pourrait être insensible à tant de bienveillance ? Quel est celui qui, par reconnaissance, ne se soit fait une espèce de culte de la mémoire de ce bon Roi ? Et pourrait-on, sans ingratitude, voir en silence enlever du milieu de nous, les témoignages de sa reconnaissance pour un monarque qui faisait alors la gloire de la France, et qu'un cri universel avait proclamé le *Bien-Aimé des Français*.

(1) « Qui pourrait ignorer que presque tous les bienfaits de Stanislas proviennent de ses biens patrimoniaux de Pologne et de son économie. » (*Note de la Pétition.*)

» Mais, ce qui ajoute aux craintes dont les citoyens de Nancy sont affectés, c'est que la destruction de la statue de Louis XV, les laisse dans la cruelle incertitude de savoir, si le mausolée de Stanislas et les monuments modestes élevés à sa gloire, ne seront pas aussi enlevés à leur vénération et à leur respect. Ah! loin d'eux cette crainte sacrilége ! Jamais la ville de Nancy ne sera capable d'une si rare ingratitude. Que plutôt toutes les marques de bonté de ce grand homme soient conservées; qu'elles servent d'encouragement et de modèle à ceux qui sont destinés à gouverner les hommes; que la postérité, en apprenant les bienfaits de Stanislas, et notre reconnaissance, dise avec attendrissement : Si les sceptres de l'univers eussent été remis en de pareilles mains, tous les hommes eussent été heureux.

» En conséquence, les citoyens soussignés invitent leurs magistrats à porter aux pieds de l'Assemblée nationale, leur vœu contenu en la présente pétition, d'obtenir de sa justice une exception, en faveur de la ville de Nancy, relative à la suppression des monuments publics, et ordonner provisoirement la suspension des travaux préparés pour l'enlèvement de la statue de Louis XV. »

Un exemplaire de cette pétition fut remis à la municipalité de Nancy, qui décida, le 3 septembre, qu'il n'y avait pas lieu de délibérer sur deux pétitions demandant, l'une, le maintien, l'autre, la démolition de la statue de Louis XV.

Un autre exemplaire, adressé en même temps au département, reçut un accueil plus favorable. Celui qui devint plus tard le baron Henry, était alors président du Conseil; il fit adopter et signa cet arrêt énergique, transmis le lendemain au Conseil général de la Commune de Nancy :

« Le Conseil du département de la Meurthe, considérant que la statue de Louis XV, élevée à Nancy par Stanislas, est un monument consacré, non à l'orgueil ni à la tyrannie, mais à la reconnaissance, par la piété filiale; que les citoyens de Nancy, pénétrés de respect et d'attachement, pour la mémoire du prince bienfaisant qui l'a fait ériger, regardant comme une marque d'ingratitude envers Stanislas, de déplacer l'image que son cœur s'est plu à présenter à tous les yeux; que ce morceau, chef-d'œuvre d'un de nos compatriotes, fait honneur à Nancy et attire l'admiration des étrangers ; que, comme pièce intéressant les arts, d'après la loi même, elle doit être conservée ; que le poids énorme de cette statue de bronze et son élévation font craindre qu'on ne la mutile, en la descendant et qu'un morceau si précieux ne soit perdu pour les arts, etc.

» Arrête que la pétition des citoyens de Nancy sera sur le champ envoyée à l'Assemblée nationale, avec invitation de l'accueillir.

» Nancy, le 4 septembre 1792.

» *Signé :* HENRY, président d'âge. »

En conséquence de cet arrêté, le Conseil général du département informa la municipalité qu'elle était autorisée à surseoir à l'enlèvement de la statue de Louis XV; mais le Conseil général de la Commune fit observer à celui du département, qu'il n'avait rien demandé de semblable, et qu'il était très surpris de recevoir un pareil arrêté.

C'est alors que Duquesnoy passa outre, et entreprit une campagne en règle, pour obtenir la destruction de la statue, qui fut d'abord descendue du piédestal et enterrée au pied, vers le 9 septembre.

Nous ferons remarquer, qu'à cette époque, la plupart des gens qui administraient la ville et qui dirigeaient l'opinion publique, tels les rédacteurs du *Journal des Frontières*, n'étaient pas Nancéiens; ils étaient presque tous nouveaux venus dans notre ville. Les uns venaient de Paris, de Marseille, de Lyon, les autres de Verdun, de Toul, de Metz, de Briey, d'Epinal, de Langres, de Chaumont, etc. — Nancy fut pour plus d'un un centre d'exploitation, une scène sur laquelle ils ont fait les débuts de leur carrière politique. Martin, Beaussier, Alexandre, Pitoy, Thiébaut, Guivard, Duquesnoy, Colle, et tant d'autres, ne sont venus à Nancy, que pour faire de la politique, pour agiter les passions, etc. On a trop bien vu, dans la suite, que plusieurs de ces hommes n'avaient été que des révolutionnaires de passage, qui avaient semé la discorde et excité les citoyens à la haine.

Nous arrivons maintenant à la proclamation de l'abolition de la Royauté (7 octobre 1792.) Le *Journal des Frontières* rapporte la cérémonie, dans son n° du 11, et en profite encore une fois de plus, pour faire un nouvel appel aux basses passions, et prêcher le vandalisme; maintenant, il s'attaque aux décorations des édifices publics, il fait appel aux marteaux, aux pics, aux pioches. Et Duquesnoy, en sa qualité de maire, ne proteste pas : il laisse dire, et peut-être engage-t-il à faire ce que son journal recommande, avec tant de chaleur et d'audace.

La Convention nationale, qui devait se composer de 750 membres, se réunit pour la première fois le 20 septembre 1792, au nombre de 371 membres. Le lendemain, 21 septembre 1792, qui était un vendredi, il n'y eut pas un représentant de plus à l'appel nominal. La moitié de 750 est forcément de 375 membres. Qu'à cela ne tienne. Le 20 septembre, la Convention se constitua, et le 21, elle rendit le décret suivant :

« La Convention nationale décrète, à l'unanimité, que la royauté est abolie en France. »

Nous voici en présence d'un décret anti-constitutionnel, et absolument contraire à la légalité.

Le même jour, la même assemblée, toujours composée de 371 membres, décréta la proclamation de l'abolition de la royauté, dans tous les départements.

Il n'est pas question de la proclamation de la République, parce que celle-ci n'était pas encore proclamée. Elle ne le fut que le lendemain, mais d'une manière subreptice, qui n'était ni franche ni loyale, de la part d'une assemblée législative. La République ne fut pas proclamée; elle fut seulement décidée en principe, par les décrets suivants :

Premier décret :

« Un membre demande que l'on date dorénavant les actes : *l'an premier de la République française.*

» Un autre membre propose d'y joindre l'ère en usage, *l'an quatrième de la Liberté.*

» Cet amendement est écarté, et il est décrété que tous les actes publics porteront dorénavant la date de *l'an premier de la République française.* »

Le deuxième décret est ainsi conçu :

« La Convention nationale décrète : que le sceau des archives nationales sera changé, et portera pour type une femme appuyée, d'une main sur un faisceau, tenant de l'autre main, une lance surmontée du bonnet de la Liberté, et pour légende ces mots : *Archives de la République française*, et que ce changement sera étendu au sceau de tous les corps administratifs. »

Nous remarquons que dans la fête civique du 7 octobre, célébrée à Nancy, il n'est question que de la proclamation de l'abolition de la royauté, et qu'on n'y dit pas un mot de la République, décidée en principe le 22 septembre 1792.

Une autre remarque, non moins importante, ne doit pas échapper au lecteur. C'est la première fois que, dans une occasion aussi solennelle, on ne fait pas usage des cloches, alors que quelque temps auparavant, on en abusait.

« NANCY. — On a proclamé solennellement ici l'abolition de la royauté, dimanche 7 octobre. Le canon avait annoncé cette cérémonie dès la veille; la municipalité et les officiers publics ont proclamé les décrets du 21 septembre, de dessus les balcons de la Maison commune, au peuple assemblé sur la place du Peuple.

» Ces décrets salutaires ont été reçus avec les témoignages les plus éclatants de la satisfaction du peuple. L'hyme guerrier des Marseillais, chanté en chœur sur les débris du colosse royal, que le bon roi Stanislas avait élevé à la mémoire de Louis XV, et que le règne de l'égalité a renversé.

» Mais ce qui a réellement affligé les bons citoyens, ce qui faisait un contraste insultant aux yeux patriotiques, c'est l'aspect des monumens de la féodalité, qui couvrent encore le frontispice de la Maison commune, et le balcon même, sur lequel les magistrats proclamaient le triomphe de l'égalité. Plusieurs effigies de rois souillaient encore la salle de leurs séances. Et si, comme à Jéricho, ces monuments féodaux fussent tombés au bruit patriotique des trompettes et de la musique guerrière, les officiers municipaux s'en seraient aperçus, car d'énormes aigles impériales et des armoiries planaient au-dessus de leurs têtes.

» On ne conçoit pas comment dans une ville, que l'on place avec plaisir au rang des plus patriotes, tant de monuments de despotisme existent· encore. Depuis longtemps ils devraient être anéantis; et, certes, ce n'est pas aux citoyens qu'il faut s'en prendre : depuis longtemps aussi, ils murmurent des lenteurs que l'on apporte à leur enlèvement; et cependant, si l'on eût voulu, un seul jour les aurait vus tomber tous ensemble. »

Diable, ce bon Adrien Duquesnoy qui donne l'accolade à un officier des Fédérés, qui jette si bien sur le dos des *Marseillais* les actes de vandalisme commis pendant sa *mairerie*, nous paraît avoir trop mis la main à la pâte. Il aurait dû faire supprimer son *Journal des Frontières*, s'il désirait de la postérité un bill d'indemnité.

Ces maudits Marseillais, qui n'ont pas cassé la statue de René II, qui n'ont pas empoissé et brûlé, fondu, coulé, abîmé la statue de Louis XV, qui ont oublié, par-dessus le marché, de casser les ailes des aigles impériales, étaient, par ma foi, de bien mauvais compagnons. Aussi, on s'est vite empressé de dire, qu'à ces coquins revenait tout l'odieux des petites aménités du brave citoyen Duquesnoy.

Ces échappés du bagne de Marseille, comme les appelle Justin Lamoureux, ont été, convenez-en, de fort mauvais démolisseurs. On avait décrété aussi, que le fronton de la caserne Sainte Catherine serait martelé, et que l'effigie du « bon roi Stanislas » serait supprimée. Eh bien, il n'y a pas eu un de ces coquins, un seul membre de cette horde de brigands, qui ait daigné risquer sa peau pour faire une telle besogne. La vérité, c'est que la ville n'était pas riche, et que, pour briser le fronton de la caserne Sainte Catherine, il fallait élever un échafaudage, qui aurait coûté plus cher que le fronton lui-même. On a reconnu que le jeu de démolition ne valait pas ici la chandelle. Il en a été de même des macarons de l'Hôtel-de-Ville. Et puis, des échafaudages, ça demande du temps pour se dresser, ça se voit, on s'amasse autour : la nuit porte conseil, le lendemain peut-être, ceux qui criaient la veille : A bas les macarons ! auraient dit : Laissez-nous nos aigles impériales et nos macarons.

C'est à l'occasion de la proclamation de l'abolition de la royauté, que Jean Cayon écrit cette singulière phrase :

« Une estrade était adossée contre le piédestal (de la statue de Louis XV), pour y asseoir les autorités qui, après la lecture (du décret de la Convention), entonnèrent la *Marseillaise*, répétée en chœur par les spectateurs. » *(Histoire de Nancy*, p. 341.)

Jean Cayon a confondu la fête civique du 7 octobre 1792, avec la *fête savoisienne* du 11 novembre suivant.

« *Nancy, 12 novembre.* — Hier a été célébrée ici la *fête savoisienne;* la présence de Wimpfen, défenseur de Thionville, est venue augmenter l'enthousiasme des citoyens qui la célébraient. Il a été traité comme le héros de la fête.

» Elle a commencé au Cours de la Liberté, où la garde nationale, le bataillon de volontaires et les troupes de ligne, étaient sous les armes. Après qu'on eut chanté l'hymne des Marseillais, au bruit des salves de l'artillerie, la municipalité s'est rendue dans la place du Peuple avec les autres corps administratifs et les tribunaux ; ils se sont rangés sur les degrés qui entourent le piédestal, naguère surchargé du colosse en bronze de Louis XV, et qui portait alors, à sa place, un *faisceau de piques surmonté d'un étendard aux trois couleurs.* Sur les côtés du piédestal, on lisait, au lieu des inscriptions fastueuses que la flatterie avait érigées en l'honneur du despotisme, ces quatre mots : *Liberté, Égalité, Sûreté, Propriété*. Les corps armés ont défilé autour de ce monument.

» Le soir, Wimpfen a reçu une députation de la part de la société des Amis de la Liberté et de l'Égalité ; Masson, portant la parole, a dit qu'il venait au nom de ses frères, déclarer au défenseur de Thionville, qu'il avait fait son devoir en vrai républicain, en brave soldat de la patrie. Il a répondu que de tous les compliments et les honneurs qu'on lui avait adressés, aucun ne le flattait tant, que cette déclaration franche d'une société célèbre par son civisme.

» Au spectacle, il a été reçu avec des acclamations qui lui ont causé une si vive émotion, qu'il s'est trouvé mal ; la pièce finie, la première actrice est venue lui présenter une couronne de lauriers, qu'il a refusée en disant. --- « Citoyens, vous mettez » trop de prix à une action toute simple, j'ai défendu une ville » contre les efforts de nos ennemis, mais pouvais-je moins faire, » avec d'aussi braves gens que vous ? »

» On voit que la reconnaissance du peuple français, pour ceux qui défendent sa liberté, est aussi énergique que sa haine contre les traîtres qui veulent la lui ravir. » (*Journal de Nancy et des Frontières*, 15 novembre 1792.)

La fête Savoisienne, dont nous venons de lire le compterendu, paraîtrait n'avoir eu d'autre cause et d'autre but que l'inauguration solennelle du faisceau de licteurs, placé sur le piédestal, où deux mois auparavant, se voyait encore la statue pédestre de Louis XV, œuvre de Guibal et et de Cyfflée. Elle avait été décidée par le Conseil général de la commune, le 3 novembre, pour célébrer le succès des armées françaises ; en même temps, la délibération porte, que pour cette cérémonie, on déposerait sur le piédestal de la statue de Louis XV, un faisceau d'armes, au milieu duquel s'élèverait une pique surmontée du bonnet de la Liberté, et que les quatre statues (la Prudence, la Justice, la Valeur et la Clémence), situées aux angles du piédestal, seraient brisées et vendues au profit de la commune. Ces quatre statues allégoriques étaient de même composition que les fontaines de Neptune et d'Amphitrite ; elles furent adjugées le 8 novembre à Jean-Nicolas Krantz et à Dominique Schmitt, qui ont procédé aussitôt à leur enlèvement. Donc, les Marseillais ne sont pas responsables de cette dévastation, qu'on leur a imputée jusqu'ici.

Nous voyons aussi, par la relation ci-dessus que les inscriptions allégoriques qui se trouvaient sur les cartouches du piédestal, avaient été remplacées par ces mots :

LIBERTE, ÉGALITÉ, SÛRETÉ, PROPRIÉTÉ

Nous ne saisissons pas le sens des mots : *Sûreté, Propriété*, qui ont, dans l'espèce, quelque chose de choquant, de dérisoire ; car, le 12 novembre 1792, il n'y avait plus de sûreté pour les personnes, ni pour la propriété. Ce jour-là précisément, les Marseillais firent leur entrée dans notre ville et saccagèrent tout ce qu'ils purent saccager.

Lionnois nous a heureusement conservé et transmis les inscriptions latines, qui ornaient les quatre faces du piédestal de la place Royale.

« Les attributs du corps du piédestal, sont quatre bas-reliefs en bronze. Le premier représente le mariage de Louis XV avec la Reine, fille de Stanislas, figuré par leurs portraits qui se donnent la main, sur un autel, au bas duquel sont deux amours, dont l'un tient l'écu de France, et l'autre, celui de Lorraine et de Bar. L'hymen est au-dessus de l'autel, tenant son flambeau, ayant les ailes éployées, avec cette devise : *Hoc proesago jungimur nexu*, et le millésime MDCCXXV.

» Le second cartouche marque la paix conclue à Vienne en 1736. La Paix, une branche d'olivier à la main, paraît sur un nuage, et sépare les combattants en leur montrant la Lorraine qui tient l'écu de ses armes et de celles de Bar, avec cette devise : *Universæ præmium pacis* MDCCXXXVI.

» Le troisième représente la prise de possession de la Lorraine, figurée par une femme accompagnée d'un génie assis sur une corne d'abondance. La Lorraine a les yeux tournés vers le soleil de la France, avec sa devise : *Nec pluribus impar*, et au-dessus cette autre : *Quantus hinc mihi splendor !* au haut, MDCCXXXVII.

» Enfin, le quatrième désigne l'Académie des Sciences et des Belles-Lettres, figurée par une Minerve dans un nuage, d'où sort un génie tenant un lys de la main droite, et une couronne de laurier de la gauche. Au bas, deux autres génies jouent avec les instruments des arts et des sciences. Dans le fond, est une Bibliothèque en perspective avec cette devise : *Liliorum nativi fructus*, et au dessus MDCCLI époque de la fondation de la Bibliothèque publique et de l'Académie. » (*Histoire*, t. II, p. 39.)

Quand on a lu ce qui précède, surtout les excitations démagogiques du *Journal des Frontières*, on est quelque peu

surpris de lire, le 22 novembre, la relation des faits, certainement regrettables, qui avaient eu lieu dans les journées des 12, et 13, et déverser, dans cet article, un blâme
sur les Fédérés. Ce n'était pas le 22 que ce journal aurait
dû parler de cet évènement, c'était le 14, et il est bien
mal venu, à notre avis, d'avoir tant retardé la publication
de cet article, pour blâmer des gens qu'il aurait désiré voir
besogner quelque temps auparavant. On s'explique d'autant moins cette évolution, que, pour la première fois, il
fait part au public, que la conduite de quelques fédérés du
bataillon parisien, qui était en garnison à Nancy, antérieurement au 12 novembre, n'avait pas brillé précisément
par son amour de l'ordre et de la discipline. Qu'avait-il à
leur reprocher, et pourquoi n'avoir pas dénoncé plus tôt
leurs écarts ?

Le *Journal des Frontières* cherche bien loin les instiga-
teurs des désordres du 12, il les accuse : il n'avait qu'à
regarder dans ses bureaux, et à tâter le pouls révolutionnaire de ses rédacteurs ; en eux il aurait trouvé la solution
de la question qu'il se posait. On ne nous ôtera jamais de
l'idée, que cette feuille a été l'œuvre de cyniques farceurs,
qui ont été dupeurs avant tout.

« *Nancy, 20 novembre.* — Un bataillon de garde nationale parisienne, dont quelques individus n'avaient pas laissé une grande
idée de leur amour pour l'ordre et la discipline, a été remplacé
ici le 12, par celui des Fédérés des 83 départemens.

» Les bons citoyens se faisaient une joie de voir arriver parmi
eux les hommes du 10 août ; ces destructeurs du despotisme,
dont toute la France ne parlait qu'avec admiration.

» Ils ont dû s'apercevoir, en entrant dans cette ville, que le
bruit de leur courage et de leur générosité les y avaient devan-
cés. Arrivés sur la place, où ils se sont formés en bataille, leurs
regards ont été choqués des couronnes placées au dessus des
grilles qui l'entourent. On s'attendait qu'ils allaient demander
aux magistrats, pourquoi elles n'étaient pas enlevées, et cette démarche n'eût étonné personne. Mais quelques-uns d'eux, pressés
sans doute de se signaler, ou peut-être excités par des ennemis
de l'ordre, ont fait sur le champ, main basse sur les couronnes
et les fleurs de lys.

» *Il ne paraît pas que la municipalité se soit opposée à cette exécution qui,* toute contraire qu'elle était au bon ordre, *était aussi une
leçon pour les magistrats,* si leur négligence avait contribué à
laisser subsister ces emblèmes de la royauté abolie.

» Pendant que quelques volontaires travaillaient à détacher les couronnes, d'autres, guidés par les suggestions de quelques mauvais citoyens, se sont portés dans les édifices publics, où ils ont détruit, livré aux flammes, avec une fureur digne des Goths et des Vandales, une foule de monúmens qui n'avaient aucun rapport avec les objets de leur vengeance : les statues des dieux ont été mutilées, des groupes d'un travail exquis, représentant les arts, ont été détruits ; les portraits de plusieurs gens de lettres, de plusieurs artistes distingués, ont péri dans les flammes, à côté de l'effigie des rois et des ducs de Lorraine.

» Rien ne prouve qu'ils aient eu des projets plus funestes, ou qu'ils aient songé à les mettre à exécution ; mais il ne serait pas étonnant, que la municipalité eût craint de plus grands excès, d'après ceux qu'on venait de commettre.

» Ce qui paraît incontestable, c'est qu'on avait inspiré à ces volontaires, une grande prévention contre le maire, et au maire, de grandes inquiétudes contre eux.

» Qui sont les auteurs de cette double manœuvre ? Qu'espéraient-ils en obtenir ? Sans doute, ce ne sont pas de bons citoyens, ceux qui cherchent à entretenir, par leur défiance, une agitation dont ils ont besoin, pour ne pas tomber dans l'oubli.

» On dit que le Conseil général a donné, dans la soirée du 13, une réquisition au commandant militaire, de maintenir la garnison dans l'ordre ; il paraît que les dispositions faites en conséquence par celui-ci, n'ont pas été nécessaires, puisque, ni dans la nuit du 13 au 14, ni le 14 même, l'ordre n'a pas été troublé.

« Dans la matinée du 15, on apprit que le bataillon devait partir le même jour. La nouvelle fut reçue avec chagrin par ces volontaires qui, se croyant destinés à passer quelque temps à Nancy, avaient fait leurs arrangemens en conséquence. Le départ était fixé pour deux heures, et le moment arrivé, l'on semblait encore en éloigner les préparatifs, des femmes, des enfants excitaient les fédérés à rester ; cela fut au point, qu'un de leurs officiers alla demander à la municipalité une réquisition, pour dissiper les attroupemens qui s'opposaient à leur départ.

» Ils n'étaient pas diminués, lorsqu'à deux heures un quart, sont arrivés sur la place du Peuple, d'un côté, les chasseurs à cheval et la cavalerie, de l'autre, les bataillons de volontaires de la Meurthe, qui ont formé un bataillon quarré.

» Cet appareil militaire donna à quelques citoyens des inquiétudes, et à d'autres, de coupables espérances ; c'étaient sans doute, ceux qui excitaient les fédérés à résister à l'ordre qu'ils avaient reçu du général Favart, tandis que peut-être les mêmes hommes engageaient les troupes sous les armes, à employer la force pour les faire obéir ; heureusement, cette combinaison a été déçue. Les chefs des fédérés ayant témoigné le plus vif désir de voir retirer la garnison, on dit que la municipalité fit dire au commandant militaire, qu'elle pensait qu'on pouvait l'éloigner. La garnison se retire, en effet, et presqu'aussitôt, le bataillon des fédérés se met en route.

» Tel est, au milieu de toutes les exagérations, ce que nous avons pu savoir de plus exact sur les faits qui se sont passés ; il en résulte deux choses : que, sans aucune violence, sans effusion de sang, le bataillon est parti ; ce serait la meilleure réponse à faire à ceux qui croient qu'il était affreux de cerner un bataillon de braves gens, par une garnison menaçante, que cette précaution coupable ou maladroite pouvait faire verser des torrents de sang. Les gens qui raisonnent ainsi se disent les amis des fédérés, et ils en sont les plus insignes calomniateurs.

» On raconte divers faits : on dit que le commandant militaire a été insulté, menacé, mis en joue ; on dit que le maire a été également très menacé ; tout cela est très possible ; mais ces excès ne sont que ceux de quelques individus, et ne peuvent être imputés à tout le corps, qui-est resté deux heures en bataille, sans qu'aucuns eussent quitté son rang, quoiqu'on les excitât de toutes manières à désobéir. On va en conclure que la précaution prise par les magistrats, d'assembler une force armée, comme pour les réduire à la soumission, était donc inutile et injurieuse.

» Je réponds d'abord que j'ignore si c'est en vertu d'une réquisition particulière, ou de la réquisition générale, donnée au commandant militaire de pourvoir à ce que le repos public ne fût pas troublé, que la garnison a été mise sous les armes, au moment du départ des fédérés. Mais, y eût-il eu un ordre formel à cet égard, il ne pouvait être motivé, que sur les inquiétudes que donnaient les auteurs des désordres qui s'étaient commis, et que les chefs avaient paru dans l'impuissance de réprimer. Enfin, quand la mesure aurait été imprudente, elle n'était qu'un excès de précaution, de la part des magistrats chargés de la pénible responsabilité de l'ordre public. Et encore une fois, l'événement a démenti les craintes excessives de ces hommes, qui sont toujours prêts à blâmer.

« Le soir de ce départ, quelques fédérés restés à Nancy, se sont rendus à la Société des amis de la Liberté ou de l'Egalité ; ils se sont plaints amèrement de la municipalité, et, en particulier, de la conduite du maire. Ils l'ont vivement inculpé : il s'est montré d'autant plus sensible à l'impression qui pouvait en résulter contre lui, et sa compagnie, que jusque là il avait recueilli sous toutes les formes, des témoignages d'estime de la part de ses concitoyens. C'est sans doute, ce qui l'a déterminé à une démarche franche et courageuse : ça été de se rendre à une séance de la Société, pour répondre à ses accusateurs. Il a fait l'analyse de sa conduite, depuis le moment où il était maire de Nancy ; il a parlé des services qu'il avait cherché à rendre à la commune, sur les subsistances, sur les logements des gens de guerre, et d'autres parties de l'administration ; il a fini par interpeller ses accusateurs de lui répondre. Son discours a été accueilli, avec un intérêt général, à très peu près (sic).

» La société, voulant couper racine à des débats qui pouvaient devenir scandaleux, (?), a repris la parole à ceux qui semblaient vouloir les prolonger, et a passé sagement à l'ordre du jour.

» La fête civique, célébrée dimanche, a été suivie d'un banquet ; Duquesnoy y est venu, ainsi que les fédérés. Une citoyenne, connue par l'énergie de son patriotisme et la délicatesse de ses sentiments, craignant qu'il ne restât quelqu'aigreur dans les esprits, a proposé, au milieu du repas, une réunion fraternelle entre Duquesnoy et les fédérés. Manuel, l'un deux s'est précipité dans les bras du maire, et le plus grand nombre a suivi l'exemple du loyal capitaine.

» Ainsi se sont terminés des événements qui, un moment, avaient inquiété les bons citoyens, et sur lesquels les ennemis de l'ordre paraissaient avoir fondé de coupables espérances.

» Puissent nos citoyens, toujours justes, toujours soumis aux lois, quand ils sont laissés à eux-mêmes, profiter de cet événement pour se tenir en garde contre de perfides suggestions. »
(Journal de Nancy et des Frontières 22 novembre 1792)

Eh bien ! pour le coup, voilà un article parfaitement tiré aux cheveux. Il a fallu dix jours à la rédaction, pour élaborer ce fatras, qui n'a guère de ressemblance avec la vérité. Comment, en dix jours, a-t-on pu à Nancy, ville de 30,000 âmes, ne pas savoir exactement ce qui s'était passé dans les journées du 12 et du 13 ? Nous ne savons si le lecteur partage notre sentiment ; pour nous, cette relation est un véritable imbroglio, écrit en termes fort ambigus : la faute est à la municipalité, la municipalité a eu raison ; les fédérés sont des vandales, les fédérés ont eu raison de se montrer tels et de donner, par leurs excès, une sévère leçon aux municipaux, qui auraient dû depuis longtemps, faire disparaitre les emblèmes qui choquaient les yeux ; ce déploiement de forces inutiles est à l'adresse d'un tas de coquins, mais non, il est contre ces braves fédérés : le bon peuple de Nancy n'est pour rien dans la chose, il s'est dissipé, les fédérés sont partis. Si l'on n'avait pas trop crié, ces braves gens auraient fait l'affaire de Duquesnoy et du Journal des Frontières en brisant tout ce qui déplaisait à ces Messieurs. Quoi qu'il en soit, le Journal des Frontières, en rendant compte des événements du 12 et du 13 novembre, a voulu ménager la chèvre, le chou, le bateau et le batelier. Il a donné raison à tout le monde, et selon lui tout le monde a eu tort.

C'est cependant là-dessus, que Jean Cayon a étayé, dans son *Histoire de Nancy*, page 338 et 339, le passage des Fédérés des 83 départements. Et encore, Jean Cayon s'est-il montré, à quarante-quatre ans de différence, plus logique, plus vrai que Justin Lamoureux, qui écrivait dix ans après ces évènements :

« Les arts et les sciences, dans la ville de Nancy, n'ont point été à l'abri du vandalisme. On se rappelle encore, avec horreur, l'époque où une horde de brigands, échappés du bagne de Marseille, vint consommer de barbares destructions : la statue colossale de Louis XV, chef-d'œuvre de Guibal et Cifflé, fut brisée et fondue ; quatre statues en plomb éprouvèrent le même sort. Le citoyen Grégoire, dans son troisième rapport sur le vandalisme, évalue à 100,000 écus ce qu'on a détruit de statues et de tableaux dans quelques heures : le portrait de *Stanislas,* peint par Girardet ; celui d'*Opalinska,* son épouse ; le duc *Ossolinski,* en buste par Sénémont ; *Léopold I*er par Jacquart, *Charles IV, Charles V* et beaucoup d'autres, au nombre de trente-trois, furent la proie des flammes. Des portraits des hommes de lettres, qui avaient remporté des prix à l'Académie de Nancy, ne furent point épargnés ; et, parmi eux se trouvaient ceux de MM. Costa, Durival, Sivry, etc. La bibliothèque publique fut menacée du même sort ; et, sans la courageuse opposition du citoyen Duquesnoy, maire de Nancy, qui intima aux brigands l'ordre de s'éloigner, c'en était fait d'un des plus beaux dépôts littéraires de la République. » (*Mémoire pour servir à l'hist. lit. du Dép. de la Meurthe,* p. 124).

Que Justin Lamoureux ne nous parle pas de la courageuse opposition de Duquesnoy, qui a fait enterrer la statue de Louis XV, et qui a vendu les quatre statues allégoriques ; est-ce que les tableaux dont l'auteur déplore la perte, avec raison, n'étaient pas dans les salons de l'Hôtel-de-Ville, alors, comme aurait dit feu P. G. Dumast, si Duquesnoy avait eu du sang sous les ongles, il aurait repoussé par la force, par la force brutale, cette horde de brigands qui s'est permis d'assiéger la maison commune, et qui a eu le temps d'empiler sur la place, tous ces tableaux et tous ces chefs-d'œuvres, dont on leur reproche la destruction. Mais que faisaient donc en ce moment le maire, le Corps municipal et le Conseil général de la commune ? Ils délibéraient en paix sur des questions d'ordre très inférieur. Les registres des délibérations municipales en font foi. (V. E. Roussel, table chronologique des matières coutenues dans les registres, renfermant les actes et délibérations de l'autorité municipale, p. 148 et 149).

Le 15 et le 16 novembre, le Conseil général de la Commune daigne s'assembler pour dresser procès-verbal des évènements des jours précédents.

Suivant M. E. Roussel, sa délibération du 15 porte :

» Envoi au ministre de la guerre, d'une lettre relatant les faits et troubles des jours précédents. Le 12, le bataillon des *Amis de la République,* de passage à Nancy, a tenté de déterrer la statue de Louis XV (1); le 12, un autre bataillon, dit des *Quatre-vingt-trois départements,* arrivé le même jour (2), a brisé des couronnes et des fleurs de lys, qui décoraient les grilles de la place du Peuple, ensuite, des portions de ce même bataillon se sont transportées à la Bibliothèque, au Collège (3), à la Maison militaire (4) et au Palais-de-Justice, y ont saisi un grand nombre de tableaux, qu'ils ont percés à coups de sabre, puis les ont entassés au milieu de la place du Peuple, et y ont mis le feu. Le désastre est évalué à plus de deux cent mille francs. Cela fait, les mêmes soldats ont parlé de se rendre aux prisons, pour y égorger les personnes détenues comme accusées d'émigration, de forcer la municipalité à baisser le prix du pain, de couper la tête aux aristocrates, etc., etc. Le commandant de place, requis de maintenir la garnison dans la discipline, réussit à mettre en route le bataillon dans la journée du 15. » (t. VIII, p. 78 des Délibérations.)

Celle du 16 porte :

« Entrée de deux officiers du bataillon des *Quatre-vingt-trois départements,* venant demander une attestation certifiant qu'il n'y a pas de procès-verbal contre leur bataillon, transcrit sur les registres de la municipalité. — Le maire répond, que le Conseil général a le devoir de rendre compte des évènements graves dont il a été le témoin ; puis il leur donne lecture du procès-verbal qui a été rédigé. A cette lecture, ces deux officiers s'emportent en propos injurieux, contre le Conseil général, traitent les membres de cette assemblée de fourbes, le procès-verbal d'infamies et de mensonges. — Délibération portant que la conduite de ces deux officiers sera dénoncée au ministre de la guerre, aux généraux d'armée et au commandant de leur bataillon. » (*Ibid.,* p. 83.)

(1) Ce ne serait donc pas les Marseillais ou les Fédérés des 83 départements, qui auraient voulu déterrer la statue de Louis XV.

(2) On conclut de ce passage, que les Marseillais seraient arrivés seulement le 13 à Nancy.

(3) Ancien noviciat des Jésuites, aujourd'hui hospice Saint Stanislas.

(4) Le Gouvernement.

Nous ne voulons pas disculper les Fédérés, des accusations portées contre eux ; mais nous répétons ce que nous avons déjà dit ailleurs, et ce qui se confirme par les documents cités, c'est qu'on a porté à leur compte, des actes de vandalisme, dont ils ne s'étaient pas rendus coupables.

Nous sommes d'une nature fort sceptique ; on a tellement abusé jadis de notre crédulité, que nous nous défions de tout en histoire, surtout lorsque nous rencontrons, comme c'est le cas ici, des documents contradictoires, écrits après coup, et arrangés pour le bien de la cause.

Les actes administratifs parlent seulement le 15, du passage des deux bataillons des Amis de la République et des Quatre-vingt-trois départements. C'est lorsque ce dernier bataillon s'éloigne de nos murs, que le Conseil général rédige un procès-verbal, dans lequel il relate plus ou moins exactement, les faits des journées des 12 et 13. Nous ne sommes pas éloignés de croire, qu'il a exagéré les actes regrettables qui se sont commis dans ces deux journées. Un proverbe dit, qu'il n'y a pas de feu sans fumée ; or, les officiers de ce corps traitent, le lendemain 16, le procès-verbal du 15 « d'infamies et de mensonges », ils n'avaient peut-être pas tort, car il n'est pas douteux qu'aux soldats de ce bataillon ne se soient joints quelques drôles, et même un certain nombre, excités par les articles furibonds du *Journal des Frontières*, et sans doute soudoyés par quelques intéressés, pour saccager les richesses artistiques qui leur sont tombées sous la main. Il n'est guère admissible, en outre, qu'ils soient venus sur la place du Peuple, au nez et à la barbe de la municipalité, faire un auto-dafé de tous les tableaux qu'ils avaient pu dérober, ici et là, sans que la municipalité n'en ait eu connaissance. Pourquoi alors, n'a-t-elle pas requis le commandant militaire, de s'opposer à ce vandalisme, en envoyant les soldats de la garnison contre ces bandits ? Et la garde nationale, on n'en dit pas un mot. Nous ne nous expliquons pas son impassibilité devant de tels excès. Était-elle donc licenciée, ou lui interdisait-on d'intervenir ? Si les faits racontés par la municipalité sont exacts, ils sont la condamnation du maire, du corps municipal et du Conseil général de la Commune, dont la conduite, en cette circonstance, est inexcusable, et extrêmement coupable ; en tout cas, ils ont manqué d'énergie, et ont fait preuve de la plus incroyable faiblesse.

Le *Journal des Frontières*, dix jours après, veut pallier le mal : il absout presque les Fédérés, il absout la municipalité, après lui avoir reproché son inaction, pendant que ces excès se commettaient sous ses yeux ; il n'ose accuser personne, et il accuse tout le monde, aussi bien la population que la municipalité. Ce journal ne parle pas, non plus, de l'intervention de la garde nationale.

En résumé, le passage des Marseillais à Nancy, est un de ces évènements obscurs, qu'une légende enveloppe, qu'on présente sous un faux jour, qui fait époque, et qui se transmet entouré d'erreurs. L'affaire du 31 août 1790 est dans les mêmes conditions. La vérité ne sortira jamais de ce qui a été écrit, sur ces deux affaires de Nancy, malgré le nombre d'habitans qui ont été témoins des faits, parce que l'esprit de parti, les passions politiques empêcheront, sans cesse, la vérité de se montrer dans tout son éclat.

Voici une lettre autographe, in-4° de 3 p., adressée aux administrateurs de la commune, par le citoyen Foissey, président du Tribunal du district, qui place les faits sous un jour différent de celui sous lequel nos historiens se sont complus dans leurs narrations.

> » Nanci, le 18 novembre 1792, l'an 1er de la République.

« Aussitôt, citoyens, que j'ai reçu votre lettre, j'ai fait inviter le tribunal de s'assembler chez moi demain matin, à dix heures, pour en prendre communication et délibérer sur les moyens d'en remplir l'objet. Je ne vois pas bien distinctement, qu'il puisse évaluer dans sa déclaration le dommage qu'on a fait dans le lieu de ses séances : des panneaux enfoncés, des portes forcées, des serrures détachées ou détruites, un pan considérable de tapisserie arraché et enlevé. Tout cela, sans doute, avait un prix ; mais c'est aux gens de l'art, bien plutôt qu'à nous, qu'il est réservé de le fixer. La description de ces dégâts et leur estimation semblent d'ailleurs regarder l'administration du district, plus que la vôtre ; et il serait possible que vous rencontriez, chez cette dernière, tout ce que vous désirez. Hier, M. Mallarmé vint au Palais, d'après l'invitation que le Tribunal en avait fait au Département, et sur un ordre de celui-ci ; il y dressa de l'état des lieux un procès-verbal sommaire, et nous annonça que son projet était de faire reconnaître, en détail, les dégradations commises, leur genre, leur nombre, leur valeur, par des artistes que le directoire nommerait. Votre objet est rempli, si cette opération est consommée ; car vous obtiendrez facilement, et dans le plus court délai, une expédition de la visite : si elle ne l'est pas, dix-huit heures que vous avez encore d'ici à demain midi, sont un tems bien plus long que celui qu'il faudra pour y procéder. Je souhaite beaucoup que ce mode puisse vous suffire ; c'est, à mes yeux du moins, le plus convenable, le plus analogue aux circonstances, et à la nature des pouvoirs. Nous avons satisfait à nos obligations, et épuisé nos moyens, en instruisant les corps administratifs ; c'est eux seuls que regarde tout le reste, et ils en sont saisis depuis hier. Les actes que vous voulez recueillir seraient très difficilement réguliers, s'ils pouvaient n'être pas leur ouvrage. Eux seuls, à cet égard, ont vrayment un caractère public, et la déclaration que vous obtiendriez de nous, ne seraient rangées que dans la classe des attestations des particuliers.

» Recevez les assurances de mon inviolable attachement.

» FOISSEY. »

P. S. — Vous m'obligeriez fort, relativement à l'objet même que vous vous proposez, de m'instruire du jugement que vous aurez porté sur mes observations : ne fût-ce que pour me mettre en état de réfuter les objections que je vous oppose, et que j'aurai sans doute à essuyer.

« Voulez-vous bien aussi me faire savoir, si et dans quel costume, la Municipalité assistera demain au *Te Deum*. »

Il nous faut bien dire un mot, et même quelques mots de la Fête civique, du 14 juillet, qui n'avait pas cessé un instant de se célébrer dans notre ville. En 1790, 1791 et 1792, on la célébrait solennellement dans la prairie de Tomblaine. Le jour de la Fédération, les parents faisaient volontiers baptiser leurs enfants, par M. l'Evêque constitutionnel, sur l'autel consacré à la Patrie.

De 1792 à 1800, les documents nous font défaut sur cette fête civique, nationale, annuelle et essentiellement républicaine. Elle n'a cependant pas été négligée : mais il faut tenir compte ici du manque de publicité. Nancy n'avait pas de journal à lui, on y recevait pour toute la région les *affiches de Lorraine et Barrois*, publiées à Metz, vieille feuille créée dans notre ville en 1770, et qui avait résisté à la Révolution.

Cependant, le *Journal de la Meurthe*, récemment fondé, publie, le 19 messidor an VIII, l'avis suivant :

« Le Préfet du Département a arrêté le plan de la fête qui doit se célébrer à Nancy le 25 de ce mois ; nous ferons connaître ce plan dans notre prochain numéro. »

C'est, sans doute, à cette époque qu'on enleva du pié-destal le faisceau de licteurs, inauguré le 11 novembre 1792. Nous posons cette question sans la résoudre.

Le 20 messidor an VIII, contrairement à son habitude, le *Journal de la Meurthe* tenait sa promesse et publiait cet autre avis :

PROGRAMME

DE LA FÊTE DU 14 JUILLET (*sic*).

« La veille, à 6 heures du soir, une salve d'artillerie annoncera la fête ; à la nuit, les édifices publics seront illuminés ; les citoyens seront, à la diligence du maire, invités à illuminer leurs maisons ; on donnera le même soir, au spectacle, la tragédie d'*Epicaris*.

» Le 25, anniversaire du 14 Juillet, au matin, une nouvelle salve d'artillerie se fera entendre ; à 9 heures, la garde nationale s'assemblera sur la place du Peuple ; à 10 heures, les autorités et administrations civiles et militaires, se réuniront à la maison de la Préfecture.

» Le Cortège se rendra à la Pépinière, près l'estrade qui sera placée au fond de l'allée transversale du milieu, appuyée sur le mur des Casernes ; des détachements de la garde nationale seront, à l'avance, disposés près de cette estrade et près de celle élevée sur la place du Peuple.

» La marche s'ouvrira par les instituteurs et institutrices des écoles primaires, accompagnés de leurs élèves ; ils seront suivis d'un char attelé de quatre chevaux, drapé en cramoisi, orné de guirlandes de chêne et flotté de rubans tricolores. Au faîte de ce char, sera placée une citoyenne représentant la *Concorde*, avec ses attributs : plus bas, un génie tenant d'une main une branche d'olivier, et de l'autre une épée, dont la garde sera garnie de lau-riers. Quatre jeunes personnes vêtues de blanc, ceinture trico-lore, porteront les attributs de l'Egalité. La marche sera fermée par les brigades de la gendarmerie nationale. .

» Le cortège placé, les artistes dramatiques exécuteront des chants et airs patriotiques ; le citoyen Mougin, professeur à l'école centrale, prononcera le discours de la fête, qui sera suivi de nouveaux airs analogues à cette glorieuse époque ; sur l'estrade seront placés, près des autorités, quatre invalides les plus âgés.

» Le cortège reviendra sur la place du Peuple, où le Préfet posera la première pierre de la colonne départementale : cette pierre portera pour inscription : *1re pierre de la colonne départe-mentale, érigée à la mémoire des défenseurs de la patrie, posée le*

25 messidor an 8, par le citoyen Marquis, Préfet du département de la Meurthe. Cette dernière cérémonie sera précédée de salves d'artillerie, suivie de chants et airs civiques.

» Au moment où le Préfet placera la pierre, les quatre invalides seront près de lui ; les drapeaux de la garde nationale l'environneront et s'agiteront au-dessus du piédestal : la pierre sera ensuite couverte de fleurs, mêlées de lauriers. Le Préfet remettra en même temps une médaille, à chacun des quatre invalides.

» A cinq heures du soir, il y aura des courses à pied à la Pépinière ; les élèves de l'école centrale seront invités à y figurer. Des prix seront, par le Préfet, distribués aux quatre vainqueurs. Des orchestres seront placés dans la Pépinière pour la danse. On donnera au spectacle *Paméla*. Les invalides, les jeunes citoyennes qui auront figuré à la cérémonie, et les jeunes gens qui auront couru, auront place au spectacle. A la nuit, il y aura illumination, comme la veille. »

Le 27 messidor an VIII, la *Meurthe* écrivait :

» La fête du 14 juillet a été ici l'une des plus brillantes qui ayent été célébrées depuis 89 ; nous rendrons compte des discours qui y ont été prononcés, par le Préfet du département, en posant la première pierre de la *colonne départementale* ; cette fête a été terminée par un très beau feu d'artifice. »

Cette fois le journal tint parole :

DISCOURS

Prononcé le 25 messidor an 8, par le Préfet du département de la Meurthe, avant de poser la première pierre du Monument qui doit être élevé à la gloire des Militaires morts sur le champ de Bataille.

« La patrie devait, depuis longtemps, un hommage solennel, à la mémoire des braves et généreux défenseurs, qui ont conquis par leur courage, et cimenté de leur sang, notre liberté et notre indépendance ; mais il était digne des Consuls de la République d'acquitter cette dette sacrée, et de lui imprimer encore un caractère plus saint et plus auguste, en l'associant à l'une des plus belles et des plus glorieuses époques de la Révolution.

» Chargé de l'honorable fonction de poser la première pierre de la colonne départementale, qui doit être élevée sur cette place, en exécution de l'arrêté du 29 ventôse, je vais satisfaire, en votre nom, à un devoir qui vous est bien cher, et que vos cœurs étaient impatients de remplir.

» Puisse ce monument d'une religieuse reconnaissance, transmettre à la postérité la plus reculée, le noble dévouement et les exploits héroïques, dont il doit éterniser le souvenir !

» Puissent les grands exemples qu'il retracera, sans cesse, à tous les yeux, exciter et nourrir dans les âmes de nos derniers neveux, cet élan sublime, ce saint enthousiasme que peut seul enfanter l'amour de la liberté, source féconde et inépuisable des belles actions et de toutes les vertus !

» Qu'il est touchant et majestueux à la fois, le spectacle que la France présente dans cette mémorable journée ; tous ses enfans, debout en ce moment, rassemblés autour des Autels de la Concorde et de la Patrie, expriment les mêmes sentimens, proclament les mêmes vœux ; tous célèbrent, à l'envi, les triomphes de nos armée et sourient aux douces espérances qu'ils ont reproduites dans tous les cœurs, unissons donc nos voix à celles de nos Frères de tous les Départements, et que ce concert unanime d'affection et d'allégresse, en apprenant à nos irréconciliables ennemis, que la grande nation ne forme plus qu'une famille, soit en même temps le gage solennel de l'attachement de tous les Français, aux principes républicains, de leur inaltérable confiance dans la sagesse du gouvernement, et de la plus juste admiration, pour le jeune héros dont le génie enchaîne la victoire, mais qui ne veut vaincre que pour conquérir la Paix, affermir la Liberté nationale, et rendre le monde entier au repos et au bonheur. » *(Meurthe* 5 thermidor an VIII.)

C'est, à notre connaissance, le seul anniversaire du 14 juillet, qui ait été célébré sur la place du Peuple. En l'an IX, en l'an X et en l'an XI, cet anniversaire a été célébré solennellement à la Pépinière.

Nous nous permettrions ici quelques réflexions : mais à quoi bon ? Les uns nous diraient que nous avons la peau d'un clérical ; les autres nous reprocheraient de patroniser des intrus. En tous cas, nous sommes surpris qu'en l'an VIII, en l'an IX et l'an X, il ne soit fait mention d'aucune cérémonie religieuse, à l'occasion de la fête du 14 juillet : cependant Marquis, qui n'était pas orthodoxe, avait fait renaître le culte constitutionnel : Nicolas était évêque constitutionnel, et l'a été jusqu'a la prise de possession de son siège par M. d'Osmond, et celui-ci ne semble pas avoir pris de mesures, pour y associer l'Église. Celle de l'an XI fut également une fête purement civique. (V. la *Meurthe* des 21, 25 et 27 messidor an IX.)

Il faut dire, qu'en arrivant à Nancy prendre possession du siège épiscopal, qui comprenait la Meurthe et les Vosges, l'évêque de Nancy, A. E. Osmond, avait bien autre chose à faire, que de s'occuper des détails d'une cérémonie religieuse à propos d'une fête patriotique.

M. d'Osmond n'était d'ailleurs pas aussi rigoriste, et l'eût-il été davantage, qu'il lui aurait fallu compter avec l'esprit public, les habitudes, la tradition, etc.

Ce n'est qu'à l'occasion de la fête nationale du 27 thermidor an X, 15 août 1802, que le culte catholique vient prêter son concours, bien entendu, par ordre supérieur.

La *Meurthe,* organe du préfet, publiait le 29 fructidor an X, l'avis suivant :

« Le préfet du département de la Meurthe, vu la lettre en date du 6 du mois dernier, par laquelle le ministre de l'Intérieur, en lui adressant le sénatus-consulte, du 15 du même mois, qui proclame Napoléon Bonaparte premier consul à vie, lui prescrivait de faire publier solennellement ce sénatus-consulte, le 15 août (27 thermidor), et de consacrer par des mariages, ce jour, qui était à la fois l'anniversaire de la naissance du 1er Consul, celui de la signature du Concordat, et, l'époque où le peuple français voulant adresser et perpétuer son bonheur, en a lié la durée à telle de la glorieuse carrière de Napoléon Bonaparte.

» Considérant, que l'ordre du ministre n'étant parvenu que le 22 thermidor, il ne restait plus un délai suffisant pour choisir des époux et remplir, à leur égard, avant le 27 thermidor, les formalités prescrites par la loi du 20 septembre 1792 ;

» Que les actes de bienfaisance présenteront encore un vif intérêt, en rattachant aux grands souvenirs qu'ils devaient rappeler, celui de la fondation de la République ;

» ARRÊTE : 1º Les mariages qui devaient avoir lieu le 27 thermidor dernier, à l'occasion de la nomination de Napoléon Bonaparte au premier consulat à vie, seront célébrés le 1er vendémiaire prochain, jour anniversaire de la fondation de la République ;

» 2º Le préfet fixe son choix sur Catherine Robaine, de la commune de Voinémont, qui, lors de l'incendie qui détruisit en germinal dernier, la maison d'un cultivateur, chez lequel elle était employée comme fille de secours, sauva, en exposant sa vie, avec le dévouement le plus héroïque, un jeune enfant, près de périr au milieu des flammes ;

« Sur le citoyen Guillaume Gares, âgé de 27 ans, vétéran dans la compagnie détachée à la Petite-Pierre, près Strasbourg, lequel a fait glorieusement toutes les campagnes de la Liberté, où il a reçu 3 blessures, et a déclaré être dans l'intention de prendre pour épouse Anne-Marie Guillemin, de Nancy, connue par des mœurs et une conduite irréprochables.

» Catherine Robaine choisira son époux, sous l'agrément de ses parents ;

» 3º Il sera fait, sur les fonds de l'administration, à chacun des deux époux désignés en l'article précédent, une dot de 600 fr. Catherine Robaine ne demeurant pas à Nancy, sera, en outre, indemnisée des frais que lui ocasionnera son déplacement, ainsi que celui de son futur, et des principaux parents de l'un et de l'autre;

» 4° Les actes civils de ces mariages ne pouvant, conformément à la loi, être dressés que dans la commune du domicile de l'un des futurs conjoints; cette formalité devra être remplie, avant le 1er vendémiaire, et la célébration religieuse de ces mariages fera seule partie de la fête. Cette célébration sera faite par M. l'évêque, d'après le consentement que ce prélat a bien voulu y donner. »

Les mariages nationaux, si usités dans toutes les principales villes de France, sous le Consulat et sous l'Empire, n'étaient pas, comme on pourrait le croire, une innovation du nouveau gouvernement. Nous les trouvons déja pratiqués avant la Révolution, à l'occasion des grands événements qui marquent l'existence d'une dynastie; notamment en 1781, à l'occasion de là naissance du Dauphin. La lettre suivante en fait foi:

» Nancy, le 24 novembre 1781.

» Aussitôt qu'on a su, en cette ville, la naissance de Mgr le Dauphin, MM. les Magistrats ont arrêté, conformément à l'intention de M. l'Intendant, que poùr témoigner leur joie, ils doteraient une fille pauvre et vertueuse, sur chacune des sept paroisses de Nancy; en conséquence, MM. les curés en ont chacun présenté quatre, qui avaient été choisies par les suffrages de plusieurs bourgeois notables. Elles se sont rendues au jour fixé, par-devant MM. les Conseillers de l'Hôtel-de-Ville, qui les ont fait tirer au sort, en en prenant une dans le nombre de quatre.

» M. l'Intendant en a choisi, le même jour, deux de celles de la paroisse Saint-Roch, qu'il a pareillement dotées, et MM. les secrétaires de ses bureaux ont promis de doter la quatrième.

› Des seigneurs de la noblesse ont fait la dot à deux filles des paroisses Saint Epvre et Notre Dame; les directeurs des Domaines en ont aussi doté une, et les habitants du faubourg Saint-Fiacre, une autre; ce qui fait en tout quatorze filles, qui ont été mariées le 21 de ce mois, à 10 heures du matin à la Cathédrale, par M. le grand Doyen, Mgr l'Évêque étant absent.

› Après cette cérémonie, qui a été très pompeuse et édifiante, les nouveaux mariés, avec quatre personnes de leur famille, ont été conduits par MM. les Magistrats de la Municipalité dans une salle préparée à l'Hôtel-de-Ville, où un repas splendide les attendait, pendant lequel un grand nombre de musiciens jouaient de différens instrumens. A la fin du dessert, on a apporté à chacune des nouvelles mariées, un rouleau de 500 livres ; et des lettres de bourgeoisie (ce qui est un objet de 62 livres) à tous les époux, qui ne sont pas natifs de Nancy.

« A quatre heures du soir, le Parlement, la Chambre des comptes, le Présidial, les autres Justices et tout le clergé séculier et régulier, se rendirent à la cathédrale, pour assister au *Te Deum* qui fut chanté en musique ; les nouveaux époux s'y sont aussi trouvés.

» Après cette auguste cérémonie, il y a eu comédie gratis pour les mariés et le public, à laquelle a succédé un grand bal au profit des conjoints, ainsi que le produit d'un bal paré, qui a été donné le lendemain.

» Tandis que l'on chantait le *Te Deum* le canon se faisait entendre, réuni à la mousqueterie des régiments de Hesse-Darmstadt, des grenadiers royaux et de la cavalerie en garnison à Nancy.

» Cinq heures du soir furent le signal d'une illumination générale ; en un moment, les rues furent remplies d'un peuple innombrable et transporté de joie ; des fontaines de vin coulèrent à l'Hôtel-de-Ville, dont la façade était magnifiquement décorée, et illuminée supérieurement.

» On distribua, au même Hôtel-de-Ville, plus de 2.000 livres de pain au peuple ; différentes maisons ont également fait des aumônes considérables aux pauvres.

» Le même jour les négociants juifs de cette ville se sont distingués, en mariant trois filles de leur nation, et les dotant d'une somme de 600 livres chacune.

» Le soir, il y a eu à la façade de la maison d'un des principaux d'entr'eux une illumination très brillante.

» Ils ont aussi distribué des aumônes considérables aux pauvres des paroisses de Nancy. » (*Affiches de Lorraine*, 29 novembre 1781).

Ainsi, en 1781, il y a eu quatorze mariages catholiques et trois mariages juifs, célébrés à l'occasion de la naissance du dauphin.

En 1802, à propos de l'institution du 15 août il n'y en a que deux.

En 1807 et années suivantes, il s'en fait un à chaque anniversaire du sacre et du couronnement.

Nous aurons occasion de parler de ceux qui ont été consacrés, le jour du mariage de Napoléon avec Marie-Louise.

Ajoutons que les époux, dont les mariages devaient se

célébrer sous les auspices de l'Etat ou du département, étaient choisis et désignés par le préfet.

Nous ne devons pas omettre de parler ici de quatre mariages nationaux, qui eurent lieu à Nancy le 30 nivôse an II de la République Française (19 janvier 1794), grâce à la générosilé d'un honorable citoyen, M. Léon Pascal d'Ourches, bien connu, quoique jeune encore, par son inaltérable philanthropie. Les d'Ourches, d'une vieille famille de l'ancienne chevalerie de Lorraine, n'avaient pas émigré. Il y avait, à cette époque, à Nancy : 1° Pierre d'Ourches, rentier, âgé de 34 ans, marié à Marie-Charlotte Lavalier Pinodant, âgée de 28 ans ; celui-ci demeurait, en l'an IV, rue Simonneau n° 32 — 1 actuel de la rue d'Alliance; 2° Pierre d'Ourches, rentier, âgé de 68 ans, et Marguerite Legoullon, sa femme, âgée de 59 ans; 3° Léon Pascal d'Ourches, rentier, âgé de 29 ans, et Anne-Jacqueline Dreux, sa femme, 28 ans ; ces derniers habitaient la maison connue sous le nom d'hôtel d'Ourches, rue d'Alliance 4, confondu maintenant dans l'hôtel de la Préfecture. Il y avait, en outre, M. Charles d'Ourches, qui s'occupait d'agriculture et qui ne résidait pas dans notre ville. Justin Lamoureux parle avantageusement de ses travaux et de ses publications, dans son Mémoire pour servir à l'histoire littéraire du département de la Meurthe.

Les *Affiches de Lorraine* du 11 pluviôse an II, nous apprennent dans quelles circonstances M. Léon d'Ourches provoqua les mariages dont nous parlons.

« Nancy, le 1er pluviôse. — Le citoyen Léon d'Ourches, ayant remis 4,000 livres à la Société populaire de cette ville, pour doter quatre pauvres filles qu'elle choisirait, et dont les pères où les frères sont morts pour la patrie ; cette cérémonie a eu lieu hier dans le temple de la Raison, (ci-devant l'église primatiale). Le cit. Lacoste, représentant du peuple, a été présent à l'acte de célébration du mariage, ainsi que la société populaire. Pour couronner cette fête, la société avait ouvert une souscription dans son sein, pour un banquet, auquel le représentant a assisté. — Avant de se mettre à table, le citoyen d'Ourches a fait un nouveau présent de 400 livres et d'une *cocarde* à chaque mariée, pour les indemniser de leurs frais d'habillements. — Cette fête, vraiment civique, où régnait la joie, la concorde et l'égalité, a été terminée par un bal, qui a attiré un concours considérable de citoyens, qui ont applaudi à l'acte de bienfaisance qui en était l'objet. »

Est-il bien vrai, que ce jour là, M. Léon d'Ourches a offert à chacune des nouvelles mariées une *cocarde*, avec les 400 livres qu'il leur destinait pour frais de toilette ? on nous permettra d'en douter. Ce don, tout simple qu'il soit, contrasterait singulièrement avec la vie de l'homme qui, pour ne porter aucune insigne, vient sans mettre de chapeau sur sa tête, allant et venant toujours tête nue, par tous les temps (V. Jean Cayon, *histoire de Nancy*, p. 354 note 1).

Revenons maintenant aux mariages qui auraient dû se se célébrer le 27 thermidor an X, et qui ont été reportés au 1er vendémiaire an XI, jour anniversaire de la fondation de la République. L'article que nous allons citer, est la seule relation que nous connaissions de cette fête patriotique, instituée, croyons-nous, vers l'an III.

« Le 5e jour complein (22 septembre 1802) au soir, le son des cloches et des salves d'artillerie ont annoncé la fête de la fondation de la République. L'aurore du 1er vendémiaire a été saluée avec la même solennité. A 10 heures du matin, les autorités civiles et militaires, au bruit du canon et au son d'une musique brillante, se sont rendues au cirque de la Pépinière. L'ordre et la distribution de ce superbe local ajoutaient encore à sa beauté naturelle. La garnison et une foule immense de citoyens formaient une vaste enceinte : au milieu, s'élevait avec une majestueuse simplicité l'autel de la patrie ; sur l'estrade étaient placés, avec leurs parens, les époux choisis par le préfet. Tous les yeux se fixèrent avec attendrissement, sur un jeune guerrier, couvert de blessures glorieuses, reçues en combattant pour la liberté : on éprouvait la même émotion et le plus tendre intérêt, à la vue de la jeune épouse dont l'âge, le sexe, le modeste embarras contrastaient avec l'héroïsme qui l'avait précipitée deux fois au milieu des flammes.

« Un orateur, le citoyen Mongin, professeur à l'école centrale, a prononcé un discours énergique dans lequel, après avoir retracé la force et la grandeur du peuple français pendant les orages de la Révolution, il l'a montré rendu au bonheur et aux vertus sociales, par la sagesse d'un gouvernement digne de sa confiance.

« Le préfet du département, par un discours plein de sensibilité, a fixé de nouveau l'intérêt sur ces jeunes époux, et a excité dans les jeunes cœurs la plus vive émulation, pour suivre de si beaux exemples. Des morceaux de musique analogues aux divers sentimens que cette fête touchante a fait éprouver, ont été exécutés avant et après ces discours, avec cette précision et cette chaleur qu'on connaît à nos artistes.

« De la Pépinière, et dans le même ordre qu'on s'y était rendu, ce cortège a conduit les époux à l'église Cathédrale, où ils ont reçu, de M. l'Evêque, la bénédiction nuptiale, des éloges mérités et les avis chrétiens et paternels, convenables à leur nouvel état et aux devoirs qu'il leur impose.

« Un banquet civique leur avait été préparé, dans la grande salle de la Maison commune, une joie douce et pure a présidé à cette réunion intéressante, où ces époux, leurs parens, les principaux fonctionnaires publics, ne semblaient former qu'une seule et même famille. De là, ils ont été conduits au spectacle. Là, comme ailleurs, ils ont excité le plus vif intérêt.

» Une illumination brillante a terminé cette fête qui, dans toute sa durée, a constamment présenté l'image du contentement, de la sécurité et du bonheur public. » (*Meurthe,* 3 vendémiaire an XI).

Il semble résulter de cette relation, qu'il n'y a eu qu'un mariage de consacré entre Guillaume Gares et Catherine Robaine.

Nous ne parlerons pas des cérémonies et des mariages qui eurent lieu de 1807 à 1813, à l'occasion de l'anniversaire du sacre et du couronnement, qui se célébrait ordinairement le 2 décembre de chaque année. Les mariages consacrés, en vertu du décret impérial du 19 février 1806, étaient laissés à la charge de la ville qui devait fournir à la future une dot de 800 fr. ; celle-ci devait toujours être unie à un ancien militaire, désigné ou agréé par le préfet et les officiers municipaux. En outre, les conjoints devaient habiter Nancy. Nous n'avons pas besoin d'ajouter que la jeune fille à qui était destinée la dot devait être recommandable par ses vertus ; quant au futur, du moment qu'il avait un œil crevé, une balafre dans la figure, ou un bras en manche de veste, ou une guibole de bois, on ne s'occupait point s'il était joueur de quilles et si, le lendemain des noces, il croquerait à belle dent la dot de sa femme.

Ceux d'entre nous qui ont encore connu les vieilles culottes de l'empire, peuvent se faire une idée des vertus civiles et civiques de ces vieux grognards, toujours bourrus, toujours mécontents, ne rêvant que jeux, chopines, et autres choses de tous genres.

Nous avons dit précédemment que la place du Peuple avait été nommée *place Napoléon,* à l'occasion du couronnement de l'Empereur. Cette fête nationale a été solennellement célébrée dans notre ville, le 11 frimaire de l'an XIII, avec une pompe jusqu'alors inusitée. Il y a eu évi-

demment des fêtes civiques et patriotiques plus pompeusement observées que celle-ci ; mais il en est peu où
l'administration ait su réunir, dans une même journée,
tant d'attraction, quoiqu'elle ne diffère guère des autres.
Est-ce parce que le compte-rendu en est mieux fait, que
nous nous illusionnons ? Est-ce parce que son programme
est plus chargé, qu'il sort du classique vulgaire des fêtes
dites nationales ? Il appartient au lecteur d'apprécier :

« Depuis longtemps, on n'a vu une fête aussi brillante et aussi
bien ordonnée, que celle qui a eu lieu ici, le dimanche 11 frimaire, à l'occasion du couronnement de S. M. l'Empereur.

» La Mairie de Nancy, d'après le vœu bien manifesté par les
habitants de cette ville, avait tout disposé à l'avance, pour célébrer cet événement mémorable, avec une pompe extraordinaire
et digne de son objet.

» Elle avait choisi cette circonstance heureuse pour exécuter
le projet conçu auparavant, de donner à la principale place, dite
du Peuple, le nom de *Napoléon*, et offrir, au nom de tous les
habitants, à l'auguste chef de l'empire, un témoignage durable
de leur admiration, de leur amour et de leur reconnaissance.

» Dès la veille, à cinq heures du soir, la fête a été annoncée
par le son des cloches et plusieurs décharges de mousqueterie ;

» Dans le même moment, une musique guerrière se faisait entendre sur le balcon de la mairie, et rassembla une multitude de
citoyens, accourus pour jouir du spectacle de quelques pièces
d'artifice, qui avaient été préparées sur une estrade en face ;

» Le lendemain, à sept heures du matin, le son des cloches
et le bruit de la mousqueterie annonçaient, de nouveau, la cérémonie ;

» A dix heures, les membres des autorités civiles et militaires,
qui y avaient été invités individuellement, étaient réunis à la
mairie ; l'adjoint du maire a amené, au son de la musique, la
jeune fille choisie par le préfet, et qui devait être dotée par
l'Empereur, en exécution du décret imperial du...... dernier,
après avoir adressé aux futurs époux un discours touchant, sur
les devoirs qu'ils avaient à remplir, le mariage fut célébré en
présence de leurs parents et de l'assemblée ;

» A onze heures, le cortège est sorti de la mairie, au milieu
de la garde et d'un bataillon du 4e régiment de ligne, pour se
rendre à la Cathédrale, où il a été chanté un *Te Deum* et une
messe solennelle, avant laquelle M. Brion, vicaire général du
diocèse, donna aux époux la bénédiction nuptiale, qu'il avait fait
précéder d'un discours analogue à la circonstance ;

» Après la cérémonie religieuse, le cortège est retourné sur
la *place Napoléon*, dont l'inauguration s'est faite par l'adjoint du

maire, au milieu d'une foule immense de peuple, et aux cris souvent répétés de *Vive l'Empereur !*

» Tout avait été disposé, pour que, dès ce moment, le peuple pût jouir des amusements qui lui avaient été préparés, dans plusieurs quartiers de la ville. Alors, ont commencé des danses, des exercices et jeux d'adresse, où les vainqueurs ont obtenu des prix consistant en comestibles, effets et argent ;

» A trois heures, les époux et leurs familles, les fonctionnaires et les citoyens notables, se réunirent dans un banquet à la mairie ; des toasts y ont été portés à S. M. l'Empereur des Français, à S. M. l'Impératrice, aux membres de la famille impériale, à sa sainteté Pie VII, aux braves armées, et aux nouveaux époux ;

» Le maire a saisi cette circonstance, pour remettre la dot de l'Empereur à la mariée, qui a donné des témoignages de la plus vive reconnaissance. Ce magistrat y a joint un cadeau de la municipalité ;

» A six heures, les danses et les exercices ont été suspendus, par un feu d'artifice placé en face de la mairie, sur une estrade surmontée d'un obélisque fort élevé, et contenant des inscriptions en l'honneur du héros couronné. Ce feu, très bien distribué et remarquable par sa variété, a duré près d'une heure, et a excité la joie la plus vive ;

» Au feu d'artifice a succédé tout à coup une illumination générale, où le zèle des habitants s'est bien manifesté ; mais on a admiré surtout celles de la place Napoléon et de la place Carrière qui, par leur régularité et leur ensemble, sont susceptibles de tous les embellissements et de toutes les décorations ;

» Tout était illuminé, et dans les parties principales, en feux de couleur, ce qui présentait un coup d'œil magnifique et très imposant ;

» Les danses et les jeux ont repris ensuite leurs exercices, qui se sont prolongés bien avant dans la nuit, toujours avec la même allégresse ;

» Il y a eu aussi spectacle à la Comédie, où le maire a conduit les époux. On y a joué une pièce faite exprès pour la circonstance : des couplets rappelant la gloire et les bienfaits de l'Empereur y ont été chantés, et accueillis avec enthousiasme. La scène a été terminée par un feu d'artifice, au milieu duquel on a remarqué, très distinctement le buste de Napoléon, qui a obtenu un applaudissement général ;

» Jamais, dans aucune circonstance, et dans aucune époque, on n'a vu une fête où il ait régné plus d'ordre et de décence, et où l'allégresse publique ait été plus franche et plus vraie. C'est une justice à rendre aux habitans de la ville de Nancy, leur zèle n'a jamais eu besoin d'être provoqué, toutes les fois que l'intérêt public l'a exigé ; mais tout a bien démontré que l'hommage qu'ils ont rendu à S. M., dans cette grande circonstance, a été l'expression pure et libre des sentiments dont ils sont pénétrés, et qu'ils n'attendent que les occasions de lui donner de nouveaux témoignages de leur fidélité et de leur reconnaissance ;

» On a oublié de dire, que la Mairie a fait, ce jour-là, des distributions de vin et de comestibles à la garde nationale, et à tous les militaires de la garnison ;

» Des secours ont été aussi distribués dans les maisons de répression, dans les hospices et dans le domicile des indigens ;

» = On est déjà informé, que la fête du couronnement et les mariages ordonnés par le décret impérial, ont été célébrés le même jour, 11 frimaire, dans les autres arrondissements de la préfecture ;

» = Ledit jour, à huit heures du matin, les israélites de cette commune se sont assemblés en leur synagogue ; tout l'intérieur de cet édifice fut illuminé, des cantiques ont été récités et chantés en actions de grâces. Le rabbin, tenant le Pentateuque entre ses bras, fit une prière très fervente, pour implorer le Dieu d'Abraham, d'Isaac et de Jacob, le roi des rois, à conserver la couronne impériale sur la tête de l'Empereur Napoléon. Tous les assistants ont crié et répété par un mouvement d'allégresse et simultanément : *Amen Jechi adoncinou haquiessa Napoléon ;* ce qui signifie en langue française : « Ainsi soit-il, vive notre seigneur » l'empereur Napoléon. »

» A neuf heures et demie, cette cérémonie particulière achevée, les individus composant ladite assemblée se sont mêlés avec leurs concitoyens, pour participer à la fête communale et partager l'allégresse générale de tous les Français.

» M. le maire de Nancy, en nous transmettant l'article suivant, voue à la reconnaissance publique les vertus qui caractérisent et inspirent les élèves du Lycée de Nancy :

MM. les élèves du Lycée impérial de Nancy, désirant consacrer, par la prière et l'aumône, la reconnaissance dont ils sont pénétrés pour leur auguste bienfaiteur, ont entendu une messe pour remercier Dieu de l'heureux évènement du sacre et du couronnement de Napoléon, premier empereur des Français, et ont fait entre eux une collecte qui fut portée à 100 francs. D'après les intentions de MM. les administrateurs du Lycée, cette somme a été remise de suite à M. le président du Bureau de bienfaisance, par M. le second aumônier. » *(Meurthe,*13 frimaire an XIII.)

A l'occasion de son mariage avec Marie-Louise, Napoléon avait ordonné, par son décret impérial du 25 mars 1810, qu'il serait en même temps procédé à la célébration du mariage de 6000 militaires dans toute l'étendue de l'Empire. Ces mariages devaient avoir lieu dans les villes,

et dans chaque canton de justice de paix. Ils furent nécessairement l'objet d'une fête nationale, appelée la Fête des
Mariages. Elle aurait dû avoir lieu à Nancy le 22 avril,
mais, par ordre émané du bureau du ministère de l'intérieur, elle fut remise au lendemain, 23 avril 1810.

Marie-Louise, venant de Vienne et se rendant à Paris,
était arrivée à Nancy le 25 mars à une heure de l'après-
midi. C'est sans doute, à cette occasion que le décret or-
donnant la Fête des mariages porte cette date.

Le *Journal de la Meurthe* du 15 avril donne la liste des
époux choisis et le programme de la cérémonie, et des réjouissances qui eurent lieu le 23 :

« Avant-hier, dit-il, la Mairie de· Nancy, précédée d'une brigade de gendarmerie à cheval, de tambours, et environnée d'un
détachement de la garde nationale, a solennellement proclamé
le décret impérial du 25 mars, relatif à l'amnistie et à la dotation
des époux qui doivent contracter mariage. Les époux, choisis
par les conseils municipaux, par les juges de paix et maires des
communes de l'arrondissement de Nancy, sont :

» VILLE DE NANCY. — Nicolas Christophe, soldat au 2e de carabiniers, et Henriette Pierron, domiciliés à Nancy;

» François Malleville, soldat au 96e de ligne, et Françoise
Voirin, domiciliés *idem* ;

» J.-B. Legrand, caporal au 82e de ligne, et Barbe Bourgui-
gnon ;

» Pierre Grégoire, au 46e, et Catherine Julien ; ·

» Etienne Serrière, dit Clairez, chasseur au 14e léger, et Marguerite Bichon ;

» François Boos, soldat au 65e, et Françoise Thomassin;

» Ant. Serre, tambour au 72e, et Anne Dautrey ;

» Claude Turc, soldat au 72e, et Françoise Aubois ;

» Joseph Klein, voltigeur au 17e de ligne, et Marg. Horquin ;

» Henri Drouin, caporal au 96e, et Adelaïde Knœhl ;

» Tous domiciliés à Nancy. Leur mariage sera béni en l'église
Cathédrale.

» NANCY-NORD. — Ignace Mansuy, soldat au 95e, et Cath.
Brunot, domiciliée à Maron : leur mariage sera célébré à Laxou.

» NANCY-EST. — Drouin, soldat au 4e de ligne, et Marie
Chamby, domiciliée à Lay Saint Christophe, où se fera le mariage.

» NANCY-OUEST. — J.-B. André, soldat au 36e léger, et
Catherine Marguelon, domiciliée à Neuves-Maisons; le mariage
aura lieu à Pont Saint Vincent ;

» VILLE DE PONT-A-MOUSSON. — Jean Richard; caporal au

25e d'infanterie légère. — Antoine Preny, voltigeur au 42e de ligne.

» Canton de Pont-a-Mousson. — Franç.-Cyrille Barbelin, sergent au 95e de ligne, et Marie Voirin. Le mariage aura lieu à Blénod.

» Canton de Nomeny. — Cuisset, chasseur au 15e, et Madeleine Froment ; le mariage se célébrera à Nomeny, .

» Canton de Saint Nicolas. — Georges Vincent, caporal au 27e de ligne et Anne Laurent ; la célébration de ce mariage aura lieu à Saint Nicolas.

» Des jeux, des courses et autres amusements termineront la fête. »

Un autre entrefilet, du même jour, indique le programme de la cérémonie :

» La Mairie de Nancy a arrêté que le 21 du courant, à 6 heures du soir, le son des cloches annoncera la solennité du lendemain ; la musique de la garde nationale exécutera, sur le balcon de l'Hôtel-de-Ville, des airs analogues. Le 22, le son des cloches répétera la même annonce de la fête ; les tambours battront l'assemblée. La Mairie, le corps municipal, la garde d'honneur, se rendront au lieu de la cérémonie du mariage civil, dont l'acte sera signé par les chefs présents des autorités civiles et militaires, et de là se rendront à l'église cathédrale, pour la bénédiction nuptiale.

» Un banquet sera donné par la Ville aux époux :

» A midi, pendant que la musique se fera entendre sur le balcon, les cloches sonneront ;

» Le soir, les époux et leurs parents seront conduits au spectacle :

» Les édifices de la place Napoléon, ainsi que le temple de l'hymen (sic), seront illuminés. »

Dans le supplément du 25 avril, après une tartine sentimentale, où les qualificatifs abondent sous la plume du rédacteur, celui-ci, rappelant qu'on a promis quelques détails sur la fête du 23 de ce mois, ajoute :

» « Le son des cloches avait, la veille et dès l'aurore de ce jour, annoncé la solennité de la fête, ainsi que le programme le prescrivait ;

» A onze heures, la cérémonie du mariage civil des individus eut lieu à l'Hôtel-de-Ville. Aussitôt après, le cortège se dirigea vers la Cathédrale ; un détachement de la garde nationale sédentaire, avec un groupe de tambours précédait ;

» La musique de la garde d'honneur marchait devant les époux. La Mairie et les autorités constituées, environnées de la garde d'honneur. Un détachement de la garde sédentaire fermait la marche ;

» Arrivé à la Cathédrale, Mgr l'Évêque donna la bénédiction nuptiale ;

» Le cortége reprit sa marche vers l'Hôtel-de-Ville, où fut donné un banquet de 150 couverts. Après lequel, la dot voulue par la loi fut remise aux épousés.

» La musique de la garde nationale joua des airs analogues, sur le balcon de l'Hôtel-de-Ville ;

» Des jeux, des mâts de cocagne fixèrent l'amusement du public ;

» Les époux furent conduits au spectacle ;

» Vers huit heures, le son des cloches se fit entendre, et une illumination presque générale eut lieu, quoique les citoyens n'y fussent pas invités. Cette dernière marque d'allégresse fut l'effet du sentiment de la gratitude dont étaient pénétrés les citoyens. »

Dans ses *Archives de Nancy,*, t. III, p. 127, M. H. Lepage, examinant un des cartons de l'Hôtel-de-Ville, dans lequel se trouvent des pièces relatives à quelques statues de notre ville, ajoute en note :

« Dans le carton qui renferme ces pièces, il s'en trouve quelques-unes qui complètent ce qui a été dit précédemment (*Archives*, t. I, p. 264) des diverses statues qui remplacèrent celle de Louis XV. La première, commandée en 1808, pour être érigée sur la place dite alors *Napoléon*, représentait le Génie de la France, distribuant des couronnes aux armées françaises. L'exécution en fut confiée à Joseph Labroisse « sculpteur statuaire » à Nancy, et le prix acquitté à l'aide d'une souscription, de même que les dépenses faites, pour les fêtes données aux différents corps de la Grande Armée. »

M. H. Lepage a-t-il mal lu ou mal rapporté le contenu de ces pièces, ou bien les rédacteurs de ces documents ont-ils anticipé sur les événements ? Nous croyons qu'on a voulu laisser croire à la postérité, que le génie de la France avait été inauguré pour le retour de la grande armée. Il n'en est rien. La grande fête civique, qui a duré près d'un mois daus notre ville, a été racontée tant bien que mal par le *Journal de la Meurthe*, qui ne dit pas un mot de la statue du Génie de la France. Cette statue colossale en pierre, peinte à l'huile, couleur de bronze, par Etienne Pierre, n'a été posée sur le piédestal, qu'après le passage de la Grande Armée, c'est à dire en 1809. Sans doute qu'elle n'était pas terminée, lorsque les corps qui la composaient ont traversé notre ville. En tous cas, elle a été faite et érigée sur la place Napoléon, en mémoire de ce grand évènement.

On se contenta d'élever une pyramide, si déjà elle n'existait, par la base de la colonne départementale inaugurée le 14 juillet 1800, — ornée et surmontée d'un aigle impérial. M. Mandel, adjoint, faisant les fonctions de maire, remplit aussi celles de la statue du génie de la France, et distribua lui-même les couronnes aux régiments de passage. C'est du moins ce que nous laisse entendre la relation du *Journal de la Meurthe*, du 25 septembre 1808, relation qui a été tirée à part, et répandue à profusion.

« Nous nous empressons de donner à nos lecteurs, dit ce journal, le détail que nous leur avons promis, des fêtes données en cette ville, au passage des colonnes de la Grande Armée, revenant de l'Allemagne et de la Pologne.

» Aussitôt que la Mairie a été instruite du passage, par cette ville, de plusieurs corps de la Grande Armée, son premier sentiment a été de pouvoir offrir à ces braves défenseurs, un témoignage éclatant de sa reconnaissance.

» Le Conseil municipal s'était empressé de délibérer, sur un projet de fêtes dignes de cette grande circonstance ; mais il ne pouvait l'exécuter, sans avoir obtenu l'approbation spéciale de l'autorité supérieure.

» La Ville de Nancy a reçu cette approbation, qu'elle doit particulièrement à sa situation, près de la frontière, et au rang qu'elle occupe parmi les villes de l'Empire ; motifs qui semblaient l'indiquer naturellement, pour faire, en quelque sorte, les honneurs de la France aux colonnes de la Grande Armée, au moment de son retour.

» Sans aucun retard, toutes les dispositions ont été faites, pour donner à cette solennité la pompe et l'éclat convenables. C'était de la part des magistrats et des citoyens de Nancy, un concours de vœux et d'émulation, à qui célébrerait plus dignement la fête de cette réunion de héros. L'intelligence et l'activité de M. Mandel, premier adjoint du maire, remplissant les fonctions de celui-ci absent, opérèrent en peu de jours tout ce qu'on aurait pu attendre, peut-être en vain, du tems et de mains exercées à ces sortes de préparatifs.

» Le magnifique emplacement connu sous le nom de la Pépinière, qui prête, par son étendue, au développement des corps les plus nombreux, fut sur-le-champ couvert de *190 tables de 20 couverts chacune,* rangées sur deux files, propres à recevoir sur des bancs, et à l'abri d'une tente, une division entière de nos armées.

» Un *Arc-de-Triomphe* fut érigé à l'extrémité du faubourg de la Constitution ; lieu où l'on se proposait de recevoir solennellement la tête des colonnes.

» La place Napoléon reçut, autour du piédestal, des décorations chargées d'inscriptions et de devises analogues à la circonstance ; et *ce même piédestal fut dominé par une pyramide ornée et surmontée de l'Aigle impérial.* Tout le contour de la place, si belle par son architecture et les ornemens qui l'entourent, devait être illuminée chaque soir, pendant les jours de passage.

» Les choses étant en cet état, et leur exécution surveillée avec la plus constante activité, par le magistrat qui en avait ordonné le plan, il parut, le 9 septembre 1808, une proclamation conçue en ces termes :

» Le Corps municipal de la Ville de Nancy, aux habitants de
» la même ville.

» Citoyens ! Une colonne de la Grande Armée doit, le 14,
» commencer son passage dans vos murs. Ces militaires quittent
» les champs de la victoire, pour voler à d'autres triomphes.
» Guidés par le génie et la présence de notre auguste Empe-
» reur, ils ont été invincibles, et ont prouvé qu'ils ne cesse-
» raient pas de l'être. Le même génie dirige leur courage dans
» d'autres contrées, où les éternels ennemis de la France ont
» encore osé souffler le feu de la discorde, pour retarder la paci-
» fication du monde. Ce sont des frères couverts de gloire, qui
» se trouveront momentanément au milieu de vous. Nous som-
» mes assurés que vous leur ferez un accueil amical, bien dû
» à des défenseurs qui ont exposé leur vie pour le salut com-
» mun. »

» Cette proclamation fut imprimée, publiée au son de la caisse et affichée dans toutes les places de la Ville.

» Le 14 septembre, à 10 heures du matin, le Conseil municipal partit de la maison commune, pour aller recevoir, sous l'Arc-de-Triomphe érigé à Bonsecours, le 1er corps de la Grande Armée, 3e division, composée du 27e d'infanterie légère et commandée par le général Villatte, accompagné de M. le général Paethod, et de l'état-major de la division. Ce monument s'élevait majestueusement au milieu de la route et portait pour inscription, d'un côté : *A la Grande Armée !* et de l'autre : *Nancy reconnaissant.*

» Le chemin était bordé, de part et d'autre, d'une foule immense de citoyens qui, par les transports et les éclats d'une joie franche et épanouie, témoignaient hautement le plaisir qu'ils avaient de revoir, couverts de nouveaux lauriers, ces mêmes héros, qu'ils avaient déjà admirés plusieurs fois, lorsqu'ils allaient au delà des frontières, les moissonner dans les champs de la Victoire.

» Ce fut en ce lieu, que M. Mandel, à la tête du conseil municipal, adressa ce discours au général :

» Messieurs : Le corps municipal de la Ville de Nancy se porte » avec empressement au devant des braves, déjà couverts de » lauriers, pour leur offrir le tribut d'admiration dû à leur cou- » rage et à leur héroïsme. Recevez MM. cet hommage, comme » l'expression franche d'un sentiment que le cœur a dicté. La » reconnaissance est gravée profondément dans celui des habi- » tants de Nancy, qui se félicitent de pouvoir jouir de la pré- » sence des héros, que l'immortel Napoléon a toujours conduits » à la victoire. Pour lui, comme pour ses compagnons d'armes, » n'ont qu'un seul esprit, un seul sentiment, dévouement res- » pectueux à son auguste personne, attachement et gratitude à » ses valeureux soldats, que leurs aigles triomphantes viennent, » aux acclamations publiques, recevoir à Nancy, de nouvelles » couronnes si souvent méritées. »

» *Vive l'Empereur et ses Armées !*

» M. le général Villatte répondit à ce discours, avec autant de grâce que d'éloquence.

» Ce préliminaire rempli, on se remit en marche, les magis- trats prirent place à la tête de la colonne, entrèrent avec elle par la porte de la Constitution, au fronton de laquelle on lisait cette inscription :

> *A nos braves guerriers, aux vaillantes cohortes,*
> *Nous ouvrons, en ce jour, et nos cœurs et nos portes.*

» Le cortège, parvenu sur la place Napoléon, après avoir traversé plusieurs rues remplies d'une foule de peuple, de tout âge, y trouva réuni M. le général sénateur Collaud, M. le général Gillot, commandant de la place, des officiers de tous les grades, domiciliés à Nancy, M. le Préfet de la Meurthe, MM. les mem- bres de la magistrature, du clergé, des membres du Commerce et des habitants de tous les ordres, empressés à témoigner à la colonne les sentimens d'admiration et de reconnaissance, dont ils étaient pénétrés. Lorsque les différens corps de l'armée, après avoir défilé, se furent formés en bataillon carré sur la place, les Aigles reçurent des mains de M. Mandel, les couronnes de lau- riers qui leur étaient destinées. Ce magistrat, en les plaçant, eut l'attention de rappeler aux chefs les glorieux faits d'armes des différens corps, pour lesquels ils ont mérité la reconnaissance publique. Cette cérémonie fut terminée par un cri universel de Vive l'Empereur ! répété avec enthousiasme par les corps mili- taires et par la foule des spectateurs.

» Chacun lisait avec empressement sur les *quatre faces de la pyramide* qui dominait la place Napoléon, ces différentes ins- criptions :

» 1º En face de l'Hôtel-de-Ville : *Napoléon et la Paix !* et au-dessous : *A l'ami des hommes, au bienfaiteur des nations ;*

» 2º Vis-à-vis la porte Napoléon : *Prise de la ville de Dantzig ;* et plus bas : *Au protecteur du talent, au restaurateur des arts ;*

» 3º Du côté qui regarde la porte de Toul : *Bataille d'Iéna ;* et ensuite : *Au héros du siècle, l'étonnement de la postérité.*

» 4º A la partie qui se trouve opposée à la porte de la Garde Nationale : *Bataille de Friedland ;* et après : *Au Monarque, la terreur de ses ennemis, l'amour de ses peuples.*

» Après que les troupes eurent défilé, une deuxième fois, qu'on leur eut délivré leurs billets de logement, et que chaque chaque soldat ait été chez l'habitant déposer ses armes, elles se réunirent de nouveau sur la place et furent conduites solennellement, par les autorités et les habitans, réunis, au son de la musique militaire et de celle de la Ville, à travers la place Carrière, jusqu'à celle du Gouvernement, par laquelle elles entrèrent à la Pépinière, où chaque compagnie alla se placer dans le plus grand ordre aux tables du banquet civique. Chaque table, chargée de mets froids, parmi lesquels brillait la liqueur bachique, était décorée de guirlandes de feuillages, surmontée d'une couronne, dont la verte fraîcheur annonçait la vivacité du zèle que la Ville de Nancy déployait, en fêtant ses défenseurs.

» Pendant que ces braves frères d'armes se livraient au transport du moment, et se délassaient ainsi de leurs fatigues, en présence d'une multitude d'habitans, qui, du haut de la belle terrasse de la Pépinière, jouissaient du spectacle de l'allégresse et du contentement de cette brave troupe, le corps des officiers, ayant leurs chefs à leur tête, fut conduit dans le salon destiné au festin, dressé dans une des magnifiques pièces de la Maison de Ville. Cette salle spacieuse, ordinairement employée aux concerts et aux solennités publiques, décorée avec beaucoup de goût, honorée du buste de S. M. l'Empereur, avait reçu, à cette occasion, un surcroît d'embellissement analogue à la circonstance.

» Deux aigles colossales, placées aux deux extrémités, portaient dans leurs serres deux cartouches, sur lesquelles on lisait ces vers :

1º *Si l'amour fête ici les enfans de la gloire,*
   L'amour les fait encor voler à la victoire.
2º *Tressés par la beauté, le myrthe et le laurier,*
   Couronnent à l'envi l'amour et le guerrier.

» Dans le pourtour de la même salle, étaient distribués des médaillons ornés de trophées, portant ces inscriptions : *Prise de Lubeck. — Siège de Dantzick. — Bataille d'Iéna. — Reddition de Berlin. — Bataille de Friedland.* — Et plusieurs autres commémoratives des exploits de l'armée française.

» Une table, en fer à cheval, d'une très grande étendue, y attendait les honorables convives. C'était moins la variété des mets et la régularité de l'ordonnance, qui en rendait le spectacle ravissant, que cette alliance enchanteresse du fils de Mars, décoré de ses brillans attributs, de l'administration, du magistrat, du citoyen de tous les rangs, du négociant, du ministre des cultes, épanchant tous les uns envers les autres ces sentiments de cordialité et d'affection, qui reçoivent un charme de plus de l'urbanité française, et qui, dans ce moment, y mêlaient les élans de la joie, de la reconnaissance et d'une sorte de vénération inspirée par les vertus guerrières. Qu'on y ajoute les accens enchanteurs d'une musique harmonieuse et soutenue, exécutée par des artistes habitués aux applaudissemens, ou des morceaux animés et de l'effet le plus mâle, succédaient à des airs de sentiment et à des pièces dont le mouvement excitait le plaisir et la gaîté. Au dessert, une voix fit entendre les couplets suivans qui avaient été imprimés et distribués auparavant, à toute l'assemblée, et qui le furent de même aux tables des soldats réunis à la Pépinière.

Air du Petit Matelot :

Dignes héros dont la victoire

. . . .

AUTRE

Air du pas redoublé de l'Infanterie :

Contemplez ces vaillans guerriers

. . . . (1)

» Plusieurs de ces couplets furent répétés, et leurs refrains l'étaient aussi, par la plupart des convives.

» Au dessert, M. Mandel porta plusieurs santés, la première, qui fut accueillie avec le plus vif enthousiasme, fut adressée à l'homme immortel, à Napoléon le Grand, à S. M. l'Impératrice et à la Famille impériale ; la deuxième, aux officiers et soldats composant la colonne. M. Mandel eut l'attention délicate de rappeler, en la portant, les circonstances honorables où les corps dont elle est formée, se sont particulièrement signalés et couverts de gloire. La troisième santé fut portée au nom de l'armée française, et en partie de la grande armée, victorieuse en Alle-

(1) Nous croyons pouvoir nous dispenser de rapporter ici le texte de ces chansons, peu appropriées à la circonstance. La dernière est une chanson bachique.

magne et dans la Pologne. Chaque santé était accompagnée de fanfares et de l'acclamation si naturelle à tout cœur français : *Vive l'Empereur !*

» On ne pouvait plus noblement couronner une aussi belle fête, qui avait alors pour témoins une affluence nombreuse de dames et de jeunes beautés, que la curiosité avait attirées dans le pourtour de la salle.

» Du banquet, on se rendit à la salle du spectacle, décorée de festons et de guirlandes. Quatre cents billets avaient été donnés aux chefs, pour les distribuer aux soldats qui pouvaient jouir de ce divertissement. On y répéta les mêmes couplets qui avaient égayé les banquets, et partout l'allégresse et les applaudissements se multiplièrent à l'infini.

» Le soir, la place Napoléon, dans tout son circuit, présenta le spectacle d'une illumination régulière, brillante et pittoresque, dans laquelle on voyait dessinées toutes les lignes de la magnifique architecture qui en décore les édifices.

» Sur la place Carrière, on avait aussi élevé une estrade, où étaient placés un grand nombre de musiciens, autour desquels les soldats mêlés avec les habitans, formaient des danses, qui se prolongèrent assez avant dans la nuit.

» Enfin, vers neuf heures, la salle qui avait servi au banquet, préparée pour un bal, s'ouvrait de nouveau à la troupe guerrière et à la jeunesse aimable de l'un et de l'autre sexe. Les dames de la ville y déployèrent leurs grâces naturelles, et donnèrent aux vainqueurs du Nord, le tableau ravissant des plaisirs de la danse, unis à la décence qui en relevait tant le prix. Dans tous les yeux, comme dans tous les cœurs, on vit briller la satisfaction et la joie.

» C'est ainsi que se termina, vers minuit, cette première journée.

» Le 15, un autre corps de la même colonne, composé du 63e de ligne, entra avec la même solennité à Nancy, y reçut le même accueil, et donna aux habitants le même spectacle d'une marche imposante, d'une tenue admirable et d'une conduite irréprochable, due à la supériorité de la discipline observée dans les armées françaises. On y remarqua cette particularité, c'est qu'au banquet de l'Hôtel-de-Ville, M. le colonel du 63e parodia avec autant de politesse que d'esprit, un des couplets qui venaient d'être chantés, pour rendre aux magistrats et aux habitans de Nancy, les vœux que ceux-ci avaient adressés à ces héros.

Le 16, les mêmes cérémonies, le même concours des autorités et des citoyens, le couronnement des aigles, des banquets pareils aux officiers et aux soldats, et le chant des couplets se répétèrent, pour l'arrivée d'un troisième corps, composé du 94e de ligne et du parc d'artillerie.

» La quatrième journée se passa de la même manière. Le

10**

corps de l'armée comprenait ce jour là, 17 du même mois, le corps de réserve de l'artillerie et le 95e régiment de ligne.

» Une seconde division du 6e corps de la Grande Armée, entra dans les murs de Nancy le 18 du même mois. Elle ouvrit sa marche, ce jour là, par le 25e régiment d'infanterie légère, qui fut suivi, les jours d'après, jusqu'au jeudi 22 exclusivement, de l'arrivée successive des 27e et 50e de ligne, du 3e régiment de hussards, du 59e de ligne, du 15e de chasseurs à cheval, et du 31e d'infanterie légère et du grand parc d'artillerie. On leur rendit les mêmes honneurs qu'aux corps qui les avaient précédés, et les habitants purent s'apercevoir, que la satisfaction des braves guerriers qu'elle fêtait, se multipliait à mesure que d'autres corps venaient goûter, au milieu d'eux, les jouissances qui leur avaient été préparées, avec autant d'empressement. Un bal aussi brillant, et plus nombreux encore que le premier, a eu lieu le 18.

» On doit ajouter, que le Conseil municipal et tous les membres des autorités constituées ont parfaitement secondé l'adjoint du maire, dans toutes ses dispositions ; que tous les habitans ont eu pour leurs hôtes militaires, des soins, des attentions et des prévenances qui ne leur ont rien laissé à désirer ; mais ce qui honore particulièrement les soldats français, dans cette circonstance, c'est que l'ordre n'a été nullement troublé, qu'il n'a point été fait de patrouilles, pour maintenir la tranquillité publique, et que les nuits ont été calmes et paisibles. M. le général Visatte en avait d'avance donné l'assurance aux magistrats, dont la confiance n'a point été trompée.

» On doit des éloges particuliers au zèle, à l'activité et à l'intelligences avec lesquels M. Mandel, adjoint du maire, a préparé et dirigé ces fêtes ; aussi l'administration supérieure s'est empressée de lui donner un témoignage de satisfaction ; sentiment qui a été partagé par tous les citoyens de Nancy. »

(Article communiqué).

Cette relation, émanée des bureaux de la Préfecture, a un caractère officiel incontestable, duquel il résulte qu'en septembre 1808, la statue du génie de la France ne décorait pas encore le piédestal de la statue de Louis XV.

D'autres passages des colonnes de la grande armée ont encore eu lieu, en octobre, notamment du 22 au 28, et l'existence de la statue confiée au ciseau de Labroisse n'est pas, non plus, révélée dans les comptes rendus qui ont été faits de ces divers passages.

C'est pourquoi, nous pensons qu'elle a été posée, sans cérémonie, dans le courant de l'année 1809. Toujours est-il, que le « Journal de la Meurthe », unique gazette du département, ne mentionne nulle part son érection.

En reprenant la note de M. H. Lepage, au point où nous l'avons laissée (*Archives*, t. III p. 128), nous trouvons l'historique succinct de cette statue, jusqu'à l'époque de son enlèvement en 1831.

» En 1814, le corps municipal. « Désirant signaler, éterniser
» même, le retour de la famille des Bourbons, héritiers légitimes
» du trône de la France, qu'une suite de malheurs a, depuis près
» de 25 années, éloignés de leur patrie, qu'à l'imitation des
» anciens rois, et notamment de Henri IV, ils rendaient heu-
» reuse »; le corps municipal autorisa le sieur Labroisse à exécuter « la statue colossale représentant le génie de la France, cou-
» ronnant les écussons, armoiries et chiffres de Louis XV, aïeul
» de Louis XVIII le Désiré. Ce monument (à ériger sur la place
» Royale) sera environné d'emblêmes analogues à son retour en
» France, qui va enfin jouir des bienfaits de la paix et de l'abon-
» dance. « La délibération du Conseil, non plus que le marché
passé avec l'artiste, ne disent pas qu'il s'agissait simplement de
retoucher la statue de 1808 ; le contraire semble résulter de cette
dernière pièce, puisqu'une des clauses du traité de Labroisse,
porte « qu'il se chargera de fournir la pierre de Savonnières, de
» la meilleure qualité rendue, à Nancy. De plus, il lui est
alloué 2,000 fr., c'est-à-dire exactement la même somme que
pour la première statue.

» Il est certain, néanmoins, au dire de toutes les personnes qui
ont gardé le souvenir de cette époque, que Labroisse se contenta
de retoucher la première statue, et de lui faire subir les transformations exigées par sa nouvelle destination. »

Nous avouons, qu'il nous paraît très étrange de ne
trouver aucune mention de l'érection de cette statue, dans
les journaux de l'époque, par plus sous l'Empire que sous
la Restauration, alors qu'on n'a omis, en aucune circonstance, de parler des différents bustes de Louis XVIII,
placés, soit dans le corps de garde de la garde nationale,
soit à l'Hôtel-de-Ville ; et, chose remarquable, c'est qu'il
n'est fait aucune allusion au génie de la France, ou au
génie de la Lorraine, dans les fêtes nationales qui ont eu
lieu sur la place Stanislas, depuis 1808 jusqu'en 1820, et
plus tard encore. On peut d'autant moins préciser l'époque
où cette statue a été placée sur le piédestal, que les auteurs
qui ont écrit différentes notes sur la place Stanislas, et sur
ses statues, sont plus ou moins exacts, et se contredisent à

l'envi. Ainsi, nous trouvons dans un article publié par *le Spectateur de la Lorraine*, le 22 décembre 1825, c'est à dire douze ans seulement après la première Restauration, un alinéa qui bouleverse un peu ce que nous avons dit précédemment.

» Le piédestal resta donc vide, jusqu'à ce qu'on y plaça une autre statue en pierre, qui représentait la République (?) En 1804, la République tomba sous un nouveau césar, la statue conservée fut regardée comme le Génie de l'Empire ; l'aigle veillait à ses côtés. Enfin, l'œuvre de la Restauration fut achevée ; et le génie de l'Empire est devenu le Génie de la France ; l'aigle, orné de la croix double, s'est transformé en aigle de Lorraine. »

De quel côté est la vérité ? Ici, nous écoutons des contemporains. Plus haut, nous avons acquis la certitude, par des documents officiels, que ni en 1804, ni en 1808, l'image de la République ne figurait sur le piédestal. Les archives de la ville disent que le génie de la France a été fait en 1808. Nous voulons bien le croire. La preuve est à faire. Jusqu'à plus ample informé, il a bien l'air, ce génie-là, de n'être venu au monde qu'après les Cents jours.

En passant, nous reprocherons à M. Lepage de n'avoir point donné la date exacte de la délibération du conseil municipal de 1814, ni celle du traité passé avec Labroisse. Ces sortes d'omissions sont impardonnables, chez un archiviste.

LES CENT-JOURS

Le 22 mars 1815, le *Journal de la Meurthe* publiait la proclamation suivante, qui était comme un cri de détresse, poussé par la première Restauration :

» Le Conseil général du département de la Meurthe, à lui réuni, M. le Préfet, aux Français du même département.

» FRANÇAIS ET CONCITOYENS !

· » La Patrie réclame les secours de tous les bras propres à s'armer pour le soutien du trône de notre Roi légitime, de l'honneur Français et de la Charte constitutionnelle.

» Français, l'urgence des circonstances ne permet pas de délibérer. Suivez l'impulsion de vos cœurs généreux ; ralliez-vous au panache des petits-fils du grand Henri, au champ d'honneur:

c'est votre Roi, ce sont vos pères, vos parents, vos amis, qu'il s'agit de défendre. Un moment d'efforts vous arrache pour toujours, à la servitude que viendraient vous offrir un régime tyrannique, ou des armes étrangères.

» Des registres sont ouverts dans toutes les mairies, pour votre inscription libre et volontaire. Faites que le département de la Meurthe, toujours distingué par le nombre des défenseurs qu'il a fournis aux armées, se signale encore aujourd'hui, en faveur de la plus sainte des causes.

» Que vos mots d'ordre et de ralliement soient : la Patrie, le Roi, l'Honneur et la Charte.

» Vive le Roi !

» Signé Schmit, président; Rolland de Malleloy; de Rouot; Pierson; de Crespy; Adam; Schneider; de Monthureux-Ficquelmont; Vidil fils aîné; Jankowitz de Jeszenicze; de Mique, Préfet. »

Cette proclamation fut à peine affichée; car l'abbé Marchal a laissé une note manuscrite, ainsi conçue :

» Pâques tombait cette année 1815, le 26 mars. J'étais à l'adoration devant le paradis le 23 mars dans l'après-midi, à Saint-Pierre, lorsqu'un sieur M......, tisserand monta au clocher pour sonner les cloches, en réjouissance de l'arrivée de l'Empereur à Paris. Cet individu n'avait reçu aucun ordre, et il contrevenait aux prescriptions liturgiques, qui interdisent la sonnerie depuis le *Gloria in excelsis* de la messe du jeudi saint, jusqu'à celui de la messe du samedi saint. »

Nous nous sommes laissé dire, par d'autres contemporains, que ce jour-là on sonna le tocsin pour assembler le peuple sur un point unique, qui était alors la place Royale.

Le vendredi 24 mars, le Journal de la Meurthe rendait ainsi compte de l'événement du jour :

» La nouvelle de l'arrivée et de l'entrée de S. M. l'Empereur dans la capitale, s'est répandue le 23, dès le matin, quoique rien ne l'ait annoncée officiellement; elle n'a pas moins excité un enthousiasme général.

» L'impatience publique n'a pu se prêter à attendre le courrier du soir. La cocarde tricolore a été prise spontanément, et on a arboré de l'hôtel de la Préfecture, à la demande et aux acclamations des citoyens réunis en foule sur la place impériale, le drapeau aux couleurs nationales, surmonté de l'aigle impérial. Ce drapeau, qui appartenait à la compagnie de réserve, avait été caché à l'hôtel même de la Préfecture, dans l'espoir, heureusement réalisé, de le faire reparaître, comme un signal qui devait encore rallier et qui rallie, en effet, tous les Français du département et de son chef-lieu. »

En vertu d'une décision spéciale du ministre de l'Intérieur, sous la date du 15 décembre 1813, Merville, ancien chef de cabinet de la Préfecture, avait pouvoir de s'emparer des rênes de l'administration et de la diriger, comme préfet intérimaire. Aussi, le même jour, prend-il un long arrêté, relatif au fonctionnement des administrations, et au devoir de la garde nationale.

Un contemporain, témoin oculaire des évènements, nous a laissé une relation exacte des circonstances dans lesquelles la préfecture a été abandonnée par l'ancienne administration, surtout par le préfet Mique, auquel nous avons rendu, à tort, un grand hommage dans nos *Promenades historiques*, car alors nous n'avions pas connaissance de la note qu'on va lire :

« En 1815, lorsqu'on apprit, à Nancy, la marche triomphante de l'Empereur Napoléon sur Paris, le peuple se porta en foule sur la place Royale, pour arborer le drapeau tricolore à la Préfecture, qui était alors dans l'hôtel faisant pendant à l'Evêché, et en expulser le sieur Mique, préfet des Bourbons, qui avait eu l'art de se faire exécrer. Le peuple pénétra dans ses appartements, et un de ses chefs, le sieur Voirin, tapissier, prenant la parole, fit cette courte harangue au sieur Mique : « Allons, Mic-Mac, » prends tes clic et tes clac, et f... moi le camp dans ta bara- » que ». On sent bien que le préfet ne se le fit pas dire deux fois ».

» Dans le même moment, le comte d'Olonne, maréchal de camp, commandant pour le Roi à Nancy, vint en grand costume et avec la cocarde blanche, se présenter imprudemment, aux masses exaltées contre les émigrés, les nobles et les prêtres. Aussitôt, entouré par les furieux, le comte d'Olonne allait périr sans doute, déjà son chapeau était écrasé sur sa tête, lorsque de jeunes et braves patriotes, au nombre desquels je m'honore d'avoir été, s'élancèrent dans les groupes et aux cris de : *Vive l'Empereur ! Ne souillons pas sa rentrée par un crime !* arrachèrent le malheureux vieillard au danger qu'il courait, et le conduisirent pâle et tremblant, mais sain et sauf, en lieu de sûreté. Au nombre des libérateurs de M. d'Olonne, se trouvait aussi M. Cléret, conseiller auditeur à la Cour Royale. Destitué de sa place à la seconde rentrée du Roi, il crut qu'il devrait sa réintégration à la reconnaissance de M. d'Olonne, qui avait eu connaissance de ce qu'on avait fait pour lui. M. Cléret lui écrivit, pour lui rappeler sa conduite au 20 mars, et lui représenta l'injustice de sa destitution. Mais le vieil émigré, fidèle à ses rancunes politiques, répondit que ce n'était point au Roi à payer ce qu'il pouvait devoir, et Cléret fut bien et duement renvoyé de sa place. Du reste, la famille d'Olonne, lorsque l'Empereur fut installé à Paris, était venue de Fauconcourt, village des Vosges, où elle habitait, à Nancy, pour remercier les libérateurs de son parent. J'eus, de plus, la visite du frère de M. d'Olonne, général au service de Russie, et employé dans l'armée d'invasion de cette puissance ; mais, comme en ma qualité de patriote, j'étais fort mal traité, je reçus très froidement le général, et je niai formellement avoir eu aucune part à la délivrance de son frère. »

« Je reviens au préfet Mique. — Avocat obscur, il reçut chez lui le comte d'Artois, depuis Charles X, lorsque ce prince vint à Nancy, en 1814, à la suite des ennemis. Cela seul était suffisant pour attirer au sieur Mique les aversions populaires. Le Roi installé à Paris, n'en dut pas moins reconnaître le dévouement de l'avocat lorrain, qui fut anobli et créé préfet de la Meurthe. Ces faveurs, la haute idée du service qu'il avait rendu lui firent tourner la tête ; il se crut roi absolu dans son département, dédaignant tous les ordres ministériels, levant des taxes, etc., etc. De son autorité privée, il imposa Madame veuve T......, ma mère, à 6,000 fr. ; mais nous résistâmes, et on peut voir dans le *Moniteur* du 19 décembre 1814 un rapport de M. Labbey de Pompières, à la Chambre des députés, à ce sujet. M. Mique échoua. Sa conduite à l'égard de Madame T......, n'était qu'une basse vengeance, d'une demande en mariage repoussée : il s'était mis en tête de marier son neveu à une de ses filles.

» La seconde Restauration accomplie, le sieur Mique, odieux à son département, ne fut point réintégré dans sa préfecture ; mais, en revanche, il fut attaché au gouvernement occulte et réactionnaire, qui devait faire tant de mal. Chargé d'une mission persécutrice dans le département des Vosges, il s'y rendait, lorsque la Providence l'empêcha de l'accomplir, par un de ces coups terribles et inattendus qui devraient bien faire réfléchir les méchants Près de Charmes, les chevaux du sieur Mique l'entraînèrent de toute leur vitesse ; épouvanté, il se précipita hors de sa voiture, et dans sa chute, il se tua raide, sur un tas de pierres !

Personne ne le regretta, et tout le monde vit un juste châtiment dans une si triste fin ».

Nous avons parlé de sa mort dans nos *Promenades historiques, à travers les rues de Nancy*, p. 93.

Il ne faut pas croire que l'auteur de la note qu'on vient de lire, ait exagéré les faits, et, en les écrivant, ait obéi à un sentiment de vindication personnelle. Ce qu'il dit de Joseph Mique, tout le monde le pensait, et tout le monde le disait tout haut. Merville lui-même, en prenant possession de la Préfecture, constate dans sa déclaration du 23 mars l'incapacité et l'ineptie de Joseph Mique.

» Considérant que l'administration actuelle du département de la Meurthe, n'a pas un seul instant obtenu la confiance ni la considération publique, même de la part de ceux qui se montraient dévoués au gouvernement au nom duquel elle agissait ;

» Que dans les circonstances présentes, l'intérêt du département, celui de la sûreté des personnes, celui de la conservation des fonds publics, exigent que cette administration soit remplacée...... »

Au carnaval, le général commandant la 4ᵉ division, comte Pacthod, et son colonel d'état-major, le chevalier de Parizet, qui avaient organisé et présidé la cavalcade de Jean de Pain, et qui avaient terminé la soirée, par des toats en faveur de la santé du Roi et de toute la famille royale, furent les premiers à enlever la cocarde blanche, et à se parer de la cocarde tricolore. Dans leur ordre du jour, du 24 mars, adressé aux troupes de la 4ᵉ division, le général leur dit qu'ils n'ont jamais cessé d'être les soldats de Napoléon.

Un *Te Deum* solennel fut chanté dans la cathédrale, le 26 ; et, à cette occasion, le Préfet par intérim, M. de Merville, remit à la garde nationale un drapeau surmonté de l'aigle impériale, qui avait été conservé par les soins de Nicolas Colin, sous chef de bureau à la Préfecture.

Azaïs et sa femme rédigent une adresse, qui se signe à l'Hôtel-de-Ville et qui est envoyée au général comte Drouot, pour être remise, par celui-ci, entre les mains de l'Empereur.

Le 29 mars 1815, le baron Bouvier-Dumolard, nommé préfet le 25, venait prendre possession de son administration. Merville devint son secrétaire général. En se dirigeant sur Nancy, le 29 mars à 6 heures du matin, la voiture du préfet fut attaquée au lieu dit la Croix-la-Pécheur, à la sortie de Void (Meuse), par sept personnes armées de fusils, qui s'emparèrent de tous ses bagages, contenant ses effets, son argent et une certaine quantité d'objets précieux.

Nous ne nous appesantirons pas à parler des Cent-Jours, à en retracer les péripéties si diverses. Il nous suffit de raconter au lecteur ce qu'il y a eu de plus remarquable, à cette époque, sur la place Stanislas.

Après la première heure d'effervescence passée, après le tribut d'enthousiasme payé à un évènement aussi grave, que celui qui venait de s'accomplir, il fallut songer au terre-à-terre de la situation : créer une armée destinée à défendre l'entrée des frontières aux troupes alliées, qui menaçaient la patrie d'une seconde invasion ; c'est alors qu'on voit s'organiser les compagnies franches de partisans, destinées à harceler l'ennemi dans les passages étroits des montagnes, et sur les bords des forêts ; c'est alors aussi que s'organise cette immense confédération des 3130 bataillons de gardes nationales, prêts à se rendre aux frontières. Le Haut-Rhin, les Vosges, la Meurthe et la Moselle, fournissait chacun 42 bataillons, formant un effectif de 2,125,040 gardes nationaux, presque tous anciens soldats de la République et de l'Empire.

Quoique l'enthousiasme et la crainte du danger présidassent à la réunion de ces forces de la nation, les gardes nationales ne quittaient leurs foyers qu'avec regret. Voici une note qui en donne la preuve.

» Le séminaire a été l'objet de la haine populaire à tous les changements politiques. En 1815, les bataillons de garde nationale qui se rendaient à la frontière, ne pouvaient passer devant cet établissement, sans faire craindre qu'ils n'en dispersassent les habitants. M. Tardieu aîné, capitaine de grenadiers dans le 9e bataillon de la Meurthe, se rendant avec ses bataillons à Phalsbourg, eut tous les maux du monde, ainsi que les autres officiers, d'entraîner leurs concitoyens-soldats. Ils voulaient absolument emmener avec eux les jeunes séminaristes, qui étaient garçons, et devaient en cette qualité, disaient-ils, être plutôt soldats que des hommes mariés qui partaient. »

N'est-ce pas un peu l'esprit qui anime aujourd'hui la future loi sur le recrutement de l'armée ?

En 1830, le Séminaire fut attaqué et conquis par le peuple, qui brisa les fenêtres et chassa les Séminaristes.

Il y eut encore d'autres tentatives, sous l'administration de M. Tardieu, notamment en 1831 ; mais elles furent contenues. M. l'abbé Ferry, depuis curé de Saint-Nicolas, remercia alors, par écrit, M. Tardieu, de ses efforts pour protéger son établissement.

LA RÉVOLUTION DE JUILLET 1830

Sauf l'envahissement du séminaire diocésain par le peuple, sauf aussi quelques manifestations tapageuses devant l'hôtel de l'Evêché, et quelques charivaris à l'adresse de certains ultràs, la Révolution de Juillet s'est passée, à Nancy, d'une manière relativement pacifique.

Nous laissons la parole au témoin oculaire, que nous avons déjà cité précédemment :

« En 1830, lorsque Paris se révolta contre les Ordonnances, Nancy suivit le mouvement patriotique, à la barbe du camp de Lunéville, dont les troupes l'entouraient. Les amis de la Liberté se réunirent. Nous expulsâmes le maire royal, M. de Raulcourt, homme respectable d'ailleurs, et le préfet, M. d'Allonville, également considéré. Le drapeau tricolore fut arboré, et M. Moreau avocat, proclamé maire. Nous installâmes à la Préfecture, M. Merville, patriote éprouvé depuis longtemps. Tout ce mouvement se fit avec enthousiasme, mais aucun excès ne fut commis, les règles de la politesse furent même rigoureusement observées, envers les dépositaires de l'autorité royale, désormais méconnue. On ne peut se faire une idée de la faiblesse de ces braves gens-là ; ils étaient tellement convaincus de leur discrédit dans la nation, qu'il n'y eut, en quelque sorte, qu'à souffler dessus. Ils avaient appelé à eux, comme *Palladium* sans doute, le général Drouot qui, pendant ces jours d'agitation, et malgré le mauvais état de sa santé, avait constamment séjourné à l'Hôtel-de-Ville, d'où il veillait à l'ordre public ;

L'autorité militaire n'était pas plus rassurée que l'autorité civile. Ce n'est pas que j'attaque le caractère de tous ces fonctionnaires ; je suis persuadé que leur défaut d'énergie ne vint que du sentiment de l'iniquité royale, et de la légitimité de l'insurrection. Je me rappelle que, lorsque nous nous transportâmes chez le général de Pange, pour lui offrir une cocarde tricolore et l'inviter à l'arborer, ce pauvre homme se mit à pleurer à chaudes larmes. Nous n'eûmes pas la force d'insister ; nous le rassurâmes et nous sortîmes de chez lui. Le lendemain, le général apprenant le succès de la population parisienne, arbora spontanément ladite cocarde ».

On ne comprend guère, dans les circonstances politiques provoquées par la publication des Ordonnances, la conduite des royalistes de la Meurthe, cherchant à se placer sous l'égide du général Drouot, que, pendant la Terreur blanche, en 1816, ils avaient poursuivi et fait passer devant un conseil de guerre, pour être demeuré fidèle à l'homme auquel il devait sa fortune, en se faisant l'esclave du devoir. On sait que Drouot avait suivi Napoléon à l'île d'Elbe ; et, quoique n'approuvant pas le projet de l'Empereur de rentrer en France, il avait, néanmoins, accompagné celui-ci à son retour à Paris.

Forbin-Jeanson, qui s'était rendu ridicule en 1825, par l'ouverture de la Mission, s'aliéna les esprits, en 1826, par un mandement demeuré fameux, et que la Cour royale avait cru devoir déférer au garde des sceaux, comme contraire à la paix publique. Il acheva de se rendre odieux à toutes les classes de la population, par la publication de son mandement, à l'occasion de la prise d'Alger. L'orage qui grondait s'était accumulé sur sa tête, et Forbin-Jeanson ne se dissimulait pas la situation critique qu'il s'était créée dans sa ville épiscopale. Le 30 juillet, il était à Dieuze, où il apprit la Révolution ; au lieu de revenir à Nancy, il s'empressa de passer la frontière.

Afin de mettre l'Évêché à l'abri de la fureur populaire, la municipalité fit inscrire sur ses façades les mots : *Propriété nationale*, qu'on y voit encore en plusieurs endroits.

Le même jour, un bruit absurde se répandit en ville, et détourna un instant la colère publique de l'Évêché : on prétendait que le Séminaire était garni d'armes, et que les séminaristes s'exerçaient depuis plusieurs jours à leur maniement. C'est alors que le peuple, aveuglé par une vieille rancune, qui se ranima plus vivace que jamais, se porta en masse au faubourg Saint Pierre, envahit l'établissement diocésain, et en chassa les séminaristes. Aussitôt, Merville, préfet par intérim, envoya sur les lieux la gendarmerie, les gardes nationales et la garnison, pour réprimer ce désordre, qui cessa devant le déploiement de la force publique.

LA PETITE BASTILLE

C'est à la Révolution de Juillet que se rattache tout particulièrement l'historique, ou mieux l'odyssée de la Petite Bastille, déposée depuis 1864 au Musée lorrain. Avant 1830, la Petite Bastille du patriote Palloy était demeurée, depuis son arrivée à Nancy, dans l'oubli le plus obscur. On ignorait même, dans le public, son existence, sauf cependant ceux qui l'avaient vue jadis, exposée dans un salon de l'ancienne préfecture.

Nous ne connaissons qu'un seul acte qui en fasse mention. C'est une délibération du Directoire de la Meurthe, prise dans la séance du 31 janvier, 9 heures du matin :

» M. Jonnerie, capitaine de la garde nationale de Paris, ayant été annoncé et introduit à la séance, a déposé sur le bureau une une lettre signée PALLOY, *patriote,* ainsi conçue :

» Messieurs, j'ai l'honneur de députer auprès de vous, mon concitoyen, mon ami et mon frère d'armes. Je le charge de vous offrir les objets que je vous ai annoncés, pour devenir un gage d'union entre tous les départemens et entre tous les Français, amis de la liberté.

» M. Jonnerie a désiré en être l'apôtre, daignez le recevoir, Messieurs, comme mon interprète, et l'organe de tous les sentiments respectueux, avec lesquels j'ai l'honneur d'être, votre très humble et très obéissant serviteur.

» PALLOY, *patriote.* »

Suivent un assez long discours prononcé par M. Jonnerie, et une réponse déclamatoire du vice-président de l'Assemblée.

Il ne faut pas croire que, lors de son arrivée à Nancy, et de son dépôt au Département, la Petite Bastille, qui a tant passionné les esprits de 1878 à 1880, qui a mis en verve les journaux adversaires politiques et les savants, ait eu un immense succès. Personne n'en a parlé, et on ne la trouve mentionnée nulle part. Sonnini, qui tenait cependant ses concitoyens au courant de tous ces événements, surtout lorsqu'ils pouvaient exciter leur patriotisme, n'y fait aucune allusion, dans son journal. De toutes les pièces révolutionnaires que nous avons consultées, il n'y en a pas une qui la mentionne. Elle n'eut probablement jamais l'honneur de figurer dans aucune des fêtes nationales. Les divers partis qui ont occupé successivement le Département et la Préfecture, n'ont jamais appelé l'attention sur elle. Les Jacobins de 93 et de l'an II, ne l'ont pas exaltée.

Elle n'a donc eu proprement d'existence qu'à la Révolution de Juillet 1830, grâce à Merville et au général

Drouot, qui l'ont mise en relief et l'ont fait sortir de son obscurité.

Voici une note que nous avons publiée le 10 janvier 1882, dans l'*Intermédiaire des chercheurs et curieux :*

« Un collectionneur de mes amis vient de me communiquer deux documents inédits et autographes, se rapportant aux pierres de la Bastille, taillées en cette forme et distribuées par ordre de l'Assemblée Constituante, à chaque département. Celle qui est échue au département de la Meurthe existe encore. Placée au Musée Lorrain, elle a été le sujet de quelques polémiques politiques, notamment depuis 1871. Les uns en font beaucoup de cas, les autres n'en font pas assez. Ceux qui en parlent ici étaient en position d'en connaître l'historique, d'en affirmer l'identité, car tous les deux étaient contemporains de l'époque révolutionnaire. Ouvrons la première lettre (adressée à M. Merville, préfet de la Meurthe, à l'hôtel de la Préfecture) :

|Nancy, 19 août 1830.

Cher Préfet,

» Vous m'avez fait cadeau, il y a deux ou trois ans, d'un petit monument qui avait été abandonné dans les greniers de l'ancienne Préfecture. Ce modèle de la Bastille qui avait été fait d'après les ordres de l'Assemblée Constituante, et envoyé à tous les départements, ne peut plus être la propriété d'un particulier. Je le mets à votre disposition. Les personnes que vous chargerez de le venir prendre devront *le transporter avec précaution.* (Souligné par le général.)

» J'ai l'honneur de vous renouveler mon ancien attachement.

‹ Général Drouot.

M. Vallet de Merville était, à ce moment-là, préfet provisoire, comme il l'avait été en 1815. Nourri dans le sérail de la Préfecture, depuis l'installation de M. Marquis, premier préfet de la Meurthe, avec lequel il vivait sur le pied de l'intimité, il en connaissait tous les détours.

La lettre du général Drouot lui suggéra d'écrire celle-ci au maire de Nancy :

Nancy, 26 août 1830.

A Monsieur le maire de Nancy.

Monsieur, après la prise de la Bastille, qui signale la première conquête de la Liberté française, il fut envoyé à tous les départements, en exécution d'un décret de l'Assemblée Constituante, *une pierre de cette forteresse*, dont la destination, comme personne ne l'ignore, était de recevoir les personnes que le desespotisme privait arbitrairement de leur liberté.

La Bastille en relief est adaptée à la pierre.

Elle avait été placée dans la salle des séances de l'administration centrale du département. Mais dès 1814, ce monument fut relégué dans les combles de l'ancien hôtel de la Préfecture, et on doit même s'étonner qu'il n'ait pas été brisé.

Lors de la vente de cet hôtel, l'un des acquéreurs, M. Godfary, m'en fit don : j'acceptai avec empressement, quoiqu'il me fût impossible de placer cette *pierre* chez moi. Mais je me décidai par le désir de prévenir la perte d'un monument précieux pour tout cœur français. A mon tour, j'en fis l'offre à M. le lieutenant-général Drouot, qui, mû par le même sentiment, le recueillit chez lui.

Depuis les glorieux événements de Juillet, M. le lieutenant-général Drouot, pensant qu'il convenait que la pierre de la Bastille redevînt une propriété départementale, l'a remise à ma disposition.

Je suis entré, monsieur, dans ces détails, pour établir, sans aucun doute, *l'identité de cette pierre et du relief qu'elle supporte.*

L'hôtel actuel de la Préfecture n'offrant que des appartements où le public n'est pas admis, comme il l'était autrefois, dans certaines séances d'administration, j'ai pensé qu'il ne convient pas pour recevoir ce dépôt, que je me détermine à offrir à la ville chef-lieu, si son administration est disposée à le placer dans un local où le public est admis, soit habituellement, soit à des jours fixes, et si elle s'engage à veiller à sa conservation.

Dans ce cas, et du consentement de M. lieutenant-général Drouot, vous pourrez, monsieur, ou l'un de MM. vos adjoints délégué par vous, vous rendre chez M. le lieutenant-général Drouot, pour voir le monument, reconnaître son état et fixer les précautions qu'il sera nécessaire de prendre pour ne pas aggraver les dégradations qu'il a nécessairement éprouvées.

La restauration est facile, M. le général se proposait d'y pourvoir en faisant revenir du plâtre de *Paris*.

Si mon offre est accueillie, il devra, dès que le transport sera effectué, en être dressé procès-verbal dont une expédition me serait transmise par vous.

Recevez, etc.

Ce brouillon de lettre, écrit par Merville, laisse supposer qu'effectivement la prétendue pierre de la Bastille, taillée par Palloy et envoyée au département de la Meurthe, est un moulage de plâtre.

Si chacun sait que Palloy, le démolisseur, était un spécu-
lateur effronté, nous savons, de notre côté, que le général
Drouot et Vallet de Merville, étaient deux hommes très
honnêtes, incapables de spéculer sur la crédulité publique.

Il me semble qu'aujourd'hui il existe peu de spécimens
de cette fameuse pierre de la Bastille, et je me demande si
ce ne serait pas le cas, pour nos chercheurs et érudits collabos, de procéder à une enquête sur ces petits monuments,
maintenant peu connus dans les départements ?

La publication de cet article nous valut dans *l'Intermédiaire* du 25 Janvier 1882, deux réponses de la part de
deux collabos érudits. Nous les reproduisons, parcequ'elles
complètent ce que nous avons écrit précédemment.

Le Musée de Melun possède un moule en plâtre de la Bastille, mesurant 1 mètre de long sur 0,52 de large et 0,38 de
haut ; en outre deux dalles, l'une de 0,97 sur 0,56 et l'autre de
0,80 sur 0,49. Toutes deux portent cette inscription : « Cette
pierre vient d'un des cachots de la Bastille, » et plus bas :
« Donné au district de Melun par le citoyen Palloy, architecte. »
Au centre de la première est gravé le profil du roi Louis XVI,
avec la devise : EX UNITATE LIBERTAS : *Anno primo 1789 ;* la
seconde est creusée comme si elle avait été destinée à recevoir
une plaque de fonte ou de marbre, et à l'un de ses angles est
fixée une chaîne de quatre pieds, souvenir à sensation de la trop
célèbre prison d'Etat. Je pense que pour sculpter dans la pierre
de taille 86 modèles pareils à celui que je viens d'indiquer, il eût
fallu des blocs de pierres tendre, probablement fort rares dans une
forteresse bâtie avec des matériaux sérieux, et, en tous cas, faire
pour une pareille main d'œuvre une dépense aussi considérable
qu'inutile.

Le gardien du musée de Melun prétend que Rouen possède
un modèle en pierre. C'est chose facile à vérifier pour un collabo
du pays.

E. B.

Un archéologue bien connu des Alsaciens-Lorrains,
ajoute à cette notice les réflexions suivantes :

Parlons-en donc encore une fois, de ces affreuses petites machines, qui ne sont qu'une mauvaise imitation de la célèbre
forteresse, si on consulte les gravures du temps et le dessin
qu'en donne Viollet-le-Duc, dans son dictionnaire d'architecture.

Leur sort est connu en Alsace et en Lorraine. A Bar-le-Duc,
on voit au musée celle qui fut envoyée à la municipalité ; à
Epinal, après le coup d'Etat du 2 décembre, un préfet facétieux

la fit jeter sur le pavé du haut d'une fenêtre ; à Colmar et à Metz, on ignore ce qu'elle devint (les archives municipales de cette dernière ville ont un petit dossier la concernant) ; à Strasbourg, les obus badois la firent disparaître, en même temps que la bibliothèque du Temple-Neuf.

Grâce à M. Ch. Courbe, on connaît l'odyssée de la Bastille de Nancy ; séjours à la préfecture (place Stanislas), chez le général Drouot (rue du faubourg St-Jean), honorable retraite sur le haut de l'escalier de la bibliothèque publique, entre deux respectables antiquités : un vieux plan de Rome antique et le zèbre pourri de l'ex-épicier Villers. En 1864 la commission, pour être agréable au bon bibliothécaire Soyer-Willemet (qui tenait beaucoup à son zèbre et à la Bastille !) fit don du zèbre à la Faculté des sciences, qui s'empressa de le refuser, vu le peu qui en restait ; le Musée lorrain reçut, en 1864, la Bastille. Grâce à la place modeste qu'on lui donna, elle échappa au terrible incendie de 1871, qui engloutit les richesses accumulées depuis vingt ans avec « un soin pieux ». Sous « l'ordre moral », la machine à Palloy garda assez piteusement l'entrée de la Salle des Cerfs. De nos jours enfin, elle y a une place d'honneur, et frères et amis y viennent en pèlerinage. Elle est gardée par les petits canons du château d'Imling, près de Sarrebourg, qui appartenaient à un brave général des guerres d'Allemagne et d'Amérique, au comte de Vioménil, lequel se fit tuer le 10 août 1792, en défendant son roi.

L'EX.-CAR. A PIED.

Dès les premiers temps de la Restauration, après que les passions politiques furent un peu apaisées, lorsque le calme semblait revenir dans les esprits, Jean Blau, professeur au lycée, fondateur de la Société libre des Sciences, Lettres et Arts de Nancy, proposa à la docte compagnie d'élever un monument à la mémoire de Stanislas. Le projet fut pris en considération, et l'on profita de la séance solennelle de 1819, à jamais mémorable par les attaques de Psaume, pour lancer l'affaire dans le public. Depuis longtemps, ce projet était caressé, nourri et choyé avec soin dans un cercle intime de royalistes, qui ne tarissaient en éloges sur Stanislas, bisaïeul du roi régnant, Louis XVIII. Ils n'avaient pas d'abord l'intention de lui élever une statue colossale, coulée en bronze, et ils n'osaient espérer, non plus, la voir un jour sur la place Royale. On lit dans la *Meurthe* du 26 septembre 1819, la note suivante :

·» Dans sa séance publique, l'Académie de Nancy a fait connaître le vœu émis par plusieurs de ses membres et accueilli par elle, pour qu'un monument simple, mais convenable, adapté à la façade de l'Hôtel-de-Ville rappelle les traits et les vertus du prince auquel nous devons, et nos plus beaux édifices et nos établissements les plus utiles. Aussitôt après sa rentrée, l'Académie s'occupera du programme de ce monument, et d'une souscription dans laquelle elle sera fière de s'associer, pour cette œuvre de devoir et de reconnaissance, à ceux des habitants de cette cité, qui chérissent encore la mémoire du bienfaisant Stanislas. »

D'après cette note, le vœu de la Société Royale et Académique de Nancy, était des plus modestes ; mais les passions politiques s'en mêlant, on fit du monument de Stanislas une affaire politique ; on ne se contenta plus d'un buste ou de quelque chose d'analogue, on voulut mieux : une statue, et au lieu de restreindre la souscription à la commune de Nancy, on l'étendit aux départements composant l'ancienne province de Lorraine.

Noël, qui était plus Léopoldiste que Stanislaïste, attacha le premier grelot, en adressant la lettre suivante au *Journal de la Meurthe*, qui l'inséra le 4 février 1820, la faisant suivre d'une note que nous reproduisons également :

« Au rédacteur du *Journal de la Meurthe* :

» Nancy, le 26 janvier 1820.

» Monsieur,

» Les journaux nous apprennent que plusieurs villes érigent des statues aux grands hommes qui ont pris naissance dans leurs murs, ou qui les ont illustrées au service ; que S. M. encourage l'érection de ces monuments, en fournissant les marbres nécessaires à leur construction.

» Nous, qui avons tant de motifs d'honorer la mémoire du duc Léopold, et d'être reconnaissans des bienfaits de Stanislas, ne devrions-nous pas nous empresser également d'élever à ces deux grands hommes, des monuments qui attestent notre gratitude ! Je suis persuadé qu'il suffira de faire la proposition d'ouvrir une souscription, pour qu'un très grand nombre de familles d'origine lorraine, s'empressent de se faire inscrire pour des sommes considérables. Il n'est aucun de nous, dont les parents ayant vécu sous ces princes, ne sache combien de vénération on leur portait. Il sera inutile de rappeler les motifs déterminans ; leurs bienfaits sont encore, dans le pays, à la connaissance de tout le monde.

» Je crois donc satisfaire au désir d'un grand nombre, en proposant d'ouvrir une souscription *chez tous les notaires et dans toutes les mairies dépendantes de l'ancienne Lorraine*, pour y recevoir des offrandes destinées à élever une statue à Léopold, dans la cour du palais de Lunéville, et une *statue au Roi Stanislas, sur le piédestal qui se trouve au milieu de la place Royale ;* la statue qui s'y trouve maintenant pourrait être transportée sur l'une des deux places de Grève, et servir d'ornement à une fontaine.

» Le Conseil général du département nommerait une commission, qui serait chargée d'administrer les fonds reçus jusqu'à leur emploi ; on mettrait au concours, la rédaction des inscriptions qui doivent orner les deux monuments. On ouvrirait également un concours entre les artistes, pour la construction ; on choisirait, à talents égaux, un artiste lorrain ; on supplierait S. M. de vouloir bien accorder les marbres nécessaires, etc., etc.

» Si vous croyez que ce projet puisse s'exécuter, je vous prie d'insérer ma lettre dans votre journal.

» J'ai l'honneur d'être, etc.

NOËL,

» Notaire certificateur, avocat. »

'A cette époque, Psaume était rédacteur en chef du Journal, et Psaume était comme Noël, fort indépendant : il n'avait rien cherché sous l'empire, il ne cherchait rien sous la royauté, il était de ces rares esprits, comme on en rencontre peu de nos jours, jugeant les choses sainement, sans parti pris. Aussi, ajoute-t-il à cette lettre ses propres réflexions :

» *Note du Rédacteur.* — Nous applaudissons de tout cœur au vœu émis par M. Noël ; l'idée heureuse de l'acte de patriotisme et de reconnaissance nationale qu'il présente à ses concitoyens, lui fait infiniment d'honneur, et tous les bons Lorrains lui en sauront gré. Toutefois, nous nous permettrons de lui faire observer que la statue de Léopold doit aussi, comme celle de Stanislas, trouver son piédestal sur une des places publiques de Nancy. Sans doute, cette ville doit une grande partie de ses embellissements à la munificence du bon Roi de Pologne, et c'est avec une admirable justesse d'expression, qu'un des plus éloquents avocats de notre Cour royale, a appelé Nancy la fille de Stanislas.

» Mais celui que Voltaire a nommé à si juste titre le Titus de la Lorraine, celui qui, comme cet empereur romain, n'a pas passé un seul jour, sans faire du bien, n'a-t-il pas laissé assez de souvenirs de bienfaisance, pour que sa statue soit placée sur la même ligne que celle de Stanislas ? Et le prince qui a tiré la Lorraine de l'extrême misère et du cahos, où les malheurs de la guerre et la haine de Richelieu, l'avaient plongée, ne mérite-t-il pas qu'on élève un monument à sa mémoire, dans la capitale de la province qu'il a vivifiée, et à laquelle il a rendu cette existence politique indépendante, dont elle était privée depuis plus d'un demi siècle? Au reste, rien n'empêche que l'on n'érige aussi une statue à Léopold, à Lunéville ; il a laissé assez de traces de sa munificence et de ses bienfaits, dans cette ville, pour que ses habitants s'empressent de souscrire à l'érection de cette statue. On pourrait aussi élever un monument à Stanislas, dans la ville de Commercy, dans cette ville où il allait passer annuellement la belle saison, et où il a laissé des souvenirs si délicieux de son immense bonté.

» S. M. contribuera sûrement, efficacement, aux dépenses pour l'érection d'un monument consacré à la mémoire de son bisaïeul.

» Si ces monuments sont exécutés, c'est à Monsieur Noël que la Lorraine en aura l'obligation.

» On pourrait donc ouvrir chez lui la souscription proposée ; on pourrait aussi souscrire à Lunéville, chez Me Ferry, notaire, et à Commercy, chez Me Joba ».

On n'entend plus parler de la statue de Léopold, ni du monument de Stanislas, si ce n'est pas Regnard de Gironcourt, dans ses *Ephémérides lorraines*, publiées par *la Meurthe* à la date du 26 novembre 1822, qui dit que, sur le piédestal où repose le génie qu'on dit être de la Lorraine, « les Lorrains reconnaissans regrettent de n'y point voir Léopold ou Stanislas. »

Il ne faut désespérer de rien, dit un vieil adage : aussi, voyons-nous lentement mijoter la proposition Blau, présentée officiellement en 1819, par la société royale et académique de Nancy. Enfin le 18 mars 1823, trois ans plus tard, nous trouvons dans la *Meurthe :*

CIRCULAIRE

A MM. LES SOUS-PRÉFETS ET MAIRES DU DÉPARTEMENT

« Messieurs, depuis longtemps les habitants de l'ancienne province de Lorraine manifestent le vœu aussi légitime qu'honorable, de voir élever au roi Stanislas, bienfaiteur de cette contrée, un monument public qui attestât leur reconnaissance et leur amour.

» Personne n'ignore quels sont les titres de cet excellent

prince, à la vénération et à l'affection de ses anciens sujets. Dans les trois départements qui composent l'ancienne Lorraine, la plupart des villes, et quelquefois de pauvres villages, attestent encore sa munificence royale, son admirable sagesse, ou sa touchante bonté. La ville de Nancy, surtout, offre à tous les yeux et à tous les cœurs, la preuve de l'affection particulière de Stanislas, qui s'était plu à l'embellir par des édifices magnifiques, et à l'enrichir de toutes les institutions propres à honorer et fortifier la religion, répandre les lumières utiles, faire fleurir les sciences et les arts, et enfin soulager tous les genres d'infortune.

» Et cependant, lorsque la voix si pure de la postérité a justifié les noms de *Bienfaisant* et de *Délices de la Lorraine*, que des contemporains décernèrent à Stanislas, rien ne signale, aux regards, la reconnaissance de cette province ; aucun monument public ne présente à l'admiration et au respect de ses habitans, les traits révérés de ce bon Roi. Les citoyens ne peuvent le contempler, que dans l'église qui renferme ses cendres, ou dans l'intérieur de quelques-uns des édifices publics, élevés par ses soins.

» L'étranger qu'appelle la curiosité dans cette cité remarquable, s'étonne de cet oubli, et sa surprise est, en quelque sorte, un reproche. Le moment est arrivé de le faire cesser, et d'acquitter une dette sacrée.

» C'est lorsque la France semble à l'envi rétablir tous les monuments détruits par le vandalisme révolutionnaire ; c'est lorsqu'elle s'occupe d'en élever de nouveaux à ses plus grands rois, comme à ses plus grands hommes ; c'est enfin, lorsqu'une généreuse émulation anime à cet égard les provinces, les villes et même de simples particuliers, que le vœu des anciens sujets de Stanislas devrait être proclamé et exaucé.

» La Lorraine ne pouvait être étrangère au noble mouvement qui inspire le reste du royaume, et ce n'est pas en vain qu'un appel y sera fait pour élever, au moyen d'une souscription, une statue à l'aïeul maternel de notre bien aimé monarque, Louis le Désiré, qui porte aussi le nom de Stanislas, comme il en possède les vertus, les lumières et l'amour pour ses peuples.

» Organe des vœux de mes administrés, j'ai prié S. Exc. le ministre de l'Intérieur de les soumettre à l'approbation du Roi. Sa Majesté a daigné les agréer et autoriser qu'une souscription fût ouverte dans le département de la Meurthe, de la Meuse et des Vosges, à l'effet d'élever une *statue au Roi Stanislas, sur la place dite de la Carrière, à Nancy.*

» Pour arriver au but honorable qui nous est proposé aujourd'hui, je viens de prendre l'arrêté que vous trouverez à la suite de la présente lettre, et dont je confie les dispositions à votre zèle.

» J'invite MM. les Maires à donner à ces deux actes, la plus grande publicité.

» Je crois n'avoir pas besoin, MM. d'exciter votre empressement et vos soins, à un objet qui appelle tous les sentimens
nobles et généreux.

» Les amis de la religion, les ministres des autels, les magistrats, les savans, les artistes, tous les citoyens, surtout les protecteurs des pauvres, et peut-être les pauvres eux-mêmes (objets
de la sollicitude du tendre Stanislas), voudront, à l'envi, payer
un tribut d'amour à sa mémoire. Il n'est aucune famille, chez
laquelle la tradition n'ait perpétué le souvenir d'un bienfait du
bon Roi. Il n'est aucun citoyen, qui ne jouisse encore, tous les
jours, de ses travaux immortels et qui ne doive être heureux de
témoigner sa gratitude. Tous les bons Français doivent également
ment se féliciter, de pouvoir honorer ainsi un souverain, que
nos augustes princes se plaisent à compter au nombre de leurs
aïeux. Tant de motifs ne nous permettent donc pas de douter,
Messieurs, que notre voix sera entendue, et que nous pourrons
un jour contempler avec respect, dans la capitale de l'ancienne
Lorraine, la statue d'un Roi, grand dans l'une et l'autre fortune :
d'un Roi éclairé, sensible, digne d'inspirer et de connaître l'ami-
tié ; d'un Roi qui porta sur le trône la véritable philosophie :
celle d'un chrétien ; d'un Roi, enfin, qui a si bien mérité le nom
de *Bienfaisant,* que son siècle lui donna par acclamation, et que
le nôtre a confirmé.

» Recevez Messieurs, etc.

> *Le maître des requêtes, préfet de la Meurthe,*

» Le Vicomte de Villeneuve.

Le 21 mars 1823, la *Meurthe* insère les principales dispositions de l'arrêté du préfet, relatif à l'érection, à Nancy,
d'une statue à Stanislas-le-Bienfaisant. — Nous n'avons
pas besoin de faire remarquer, que de celle du duc
Léopold, proposée par Noël en 1820, il n'en est plus
question.

« Article Premier. — Une souscription est ouverte dans le
département de la Meurthe *(sic)* pour l'élévation *sur la place Carrière,* à Nancy, d'un monument à la mémoire de Stanislas, roi de
Pologne, grand duc de Lihtuanie, duc de Lorraine et de Bar. En
cas d'insuffisance des produits de la souscription, le conseil général
du département de la Meurthe sera prié de voter les sommes
nécessaires, pour compléter les frais d'élévation du monument.

» Art. 2. — Les habitants et les fonctionnaires de tous les
ordres du département sont invités à prendre part à la souscription, pour laquelle les moindres offrandes seront acceptées.

» ART. 3. — Les conseils municipaux sont invités, pendant leur session ordinaire de mai, à délibérer sur le vote de l'offrande dont les ressources communales permettront la dépense.

» Art. 4. — MM. les préfets de la Meurthe et des Vosges seront priés d'inviter les habitants de leurs départements à s'associer à la souscription, et de prendre, à cet effet, des mesures analogues à celles prescrites par le présent arrêté.

» ART. 5. Une commission centrale, composée de 20 membres, et présidée par le préfet du département, est établie à Nancy, à l'effet de diriger l'administration et l'emploi des produits de la souscription, et de ceux provenant des votes des conseils généraux. Cette commission est aussi chargée de la direction des travaux préparatoires, et d'entière exécution du monument.

Sont nommés membres de la Commission centrale, savoir :

Le *Préfet* du département, président ; Mgr l'*Evêque* de Nancy ; MM. le comte *de Riocourt,* premier président de la Cour royale, député ; le marquis *de Panage,* pair de France, maréchal de camp, commandant le département ; le baron *de Metz,* procureur-général près la Cour royale de Nancy : *de Raulecourt,* maire de Nancy ; le baron *Saladin,* président de l'Académie royale ; le chevalier *de Landrion,* colonel de la garde nationale de Nancy ; le marquis *de Raigecourt,* membre du Conseil général ; le baron *de Jankowitz,* membre du Conseil général ; *Payen,* recteur de l'Académie ; *Haldat,* directeur de l'école secondaire de médecine ; le marquis *de Ludres ; Lefèvre,* receveur général des finances ; *Mangin,* ingénieur en chef des ponts et chaussées ; *de Bazelaire* père, conseiller à la Cour royale ; *Masson* père ; *Cuvier,* pasteur du culte protestant ; *Berr de Turique,* pensionnaire du roi ; *Thiéry,* receveur des domaines ; *Trousset* père, ancien conseiller municipal.

» ART. 6. — Une commission auxiliaire composée de dix membres sera formée dans chaque arrondissement, par MM. les Sous-Préfets, qui la présideront, pour seconder et diriger la souscription.

» ART. 7. — Aussitôt que la commission centrale aura arrêté les plans, le devoir et le mode d'exécution du monument, elle rendra ces dispositions publiques par la voie de l'impression.

'» ART. 8. — En exécution de l'article 1er du présent arrêté, il sera immédiatement ouvert à la mairie de chaque commune du département, un registre destiné à recevoir les souscriptions. Les noms des souscripteurs et le montant des offrandes seront inscrits, sur un registre général et publié périodiquemment, par la voie du Journal.

. . . .

Les Commissions commencent à fonctionner, et déjà on recueille des offrandes. Aussi lisons-nous dans la *Meurthe* du 11 avril 1823, les résolutions suivantes :

« La commission centrale chargée de diriger les opérations relatives à l'érection du monument, que la reconnaissance des habitants de l'ancienne Lorraine se propose de consacrer à Stanislas le Bienfaisant, a tenu sa première séance mardi dernier (8 avril.)

» Parmi les principales dispositions qu'elle a arrêtées, nous pouvons annoncer : 1° que la statue du bon Roi sera en bronze, et confiée à un des meilleurs artistes ; 2° que la dépense de la statue, du piédestal et accessoires, s'élèvera à environ 90,000 fr. ; 3° que MM. les notaires du département doivent être priés de recevoir les souscriptions individuelles, concurremment avec les municipalités ; 4° que des comités particuliers, pris dans le sein de la Commission centrale, ont été chargés de lui présenter des rapports sur les projets concernant les dimensions, l'attitude et le costume à donner à la statue, ainsi que sur le point de la *place Carrière* le plus favorable à son établissement.

« La Société Académique de Nancy a également été consultée, sur le même objet, et sur les inscriptions que doit porter le monument.

» Nous donnerons incessamment le premier relevé des souscriptions reçues jusqu'à ce jour. »

Il était donc bien décidé, en principe, que la statue de Stanislas serait élevée sur la Carrière, puisqu'on prévoit une dépense d'environ 90,000 francs pour son érection ; mais, malgré le caractère officiel donné à l'œuvre de la souscription, les offrandes ne furent pas aussi larges qu'on l'avait d'abord espéré, quoiqu'en 1823 on ait, autant que le permettaient les moyens de publicité de cette époque, pressé en tous sens et de toutes manières, les municipalités et les particuliers de concourir à la réussite de cette œuvre. Les plus nombreuses souscriptions ont été de 10, de 25 et de 50 cent., et ont produit, en totalité, dans sept années, la somme de 66,997 fr. 20 c. On était donc loin d'obtenir le chiffre de 90,000 fr., qu'on avait prévu pouvoir réaliser. Sans doute, qu'après deux ans d'efforts persévérants, on avait reconnu l'impossibilité matérielle d'arriver à ce résultat ; car le 3 juin 1825, une note concise, émanée de la préfecture et publiée par *la Meurthe*, indique clairement qu'on a trouvé un joint, pour la réalisation du projet, en diminuant notablement les frais prévus dans un premier devis, pour les fondations et la construction d'un piédestal. De ce chef, on réalisait une importante économie.

« L'emplacement qu'on avait d'abord choisi pour la statue qui doit être élevée dans cette ville au Roi de Pologne, avait paru peu convenable à un grand nombre de personnes. Mais aujourd'hui, nous leur répétons que, d'après la décision de S. M., elles pourront contempler l'auguste image du bienfaiteur de la Lorraine, au milieu de notre belle *place Royale*, dont les superbes édifices attestent la magnificence de ce roi. »

A partir de cette époque, le public croit que la statue sera bientôt prête : on avait annoncé pompeusement que S. M. Charles X avait souscrit pour 3,582 fr., on parlait des grosses souscriptions qui chiffraient, mais on ne disait pas un mot des pièces de 2 de 5 et de 10 sous qui arrivaient lentement, et qui ne grossissaient pas la Caisse, si elles allongeaient les listes. En 1826, on annonce officiellement que l'affaire est en bonne voie, et qu'on y met la dernière main. Tout cela n'était que des subterfuges, des attermoiements incessants, qui ont fini par refroidir le public.

C'est par un extrait du procès-verbal de la séance de l'Académie du 18 mai 1826 que commence la comédie, qui se continue jusqu'à la révolution de juillet.

» Les habitants de ce département, comme de tous ceux de l'ancienne province de Lorraine, apprendront sans doute avec un sentiment de bien vive satisfaction, que l'un de leurs vœux les plus chers va bientôt se réaliser, que bientôt seront offerts à leurs regards les traits chéris de ce Roi, dont le règne présente une suite non interrompue de bienfaits et d'utiles institutions.

» Depuis le jour où fut conçue la noble pensée de donner à sa mémoire ce témoignage de gratitude et d'amour, l'administration n'a négligé aucun moyen, pour en accélérer l'accomplissement. Elle a réuni les offrandes spontanément votées, en a recueilli de nouvelles, s'est entourée de toutes les lumières, de tous les documents nécessaires, pour rendre ce monument digne de son objet. Enfin, elle s'est occupée du choix de l'artiste, auquel l'exécution en serait confiée.

» Ce dernier point surtout présentait de nombreuses difficultés. Un juste sentiment de patriotisme faisait désirer de fixer ce choix sur un artiste lorrain. C'était, d'ailleurs, un hommage de plus rendu à la mémoire de Stanislas, que de choisir, dans le pays même où il avait fait naître le goût des arts, l'artiste chargé de reproduire son image. Une heureuse circonstance a permis de réaliser ce vœu. Un sculpteur lorrain, pensionnaire du gouvernement à Rome, M. Jacquot, dont le talent distingué était garanti par des succès, et par les plus honorables.

» Ce jeune artiste vient de la justifier pleinement. Il a présenté un modèle, haut de trois pieds, de la statue à ériger à Stanislas, qui a réuni les suffrages des plus habiles maîtres de la capitale, et que la Commission, dans sa séance du 12 du courant, a unanimement adopté. Il se trouve actuellement exposé dans une des salles de l'Hôtel-de-Ville de Nancy, où tous les jours le public est admis à le voir.

» En conséquence, il vient d'être conclu, entre la Commission centrale et M. Jacquot, un traité par lequel cet artiste est chargé de l'exécution de la statue, et de tout ce qui peut s'y rattacher.

» Il doit se rendre incessamment à Paris pour s'en occuper.

» Ainsi, l'exécution du monument à ériger à la mémoire du Roi Stanislas est, dès ce moment, en pleine activité.

» Une nouvelle aussi impatiemment attendue par les Lorrains, ne peut manquer de ranimer le zèle avec lequel ils ont, pour la plupart, concouru à cette honorable entreprise.

» Ceux d'entre eux qui n'y ont point encore participé, seront, sans doute, jaloux d'unir leur offrande à celle des premiers souscripteurs. Il est permis de l'espérer, avec d'autant plus de confiance, que le produit de la souscription n'atteint point encore la somme allouée à M. Jacquot.

» Un monument qui doit perpétuer le souvenir des vertus d'un bon Roi, et attester la reconnaissance de ses anciens sujets, serait sans doute peu digne de cette double destination, s'il n'était élevé uniquement au moyen de souscriptions volontaires.

» MM. les Maires et les percepteurs restent toujours chargés, comme par le passé, de recevoir les souscriptions. Ils en feront parvenir l'état et le montant, à M. le receveur général, par l'intermédiaire de MM. les receveurs. » *(Meurthe, 21 mai 1826.)*

La société académique de Nancy avoue avec franchise, que les fonds recueillis sont insuffisants pour terminer l'entreprise. Quelques jours plus tard, le 1er juin, M. de Raulecourt, maire de la ville de Nancy, fait un nouvel appel au patriotisme de ses concitoyens, et déclare qu'il manque environ un cinquième du capital nécessaire ; cependant, il promet que dans deux ans, au plus tard, la statue du bon Roi décorera la ville de Nancy. (V. la *Meurthe* 4 juin 1826.)

Le 1er septembre 1827, le *Constitutionnel* s'étant étonné des lenteurs apportées à l'exécution de la statue dont la « souscription, dit-il, a été ouverte il y a plus de six ans » le *Journal de la Meurthe* riposte, dans son numéro du 16 septembre :

« Cet article semble accuser l'administration locale d'indifférence, sur l'exécution d'un monument que les Lorrains appellent de tous leurs vœux.

» Cependant, quoique la souscription ne soit pas encore complète, la commission spéciale, chargée de la direction des travaux et présidée par M. le préfet de la Meurthe, a, dès le 12 mai 1826, traité avec M. Jacquot jeune, sculpteur distingué, originaire de Nancy, pour l'exécution de la statue en bronze de Stanislas le Bienfaisant.

» Nous avons la certitude, que les ouvrages préparatoires sont en pleine activité, et que, dans le cours de l'année prochaine, l'image du bon Roi sera placée au milieu des plus beaux édifices, dont il a décoré la ville de Nancy. »

De tout cela, pas un mot de vrai ; rien n'était en préparation. Pâques et la Trinité prochaines de 1828 se passent sœur Anne ne vit rien venir, sinon S. M. Charles X, qui descendit au gouvernement le 15 septembre, et Madame la Dauphine le 11 du même mois, pour courir aux cabinets.

Le 21 juin 1829, la statue de Stanislas n'était pas encore fondue. On aurait pu, à cette occasion, répéter un mot légendaire attribué à Napoléon : « le boulet qui doit m'emporter n'est pas encore coulé. »

« Une lettre adressée à M. le conseiller d'Etat, préfet de notre département, annonce que toutes les opérations qui doivent précéder la fonte de la statue du Roi Stanislas, seront terminées dans un mois (*sic*) ; que le coulage en bronze pourra s'opérer, et que l'inauguration de ce monument, si désiré par les Lorrains, pourrait avoir lieu le jour de la *Saint-Charles*, fête du Roi, à moins que le mauvais temps ne force à remettre encore cette cérémonie au mois de mai prochain, qui était l'époque de la fête de Stanislas le Bienfaisant, dont elle doit rappeler la mémoire. (*Meurthe*, 21 juin 1829.)

La Saint Charles s'approche, chacun sait qu'elle tombe le 4 novembre. L'almanach de Mathieu Laensberg avait-il annoncé pour ce jour une violente tempête, ou bien n'était-on pas prêt encore ! C'est à cette dernière supposition qu'il faut s'arrêter, suivant la *Meurthe* du 2 octobre, qui bat encore, à propos de cette circonstance, un ban et quelques *ras* et quelques *flas,* pour engager les bons vieux Lorrains, à vider leurs poches sur le tapis, au dernier moment. C'est l'instant, messieurs ! on va commencer ! il ne manque plus que quarante sous !... il ne manque plus que trente-cinq sous !... Allons, mes amis, la main à la poche, un bon coup d'épaule et ça y est ! on va commencer ! c'est l'instant ! c'est le moment ! que tout le monde se fouille ! la main à la poche ! Rantamplan, ran, plampan !

« Connaissant le vif désir qu'éprouvent les habitans de la Meurthe, de voir exposée la statue de Stanislas le Bienfaisant, M. le préfet a pris récemment des informations, sur la situation des travaux relatifs à la fonte de ce monument, il résulte des réponses reçues, qu'un retard inattendu a dû être apporté à l'opération, par l'adoption d'un procédé encore peu connu qui a obtenu les suffrages des plus habiles chimistes de la capitale.

» Mais les difficultés se trouvent aplanies ; l'ouvrage avance beaucoup, et, si tout réussit, comme il y a lieu de l'espérer, l'achèvement de l'opération sera désormais singulièrement accéléré.

» Il y avait lieu de croire, que la statue sera fondue avant la saint Charles prochaine, et qu'elle pourrait être transportée à Nancy avant cette époque ; mais le travail de la ciselure exigeant un temps qu'on ne saurait bien calculer à l'avance ; il est vraisemblable que l'érection du monument devra être remise au 7 mai 1830, jour de la saint Stanislas.

» Les personnes qui n'auraient pas encore pris part à la souscription, et qui seraient jalouses d'y attacher leur nom, peuvent verser leurs offrandes entre les mains du percepteur de leur division. » (*Meurthe,* 2 octobre 1829).

Les gens qui n'avaient pas souscrit traitaient cette entreprise de *gnognotte ;* ceux qui avaient donné leurs cinq sous et leurs dix sous, les réclamaient sur l'air des lampions.

La Saint Stanislas de 1830 arriva, et la statue n'était pas encore à Nancy ; elle n'était peut-être pas même fondue. On pressentait l'orage qui allait éclater. On oubliait les bienfaits du bon Roi, la souscription, sa statue... la Révolution de Juillet s'est faite, et c'est aussi dans le même moment, que fut coulée la statue de Stanislas.

Le 8 juillet 1831, Jacquot écrivait au préfet de la Meurthe, qu'il ne restait plus qu'à faire les travaux de la ciselure, et que la statue serait expédiée pour Nancy, au plus tard, le 15 septembre suivant.

Le 30 septembre, la *Meurthe* annonce que la statue a dû partir de Paris pour Nancy le 28 de ce mois ; mais le 2 octobre elle s'empresse de rectifier son avis du 30 septembre :

« Nous avons été mal informés, en annonçant que la statue de Stanislas était partie de Paris le 28 septembre. Ce n'est que le 30, que M. Jacquot a écrit, pour en ordonner l'expédition. »

Enveloppée d'un voile, elle fut posée sur son piédestal le samedi 22 octobre. Ce jour là même, le *Courrier Lorrain* annonce que l'inauguration aura lieu le 6 novembre et non le 8, comme on l'avait d'abord annoncé. Ceci résultait de la circulaire suivante adressée par le Préfet aux maires :

MONUMENT DE STANISLAS

« Le préfet du département de la Meurthe s'empresse de prévenir ses administrés, que la statue du Roi Stanislas, exécutée en bronze pour être élevée sur la place Royale de Nancy, sera inaugurée le 6 du mois de novembre prochain. Il serait superflu de rappeler, que c'est d'après le vœu de la population des départemens formés de l'ancienne Lorraine, et avec le produit de leurs dons volontaires, que ce monument va être érigé, comme un témoignage de leur pieuse affection. La mémoire de Stanislas vit dans tous les cœurs ; son nom est dans toutes les bouches ; et c'est au milieu des bienfaits qu'il prodigua pendant sa vie, que cette statue lui est élevée longtemps après sa mort. Le présent avis sera imprimé et affiché dans le département, pour tenir lieu d'invitation aux souscripteurs et autres personnes, qui désireraient assister à l'inauguration de ce monument.

L. Arnault

« Nancy, le 22 octobre 1831. »

La cérémonie d'inauguration eut lieu le dimanche 6 novembre, et commença à onze heures du matin.

Le même jour, *le Courrier Lorrain* écrivait :

» Notre jeune et déjà célébre compatriote, M. Jacquot, est arrivé à Nancy, où il surveille avec activité les travaux préparatoires, pour la réception et l'inauguration de la statue de Stanislas.

» Des personnes qui ont vu cette statue, à Paris, nous informent qu'elle n'était point encore partie le 28 du mois dernier, ainsi qu'on l'a annoncé. En faisant le plus grand éloge de ce morceau, destiné à orner la plus belle place de notre ville, on nous assure qu'il pèse environ 15 milliers, et qu'il a près d'un pouce d'épaisseur à sa base. Le bronze en est magnifique. Il paraît que le piédestal actuel ne subira que peu de changement. Nous espérons tenir nos lecteurs au courant de tout ce qui se rapporte à un sujet, si intéressant pour la Lorraine. »

En effet, à partir de cette date le *Courrier Lorrain* semble mieux renseigné que *la Meurthe*.

Le 10 octobre, le préfet de la Meurthe réunit la commission, pour arrêter le programme de la fête d'inauguration.

Ces deux journaux nous annoncent, le 15, que la statue est partie de Paris le 5 octobre, et qu'elle arrivera à Nancy le 16. L'inauguration est fixée au mardi 8 novembre 1831.

En effet, elle est arrivée à Nancy le dimanche 16. Le procès-verbal de réception est du 17. Suivant les experts, elle aurait dû peser, aux termes du traité, de 8 à 9,000 kil., elle ne pèse effectivement que 5,400 kil.

Nous nous arrêtons ici. Les détails de la cérémonie ont été recueillis, avec les discours, divers procès-verbaux et la liste des souscripteurs, en une brochure in-8°, publiée en 1834, chez la veuve Hissette, à Nancy : *Relation des cérémonies qui ont eu lieu lors de l'inauguration de la statue de Stanislas sur la place Royale de Nancy, le 6 novembre 1831.*

Jean Blau, inspecteur de l'Académie de Nancy et membre de la Société des sciences, lettres et arts de la même ville, promoteur du monument, publia en 1831, au moment de l'inauguration : *Notice historique sur Stanislas, depuis la violation de sa sépulture jusqu'à l'inauguration de sa statue*, broch. in-8, chez Vidard et Jullien.

Le *Courrier Lorrain* annonçant cette brochure, ajoute les réflexions suivantes, qu'on trouve en partie reproduites dans la *Relation des Cérémonies*, publiée en 1834.

« Cette époque lui a paru favorable, pour reproduire et sauver de l'oubli les faits précieux à conserver, qui, n'existant que dans la mémoire des contemporains, se seraient perdus ou altérés avec le temps. Ecrite avec soin et pleine de détails intéressants, cette notice a, de plus, le mérite de l'à propos. Elle est suivie des pièces relatives à la réception de la statue, aux inscriptions du piédestal, et à la cérémonie de l'inauguration. On y retrouve aussi, avec plaisir, l'éloquent discours prononcé par le général Sokolnicki, lors de la réunion inespérée des Polonais et des Lorrains dans la chapelle de Bonsecours, en 1814.

» M. Blau a ici un autre droit aux éloges de ses compatriotes. C'est lui qui, le premier, conçut le dessein de rendre le mausolée de Stanislas à sa destination primitive, et d'ériger un monument à ce génie de la bienfaisance. Dès 1803, tandis que tout était encore, pour ainsi dire, empreint des traces du vandalisme, il osa, dans un discours public, élever une voix courageuse, pour célébrer la mémoire du père de la patrie, et engager ses concitoyens à acquitter envers lui la dette de la reconnaissance.

» La vicissitude des événements semblait devoir ajourner indéfiniment l'érection d'une statue, lorsque, en 1823, M. le Vicomte Alban de Villeneuve-Bargemont, ayant pressenti les dispositions de la Lorraine, résolut d y donner suite. Par ses soins, une commission fut formée, une souscription ouverte; et aujourd'hui les Lorrains généreux et reconnaissants contemplent avec transport les traits chéris de Stanislas-le-Bienfaisant.» (*Courrier Lorrain* 7 novembre 1831).

Dans un numéro ultérieur (11 novembre), le même journal public une note « sur la statue de Stanislas » note critique de l'œuvre, que n'ose pas critiquer Z. M. D. S. Ce critique d'art de 1831, aurait bien voulu dire que le « grand sabre » ne faisait pas un bel effet, que la main droite pince un peu de la harpe, que..... mais il n'a pas osé écrire ce qu'il pensait; et, en somme, pour lui, tout est au mieux dans la statue de Stanislas. Parlant du bras droit qui « indique du doigt, par un geste expressif, la place où baille le médaillon du roi, l'époux de sa fille » l'auteur introduit ici une note curieuse, tout à l'honneur de Jean Blau, l'ex-professeur du collège révolutionnaire, de l'Ecole centrale, du Lycée impérial, du collège Royal, etc.

» Dans sa notice sur Stanislas, dit-il, M. Blau émet le vœu de voir bientôt replacer sur l'Arc-de-Triomphe le médaillon de Louis XV, « que nos magistrats, dit-il ont descendu dans un moment » de crise, de peur qu'il n'offusquât une multitude irréfléchie !... » (1). La main de Stanislas ne paraît-elle pas indiquer une lacune

(1) Oh ! oh! il nous semble que les premiers offusqués furent Messieurs les magistrats, qui décidaient gaiement l'abolition, la destruction des emblêmes féodaux, monarchistes et autres.... quant à la multitude irréfléchie, Jean Blau va un peu loin, il paraît avoir oublié, en 1831, ce que ses amis avaient fait en 1792.

» qui l'afflige, et nous reprocher de méconnaître la source des
» bienfaits qu'il a répandus sur nos pères ? — Seriez-vous, sem-
» ble dire le bon prince, plus sévères que moi à l'égard de mon
» gendre ?... ne vous souvient-il point que son alliance m'a
» procuré le bonheur de gouverner vos ancêtres ? » M. Blau
observe très justement encore que, sans ce portrait, l'attitude de
plusieurs figures de l'Arc-de-Triomphe devient insignifiante et
annonce un monument incomplet et dégradé. Enfin, il propose
de donner le nom de *Stanislas* à la *rue de l'Esplanade* et à la *place*
dont son image est aujourd'hui le plus bel ornement. »

Et voilà comment il y a la *rue* et *la place Stanislas*, en
cette bonne ville de Nancy.

Les inscriptions qui ornent le piédestal de la statue n'ont
été fixées que dans les premiers jours d'août 1832. On a
même apporté quelques modifications dans la rédaction
primitive (V. *Courrier Lorrain* du 5 août 1832).

VAUDÉMONT (Place)

Cette place, projetée depuis longtemps même sous la
Restauration, n'a été créée, en 1847, que par la démolition de la *Voûte des Chameaux*, ainsi nommée, parce qu'elle
avait servi d'écurie aux chameaux pris par les Lorrains
sur les Turcs, que le duc Léopold amena avec lui à Nancy,
lorsqu'il fit son entrée solennelle dans la capitale de ses
Etats. On fit disparaître, en même temps, ce qui restait
du bastion d'Haussonville et de l'ancienne porte Saint-
Nicolas, entre les deux villes, grâce à l'intervention de
M. Dumast. On donna alors, à cette place nouvelle, le
nom de *Place des Chameaux*, en souvenir de la *Voûte des
Chameaux* près de laquelle il y avait l'*auberge des Chameaux*.
Nous savons bien que, si cette appellation avait, avant
tout, un caractère essentiellement pittoresque et historique,
elle donnait lieu à des plaisanteries, d'un genre fort
équivoque. Quelques-uns se montrèrent pudibonds à l'occasion du *Bal des Chameaux*, et à l'époque où *le cotillon* et le
quadrille des Lanciers faisaient fureur, on substituait à la
Place des Chameaux, la *place Vaudémont* dans la mémorable
fournée de 1867. Quel rigorisme ! La salle de bal, dite des
Chameaux, n'existait plus en ce lieu. M. Munich, maire

de Malzéville, s'en était rendu adjudicataire, et l'avait fait réédifier près de Jéricho, où on peut encore la voir. Enfin la cause du quiproquo disparue, il n'y avait plus lieu, à notre humble avis, d'interpréter à mal une expression vulgaire, admise depuis plus d'un siècle et demi. Tout le monde connaissait la place des Chameaux et son origine. Aujourd'hui, depuis quinze ans qu'elle est convertie en place Vaudémont, un vocable déplacé, nul ne la connaît. Demandez à un nancéien de vous indiquer la place Vaudémont... il ne connaît pas ça; parlez lui de la *place Callot*, il vous renseignera tout de suite. Il y avait donc à choisir entre deux vocables essentiellement populaires : les *Chameaux* ou *Callot*. Qu'a-t-on fait en 1867, alors qu'on ne prévoyait pas, ou très peu, la statue Callot, quoiqu'on ait plusieurs fois émis le vœu qu'elle fût placée en cet endroit, avant même qu'elle eût le patronage de feu P. G. Dumast qui, en homme prudent, ne s'était pas avancé à la première heure ? On a donné, à tort et sans raisons plausibles, le nom de Vaudémont à la place des Chameaux, qui pouvait un peu attendre. M. Louis Lallement, qui a été le parrain de la place Boffrand et de la rue des Etats, l'a encore été de la place Vaudémont; disons cependant que, pour faire admettre ce vocable, il avait présenté deux propositions. Le conseil municipal s'est empressé de choisir la moins logique. Voici ce qu'écrivait M. Louis Lallement :

« *Rue ou place de Vaudémont.*

» On s'étonne de voir reléguer au moderne faubourg Saint Pierre, le vieux nom historique de Vaudémont, qui serait bien mieux placé à la Ville-Vieille. Le bastion de Vaudémont formant aujourd'hui le jardin de l'Evêché, on pourrait appeler *rue de Vaudémont*, la *rue de la Pépinière*, ou bien appeler *place de Vaudémont*, la *place des Chameaux*, sise sur une partie même de l'ancien bastion de Vaudémont. »

Halte là ! nous en demandons bien pardon à notre savant ami, mais il se trompe ici, en écrivant que la place des Chameaux occupe une partie de l'ancien bastion de Vaudémont ; du bastion d'Haussonville, oui.

Pourquoi donc avoir voulu donner le nom de Vaudémont, à cet endroit et à la rue de la Pépinière ? C'est un non sens. Quant au peuple, il ne connaît pas Vaudémont : il le connaît si peu, qu'il a oublié, depuis longtemps, le vocable du jardin de l'évêché.

M. Louis Lallemand avait été bien mieux inspiré, lorsque, dans une lettre qu'il adressait le 21 août 1847, au Journal de la Meurthe, il appelait l'attention du public sur la statue de Callot, due au ciseau de Lépy le jeune, et concluait en ces termes :

« Je crois donc, Monsieur le rédacteur, qu'on ne saurait trop engager l'administration municipale, à faire l'acquisition de la statue de Callot. On pourrait la placer au milieu de la nouvelle place déblayée, près de l'Arc de Triomphe, et donner à cette place, qui doit être achevée plus tard, le nom de *place Callot*, d'autant plus, que cette place est située à fort peu de distance de la maison qu'habitait le graveur. Le prix très modique que demande l'auteur, prouve bien qu'il a entrepris une œuvre patriotique, et qu'il n'a point songé à la spéculation, ce mal si commun de nos jours. Et puis, n'est-ce pas un devoir pour nos édiles, d'accorder quelques encouragements aux arts, dans la patrie de Callot, dans notre belle province, et de travailler ainsi de tout leur pouvoir à la décentralisation ? Ce sera réaliser, à la fois, une bonne œuvre et une idée éminemment lorraine. » (*Meurthe*, 25 août 1847).

Si vingt ans plus tard, le « nancéein L. L. » qui avait signé cette lettre, n'a pas renouvelé cette proposition, c'est que ç'aurait été préjuger la question d'emplacement de la statue Callot. Cette question était alors très délicate à aborder. On ne connaissait pas les intentions de la Commission chargée de la souscription : on ne pouvait non plus sonder celles de l'administration municipale, qui n'aurait pu encore se prononcer ; et, d'un autre côté, quelques esprits par trop puritains réclamaient, à cor et à cri, la suppression du vocable des Chameaux, usité depuis 1847. La commission d'administration municipale, chargée du remaniement hodographique, avait proposé pour cette place, le nom de *Jean Lamour*. Le choix n'était pas très heureux, en ce moment c'est vrai ; mais il aurait été plus convenable que celui de Vaudémont, en tous cas, il était plus logique ; car Jean Lamour aurait été placé près de Héré, non loin de la place de la Carrière et de la place Stanislas, où se voient les grilles qui ont fait sa célébrité. N'oublions pas, non plus, de rappeler, que Jean Lamour avait possédé, de son vivant, une maison dans la Grande Rue, qui porte de nos jours le n° 18 ou 20. On se décida, vers 1876, à assigner cette place, pour recevoir la statue de Callot.

C'était le cas ou jamais, en 1877, de changer le vocable de 1867, et de lui en substituer un autre. Maintenant Callot n'aurait pas tant rougi que cela d'être placé sur la *place des Chameaux*. Lui qui a gravé les misères de la guerre, n'en a-t-il pas vu de plus cruelles ?

Ainsi, *Callot* efface *Vaudémont* ; et malgré tout, Callot, quoique populaire, n'a pas fait perdre le souvenir des *Chameaux*.

Si l'on ne doit pas enlever les roses aux rosiers, les enfants à leurs mères, il faut aussi laisser aux rues et places, leurs vieux souvenirs.

En donnant à cette place le nom de Vaudémont, on a voulu, sans doute, rappeler la branche cadette de la famille de Lorraine, qui a joué un si grand rôle dans notre histoire provinciale ; mais on a voulu plutôt, consacrer le souvenir de l'ancien bastion, dit de Vaudémont, sur lequel a été créé le jardin actuel de l'Evêché, primitivement jardin du Lieutenant du Roi. S'il en était ainsi, il ne fallait pas se presser et obéir, d'une part, à des susceptibilités politiques, et d'autre part, à un esprit de collet monté, qui n'a pas d'excuse devant l'histoire. Si le nom de *place des Chameaux* effrayait les pudibonds, il fallait donner à cette place le nom de *d'Haussonville,* en souvenir du bastion détruit totalement en 1847.

Il ne faut pas croire cependant, que le vocable proposé par M. Louis Lallement a été admis par le conseil municipal. M. Lallement avait dit : il faut appeler cette place *place de Vaudémont,* c'est à dire du nom du bastion ou de la famille DE *Vaudémont,* branche cadette de la famille de Lorraine. Y a-t-il eu étourderie de la part du rédacteur de la délibération, ou malice de la part des membres du conseil ? Nous n'en savons rien. Toujours est-il, qu'au lieu d'écrire *place de Vaudémont,* en faisant précéder ce nom de la particule DE, on a écrit *place Vaudémont,* c'est à dire *place Gringore dit Vaudémont,* l'auteur d'une infinité de sottises, qui vivait sous le règne du duc Antoine. En voulant éviter un sujet de quiproquos, on est tombé de suite dans un autre. *Place Vaudémont* est un vocable aussi insignifiant que *place des Chameaux.* Ce n'était certainement pas la peine de lâcher un ridicule, pour en attraper un autre sans courir. Pierre Gringore, ou Gringoire, dit Vaudémont, a son mérite comme poète satirique; nous ne le trouvons pas déplacé là ; mais, en somme, la municipalité devrait être plus instruite, et ne pas confondre un écrivain satirique avec une famille qui a possédé le comté de Vaudémont pendant plusieurs siècles : un humble sujet, avec un souverain.

Maintenant, comment va-t-on appeler la place sans nom, créée en 1871, sur l'emplacement des prisons du Palais ? C'était le cas de profiter, lors de l'érection de la statue de Callot, de donner à cette place le nom de Vaudémont, et à la place Vaudémont actuelle le nom de d'Haussonville.

On a, dit-on, l'intention d'élever sur cette nouvelle place, une statue à Claude Gelée, dit le Lorrain, Il faudra alors nécessairement la dénommer. Si on lui donne le nom de Claude Gelée, on devra donner à la place Vaudémont, le nom de Callot. Si on laisse subsister le vocable actuel, on devra donner à l'autre place parallèle, le nom de d'Haussonville. Mais alors, on ne sera ni dans le vrai, ni logique, puisqu'on aura interverti et troublé l'ordre des choses, et l'ordre historique.

En tout cas, et quoi qu'il arrive, le nom de Vaudémont n'est pas ici à sa place ; il fausse les souvenirs de l'histoire de notre ville.

En 1846 et en 1857, M. P. G. Dumast, qui n'a pas toujours eu la main heureuse en hodographie, avait cependant demandé et réclamé, à bon droit, que le nom de Vaudémont fût appliqué au passage de la Pépinière et à la Terrasse. Le premier aurait été nommé *rue Vaudémont*, et la seconde, *place Vaudémont*. Il conservait le vocable des *Chameaux*, à la place qui portait ce nom, et il désirait voir appeler *rue d'Haussonville*, la partie de la rue de la Pépinière, comprise entre cette place et la rue d'Amerval.

Si M. P. G. Dumast n'avait jamais fait que de telles propositions hodographiques, nous serions loin de critiquer son *hodographie nancéienne*.

Cependant, dans son *Nancy*, il ajoute p. 290 un « post scriptum aux notes », dans lequel il renverse son premier système. Il n'est pas rare de voir M. Dumast changer plusieurs fois d'opinion, dans le même écrit :

« Dans le tableau des noms historiques à donner aux rues de Nancy où l'absence s'en fait sentir, dit-il, nous n'avons proposé d'appeler *rue du duc Charles V,* que la moitié supérieure de la rue de la Pépinière, réservant pour sa moitié inférieure le nom de *rue d'Haussonville*, à cause du fameux bastion d'Haussonville, par la gorge duquel débouchait la plus antique porte de Nancy, démolie là, en dernier lieu.

Mais, si l'emplacement, mis à nu par la destruction du rempart et de la vieille porte Saint-Nicolas d'entre les deux villes, doit rester vide ; s'il doit former une des places de la cité, il serait mieux de le nommer *place d'Haussonville* ; et alors, on pourrait baptiser rue *Charles V*, la rue de la Pépinière en entier, aussi bien à droite qu'à gauche des trottoirs d'Amerval. Evidemment ce dernier système serait préférable, par deux raisons, à celui auquel nous nous sommes bornés (pages 233 et 234), tant à cause de l'immense célébrité d'un héros tout européen, qui, dès qu'il obtiendrait une attribution locale, mérite de l'obtenir importante, que parce que la portion basse dont nous parlons, est justement celle qui touchait au viel arceau primitif, dit de Saint-Nicolas, et celle aussi qui se prolonge jusque vers l'emplacement de la Porte Royale de César Bagard (remplacée par l'Arc de Triomphe) : entrée dont l'une des deux, quelle que soit l'hypothèse adoptée, a vu passer sous sa voûte le catafalque triomphal de Charles V. »

En novembre 1822, la ville se rendait acquéreur d'un « jardin, pavillon et hallier y construit situé à Nancy, Ville Neuve, près de la place Royale, sur ce qui reste de l'ancien bastion, dit d'Haussonville ; le tout de la consistance d'environ 18 ares, entre les cours, bosquets et pavillon de la Comédie, et du côté du café de la Comédie, du côté du midi d'une part, et l'emplacement de l'ancienne rampe occidentale de l'Arc de Triomphe, du côté du nord, d'autre. » C'est ce qui a formé depuis, le jardin de la Comédie dans lequel est construite la Rotonde. Le 31 décembre de la même année, la ville se rendait également acquéreur : 1° d'un petit jardin et hallier y construit, de la consistance d'un are un centiare, dans l'ancien fossé des fortifications de la ville, et clos par d'anciens murs de remparts, au couchant et au nord ; 2° d'une petite maison, avec deux corps de logis adossés à l'Arc de Triomphe, et le terrain qui en dépend.

Le 25 mars 1824, elle acquérait encore : « une maison, dite la *Voûte des Chameaux*, sise à Nancy, Ville-Vieille, 7e section, rue des Maréchaux, sur l'ancien bastion dit d'Haussonville, entre Augray à l'est, et au-dessus d'une part, et Martin Ginger à l'ouest d'autre, avec les souterrains et petits jardins. »

Le 23 mai 1828, elle achetait également « une maison située à Nancy, rue des Maréchaux, n° 3, ci-devant 68, entre Jean Lagrange, marchand de vin, et Martin Jenger, boulanger, pour servir d'ouverture d'une communication entre la Grande Rue, la rue des Maréchaux et la rue de la Pépinière. »

On n'avait pas, à cette époque, l'intention de créer une place en cet endroit, puisqu'il restait encore à acquérir trois maisons, dont deux portant sur la rue des Maréchaux, les n°s 5 et 7, et une troisième, située rue de la Pépinière. En mettant ces trois maisons en vente, chez Charon, notaire, en décembre 1828, on dit dans l'annonce :

« Ces maisons sont susceptibles d'acquérir une grande valeur, et deviendront très favorable, au commerce, au moyen de la rue que la ville se propose d'ouvrir, sur l'emplacement de la *Voûte des Chameaux* et de la maison voisine, dont la démolition aura probablement lieu dans le cours de l'année 1829 ; à ce moyen, la première de ces maisons aura trois faces, dont la principale sur toute la longueur de la nouvelle rue, les deux autres, sur les rues des Maréchaux et de la Pépinière. »

La première qui portait le n° 5 était située en 1828, entre la Voûte des Chameaux et celle portant le n° 7 ; elle était composée de deux corps de logis, dont le second s'étend jusqu'à la rue de la Pépinière. La ville s'en rendit acquéreur ultérieurement, et peut-être aussi, nous n'en sommes pas certain, de celle qui portait le n° 7, en 1828. Le numérotage ayant été remanié, en 1839, il est possible que le n° 7 soit devenu le n° 9,

La ville était donc propriétaire des immeubles, dont nous venons de donner la description, depuis environ quinze à vingt ans, sans que l'administration municipale songeât le moins du monde à entreprendre la nouvelle voie projetée, qui devait relier la rue de la Pépinière, alors *impasse*, à la Grande Rue-Ville-Vieille. Le public, lassé de ce provisoire, qui menaçait d'être indéfini, fit entendre ses doléances en 1842 :

« Une pétition, couverte d'un grand nombre de signatures, vient d'être adressée à M. le Maire et à MM. les membres du Conseil municipal, pour leur rappeler, au moment où l'on s'occupe de l'alignement des rues de Nancy, le projet formé depuis longtemps, d'ouvrir, par le prolongement de la Grande-Rue (ville-vieille), à l'extrémité de la rue de la Pépinière, une issue pour les voitures, disposition qui faciliterait la location au commerce, de tous les étages inférieurs des maisons de cette rue, qui tend chaque jour à s'embellir.

» L'exécution de ce projet aurait pour résultat, de donner à cette belle partie de la ville, dont elle est le centre terminé par une impasse, cet ensemble et cette propreté qu'on ne pourra jamais atteindre, sans la suppression des maisons et terre-pleins contigus à l'Arc de Triomphe ; et ce serait un commencement du projet d'arrangement de l'Arc de Triomphe, qui, depuis si longtemps, réclame la sollicitude de l'administration, tant par son état de vétusté, que par l'emploi qu'on pourrait en faire, soit pour *un marché couvert ou une exposition de fleurs*, soit pour tout autre destination qu'on voudrait lui donner.

» Quatre ouvertures pratiquées dans les faces latérales de cet Arc de Triomphe, établiraient la plus belle communication possible, entre la promenade de la Pépinière, cette nouvelle place, et enfin avec la promenade du Cours d'Orléans ; et on ne verrait plus, au milieu des monuments somptueux que nous devons à la munificence de Stanislas, des ruines, qui présentent un si fâcheux contraste, et accusent la misère.

» Il y a encore à faire, à ce sujet, une observation qui n'est pas sans importance, c'est le retard que les secours réclamés, en cas d'incendie, dans la portée est de la ville, peuvent éprouver, par suite du détour qu'on est obligé de faire faire aux pompes placées sous le magasin des décors, en raison de l'obstacle qui existe au bas de la rue de la Pépinière, et qui ne permet pas de déboucher tout de suite sur la place Royale.

» Toutes ces considérations n'échapperont sans doute pas, à la sollicitude que le corps municipal ne cesse de témoigner, pour les intérêts de la Cité. » (*Meurthe*, 5 mai 1842).

Un peu forcément, la municipalité demeura sourde à cet appel : la ville n'était pas riche, et les ressources du budget ne permettaient pas encore cette entreprise.

Les travaux de démolition, qui auraient dû commencer en 1829, ne furent entrepris que dix-huit ans plus tard. Nous lisons dans l'*Espérance* du 9 février 1847 :

» Pour donner du travail à la classe ouvrière, la ville de Nancy vient de décider la démolition des vieilles murailles qui touchent l'Arc de Triomphe, et dans lesquelles se trouve l'antique voûte, connue sous le nom de *Voûte des Chameaux*. L'ouverture de la Grande Rue Ville-Vieille était, depuis longtemps, décidée en principe. Nous applaudissons à la pensée du conseil municipal, de la réaliser dans un moment où tant de bras sont inoccupés. »

Quelques jours après, on commençait la démolition.

Tous les journaux de ce temps sont remplir d'articles sur *la Voûte des Chameaux,* sur les fortifications, sur leur âge; M. P. G. Dumast en a écrit plusieurs dans l'*Espérance,* qu'il a eu soin de reproduire dans son *Nancy,* notamment p. 207. *Asmodée* publiait, le 7 mars, une bien singulière proposition. C'est dommage qu'elle est si longue, nous l'aurions reproduite. La Place des Chameaux était déjà un grand pas de fait ; mais il aurait voulu voir créer une nouvelle voie, de la place Stanislas à la rue de la Pépinière, en supprimant les deux futiles fontaines latérales à celle de Neptune. La meilleure raison qu'il donnait, c'est que ces fontaines ne fournissaient pas d'eau en quantité suffisante. Il y avait, à cette époque, d'autres améliorations à apporter dans les environs de l'Arc de Triomphe ; *Asmodée* le reconnaît, mais il avait l'air de tenir beaucoup à son nouveau passage.

On ne savait pas encore, quel effet offrirait le rasement des maisons et fortifications, que déjà, on s'évertuait à lui trouver un nom de baptême approprié à la circonstance.

L'*Espérance,* dans son numéro du 1er avril 1847, émettait le vœu suivant :

» La démolition de la Voûte des Chameaux fait désirer à un grand nombre de personnes, que la nouvelle place reçoive la *statue* et le nom de *Callot.* »

Et à propos de quoi donc ? de la statue de Lépy le jeune ? mais personne n'en a voulu, nous l'avons dit, dans nos *Promenades historiques.* Cependant c'était le moment, l'instant de prendre ses billets. On ne voulait par de Callot, mais on acceptait Dombasle; on voulait Drouot, et l'on refaisait le duc Antoine. C'est à partir de cette époque, que feu P. G. Dumast s'enthousiasme de Jacques Callot, et qu'il le met à la mode, dans plusieurs de ses écrits. L'esprit de la population nancéienne n'était pas engoué de Callot, comme il le fut depuis. Le conseil municipal voulant consacrer à cette place, nouvellement créée, le souvenir historique qui y était attaché depuis un siècle et demi, la nomma *Place des Chameaux.* Personne ne se plaignit de ce vocable, et nul ne le trouva ridicule. On avait dit avant, la *Voûte des Chameaux,* on pouvait bien dire après, la *Place des Chameaux.* Un mot maintenant sur la Voûte des Chameaux. La ville de Nancy l'acquit le 25 mars 1824, sur Mad^{elle} Charlotte

Mansuy, fille majeure, demeurant à Nancy : celle-ci en était propriétaire, pour moitié de son chef, comme acquêtresse avec Marguerite Mansuy, sa sœur, fille majeure, et Antoine Guerre, charron, et Catherine Mansuy, son épouse, par acte Thiéry le jeune, du 15 thermidor an VIII, d'Anne Conus, veuve d'Amand Mansuy, et de cession, que les époux Guerre, avaient fait à Charlotte et à Marguerite Mansuy, des tiers qu'ils avaient dans ladite acquisition, et à qui cette maison provenait d'acquêt sur Catherine Conus, veuve de Claude Lescaille, consigne de la porte Saint-Jean, et sur Jean-Noël Lescaille, son fils mineur, par acte Pierson du 29 novembre 1778. — Dans la déclaration faite au bailliage de Nancy le 19 février 1778, la veuve Lescaille déclare que l'Hôtel-de-Ville de Nancy avait ascencé à feu son mari et à elle, le *Souterrain des Chameaux*, sous le bastion d'Haussonville, dont l'entrée est dans la petite rue des Maréchaux, moyennant un coût annuel de 25 liv. Cours de France. — Les trois affiches légales désignent ainsi l'immeuble mis en vente : « Appartement et terrain dit *sous le terrain des Chameaux*, à vendre à Nancy, Ville-Vieille. Ces appartement et terrain sont situés sous le bastion d'Haussonville, ayant leur entrée sur la rue des Maréchaux, vis-à-vis la Grande-Rue. »

L'ascensement avait été consenti, non par l'Hôtel-de-Ville, mais par l'Etat-Major de la place, à une date antérieure, qu'on ne donne pas dans l'acte du 21 novembre 1778. On sait que l'Hôtel-de-Ville avait racheté tous les cens dûs a l'Etat-Major, vers 1769.

Ce n'est qu'en 1859, que M. Léon Mangenot attacha le grelot, et entreprit une campagne contre le bal et la place des Chameaux. Huit ans plus tard, la place des Chameaux devenait la *place de Vaudémont*. Nous aurions autant aimé voir lui substituer un des dadas favoris de M. P. G. Dumast, qui voulait à toute force faire entrer dans l'Hodographie Nancéienne *les Quatre grands chevaux*. C'était le vocable qu'on aurait dû choisir, et non celui de Vaudémont. M. Dumast, qui avait logé, en 1846, ses quatre grands chevaux dans la rue du haut Bourgeois, les avait amenés, en 1857, dans la rue des Maréchaux. Nous ne pensons pas que ce soit pour les faire ferrer, ou pour les mettre au rancart. — Ainsi que nous l'avons dit, *Mareschaulx* signifie *Ecuries*. — Il ne lui en aurait pas beaucoup coûté, de les présenter sur la place

des Chameaux; mais, en vrai Lorrain, si M. Dumast tenait
à ses quatre grands chevaux, il ne lui en coûtait pas moins
de se séparer des Chameaux, et il tenait autant aux uns
qu'aux autres.

Lorsqu'on fait de l'Hodographie et que l'on a la prétention
de s'y connaître, on doit, avant tout, rechercher les causes
qui ont produit les vocables admis; et, avant de proposer
une nouvelle dénomination, il nous semble qu'il est nécessaire de prévoir toutes les critiques qui peuvent surgir, et
de peser le pour et le contre, avec toute indépendance. Eh
bien, nous croyons que MM. Dumast et Léon Mangenot
ont négligé cette règle élémentaire. Il ne suffit pas de
biffer un nom, il faut au moins savoir pourquoi on le raye
de la liste admise; et, avant d'en proposer de nouveaux,
il ne faut pas placer la Paille-Maille dans la rue de Grève,
ou le Vieux Change dans la rue de la Charité, ni Ferry III
à l'extrémité de la rue du faubourg des Trois-Maisons,
quand le jeu de Mail était près de la rue du Manège, quand
le Vieil Change existait sur la place des Dames, quand le
Nancy de Ferry III n'allait pas au delà de la rue Saint-
Michel.

Ceci est encore excusable, ce qui l'est moins, chez
M. Léon Mougenot, c'est la création du bâtiment qu'on
appelait vulgairement le *Bal des Chameaux*, mais qu'on connaissait sous le nom de *salle d'exposition*.

On lit dans l'*Espérance* du 8 août 1856, trois ans avant
que M. Léon Mougenot ne publie son mémoire : *Des noms
à donner aux rues de Nancy* :

« On nous prie de reproduire la pièce suivante :
» Entre les soussignés, il a été exposé ce qui suit :
» Par suite de l'affectation de la grande salle du bâtiment de
l'Université, aux cours des Facultés des Lettres et des Sciences,
la Ville de Nancy se trouve privée de l'emplacement où, jusqu'à
ce jour se sont faites les expositions de toute nature, et notamment les expositions d'horticulture; et, depuis cette époque, ces
expositions, comme celles des ouvrages de peinture et de sculpture, n'ont pu se reproduire à Nancy.

» Voulant faire renaître et doter, s'il est possible, de conditions meilleures, des solennités qui ont popularisé à Nancy, le
Goût des Arts et fait prendre un remarquable essor à l'agriculture horticole, les membres de la Société centrale d'agriculture
de Nancy, formant la commission d'horticulture, ont fait des

démarches près de l'administration municipale de cette ville. Par suite de ces démarches, ils se sont assurés de sa sympathie, et ont obtenu d'elle : 1º la promesse de soumettre au conseil municipal la demande de concession de la jouissance, pendant *six ans* au moins, de la *place des Chameaux*, avec autorisation d'y établir une construction provisoire, destinée à recevoir les expositions dont il s'agit, jusqu'à ce qu'un local définitif leur ait été assigné ; 2º la demande d'une subvention de 3,000 fr., pour la société qui se chargerait de cette entreprise ; cette société devant, pour s'indemniser de la part restant à sa charge dans cette construction, conserver pendant ce délai de six années, la jouissance de l'édifice, avec autorisation de percevoir un droit d'entrée, des personnes fréquentant ces expositions, et de tirer profit de cet édifice, par sa location selon les occurences.

» Un plan de l'édifice à construire et un devis des dépenses que doit entraîner cette construction, déposés à la mairie de Nancy, justifient que le capital nécessaire pour parvenir à l'entier achèvement de l'œuvre, doit s'élever à la somme de 7000 fr., ce qui, déduction faite de la subvention à recevoir de la ville, laisserait à la charge de la société entrepreneuse, une somme de 4000 fr., qui serait facilement remboursée, par les produits de l'édifice pendant la durée de la concession.

« C'est dans le but de réunir ce capital, et de rendre à Nancy les utiles expositions qu'elle a perdues, que les soussignés ont formé, entre eux, une association aux conditions suivantes :

» 1º Le capital ci-dessus fixé à la somme de 4,000 fr., sera divisé en 80 actions de 50 fr. chacune, qui seront versés sur l'appel du conseil d'administration ci-après mentionné.

» 2º Chaque action donne droit à la 80e partie de l'actif de la Société, et, en outre, à l'entrée gratuite aux expositions d'horticulture et d'agriculture, qui se feront dans l'édifice, pendant la durée de la concession à obtenir de la Ville. — Chacun n'est tenu, que jusqu'en concurrence du montant des actions par lui souscrites.

» 3º L'association est administrée et représentée, dans ses rapports avec les tiers, par un conseil de trois membres, qui sont investis des pouvoirs les plus étendus, pour traiter avec tous entrepreneurs, pour les constructions à faire, régler les conditions du prix d'entrée des expositions diverses, traiter pour la location de l'édifice, faire entre les actionnaires la distribution des recettes faites pendant la durée de la concession, et enfin liquider l'entreprise à la fin de la concession, et traiter de la vente des matériaux employés à la construction. »

Le même journal publiait dans le numéro suivant, daté du 10 août 1856, cette note :

« La pièce que nous avons publiée dans notre dernier numéro, et qui concerne le plan d'un bâtiment à élever sur la place des Chameaux, pour les expositions horticoles, a été communiqué par M. Monnier, à la Société centrale d'agriculture. Presque tous les membres présents se sont empressés de donner leur adhésion, et quarante-huit heures après la rédaction du projet, que nos lecteurs connaissent, 60 actions sur 80, étaient souscrites. En tête de la liste, figurent M. le préfet, M. le maire, et MM. les adjoints. La société va donc se mettre immédiatement à l'œuvre ; et nous prions les personnes disposées à prendre part à la souscription, de le faire connaître le plus tôt possible, à M. le président de la section d'horticulture. »

Peu de temps après, quarante autres actions étaient souscrites, ce qui en portait le nombre à cent. La spéculation était étrangère à la formation de cette association. Il s'agissait de remplacer momentanément la salle de l'Université, pour y faire les expositions bis-annuelles d'horticulture, et celles de la Société des Amis des Arts. On avait donc en tout, environ deux mois d'exposition en perspective. Pour utiliser la salle, pendant les dix autres mois de l'année, on la louait à des industriels de passage ; on y donnait des concerts et des bals, à certaines époques de l'année. L'entreprise devint meilleure qu'on ne le supposait ; car la plupart des actionnaires avaient fait, dès le premier jour, le sacrifice de leur mise de fonds.

Cette construction, qui s'éleva aussitôt, car il n'y avait pas de temps à perdre, pour l'exposition automnale, a provoqué, quelques années après, les critiques de M. Léon Mougenot, dans son mémoire sur les noms à donner aux rues de Nancy, Ch. IV ; la place du chameau reçut les coups de plume, que l'auteur voulait ménager à M. Dumast.

« En revanche, dit-il, le nom des chameaux nous paraît donner lieu à des interprétations fâcheuses, à de malignes allusions. Nous supplions donc l'administration municipale, de tout spécialement le rayer. La langue française est singulière chez certaines gens ; les mots se travestissent du tout au tout, et un langage qui est peut-être pittoresque, mais plus que familier et sent les fréquentations de bas étage, s'installe de telle sorte, à la sourdine que *chameau* finit par devenir synonyme de la *lupa* des Romains ; et un voisinage fort bariolé, fait complètement oublier le glorieux souvenir des trophées de Charles V. Un marbre inscriptif rappellerait, d'une façon plus convenable et plus digne, et l'ancienne porte Saint-Nicolas, détruite il y a onze ans, et les hôtes étrangers que lui donnait la piété filiale de Léopold. »

En vérité, cet article nous amuse, et amusera long-temps ceux qui s'amuseront, comme nous, à fouiller dans le passé.

Si M. Léon Mougenot avait jeté les yeux autour de lui, en 1858, il aurait bien reconnu que la *Place des Chameaux* n'était pas, tant s'en faut, une *lupa* des Romains ; et nous nous demandons ce qu'il a voulu exprimer, par ces mots « un voisinage fort bariolé ». Il nous semble que ce voisinage n'a été bariolé, que par les façades des maisons, et par les métiers, fort honnêtes, qui s'y étaient établis. Dans une note qui se rattache à l'article ci-dessus, l'auteur pousse plus loin la pointe de la critique. Après avoir rejeté, sans raison bien plausible, le vocable des chameaux il critique sa construction qui servait aux expositions horticoles, artis-tiques et autres :

» Sans doute, nous ne seront pas toujours condamnés à voir certaine baraque (très fructueuse pour ses actionnaires, nous ne le contestons pas), se dresser ignominieusement contre l'Arc de Triomphe. Nous souhaitons, à cor et à cri, sa prochaine démo-lition, comme un outrage à la majesté architecturale du palais de Stanislas. Et, puisque cet emplacement ne saurait être une voie publique, que la ville, en bonne mère économe, le vende à des particuliers, avec obligation d'y élever, par exemple, un bâtiment conforme aux anciennes dépendances de l'évêché de la rue Sainte-Catherine. »

En 1863, les six années de l'association étant expirées, et la salle de l'Université étant rendue à la Ville, la salle d'exposition d'horticulture fut transportée à Malzéville, au petit Jéricho, où, depuis, elle a servi de magasin, de salle de réunion, de salle de bal, etc. Son enlèvement laissa à nu un mur délabré, on planta bien devant quatre ou cinq sapins, qui devaient en voiler la nudité ; mais ils ne tar-dèrent pas à dépérir.

Lorsque M. Meaume publia ses Recherches sur la vie et les œuvres de Jacques Callot, la statue que Lépy, le jeune, avait faite était devenue la propriété de M. de Meixmoron. M. Meaume exprimait donc le vœu, à la fin de son étude sur Callot, de voir élever un jour « sinon la statue, du moins le buste du grand artiste, du grand citoyen, du grand homme. » Cet appel très concis, mais très énergi-que, fut entendu. Par son étude, M. Meaume avait fixé l'attention du public sur Jacques Callot.

Quelques années plus tard, on tenta une souscription. Elle marcha péniblement ; mais enfin, elle marcha tant et si bien, qu'en 1869, on ouvrait un concours, dans lequel un certain nombre d'artistes exposèrent des maquettes qui n'étaient pas sans mérite. Chose assez remarquable, et particulière à la statue de Callot. Le concours eut lieu en même temps que le concours régional de 1869, et la statue fut posée sur la place de Vaudémont, lors du concours régional de 1877.

A propos de l'exposition des maquettes, en 1869, une discussion s'éleva entre plusieurs journaux de Nancy, sur l'emplacement qu'il convenait de choisir, pour y placer la statue dont l'esquisse venait d'être primée.

« Depuis que les esquisses en plâtre, pour la statue de Callot, sont réunies dans l'église Saint Epvre, on revient sur la question de l'emplacement. Nous trouvons cela fort naturel. En revanche, nous lisons avec le plus grand étonnement, dans un journal de Nancy, les lignes suivantes :

» On sait que l'emplacement projeté d'abord, pour ériger la » statue de Callot, était la place de la Gare ; la Commission » paraît décidée à demander au conseil municipal, de faire ouvrir » les deux cintres de l'Arc-de-Triomphe, que bouchent encore » deux grands murs, et, dans l'espace devenu libre, du côté de » la place de Vaudémont s'élèverait une fontaine monumentale » surmontée de la statue de l'illustre artiste. Du côté de la Pépi- » nière, on pourrait placer, plus tard, une autre statue que la » Lorraine et les arts réclament encore : celle de *Claude Gelée*. »

« Nous en demandons bien pardon à l'auteur de l'alinéa qu'on vient de lire, mais jamais « la commission » n'a songé à de semblables projets. Il y a pour l'emplacement de Callot, un emplacement assez logique : la place Lafayette. Les proportions en sont bonnes, elle est sur la limite de la Ville-Vieille et de la Ville-Neuve, au confluent de six rues : rue des Dames, rue de la Monnaie, rue des Maréchaux, rue de la Pépinière, rue d'Amerval et rue Callot. Placée au sommet du square, elle serait aperçue tout d'abord et produirait le meilleur effet.

» Sur la place de la Gare, — projet dont nous n'avons jamais entendu parler, — il faudrait une statue de quatre mètres de hauteur. Nous doutons que les souscriptions nous permettent jamais d'atteindre à de telles proportions. Quant à faire servir ce bronze à l'achèvement de l'Arc de Triomphe, ce n'est pas une idée heureuse. Que l'on surmonte une fontaine monumentale d'une amphitrite, d'une nymphe, ou d'un dieu aquatique quelconque, à la bonne heure. Mais Callot n'a pas à intervenir dans ces embellissements humides ; et, encore une fois, à notre avis, il n'est qu'un emplacement possible, la place Lafayette, qui deviendrait la *place Callot* à l'extrémité de la *rue Callot*, à cent mètres de la maison qu'habita Callot.

» Mais il est un sujet de préoccupation plus opportun peut-être que celui-là. Nous voulons parler de la fonte de la statue elle-même. Lorsque le prix aura été décerné au meilleur projet, que restera-t-il à la Commission ? Bien peu d'argent en réalité. Le département, la ville de Nancy, ont généreusement donné leur souscription, et nous avons l'espoir que, s'il faut faire un peu plus, ils le feront. Mais nous faisons aux particuliers, aux Lorrains, aux hommes de goût, aux patriotes, un nouvel et chaleureux appel. Il n'est pas possible qu'il reste sans écho. »

Voilà un membre de la Commission de la statue Callot qui dit trop vite : « Fontaine, je ne boirai pas ton eau ! » On avait songé un instant à la place Lafayette, mais on n'avait pas tardé à reconnaître que la statue aurait nui au square, et que les arbres de celui-ci auraient caché la statue. Après avoir bien regardé autour de soi, on en revint à la proposition de 1847, c'est à dire à choisir la place des Chameaux, dite Vaudémont pour recevoir la nouvelle statue, qui ne pouvait, en aucun cas, être autre part que dans la Ville-Vieille. L'administration municipale était bien aise de saisir cette occasion, pour faire disparaître le vilain mur de briques qui formait le côté occidental de l'Arc de Triomphe ; elle ne pouvait, non plus, ne pas se laisser devancer dans l'embellissement de cette place, par un simple particulier, M. Farcy, qui faisait démolir ses deux maisons n° 2 et 4, pour les reconstruire avec une façade monumentale. L'époque du concours régional de 1877 approchait ; il fallait se hâter, pour doter la ville de la statue de Callot, et procéder à son inauguration.

Cette question vint devant le conseil municipal, le 25 octobre 1876. Nous lisons dans les comptes-rendus de ses séances, sous la rubrique : Construction d'une façade de l'Arc de Triomphe sur la place Vaudémont, et placement de la statue Callot :

« *M. Lallemand.* — Les travaux dont il s'agit, si l'on s'en rapporte au plan qui a été soumis aux commissions, seront fort beaux. Mais ne seront-ils pas trop beaux, pour la statue qu'on a l'intention d'y placer ? Il conviendrait donc, avant de rien faire, d'examiner sérieusement la valeur artistique de l'œuvre à laquelle ces travaux serviront de cadre.

» *M. le maire.* — Le but qu'on se propose est de faire disparaître le mur affreux de l'Arc de Triomphe, qui donne sur la place Vaudémont, et dont l'existence nuit considérablement à la majesté de l'édifice. Si donc, la statue de Callot ne correspondait pas à l'importance des travaux projetés, on pourrait, dans l'avenir, prendre une résolution quelconque. Si le conseil veut que l'embellissement dont il est question, soit exécuté pour l'époque du concours régional, il est indispensable qu'il prenne immédiatement une résolution.

Le projet proposé par la commission des travaux, mis aux voix, est adopté. »

La façade, simple d'abord, demandait un ornement supérieur, pour terminer le fronton. On a eu la malencontreuse idée de placer au-dessus de la tête de Callot, deux amours d'enfants qui devraient couronner celui-ci. C'était, croyons-nous, la pensée du dessinateur. La couronne a des proportions si développées, qu'elle ressemble beaucoup à une miche de pain de seize livres, que ces amours d'enfants ont l'air de vouloir envoyer dans le bassin. Qu'on ajoute à cela, la mine piteuse de Callot, qui se demande quelle tuile va lui tomber sur la tête. Il figure assez bien Mangin, le marchand de crayons, venant d'essayer sur sa planchette de peuplier, la force de la mine des crayons noirs Cacheux. Au lieu d'un burin, s'il avait un trident quelconque dans la main droite, on ne serait pas éloigné de croire qu'il va se payer « un déjeûner à la fourchette » dans la marmite de l'inconnu, et qu'avant d'agir il examine avec attention la carte sur laquelle est inscrit le menu du jour.

On a placé à côté, dans les deux portiques latéraux, les bustes en bronze d'Israël Sylvestre, l'élève et l'ami de Jacques Callot, et Ferdinand Saint-Urbain, le célèbre graveur de médailles, qui vivait sous le duc Léopold. On a eu bien soin de n'indiquer, par aucune inscription, les noms de ces deux illustres nancéiens ; de sorte que, les nancéiens eux-mêmes sont à se demander qui sont ces deux personnages. Quelques coups de ciseau sur les socles de chacun d'eux, ne seraient pas la mer à boire. On saurait ainsi, que le buste de gauche représente les traits d'Israël Sylvestre, et que celui de droite est l'image de Saint-Urbain.

PROMENADES

BOTANIQUE (Jardin)

Le jardin Botanique n'est pas précisément une promenade : le public n'était admis à le visiter, que certains jours de la semaine et dans certaines saisons. Au dernier siècle, il était le rendez-vous des beaux esprits, de la bonne société et des convalescents. Son entrée n'était pas exclusivement publique ; les règlements de police admettaient des exceptions, qui paraîtraient de nos jours des plus vexatoires ; mais on les considérait alors comme très sages et prudentes. Nous connaissons un exemplaire d'un placard qui fut affiché dans la ville de Nancy ; quoiqu'il ne soit ni daté ni signé, il nous dit assez l'esprit de son époque :

Avis au Public.

Le collège de médecine, qui s'occupe à maintenir le bon ordre, à corriger les inconvénients et les abus qui peuvent avoir lieu dans le Jardin Royal des Plantes, a chargé le jardinier de se conformer au règlement ci-joint :

« L'entrée du jardin sera défendue aux enfants, à moins qu'ils ne soient surveillés, pour les empêcher de pénétrer dans les carreaux, dans la crainte qu'ils ne détériorent les plantes botaniques, ou qu'ils ne s'empoisonnent par les vénéneuses qu'on y cultive.

» Les personnes qui viendront s'y promener, sont priées de ne pas amener de chiens, qui seraient exposés à périr par les poisons qu'on a répandus, pour écarter les rats et les mulots.

» Les domestiques et les gens de livrée resteront à la porte d'entrée, excepté ceux absolument nécessaires à leurs maîtres malades.

» Les soldats qui ne seront pas munis de permission du Président du Collége, ou du Professeur de Botanique, pour cause
d'instruction, ne pourront y entrer. »

Cette promenade était publique, à condition qu'il n'y
ait ni enfants, ni chiens, ni domestiques, ni valets, ni
soldats. Le Collège de médecine se montrait au moins aussi
exigeant, vis à vis du public, que le sont certains propriétaires par rapport aux locataires. Malgré ces sévères recom-
mandations, le jardin Botanique était très fréquenté, et s'il
est des accommodements avec le ciel, pour passer de vie
à trépas, on graissait, dans les cas urgents, la patte au
jardinier, qui faisait l'aveugle. Quant à l'histoire des
plantes vénéneuses, pour les enfants, et de la mort aux
rats, pour les chiens, c'était le hou! hou !!! des médecins
du bon vieux temps, qui aimaient plus à effrayer leurs
pratiques, qu'à les guérir de leurs maux.

Après le placard que nous venons de reproduire, il faut
ajouter la description que Lionnois est censé donner du
jardin Botanique, en 1788. On remarquera, en lisant cet
auteur, que le collège de médecine avait, depuis cette
époque, pris des mesures préventives plus efficaces, que
celles visées par son réglement.

« Nous plaçons ici, dit cet auteur, t. II p. 180, le *Jardin Royal
des Plantes*, plus connu sous le nom de *Jardin Botanique*, parce
qu'il appartient au collége de médecine, et que ses Présidents en
sont les Directeurs. C'est à l'extrémité de la rue neuve Sainte-
Catherine, près de la porte de ce nom, et vis à vis du beau Corps-
Royal des casernes, qu'il est situé, quoique son *entrée* soit dans
la *rue des Champs*, par une grande porte à grille de fer, qui laisse
apercevoir le jardin, et par une petite porte qui conduit au logement du jardinier. Il doit son existence aux soins de M. Bagard,
premier président du Collège royal de médecine, aux sollicita-
tions duquel le Roi de Pologne accorda le terrain. Il contient
environ huit arpents. On y trouve : 1° quatre grands carreaux,
dont les deux premiers sont entièrement occupés par des plantes
rangées selon la méthode du 'chevalier de Linné, et les deux
autres servent de magasin végétal. Ces quatre carreaux sont fermés par des haies de charmilles et de troëne, qui les rendent
inaccessibles aux animaux et aux enfants (*sic*). Au dessous, règne
une grande allée en terrasse, terminée par une loge en maçonnerie ; 2° au bout de cette partie, à l'orient, et au dessus du bois,
est un compartiment en gazon garni d'arbres conifères et de fleurs
d'ornement; 3° un bosquet planté d'arbres, d'arbrisseaux et d'ar-

bustes indigènes, dans lequel on trouve le Catalpa, bel arbre exotique originaire des Indes, qui s'y est naturalisé, l'Ebénier des Alpes, le faux Olivier, le Rhamnoïde, le Camerisier des Alpes, le Sureau à grappes des montagnes, plusieurs platanes et châtaigners. Au fond de ce bosquet et au midi, est bâtie une très belle serre à quatre pans, destinée à la conservation des végétaux exotiques fort curieux, et en grand nombre ; 4° la seconde partie du jardin renferme une espèce de forêt, remplie d'arbres de plusieurs espèces, parmi lesquels on distingue le Sorbier des oiseleurs, le Sureau à feuilles déchiquetées, le Saule de Babylone, le Putiet, le bois de Sainte-Lucie, le Daumier, le Tamarisse et plusieurs Aliziers. A côté, est un berceau couvert par le faux Acacia, le Cornouillier de Virginie, et celui du pays ; 5° ce jardin est coupé par plusieurs belles allées, qui servent à la promenade. Sa partie basse, autrefois marécageuse, est maintenant cultivée et remplie de plantes potagères et comestibles. »

Le Jardin Botanique actuel ne ressemble absolument en rien, à celui dont Lionnois nous donne la description, en 1788. A cette époque, il pouvait évidemment être recherché par les beaux esprits et la bonne société, qu'attiraient ses ombrages, ses bosquets, la diversité de ses plantes. Aujourd'hui, c'est un petit désert, où les plantes ont elles-mêmes l'air de beaucoup s'ennuyer dans leurs parterres. Depuis que le Jardin Botanique a été bouleversé, depuis qu'on a fait disparaître ses bosquets, ses oasis, la population a perdu l'habitude d'aller s'y promener. Si ce n'étaient les serres, qui attirent encore quelques curieux le dimanche, ce serait, de nos jours, le lieu le plus solitaire de Nancy. C'est probablement vers 1800, qu'on a transformé, pour la première fois, le Jardin Botanique ; car on lit, dans la *Statistique* du préfet Marquis à la p. 122.

» Le jardin botanique est aujourd'hui un des plus riches de la République ; il contient plus de 4000 plantes, tant indigènes qu'exotiques. On vient de creuser un carreau, où l'on introduit l'eau à volonté, pour y élever des plantes aquatiques ; on a élevé, en même temps, un tertre pour celles des montagnes ; il y existe aussi une serre chaude, mais qui est devenue insuffisante, et que je me propose de faire agrandir. »

Nous ne croyons pas que Marquis ait donné suite à ce dernier projet, quoique ce préfet se soit beaucoup intéressé à l'amélioration de ce jardin. Il a commencé par en réglementer la police intérieure, en l'an X. A cette époque, il servait encore de lieu de réunion et de promenade publique, ainsi que le prouve cet entrefilet.

« Un arrêté du préfet, relatif à la police du jardin botanique, porte que ce jardin sera ouvert au public les matins, jusqu'à midi, et depuis 2 heures jusqu'à la chute du jour ; les enfants ne peuvent y entrer, qu'accompagnés de personnes capables de les empêcher de faire des dégâts ; il est défendu d'y amener des chiens ; il est expressément défendu à toute personne de pénétrer dans les carreaux, de toucher aucunes plantes ou fleurs, et d'y tendre des pièges à oiseaux. » (*Meurthe*, 19 ventôse an X).

De tous temps, les enfants seuls et les chiens ont été exclus de l'entrée du jardin botanique, alors qu'ils avaient un accès facile à la Pépinière.

Chaque fois que Joséphine passait à Nancy, pour se rendre à Plombières, elle ne manquait pas de s'arrêter quelques heures dans notre ville, où une réception brillante lui était réservée, et ne manquait jamais, non plus, d'aller visiter le Muséum et le Jardin botanique, pour lequel elle s'éprit d'une singulière affection. Son premier voyage à Plombières, par Nancy, date du 26 fructidor an VI, et son dernier passage retournant de Plombières à Paris, du 16 août 1809. Nous avons presque toutes les relations de ses différents passages dans notre ville, où elle avait su conquérir, à un haut degré, l'estime des habitants. Nous reproduisons celle publiée par le *Journal de la Meurthe*, le 19 thermidor an IX, qui, sans être une des plus curieuse, se rattache à l'histoire du Jardin botanique.

« Le 16 de ce mois, l'épouse et la mère du premier Consul, avec leur suite sont arrivées ici ; elles furent complimentées par les autorités civiles et militaires ; elles dinèrent chez le général Gillot, commandant la 4e division militaire ; de là, elles se rendirent au spectacle, où elles furent accueillies par les applaudissements les plus vifs et les plus nombreux ; ensuite, elles assistèrent au bal, où elles restèrent plusieurs heures ; dans la matinée du 17, l'épouse du premier Consul, accompagnée du préfet et du général Gillot, et d'un grand concours de citoyens, visita les principaux établissements publics, notamment le muséum et le jardin botanique, où elle s'entretint avec le professeur de botanique ; elle développa, dans cet entretien, des connaissances rares dans la science de la botanique, qui ont fait l'admiration du professeur et des spectateurs ; ensuite elle se rendit avec Madame Bonaparte, mère, le préfet et le général, à la maison de préfecture. La musique joua aussitôt l'air : *Où peut-on être mieux ;* il fut alors présenté à l'épouse du premier Consul, un enfant nouveau-né du citoyen Boudin, aide de camp du général Gillot, auquel enfant, en présence de l'officier public, elle donna le nom de *Dermide,* et signa l'acte de naissance de cet enfant, avec le général Gillot. Ces dames déjeûnèrent ensuite chez le préfet du département, après quoi, elles reprirent la route de Paris. Le chef de l'état-major, le commandant de la place de Nancy, les aides de camp du général Gillot, le colonel et plusieurs officiers du 2e régiment de carabiniers, le colonel et grand nombre d'officiers de la 4e demi-brigade d'infanterie de ligne, et une escorte de cuirassiers ont accompagné Mesdames Bonaparte jusqu'à la première poste. »

Joséphine ne descendait pas, comme on pourrait le croire, à la Préfecture ou à la Division ; elle avait choisi, dès l'an VI, l'hôtel du Temple de la Paix, hôtel de France actuel, où un appartement lui était réservé et préparé pour son passage.

Elle commença, en l'an IX, à enrichir notre Jardin botanique par des envois annuels de plantes étrangères à notre province. Son don le plus important est de l'an XIII :

« Notre auguste souveraine S. M. l'Impératrice de tous les Français, vient de faire envoyer, par M. le Directeur des Jardins de la Malmaison, une caisse considérable remplie d'arbrisseaux et d'arbustes exotiques, rares et précieux, pour le jardin botanique de la ville de Nancy, à l'adresse de M. Villemet, professeur d'histoire naturelle, et directeur du Jardin des Plantes. Cette augmentation fera bientôt monter à 5,000, le nombre des végétaux de ce jardin. » (*Meurthe,* 9 frimaire, an XIII).

Nous avons dit plus haut, que nous ne croyions pas que le préfet Marquis avait donné suite au projet qu'il avait conçu de faire une nouvelle serre chaude. Celle qui a précédé la serre actuelle, construite en 1868, a été élevée en 1827. Les travaux furent évalués, défalcation faite de la valeur des matériaux de démolition, à la somme de 12,500 francs.

L'administration municipale fit placer, en Juin 1844, dans les allées du Jardin botanique, des bancs en bois peints, semblables à ceux de la Pépinière. L'*Espérance* remarque que « c'est un moyen sûr d'y attirer les promeneurs, fort rares auparavant. »

En 1847, alors qu'on agitait la grande question d'une halle aux blés et d'un marché couvert, le Jardin botanique faillit perdre sa destination primitive, pour faire place à la halle projetée. Sans la Révolution de février 1848, ç'aurait été probablement chose faite.

Sous le titre : « Halle et Jardin botanique » le *Patriote de la Meurthe* publiait l'article suivant, reproduit le 20 octobre 1847 par le *Journal de la Meurthe*. Les journaux de Nancy partageaient assez, dans cette grave question, la manière de voir du *Patriote*. On ne voyait pas avec trop de regret transférer le Jardin botanique à la Pépinière ; au contraire, cette idée avait rencontré beaucoup de partisans. C'était, à cette époque, un sujet d'embellissement de la Pépinière, pour laquelle on réclamait, depuis longtemps, des améliorations, que la caisse municipale ne permettait pas d'entreprendre à la légère.

» Nous croyons être bien informé, en disant que le conseil municipal s'est enfin sérieusement occupé, assez récemment, de ce projet de halle, depuis tant d'années à l'étude. On a chargé l'architecte de la ville, de faire un plan approximatif. Quand cela sera terminé, ce qui ne peut être long, le conseil municipal, sachant à quelle somme s'élèvera la construction de cet établissement de première utilité publique, avisera à battre monnaie, au moyen des ressources dont il peut disposer, et qui sont encore assez satisfaisantes. Le lieu de l'emplacement de cette halle semble toujours devoir être le Jardin botanique. La proximité du canal, et les arrivages considérables de la Seille et de la Lorraine allemande, par la route d'Essey, militent beaucoup en faveur de ce choix. Cependant, nous avons généralement remarqué, que les halles occupaient presque toujours le point central de la localité, et nous pencherions, pour qu'il en fût de même à Nancy, d'autant plus qu'il ne faut pas se dissimuler, qu'en s'emparant du terrain du Jardin botanique, on ne supprimera pas cet établissement, un peu de luxe ; mais on le reportera plus loin, à grands frais. »

Heureusement, qu'on n'a pas donné suite à ce projet. Quelques années plus tard les halles devenaient complètement inutiles, par suite des relations faciles, que créaient les voies ferrées.

Le 19 février 1849, le conseil municipal décida, que l'ouverture principale du Jardin botanique serait faite dans la rue Sainte Catherine. Une somme de 1,000 fr. fut votée pour l'exécution de ces travaux, qui furent commencés aussitôt. Ainsi, jusqu'en 1849, l'entrée principale était restée dans la rue des Champs, où l'ouverture existe encore de nos jours.

Nous trouvons, à la date du 5 mai 1852, un arrêté municipal concernant la police intérieure de ce Jardin. A peu de chose près, c'est la reproduction des anciens règlements, un peu mieux appropriés à l'esprit du jour.

» Le Maire de la ville ville de Nancy,

» Vu le règlement arrêté par l'autorité municipale le 16 octobre 1848, sur la proposition de la commission de surveillance du Jardin botanique de cette ville,

» Arrête que les mesures ci-après, concernant la police de cet établissement, seront publiées par voie d'impression et d'affiches, dans les lieux accoutumés, afin que personne n'en ignore.

» Art. 28. — Le Jardin des Plantes sera régulièrement ouvert au public, dans l'intervalle du 1er avril au 1er octobre, depuis 6 heures du matin jusqu'à 10, et après-midi, depuis 2 heures jusqu'à la chute du jour.

» Art. 29. — Les enfants ne pourront entrer dans le Jardin, sans être accompagnés par des personnes qui seront tenues, sous leur responsabilité, de veiller à ce qu'ils ne commettent aucun dégât.

» Art. 30. — Il est défendu d'y laisser pénétrer des chiens ou d'autres animaux ; d'y faire des repas (1) ; d'y établir des jeux et d'y tendre des pièges aux oiseaux. Il est aussi interdit, d'y cueillir des fleurs et d'arracher des plantes.

» Art. 31. Pendant l'été, l'école botanique pourra être fréquentée à des heures qui, chaque année, seront indiquées par le directeur.

» Art. 32. — On ne pénétrera dans les serres, qu'avec des cartes délivrées par le directeur ; il en sera de même pour l'école botanique, lorsque des visiteurs se présenteront à des heures autres que celles qui auront été désignées.

» Art. 33. — Les propriétaires et les locataires des maisons voisines du Jardin des plantes et y prenant jour, sont particulièrement rappelés à l'exécution des règlements, qui défendent de jeter aucune ordure par les croisées.

» Art. 34. — Le jardinier-gardien étant pourvu d'une commission particulière de garde champêtre, sera tenu, en cette qualité, de dresser des procès-verbaux contre tous ceux qui con-

(1). Il était d'usage, parmi le peuple, d'aller à la Pépinière y prendre des repas sur l'herbe.

treviendraient aux dispositions du présent arrrêté, pour être poursuivis conformément aux lois et règlements de police.

» Nancy, le 6 mai 1852. »

« LEMOINE, maire. »

La Société Régionale d'acclimatation du Nord-Est, s'étant formée à Nancy le 7 mars 1855, elle conçut le projet d'y établir un jardin zoologique avec oisellerie, dans deux carreaux de la Pépinière, que la Ville lui abandonnait provisoirement ; mais ces ressources ne lui permettant pas cette entreprise dès le début, elle fut autorisée à établir, en 1857, une oisellerie contre les murs du Jardin botanique, du côté oriental. Cette innovation attirait beaucoup de curieux, et le Jardin botanique, ordinairement solitaire, devint dès lors plus fréquenté. Cette société se trouvant dissoute par les évènements de 1870-71, on démolit, après la guerre, les petits bâtiments qu'elle avait fait élever en cet endroit. De nouveau, le Jardin botanique reprit son air morose.

En 1868, on construisit les nouvelles serres, en remplacement de celles de 1827. Elles furent ouvertes au public, les jeudi et dimanche, hiver comme été, à partir du jeudi 15 avril 1869. Nous constatons avec plaisir, ce progrès ; car, précédemment, il fallait être muni d'une carte délivrée par le directeur, pour être admis à les visiter.

Un arrêté municipal du   janvier 1883, a apporté une modification importante aux jours et heures d'ouverture du Jardin botànique :

» Attendu que, dans sa séance du 29 novembre 1882, le Conseil municipal a exprimé le désir que le jardin et les serres qui en dépendent fussent ouvertes plus fréquemment au public ;

» Vu l'avis de la Commission de surveillance, l'art, 17 du règlement est modifié ainsi qu'il suit : le Jardin sera ouvert en toutes saisons, savoir : en janvier et février, de 8 à 4 h. ; mars, de 8 à 6 h. ; avril à septembre, de 7 à 7 h. ; octobre, de 8 à 6 h. ; novembre et décembre, de 8 à 4 h.

» Il ne sera fermé que pendant la matinée des dimanches et jours fériés, et l'hiver, en temps de neige ou de dégel. Le public sera admis à visiter les serres les dimanches et jeudis, aux heures indiquées ci-après :

» En janvier et février, de 1 à 3 h. ; mars, de 2 à 4 h. ; d'avril à septembre, de 2 à 5 h. ; octobre, de 2 à 4 h. ; novembre et décembre, de 1 à 3 h. »

LÉOPOLD (Cours)

La rue des Michottes, ouverte en 1768, pavée en 1769, paraissait n'avoir aucune raison d'être. Elle pouvait indiquer aux clairvoyants, que, d'une part, elle mettait en communication la Ville Vieille avec la Ville Neuve ; car dans le même moment, on la raccordait avec le prolongement, nouvellement percé, de la rue de la Monnaie ; et que de l'autre, on allait construire l'Université, détruire les remparts, et renverser les trois bastions : des Michottes, de Salm et de Danemark.

En 1773, on détruisait le bastion des Michottes, qui s'étendait presque jusqu'à la rue de la Vénerie ; on comblait les fossés, avec la terre des remparts, pour créer la grande place de Grève, sur laquelle devait être établi le marché de foin, de paille, de bois, etc., et où devaient avoir lieu les exécutions criminelles. Elle était limitée, à l'ouest, par la Vénerie, et au sud, par les dépendances de l'ancien hôpital militaire, échangé en 1768, au brasseur Hoffman, qui y transféra son industrie.

La nouvelle grande place de Grève n'était pas encore terminée, qu'on achevait de démolir les remparts de la Ville Vieille, depuis l'Arc de Triomphe jusqu'au bastion des Michottes, dont il ne resta plus de traces : les fossés furent comblés, du côté de la rue Stanislas, la voûte des Chameaux fut respectée, et cette nouvelle voie, conduisant depuis la place de Grève, par dessus cette voûte et l'Arc de Triomphe, à la Pépinière, devint la *nouvelle rue sur le rempart*. (v. rue de la Pépinière).

C'est alors, qu'intervint le plan dressé par l'ingénieur en chef des ponts et chaussées de Lorraine et Barrois, M. Lecreulx, et par l'officier du génie Royal, M. Le Semellier, en résidence à Nancy, sous la direction de M. de Stainville, alors gouverneur de la Ville et de la Province.

Un arrêt du Conseil du Roi, du 12 juin 1778, a confirmé et sanctionné les projets élaborés dans le plan dressé à cet effet.

Louis XVI rappelle dans l'exposé des motifs, qu'il veut assurer l'exécution des vues du feu Roi de Pologne, et du feu Roi son aïeul, qu'en présence de l'accroissement de la population, il y avait lieu d'augmenter l'enceinte de la Ville, de lui donner plus d'étendue, de pratiquer, dans plusieurs rues, des redressements et des percements utiles, enfin de lui procurer des abords plus agréables (v. *Recueil des ord. de Lorr.* t. XIV p. 119).

L'article premier ordonne que les démolitions, constructions nouvelles, nivellements et alignements, et généralement tous les ouvrages désignés dans le plan dressé à cet effet, seront faits et exécutés successivement, à mesure que les fonds, dont les officiers municipaux ont la gestion, le permettront.

L'ART. II crée un mur d'enceinte qui, partant de la Vénerie, suit la rue de l'Hospice, pour former angle en retour, près la porte Désilles, jusqu'à l'angle de la contrescarpe de la citadelle. En sorte que, ce mur d'enceinte traçait un immense parallélogramme, plus vaste que ne l'est le cours Léopold actuel.

Les articles III, IV et V sont ainsi conçus:

ART. III. — Le terrain compris entre le rempart actuel de la Ville Vieille, et ledit mur d'enceinte, sera applani et nivelé, à l'effet de quoi, les bastions de Salm et de Danemark seront détruits, et les fossés comblés pour être ensuite ledit terrain ascensé par parties aux particuliers qui voudront se charger d'y faire construire des bâtiments, conformément aux alignements tracés par ledit plan, et au dessin des façades qui sera approuvé.

ART. IV. — Il sera construit sur ledit terrain, trois nouvelles rues, dans la direction du midi au nord, et cinq rues transversales, qui, couperont les premières à angle droit ; les dites rues transversales, dirigées du levant au couchant, seront tracées, de manière qu'elles se raccordent avec les principaux débouchés de la ville.

ART. V. — Il sera ouvert une porte dans ledit mur d'enceinte, à l'extrémité septentrionale de celles desdites rues neuves, qui sera la plus voisine du rempart actuel ; et il sera construit un embranchement de chaussée, à la sortie de ladite porte, pour joindre celle qui commence à la porte Notre-Dame, et qui conduit à Pont-à-Mousson, en traversant le faubourg des Trois-Maisons.

Voici, d'après le plan de 1778, la figure que devait former le nouveau mur d'enceinte :

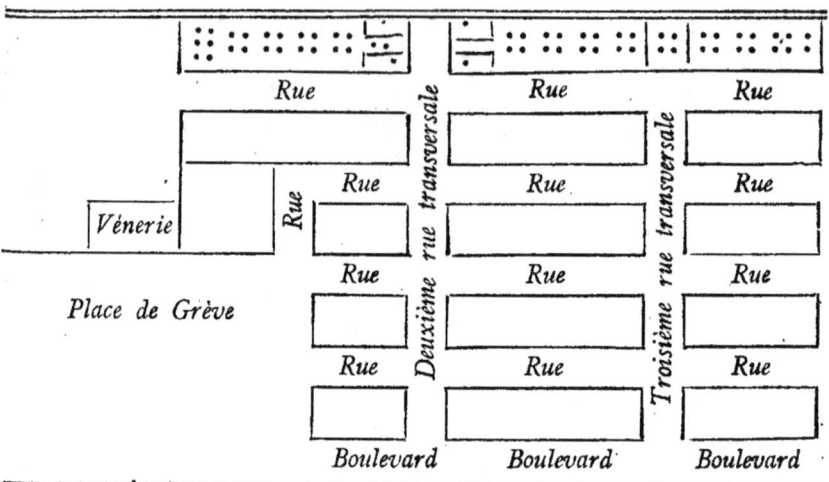

Les carreaux qui devaient former le nouveau quartier,
outre les trois rues longitudinales, étaient séparés encore
par deux autres rues ; on devait pénétrer à la quatrième,
de même largeur que les autres, par une rue transversale,
qui s'ouvrait dans la maison occupée actuellement par M.
le docteur E. Lallement. Entre la cinquième rue et le mur
d'enceinte, on avait projeté une grande promenade, ou
boulevard, moins large que le cours actuel, mais plus longue ; on y aurait pénétré par la deuxième rue transversale.
La route nationale, sur laquelle passe le tramway, devait
être plantée d'arbres, et former un autre boulevard, opposé
à celui tracé à l'occident, contre le mur de ville.

Le plan adopté en 1778, fut notablement modifié, par
l'arrêt du conseil 19 juin 1784 ; au lieu de cinq rues
transversales indiquées précédemment (art. IV), on en créa
sept ; et en même temps, suivant le plan qui y est annexé,
et dont une copie se trouve exposée au Musée Lorrain, on
renonça à la création des quatrième et cinquième rues
longitudinales, et du boulevard occidental.

Les modifications apportées par cet arrêt, bouleversaient
quelque peu le plan de 1778, dans certaines parties, sans
cependant toucher à l'ensemble général. L'arrêt du 19 juin
1784, est celui qu'on connaît le mieux, quoiqu'il soit
moins clair que le précédent. Dans le même mois de juin

1784, des Lettres Patentes rattachaient le terrain appelé la Grande Meurières, au Domaine royal et l'abandonnaient aussitôt à la ville, à charge par les officiers municipaux, d'indemniser le séminaire de Nancy, précédent propriétaire et cessionnaire médiat. L'indemnité fut fixée à 12,000 livres, cours de Lorraine, payable dans le mois, à compter du jour de l'enregistrement desdites Lettres Patentes, qui eut lieu le 1er juillet 1784. Une ordonnance de police, du 28 août suivant, enregistrée au Parlement le 27 novembre de la même année, assurait l'exécution de la volonté du Roi.

En 1785, la porte Stainville était édifiée.

En 1787, on créa la rue de Metz conduisant, par Pont-à-Mousson, à Metz, Thionville, Luxembourg, etc.

En 1788, après avoir fait construire le mur d'enceinte, exigé par l'arrêt du 11 juin 1778, la ville acquit les terrains qui en étaient voisins, pour ajouter à ceux qu'elle possédait sur les anciennes fortifications, et la *Nouvelle Grande place de Grève* (le cours Léopold y compris) fut ainsi formée.

Lionnois et plusieurs autres écrivains de son temps, ont assimilé le Cours à la place de Grève, et ont fait de celui-là une dépendance de celle-ci ; à l'époque où ces auteurs ont écrit, la démarcation entre les deux places n'était pas établie. L'emplacement actuel du cours Léopold, destiné à être bâti, n'était pas encore entièrement comblé, dans les premières années de la Révolution.

Dans le 1er vol. de son *Histoire*, p. 359, sous ce titre « la Grande place de Grève, » Lionnois écrit :

« Cette place, que nous avons déjà annoncée à la p. 40 de cette histoire, dit-il, se remplit journellement, même dans les rues qui doivent l'accompagner dans cet espace immense, qui est entr'elle et la porte nouvellement construite, de belles maisons d'une hauteur et d'une symétrie parfaite. Les fossés sur lesquels elle a été en partie construite, sont presqu'entièrement comblés, et déjà nivelés, dans la plus grande partie, et même plantés d'arbres, dans l'alignement que doivent former les îles de maisons qui formeront les trois nouvelles rues qui y aboutiront. Par les arrêts du 15 avril 1774 (1) et du 12 juin 1778, il devait y avoir une quatrième rue, entre le mur de clôture de la ville et les jardins des maisons occidentales de cette place. Mais par un

_____

(1) Cet arrêt n'a pas été imprimé dans le *Recueil des ordonnances de Lorraine.*

autre arrêt du Conseil du 19 juin 1784, ladite rue a été supprimée, et les propriétaires des terrains contigus à ce mur de clôture, ont été autorisés à y appuyer des espaliers, à charge d'entretenir ledit mur, et de faire les réparations qui pourront y survenir. »

A la p. 40 du t. I, à laquelle il renvoie le lecteur, il dit : « Le tout, enfermé de murs, est déjà, en partie, orné à l'extérieur d'arbres *(sic)*, qui feront de ce côté opposé à la Pépinière, une autre promenade, qui aura bien ses agréments. »

Faut-il en conclure, qu'on avait déjà commencé, avant 1788, à créer le boulevard qui se rattachait à la cinquième rue longitudinale ? Mais, à la p. 16 de son *Calendrier pour 1797*, il rectifie ainsi sa pensée : La première (porte), nouvellement construite du côté de Metz, appelée ci-devant la porte de Stainville, aujourd'hui de la Liberté, communique à un immense terrain, aujourd'hui planté d'arbres en partie, mais qui devait, selon le plan approuvé, former quatre larges rues nouvelles *(sic)*, tirées au cordeau, allant du septention au midi, et traversées par sept autres, de l'orient à l'occident, et aboutissant à la Grande place de Grève, qui a 65 toises de largeur, sur près de 100 de longueur. Des maisons régulières, dont quelques-unes sont achevées, rendront cette place égale en beauté aux autres de la ville. »

Lionnois semble regretter très fort, que le plan de 1778 n'ait pas été suivi, et qu'on ait supprimé les rues occidentales. Cependant, il n'ignorait pas, que les trois rues longitudinales qui existent encore de nos jours, avaient reçu chacune leur dénomination. Celle qui est à l'occident, et qui longe la façade de l'académie, avait été nommée *rue des Enfants-Trouvés*, à cause de l'hôpital, transféré à la vénerie, en 1779. L'allée centrale du Cours Léopold, qui a servi longtemps comme route nationale, avait reçu le vocable de *rue de Stainville ;* et l'on appelait, dans le même temps, la rue devenue route nationale, où circule le tramway, *rue Neuve du Boulevard*, on bien encore *rue des Michottes*. Hâtons-nous de dire que cette rue, qui devait être un boulevard, en 1778, qui avait pris le premier vocable, en 1781, qui aurait du être plantée d'arbres, qui était créée sur les anciens fossés et sur les anciennes fortifications, n'était pas encore comblée, ni ouverte à la circulation, en 1801. La preuve en est dans le tableau de Claudot, fait pour M. Mennessier, représentant *le Cours de la Liberté*. Devant les maisons qui portent, de nos jours, les nᵒˢ 2 à 8, il existait un jeu de quilles, que Claudot a scrupuleusement reproduit. Or ce *jeu de quilles* fermait complètement l'entrée de la *rue Neuve du Boulevard*.

Quilles. — On va nous demander ce qu'est un jeu de quilles. Il faut aller aujourd'hui à Saizerais, ou à Jaillon, ou à Francheville, au moins à 10 ou 15 kilomètres d'une voie ferrée, pour le savoir.

Au commencement du siècle, voire même à la fin du dernier, c'était un jeu qui avait la même vogue que la Paume ou la Maille, plus populaire cependant, parce que la Maille et la Paume étaient des exercices réservés aux gens riches : il fallait de l'espace, tandis que les quilles exigeaient seulement quelques mètres de terrain ; celui-ci n'avait pas besoin d'être très large ; plus il était long, mieux cela valait. C'était un jeu tellement à la mode, que tous les vendants vins des faubourgs, — les bouchons ou les caboulots — avaient un jeu de quilles, établi dans leur jardin, derrière l'établissement. On jouait aux quilles, comme de nos jours, on fait son cent de piquet, ou sa partie d'écarté en cinq sec.

Le préfet Marquis, dans sa statistique, p. 139, constate que le jeu de quilles est dans les campagnes la principale distraction des hommes : il aurait pu ajouter, qu'à la ville cette distraction n'y était pas étrangère. Nous avons connu bien des jeux de quilles dans notre jeunesse, où ne dédaignaient pas de s'y trouver certains dandys, fort adroits dans le maniement de la boule, lesquels auraient pu être bons *requilleurs*. Le *requilleur* est celui qui tient le jeu, et qui doit renvoyer la boule aux joueurs : ce métier semble simple de prime abord, il exige des connaissances spéciales. Le requilleur risque de se faire tuer, ou de se faire briser un membre, quand il a affaire à des joueurs maladroits ; et, si lui-même n'est pas adroit dans le relancement de la boule, il peut occasionner de graves accidents. Pour y remédier et pour rendre le métier de requilleur facile, on a employé un truc : au lieu de relancer la boule sur le champ du jeu, on a établi une conduite en planches, d'une inclinaison assez forte, pour qu'en y posant la boule, elle vienne elle-même se placer devant les joueurs, de sorte qu'un enfant assez raisonnable et prudent, peut tenir un jeu de quilles. Ce système, très simple, n'était pas adopté partout, il y a une vingtaine d'années.

L'Album de M. Thorelle donne la vue d'un jeu de quilles dans les fossés de la citadelle, rue de la Citadelle, où se trouve actuellement le magasin des matériaux de la ville, service de la voirie.

Ce jeu, jadis fort à la mode, tend à disparaître, comme le jeu de paume et le jeu de maille. Cela n'est pas d'un bon augure pour la génération actuelle, et pour celles qui nous suivent. Pour jouer aux quilles, il faut être robuste, fort et musculeux. Si l'intérêt ne s'y attachait pas, comme à tous les jeux, il pourrait être considéré comme un excellent exercice, favorable à la santé et au développement des muscles, sans avoir l'inconvénient de fatiguer l'esprit, comme le font les cartes, les échecs, les dominos et les dames. Le jeu de quilles exige de la force, de la souplesse, de l'élasticité, de l'œil, de l'adresse, et tout ce qui s'en suit.

Le joueur de quilles brave le vent, la pluie, le grésil, la grêle, la neige, en fumant tranquillement sa bouffarde, et en commentant le coup de son partner, tandis que nos joueurs de piquet, d'écarté et autres, se calfeutrent dans un café, où ils ne respirent qu'une atmosphère surchargée, lourde, et sont constamment préoccupés des portes ouvertes : Fermez la porte S. V. P. ! — La porte !!! — C'est le cri général.

Coste avait bien raison, en 1774, de reprocher aux Nancéiens de son temps, d'abandonner les jeux d'exercices, pour se livrer au farniente des salles enfumées.

On se moque toujours et à tous propos, du bon vieux temps, parce que quelques écrits humoristiques, en choisissant ses faiblesses et ses travers, l'ont tourné en ridicule. Nous aussi, nous nous sommes moqué plus d'une fois, du bon vieux temps ; mais depuis que nous avons appris à le connaître, à le toucher de près, nous avons reconnu qu'il n'y avait pas autant de travers qu'on veut bien le dire ; en supposant même qu'ils aient tous existé, il avait pour lui bien des qualités, bien des avantages, dont nous serions fort heureux de jouir, si nos pères avaient su nous les conserver. Nous le regrettons dans ce qu'il avait d'utile et d'agréable. Son utilité et ses agréments rachetaient beaucoup les défauts qu'on lui a si amèrement reprochés, lesquels, soit dit en passant, n'existaient pas partout, ni dans la même mesure.

Le Cours. — Cette digression faite, revenons au Cours Léopold. En 1801 et au moment de la Révolution, ce qu'on appelait *le Cours* était une plantation insignifiante, relativement à ce qui est aujourd'hui. Il mesurait à peine le quart de la superficie actuelle. En prenant, comme base, les trois derniers carreaux qui sont à l'ouest, derrière la statue Drouot, on en aurait une très grande idée.

Cette plantation fut nommée le *Cours de la Liberté*, par la délibération du 17 septembre 1791 ; et l'on appela *place de la Liberté*, ou mieux *Grande place de Grève*, tout le terrain qui n'était pas planté. Le recensement de l'an IV désigne les deux, par cette rubrique : *Place de la Liberté ou Cours de la Liberté*. A cette époque, aucune des sept rues transversales, qui devaient diviser les trois rues principales, la rue des Enfants Trouvés, devenue *rue des Enfants de la Patrie*, la *rue de Stainville*, et la *rue Neuve du Boulevard* n'étaient pas tracées. La rue des Enfants de la Patrie était la seule qui était dénommée : les deux autres ne le furent jamais depuis.

Le Cours de la Liberté, devint *Cours Bourbon* en 1815 (1) ; *Cours d'Orléans* en 1830 ; *Cours Béranger* en 1848 ; *Cours Drouot* en 1850 ; enfin *Cours Léopold* vers 1852. Ce dernier vocable est venu en sourdine ; on s'est habitué peu à peu à dire *Cours Léopold*, jusqu'à ce que la municipalité lui ait donné ce nom, sur l'avis, croyons-nous, de M. Louis Lallement, qui l'avait réclamé par une pétition.

On appelle vulgairement *place Drouot*, le rond point au milieu duquel se trouve la statue du général.

La place qui est à l'extrémité du Cours, entre la porte Désilles et les carreaux du cours, avait été primitivement nommée *place Saint-Louis* ; elle portait encore ce vocable en 1791, époque à laquelle on l'a confondue avec le *Cours de la Liberté*.

Aux termes des arrêts de 1778 et de 1784, elle devait terminer le nouveau quartier projeté du côté de la porte ; mais, lorsqu'on planta les trois ou quatre rangées d'arbres qui formèrent le Cours, on anticipa sur le terrain qui lui était réservé.

Dès 1778, et même avant l'arrêt du 12 juin, on avait

(1) En 1814, on lui avait rendu son nom primitif de *Grande place de Grève*, nous l'avons trouvé encore ainsi dénommé en 1816 et 1817.

ascensé provisoirement à divers particuliers, les terrains sur lesquels devait se créer le nouveau quartier. Les ascensements furent résiliés en 1784; et depuis, l'Hôtel de Ville n'eut plus occasion de retrouver des censitaires disposés à construire. La Révolution fit perdre de vue la destination du terrain; on négligea de s'occuper de cette affaire, qui n'aurait pas beaucoup enrichi les finances de la Ville. De sorte qu'en 1806, on commença à créer le *Cours de la Liberté*, tel qu'il est de nos jours, en y faisant de nouvelles plantations. Les trois rues longitudinales, projetées en 1784, furent définitivement tracées, et le Cours limita, au midi, et au nord, l'ancienne place Saint-Louis.

Ces deux places servirent longtemps de champs de manœuvres à la cavalerie, et aussi toutes deux, de lieu pour l'exécution des criminels.

On ne créa d'abord que trois allées transversales, à l'extrémité des rues Saint Michel, de la Manutention et du Haut Bourgeois. La première allée transversale, qui se trouve entre la place de l'Académie et la place Drouot, n'a été pratiquée, dans les deux premiers carreaux de la promenade, qu'en 1832.

La grande allée du milieu, qui est dans l'axe de la porte, était encore la route nationale, en 1857, ainsi que nous le prouve ce fait divers de l'*Espérance*, du 22 octobre même année.

« On place, en ce moment, autour du Château d'Eau, sur la place de Grève, quatre des huit candélabres qui étaient sur la place Stanislas. C'est un grand service rendu à ce quartier important ; les becs de gaz qui entouraient la place, laissaient nécessairement le milieu dans une obscurité complète.

» En même temps, on pave à nouveau et avec soin, la contre-allée est du Cours Léopold ; elle est aujourd'hui classée comme route impériale, aux lieu et place de l'*allée du milieu,* qui va être dépavée et livrée aux seuls piétons. — On dit qu'on a l'intention d'abattre les deux rangées d'arbres qui bordent immédiatement cette allée du milieu, afin de créer une perspective plus large. »

Les changements qui ont été opérés depuis, sur le Cours, n'ont pas eu grande importance. C'est à la suite de la déviation de la route impériale, que la foire de Mai, qui se tenait précédemment sur la Carrière et sur la Terrasse de la Pépinière, a été transférée, en 1859, sur la place de Grève et sur le Cours Léopold, au moment ou se terminait le Palais des Facultés.

Depuis longtemps, les habitants de la Carrière se plaignaient de la gêne qu'ils éprouvaient, par suite de la tenue, de la foire de Mai, sur cette place. En effet, les deux rues latérales étaient encombrées de matériaux, trois semaines avant l'ouverture de la foire, et il fallait le même temps pour enlever les baraques et déblayer le terrain; de sorte qu'on était près de neuf semaines, sans pouvoir jouir de cette promenade.

Lorsque la Ville put obtenir la déviation de la route impériale, qui traversait le Cours Léopold, l'administration municipale résolut d'y transférer la foire de Mai. Elle l'aurait été en 1858, si les travaux de nivellement et les abattis d'arbres avaient été terminés, et encore si une partie de la place de Grève et du Cours, n'avait été occupée par les chantiers du Palais des Facultés.

Nancy ayant été choisi, en 1858, pour chef-lieu d'un des six grands commandements militaires, le public crut que le déplacement de la foire de Mai avait été provoqué par l'arrivée dans notre ville du maréchal Canrobert. Il n'en était rien, la résolution, nous venons de le dire, était antérieure à la création des grands commandements militaires. Du reste, en mai 1858, la ville n'était pas prête à livrer le cours Léopold aux forains. La grande allée n'était ni nivelée, ni grouinée, ni ensablée; cette opération n'eut lieu qu'au printemps de 1859, époque à laquelle on s'occupa de la confection des cassis, pour l'écoulement des eaux.

Le déplacement de la foire de Mai introduisit quelques progrès dans la partie joyeuse. Un emplacement spécial fut consacré à des cafés-concerts et restaurants. On mit en adjudication, et l'*Espérance* en fut scandalisée, un emplacement pour un bal public.

C'est égal, l'année 1859 compte dans les annales nancéiennes, car le transfert de la foire sur le Cours Léopold fut, pour bien des Nancéiens, l'objet de cent commentaires, et beaucoup furent surpris des innovations qui y étaient introduites.

Fabrique Mathieu. — En principe, le Cours Léopold, ou pour mieux dire la Grande place de Grève, devait être, par sa situation, en quartier essentiellement industriel et commercial. Ducret y avait un commerce de planches, où se sont élevées les maisons occupées par la brasserie Viennoise, et celle qui fait angle à la rue de la Pépinière ; Laugier avait établi, à l'angle opposé, sa fabrique de papiers peints ; l'hôpital des Enfants Trouvés occupait la Vénerie ; plus loin, sur le Cours, un nommé Mathieu avait créé une fabrique de produits chimiques, ou, pour mieux dire, de bleu de Prusse, dans l'immeuble précédant la maison de Guilbert de Pixerécourt

Nous avons sous les yeux un plan manuscrit, teinté en vert, en rouge et en jaune. Ce plan, qui a servi à un procès, est jeté à vue d'œil sur le papier, sans échelle et sans proportion ; mais il est curieux, en ce qu'il indique l'état dans lequel se trouvait, vers 1792 ou 1793, la grande place de Grève ; et, de plus, les noms de tous les propriétaires y sont rappelés.

Mathieu avait établi sa fabrique de bleu de Prusse, au fond de son jardin, presque sur la rue de l'hospice. Un certain nombre de voisins déposèrent une plainte contre l'ouverture de cet établissement ; ce sont Leclerc, ex-noble ; Trousset, ex-commis d'intendance ; Guilbert de Pixerécourt ; François ; les dames Rollot, anglaises ; Cher ; Froment jeune ; Hoffmann et Fidel, maître paveur. Les maisons des plaignants sont teintées en jaune ; quand nous disons « les maisons », nous sommes trop consciencieux, il faudrait ajouter et les jardins. « Les maisons lavées en rouge sont celles des voisins qui ne se plaignent pas ». Celles où il y a une croix ont refusé de signer la plainte. Il est regrettable que ce plan ne soit pas daté ; car nous avons trouvé depuis, un document important qui se rattache à la plainte en question. Quel a été le sort de cette plainte ? Ce que nous savons de positif, c'est que Mathieu, après maintes démarches, n'ayant pas trouvé dans le gouvernement l'appui et la protection qu'il réclamait, ferma son établissement. Ne trouvant, sans doute pas, chez les administrateurs du département, une solution nette à la plainte déposée contre sa fabrique, il adressa au ministre de l'intérieur, un mémoire sur son industrie. C'est probablement à ce mémoire que se trouve jointe la copie nette du plan, dont nous n'avons que l'ébauche.

Sauf l'entête avec le cachet, voici la lettre que lui adressait le ministre, en réponse à son mémoire. Nous en prenons copie sur l'original :

Paris, le 9 brumaire an 7 de la République Française, une et indivisible.

LE MINISTRE DE L'INTÉRIEUR,

Au citoyen MATHIEU, manufacturier à Nancy,
département de la Meurthe.

« Citoyen, j'ai reçu le mémoire que vous m'avez adressé, dans lequel vous exposez que, depuis la Révolution, vous avez établi à Nancy, une manufacture d'huile de vitriol et autres produits chimiques, et vous demandez que le gouvernement vous accorde une protection spéciale, afin de donner du crédit à votre établissement, et que j'invite les administrateurs du département de la Meurthe, à vous procurer toutes les facilités dont votre manufacture peut avoir besoin.

» Avant de vous répondre, j'ai cru devoir consulter les administrateurs du département, et je vois avec satisfaction, d'après les renseignements qu'ils viennent de me transmettre, que votre entreprise a eu d'heureux succès, que votre manufacture est en pleine activité, et que c'est un établissement précieux et utile pour les arts et le commerce ; je vous invite, citoyen, à lui donner toute l'extension dont il peut être susceptible.

» Le gouvernement doit une protection particulière, aux manufacturiers qui établissent dans les communes de la République de nouvelles branches d'industrie, et vous éprouverez cette protection, toutes les fois qu'elle vous sera nécessaire.

» Au surplus, je viens, citoyen, de vous recommander de nouveau aux administrateurs du département, en les invitant à vous faire jouir de toutes les facilités qui peuvent être à leur disposition.

« Salut & Fraternité,

« FRANÇOIS (de Neufchâteau.)

Il faut croire que la protection promise ne fut pas bien efficace ; car, à l'arrivée du préfet Marquis, Mathieu avait cessé d'exploiter son industrie. En effet, la lettre du citoyen Ministre est on ne peut plus banale ; c'est un de ces coups d'encensoir qui enivrent certains esprits, mais qui laissent à penser aux gens positifs. Ce n'est pas difficile d'applaudir, d'approuver, d'encourager, même en un style élégant, si l'on ne favorise ou l'on ne protège réellement le déve-

!oppement d'une industrie naissante, par tous les moyens qui sont au pouvoir des corps administratifs. Il n'y a eu que deux préfets dans le département de la Meurthe, qui ont joint leurs actes à leurs encouragements, qui ont véritablement aidé de tout leur pouvoir les industriels, qui ont usé de leur influence personnelle, pour donner de l'extension à l'industrie, ce sont : MM. Marquis, premier préfet de la Meurthe, et le Comte de Villeneuve-Bargemont, venu à Nancy à la fin de 1819, dans un moment où l'industrie était aux abois.

Nous venons de dire, que Mathieu avait renoncé à continuer sa fabrication, lorsque le préfet Marquis est arrivé à Nancy. Dans son rapport au ministre, sur la situation de l'industrie dans notre département, M. Marquis s'exprime ainsi à l'égard de Mathieu.

« Il a existé à Nancy, pendant quelques années, un laboratoire de chimie, dans lequel on procédait en grand à la formation de l'acide sulfurique, au dégagement des acides nitriques et muriatiques, ainsi qu'à la fabrication du muriate amoniacal, de la soude et de la potasse ; on travaillait aussi à la formation du prussiate de fer, ou bleu de Prusse.

» Ces différents produits, qui étaient d'une qualité supérieure, et à bien meilleur prix que dans les fabriques d'où on les tire ordinairement, étaient d'une grande ressource pour le département de la Meurthe et les départements circonvoisins. On ignore quels sont les motifs qui ont déterminé M. Mathieu, qui était propriétaire de cette usine, à renoncer à son exploitation : quelques citoyens pensent à la rétablir. » (*Statistique* p. 212).

Si nous trouvons ici la perspicacité du préfet Marquis en défaut, c'est qu'il faut supposer que Mathieu n'habitait pas Nancy, sans quoi celui-ci n'aurait pas reculé devant une démarche personnelle, pour connaître de la bouche de Mathieu, les causes qui avaient provoqué la suppression de son établissement. Marquis, en bon administrateur, faisait lui même ses enquêtes ; et sa statistique nous prouve qu'il savait pénétrer, dans une conversation particulière, les secrets d'un établissement industriel.

Nous nous sommes demandé maintes fois, qui pouvait être ce Mathieu, dont l'usine se trouvait établie sur le Cours de la Liberté, entre la maison du citoyen Erot, au midi, et celle du citoyen Guilbert-Pixerécourt, ex-noble, au nord.

PÉPINIÈRE (La)

Lorsque Stanislas arriva à Nancy, il y avait une petite Pépinière, près du potager qui disparut dans les grands travaux que fit exécuter ce monarque, pour créer les nouveaux quartiers du Nancy, qu'on appelle le Nancy de Stanislas.

Celle que nous connaissons a été commencée en 1765, c'est à dire peu de temps avant la mort de ce prince, et elle n'a été entièrement terminée et cloturée, qu'en 1775. La clôture orientale du corps des casernes, effectuée dès le commencement de sa création, servit de point de repère à l'enceinte projetée en 1775, et en même temps de jalon au mur de la Pépinière, lequel s'étend en ligne droite, jusqu'auprès de la propriété appelée communément le château Grignon, dont nous avons tous connu l'ancienne bâtisse, détruite en 1877-78, pour y placer la nouvelle usine à gaz.

Ainsi que l'indique son nom, la Pépinière était destinée à introduire et à propager, dans la province, quelques bonnes essences qui y étaient alors étrangères. Son établissement avait également pour but, de propager la plantation des arbres sur le bord des routes. On laissait ce soin aux propriétaires riverains, à qui les arbres nécessaires étaient fournis gratuitement. Plus tard, on employa ses produits à encourager les plantations dans les cimetières.

Tout en l'utilisant à l'arboriculture, on livra ses entrées au public, on en fit une promenade publique. Elle n'avait alors qu'une entrée principale, celle qui est à l'extrémité de la Carrière, mais on pouvait s'y rendre par le passage de la rue des Écuries, et par la promenade qui passait au dessus de l'Arc de Triomphe. Ce ne fut que vers 1770 à 1775, qu'on créa le fer à cheval, qui termine la terrasse et qu'on appelait, nous ne savons pourquoi, la *cour* ou le *Manège des Pages*. A peu près à la même époque, on enleva les deux petites fontaines qui garnissaient les portiques latéraux de la grille d'Amphitrite.

Ce nouveau passage donnait un accès direct, aux habitants de la Ville-Neuve.

Pour avoir une idée exacte de ce qu'était la Pépinière, et quelle était sa destination, il faut recourir à l'arrêt du conseil des Finances du 26 octobre 1765, dans lequel on remarque que le Roi a plutôt satisfait un de ses nombreux caprices, que favorisé, comme il le dit, sa bonne ville de Nancy.

« Le Roi, est-il dit dans cet arrêt, considérant les avantages qui résultent du grand nombre de pépinières royales, dans presque toutes les provinces de France, où on trouve les espèces d'arbres les plus utiles au charronnage, à l'artillerie, les plus propres à la plantation des avenues, grands chemins et chaussées ; Sa Majesté a résolu de former auprès de sa bonne ville de Nancy, une *Pépinière royale,* dans un terrain situé des deux côtés de la chaussée nouvelle, depuis l'angle du grand mur de clôture du quartier Royal des casernes, allant à l'extérieure de la porte de la Citadelle, dont une partie appartenant au domaine de Sa Majesté, la plus grande *(sic)* à celui de la ville de Nancy, et quelques portions à des particuliers, a été à l'avance préparée et mise en culture, dès la première année. Un établissement aussi utile ne pouvant être consommé trop promptement, afin que ses sujets jouissent d'autant plutôt des avantages qu'on a tout lieu de s'en promettre ; la ville de Nancy, dans la vue de concourir au bien général de la province, et de procurer un nouvel agrément à ses habitants, par une *promenade,* que ladite pépinière leur procurera, ayant consenti et même demandé que la plus grande partie du terrain dont il s'agit, qui lui appartient, *(sic)* y soit destiné. Ouï le rapport du sieur Renault d'Ubeny, conseiller secrétaire d'Etat et conseiller audit Conseil des Finances.

» Le Roi, en son conseil des finances, a ordonné et ordonne ce qui suit : 1° Le terrain situé des deux côtés de la chaussée nouvelle, depuis l'angle du grand mur de clôture du Quartier Royal des Casernes, allant à la porte extérieure de la Citadelle, de la consistance de vingt sept jours, une aunée, neuf toises quatorze pieds, dans la partie A, à gauche de ladite chaussée du côté des glacis de la Ville-Vieille ; et de trente jours, sept aunées, quinze toises, quatre-vingt-deux pieds, dans la partie B du côté des prés, suivant la carte topographique dressée par Mique, inspecteur des bâtiments de la ville de Nancy, le 5 octobre de la présente année, sera incessamment et successivement, à commencer par la partie A, convertie en Pépinière royale, divisée en grands carreaux, séparés par des allées plantées dans dans tous les sens, et fermés dans tout le pourtour par des fortes hayes, palissades ou autres clôtures.

» 2° Sa Majesté approuve et autorise la destination faite par l'Hôtel-de-Ville de Nancy, des terrains qui lui appartiennent, et à renfermer dans l'enceinte de la Pépinière, pour servir à cet objet, et de promenades publiques, avec faculté d'y rentrer, s'ils cessent d'être employés à cet usage. *Fait don et concession* Sa Majesté aussi, à cet effet, des terrains dépendant et appartenant à son domaine, compris dans le plan de la même Pépinière, à charge d'indemnité envers ses fermiers, sous le pied des sous-baux, et seulement jusqu'à l'expiration du présent bail général. A l'égard de quelques terrains appartenant à des particuliers et compris dans l'étendue de la Pépinière royale, le prix leur en sera payé, ainsi qu'il sera ordonné.... »

Ce n'est donc pas Stanislas qui l'a créée; il n'a fait qu'en autoriser la création. Il meurt peu de temps après. La ville, pour cet établissement, a abandonné les terrains dont elle était propriétaire, le Roi de Pologne en a ajouté quelques autres de peu d'importance ; mais il a laissé à l'Hôtel-de-Ville, le soin de s'arranger avec ses fermiers, et de payer à quelques particuliers, les terrains enclavés dans le domaine royal et dans le domaine municipal.

Suivant M. Louis Lallement, *(Nancy vu en deux heures)* la Pépinière mesure une superficie de 226,560 mètres carrés. Parmi les terrains dépendants du domaine royal, se trouvait un pré, qui avait appartenu de temps immémorial au domaine de la ville, dans lequel les arquebusiers de Nancy allaient s'exercer au tir. Lors de leur suppression, en 1739, aux termes mêmes de l'ordonnance du 16 novembre, ce pré, d'une contenance de 28,615 mètres carrés, qui aurait dû faire retour à la ville, fut confisqué au profit du domaine royal. En vertu de quel droit ? sans doute, du droit du plus fort. Stanislas, en l'abandonnant pour la création de la Pépinière, n'a donc fait que rendre à la ville ce qui appartenait à la ville.

Le domaine de 1833 éleva, à cet égard, des prétentions singulières, lorsqu'il s'est agi de convertir la Pépinière en champ de manœuvres, et de la transformer en promenade publique. (V. Noël *Mémoire n° 5*, texte, p. 255).

Stanislas meurt le 23 février 1766 ; la ville a à cœur de remplir ses engagements : la Pépinière se crée, se forme, en dépit même de l'état des finances municipales. Peu à peu les travaux s'accomplissent et s'achèvent. Surviennent le plan des embellissements projetés par M. de Stainville, étudiés par Lecreulx et l'arrêt du 12 Juin 1778, aggravant plus que jamais les charges de la commune.

L'article VIII de cet arrêt vise spécialement la nouvelle promenade :

» Les allées de la Pépinière, établie dans ladite ville, seront prolongées jusqu'à la rivière de Meurthe : la partie du nouveau canal, qui bordera ladite Pépinière, formera, au milieu de la principale allée, un bassin, aux deux côtés duquel on construira des ponts tournants, pour communiquer à la prairie ; les terre-pleins, situés entre les allées tracées au delà du canal, resteront en nature de prairie, tels qu'ils sont actuellement. »

Ce projet, par lequel on aurait dû commencer, n'aurait certainement pas été aussi ruineux que la création du Cours Léopold et de la place de Grève ; car il s'agissait, pure-ment et simplement, d'ajouter à la Pépinière la prairie qui a été connue depuis sous le nom de *Cité agricole*. La créa-tion du canal, suivant le plan Lecreulx, qui nous sert de guide, ne nous paraît pas avoir eu pour but d'arrêter les eaux ; mais seulement destiné, en cas d'inondation, à as-surer d'une manière plus rapide leur écoulement. Creusé dans le sol, ses bords n'auraient été revêtus que d'un ter-rassement de peu d'élévation, insuffisant pour remplir le rôle de digue, que joue le canal de la Marne au Rhin, avant l'établissement duquel les débordements s'étendaient dans la Pépinière, et parfois jusque dans les rues Sainte Catherine et Saint Georges.

Le canal projeté commençait près de Jarville et venait se décharger au pont de Malzéville ; il devait avoir soixante pieds de largeur, et être bordé d'arbres abritant les che-mins de hallage.

Ce projet a été abandonné par la force des choses, et par les évènements qui ont surgi, au moment où l'on commençait à mettre le plan Lecreulx à exécution. La Révolution n'a pas même permis de donner suite aux commencements d'exécution, entrepris dans la partie occidentale de la Ville-Vieille.

Nous venons de voir, qu'avant la Révolution, la desti-nation même de cette promenade publique lui avait fait donner le nom de *Pépinière Royale*. Nous n'avons pu trou-ver la délibération qui, en l'an II, la nomma *le Cours de la Réunion*. C'est sans doute celle du 13 pluviôse ; mais le tableau qui s'y trouve annexé, ne mentionne pas les promenades publiques. Ce vocable, qui peut paraître étrange, avait sa raison d'être choisi ; depuis quelques années, la Pépinière servait de lieu de réunion à la population nancéienne, et presque toutes les fêtes civiques et patriotiques avaient lieu, en partie, soit sur la Terrasse, soit dans la grande Allée. La délibération du 18 fructidor an III, lui a consacré les vocables de *Terrasse* et de *Cours de la Pépinière*. On ne dit cependant pas le *Cours* de la Pépinière, comme on dit le Cours Léopold : on dit simplement *la Pépinière*. C'est à tort qu'on l'appelle quelquefois le *Cirque* ou le *Parc de la Pépinière*, celle-ci n'ayant jamais servi de cirque ni de parc. Son vrai nom est *la Pépinière*.

Rigoureusement, il n'y a plus de nos jours, de *Terrasse* dans l'intérieur de cette promenade, puisque la Terrasse, par suite des remblais successifs qui y ont été faits depuis 1847, se confond maintenant avec la partie inférieure qui sert de promenade publique.

Dans son hodographie nancéienne, publiée en 1857, M. P. G. Dumast avait donné à chacune des allées de la Pépinière des noms spéciaux.

1° La Terrasse ; 2° le Talus ; 3° allée de Lénoncourt (ces deux derniers sont supprimés par la création du jardin anglais) ; 4° allée Haraucourt, au nord ; 5° allée Lignéville, à l'est ; 6° allée du Châtelet, au midi. Les trois grandes allées se seraient appelées : celle de droite : allée de Provence et allée de Calabre ; celle de gauche : allée de Gueldres et allée de Jullier ; celle du centre : grande allée de Jérusalem. Les trois allées transversales auraient pris les noms suivants : la première avant le Rond-Point : allée de Lorraine, à droite, et allée de Bar, à gauche ; celle du Rond-Point : allée d'Anjou et allée de Sicile ; la troisième, qui vient après le Rond-Point : allée de Hongrie et allée d'Aragon.

Il faut dire, que si ce projet avait été adopté, le public n'en aurait pas tenu compte. On aurait continué à dire la Terrasse, le Talus ou l'allée du Talus, la Grande allée et le Rond-Point de la Grande allée, c'est à dire le bassin du jet d'eau.

Avant, pendant la Révolution et sous l'Empire, il n'y avait pas de grandes fêtes patriotiques, sans quelques réjouissances à la Pépinière, sur la Terrasse, dans la Grande allée centrale.

Les gardes nationales fédérées s'y sont assemblées, à deux reprises différentes ; en 1790, pour cimenter leur union par un repas monstrueux, auquel étaient conviés les officiers et sous officiers de la garnison du Régiment du Roi, Château-Vieux et maistre de camp.

On y célébra, le dimanche 11 août 1793, une cérémonie funèbre, pour honorer la mémoire de Marat, l'ami du peuple, dans laquelle le citoyen Brisse, acteur du spectacle, et membre de la Société populaire de Nancy (lequel devint maire de la ville), prononça l'éloge funèbre et historique « de ce fidèle Représentant » (Brochure in-4°, 11 p. chez la veuve Bachot).

Le 20 prairial an II (8 juin 1794), jour de la fête consacrée à l'Etre suprême, on avait élevé au milieu du Rond-Point, qu'on appelait le Cirque, le trophée des emblêmes de la féodalité et du fanatisme, duquel, en y mettant le feu, se détachait la statue de la Sagesse. (Voir les détails de cette fête place de la Cathédrale).

En l'an VI, nous y voyons célébrer la Pompe funèbre, en l'honneur de Hoche, le 30 vendémiaire, (21 octobre 1797) ; la fête des Epoux le 10 floréal (29 avril 1798) ; celle du 18 fructidor (4 septembre 1798), etc. etc., en un mot, il n'y avait guère de fêtes patriotiques, sans que la Pépinière n'ait à y jouer un rôle.

A cette époque encore, on y tirait les salves d'artillerie qui annonçaient les divers épisodes des fêtes, et les décharges de mousquetterie, quand Nancy fut privé de l'artillerie.

Nous avons sous les yeux le programme de la fête funéraire, consacrée à la mémoire du général Hoche. De même que nous avons fait connaître ceux de la Fête à l'Etre suprême, de la Fête de la Paix et de la Fête de la Souveraineté du Peuple, nous reproduisons celui-ci in-extenso :

PROGRAMME

De la Pompe funèbre qui sera célébrée, par la commune de Nancy, le 30 vendémiaire présent mois, en mémoire du général HOCHE, en exécution de la Loi du 6 du courant.

« La veille, à 6 heures du soir, cinq coups de canon seront tirés de cinq minutes en cinq minutes, pour annoncer la célébration de cette Pompe funèbre ;

» Le jour, à sept heures du matin, cinq coups de canon seront également tirés par intervalle ;

» La générale sera battue à la même heure ; toutes les troupes prendront les armes, et se rendront sur la place du Peuple, à neuf heures et demie du matin, où elles se rangeront en ordre de bataille ;

» Pendant la cérémonie, toutes les troupes porteront l'arme sous le bras gauche ;

» Les autorités constituées, tant civiles que militaires invitées, se rendront à cette cérémonie, à neuf heures et demie du matin, au grand salon de la Maison commune, où il sera distribué à chacun des membres, une branche de laurier ou de chêne ;

» Le cortège sortira de la Commune, escorté par un détachement de la Garde nationale, pour se rendre au Cirque de la Pépinière, en passant sur la place de la République ;

» La marche sera ouverte par un escadron de cavalerie, ayant à sa tête deux trompettes voilés ;

» Huit militaires vétérans, placés au centre des autorités constituées, porteront une pyramide surmontée d'une urne funéraire ;

» La Garde nationale et le bataillon des vétérans marcheront en avant des Autorités constituées, immédiatement après l'escadron de cavalerie, et prendront leur place à droite, en arrivant au Cirque ;

» Les troupes de ligne marcheront en suite des Autorités constituées, et prendront leur place à gauche, en arrivant au Cirque ;

» Pendant la marche, les tambours voilés feront les coups de baguettes et roulement accoutumés aux Pompes funèbres, et la musique, par intervalle, jouera des airs lugubres ;

» Le cortège arrivant au Cirque, les autorités civiles et militaires se placeront sur les deux estrades à ce destinées ;

» La pyramide, portée par les vétérans, sera déposée en avant de l'Autel de la Patrie ;

» Entre les deux estrades, s'élèvera un sarcofage surmonté, en arrière, d'une pyramide, portant en inscription les hauts faits du général HOCHE ;

» L'orchestre sera placé sur deux estrades environnant la base de la pyramide ;

» Le cortège ainsi placé, un coup de canon sera tiré ;

» Ensuite, il sera exécuté un hymne funèbre, en mémoire du général HOCHE, paroles du citoyen *Blaise*, musique du citoyen *Jadin*, membre du Conservatoire de musique ;

» Cet hymne exécuté, il sera tiré un coup de canon, et les trompettes voilées se feront entendre pour indiquer le plus grand silence ;

» Un discours sera prononcé par le Président de l'Administration municipale ;

» Immédiatement après le discours, il sera tiré un coup de canon, et l'orchestre exécutera une marche funèbre, de la composition du citoyen *Jadin*, pendant laquelle les membres des autorités militaires défileront devant la pyramide, au pied de laquelle ils déposeront les branches de verdure dont ils seront porteurs, et reprendront leurs places, par file à gauche, entre la pyramide et l'autel de la Patrie ; pareille marche sera faite par les autorités civiles, par la droite ;

» Pendant la marche, il sera tiré un coup de canon, de trois minutes en trois minutes ;

» Cette marche terminée, on chantera la strophe : *Amour sacré de la Patrie* ;

» La strophe chantée, l'orchestre exécutera un hymne funèbre, de la composition du citoyen *Nicolaï*, professeur de musique ;

» Ensuite le *Chant du Départ* ;

» Une décharge générale d'artillerie annoncera la cérémonie terminée ;

» Les troupes défileront par pelotons, par la gauche, devant le sarcofage, l'arme sous le bras gauche ; le commandant de chaque peloton, quelques pas avant l'arrivée, fera le commandement : portez armes ! lui et les sous-officiers salueront de l'épée, ainsi que la cavalerie ; lorsqu'il aura dépassé la pyramide, il fera le commandement de l'arme sous le bras gauche ;

» Le cortège reprendra sa marche, pour se rendre par le même chemin à la Maison commune ;

» Le soir, au spectacle, au lever du rideau, avant la représentation de la pièce, les hymnes funèbres de la composition des citoyens *Nicolaï* et *Jadin*, seront chantés à grand orchestre, par les artistes dramatiques.

» Fait et arrêté en l'administration municipale à Nancy, le 24 vendémiaire an 6 de la République ;

» *Signé* : REGNEAULT, président ; LALLEMAND, CHARPENTIER, LECLERC, COLLENOT, BRIEY, administrateurs municipaux ; SAULNIER, commissaire du Directoire exécutif ; ROLLIN, secrétaire en chef. »

Sous l'Empire, les grandes fêtes patriotiques avaient lieu à la Pépinière, sur la Terrasse et dans la Grande allée centrale. Nous y voyons célébrer la fête des époux, la fête des vieillards et tant d'autres, qui ne coûtaient vraiment pas cher.

Les gardes nationales fédérées y ont fait, à deux reprises différentes, en 1790, des repas monstrueux, auxquels étaient conviés les soldats du Régiment du Roi, de Châteauvieux et de Chamborand.

On y passait les revues militaires ; on y tirait le canon, dans les grandes solennités, et les décharges de mousqueterie.

De tous temps, la Pépinière a été le rendez-vous de la population nancéienne, et les fêtes nationales et patriotiques n'ont jamais pu se terminer, sans qu'un rôle quelconque ne lui ait été assigné.

Il y a quarante ans environ, et plus peut-être, cette promenade avait un tout autre aspect. Chaque carré était bordé d'une forte haie vive. Au commencement du siècle, les carrés étaient garnis d'arbres et formaient d'épais bosquets. La ville, qui avait peu de ressources, vendait, dans ses moments de crise, les arbres les plus gros, comme s'il s'était agi d'une forêt dans laquelle on fait des coupes régulières. Elle continua néanmoins assez longtemps à l'exploiter comme Pépinière. Voici, par exemple, un avis du 12 octobre 1823, qui nous fait connaître les essences que l'on y cultivait et le tarif du prix de vente de chaque pied.

» Avis. — Le maire de Nancy a l'honneur de prévenir MM. les propriétaires de jardins, et adjudicataires des plantations sur les routes royales, que la Pépinière de cette ville contient une plus grande variété d'espèces d'arbres, que les années précédentes, et qu'en vertu d'une délibération du conseil, en date du 20 mai 1823, approuvée par M. le préfet de la Meurthe, les prix des arbres des diverses essences qui existent dans cette Pépinière ont été modérés et fixés, outre dix centimes par pied d'arbres, pour frais d'arrachage savoir :

« Essence d'accacia	La pièce o^f 15^c	Le 100 10 fr.
— de cytise	— 0 15	— 10
Bouleau.	— 0 15	— 10
Noyer.	— 0 25	— 20

	La pièce of 25e	Le 100	
Peuplier du Canada	0 25		20
Saule à feuille argentée . .	— 0 25	—	20
— blanc de Hollande. .	— 0 25	—	20
Sycomore.	— 0 25	—	20
Peuplier d'Italie.	— 0 20	—	15
Frêne.	— 0 20	—	15
Orme.	— 0 20	—	15
Maronnier d'Inde	— 0 20	—	15
Aulne.	— 0 15	—	15
Tilleul	— 0 30	—	30
Arboisier	— 0 20	—	20
Cerisier.	— 0 20	—	20

Le préfet Riouffe est le premier qui a obligé la ville de Nancy à dénaturer la destination primitive de la Pépinière, en l'invitant, pour couvrir les folles dépenses qu'il lui faisait contracter, dans les fêtes officielles de l'Empire, de faire abattre et de vendre les arbres qui en garnissaient les carreaux. Cette ressource, exploitée d'abord en 1811, sur les ordres du préfet, pour combler, dans la mesure du possible, les 60,000 fr. dépensés lors du passage de Marie-Louise, fut trouvée bonne par les autres administrations municipales, et l'on ne tarda pas à dépeupler insensiblement cette forêt urbaine.

Ainsi, le 8 novembre 1818, on trouve cet avis :

« Les personnes, qui désirent faire des plantations, soit sur les routes ou dans des jardins, d'arbres de fresne, d'orme et de tilleul, peuvent s'adresser à M. Descambet, appareilleur, ou aux ouvriers qui sont à la Pépinière de Nancy ; dans ce moment, ils arrachent grand nombre de ces arbres. Les charrons et autres ouvriers en bois y trouveront beaucoup de beaux arbres et de belles perches de même essence, propres au travail ; le tout à juste prix. »

La Pépinière était alors le rendez-vous de bien des gens de la ville, qui s'y rendaient, pendant les beaux jours de l'été, pour y faire en famille un repas champêtre, et s'amuser entre soi, sans avoir à transporter au loin, tel à la Croix Gagnée, tout un attirail de victuailles.

Après la Révolution de 1830, elle risqua un instant d'être complétement détruite. Le génie militaire récla-

mait la création d'un champ de manœuvres. On se demanda, d'abord, si pour ce, il ne fallait pas sacrifier le Cours
Léopold. Les habitants de ce quartier, ne voulant pas
devant chez eux un champ de Mars, mirent en avant la
Pépinière. Les vieux Nancéiens, les flâneurs, les rentiers,
les habitués de cette promenade, se révoltèrent et soule-
vèrent un *tolle* général.

La guerre commença à s'allumer, par cet article du
Journal de la Meurthe, n° du 20 mars 1832 :

« On nous prie d'insérer la note suivante :

» Il circule maintenant un pétition, adressée par les habitants
de la place de Grève et du Cours d'Orléans, à l'administration
municipale de la ville de Nancy. Cette pétition a pour but de
demander que *la Pépinière soit convertie en champ de Mars,* pour
faciliter les manœuvres de la garnison de cette ville. Il est à
désirer que l'administration accueille cette demande, car la place
de Grève et la promenade du Cours d'Orléans, étant fréquentées
et peuplées, ne sont pas propres à faire un champ de manœuvre, et ne sont pas d'ailleurs disposées pour cette destination. D'un autre côté, l'espace que présente la place de Grève, et
qui est trop exigu pour pouvoir exercer la cavalerie, va encore
être diminué, par l'établissement de la fontaine que l'on construit au milieu de cette place, et le danger de la traverser pendant les manœuvres, empêcherait d'aller puiser de l'eau à cette
fontaine. La Pépinière, qui n'est fréquentée que pendant les
chaleurs de l'été, à cause de l'humidité qui y règne constamment, pourra être rendue plus salubre et plus agréable aux promeneurs, si l'administration leur conserve l'allée de ceinture qui
l'enveloppe, et se borne à enlever les arbres et arbustes qui
sont au centre. »

Eh bien ! qu'en dites vous, lecteur ? les gens du Cours
d'Orléans n'étaient pas dégoûtés, et ne manquaient pas
de sans-gêne : ils disaient à *Tout le monde* : Tiens, voilà
mon ours, prends-le, et que grand bien te fasse. Mais
Tout le monde n'était pas de cet avis. On connaissait à
Nancy, en 1832, suffisamment l'égoïsme qui caractérisait
les habitants du Cours d'Orléans : leurs preuves étaient
faites depuis 1818 ; aussi la *Meurthe* ajoute à la note ci-
dessus, cette réflexion :

« Le projet de convertir la Pépinière en un champ de manœuvres, ou d'exercices militaires, a déjà été débattu devant
le conseil municipal, et il a rencontré une vive opposition. Le

conseil a ajourné sa décision, jusqu'à ce qu'il aurait statué sur une instance engagée entre l'administration des Domaines et la ville de Nancy, relativement à la propriété du Jardin botanique, et dont la Cour d'Appel est actuellement saisie. »

Avant d'aller plus loin, nous devons ici un mot d'explication. En 1832, le Domaine revendiquait le Jardin bota-. nique ; en 1833 il revendiqua la Pépinière ; en 1848, la caserne Sainte Catherine devenait sa propriété — hélas ! quand la ville l'avait bel et bien payée de ses propres deniers. Il n'y a pas si longtemps, qu'il voulait encore mettre la main sur l'hôtel des Pages. Il a revendiqué jadis l'hôtel de la Comédie : le théâtre était à lui. Bien avant, toutes les maisons de la rue Stanislas étaient siennes.

Comme on peut bien le penser, l'article du 20 mars 1832, ne demeura pas sans réponse. Le *Courrier Lorrain* se mêla à la question. Les journaux furent unanimes, pour repousser l'idée émise par les habitants du Cours d'Orléans, de la création d'un champ de manœuvres à la place de la Pépinière, et chacun redoutait, — ce qui est arrivé, — les revendications du Domaine.

Nous ne citerons pas tous les articles qui ont été publiés dans les journaux du temps ; nous choissisons, sinon les meilleurs, au moins les plus saillants.

« L'opinion publique s'est alarmée du bruit qui s'était répandu, que, d'après une décision du conseil municipal, la Pépinière de Nancy devait être détruite, pour faire place à un champ de manœuvres. Ce bruit qui, en effet, devait préoccuper tout les esprits, n'était pas, comme on va le voir, dépourvu de fondement. D'après le vote du conseil, la plus vaste portion de cette promenade magnifique, établissement du roi Stanislas, et que nous envient toutes les villes voisines, devra disparaître, pour n'offrir qu'une plaine stérile de sable, où la cavalerie viendra s'exercer. Cependant, pour être juste, il faut dire que le conseil municipal, frappé de la responsabilité qu'une mesure aussi grave ferait peser sur lui, a résolu, en même temps, qu'un registre serait ouvert, à l'effet de recevoir les observations ou signatures des habitants de Nancy, pour ou contre. Nous avons cru devoir appeler l'attention sur cet important objet. Il est essentiel, en effet, de s'assurer, par le concours de toutes les lumières possibles, si, avant et au lieu de détruire, il ne serait pas ici préférable d'améliorer, chose qui n'est pas impossible, à notre avis. L'appel que nous faisons, pour notre part, à l'opinion publique, ne pourra manquer de fournir les éléments d'une décision qui, favorable ou non à celle du conseil municipal, aura besoin d'être sanctionnée par le suffrage exprimé, de la majorité éclairée de nos concitoyens. Nous nous proposons de revenir sur ce sujet en temps opportun, et nous recevrons avec reconnaissance, pour les enregistrer dans nos colonnes, les observations qu'il pourra suggérer à nos lecteurs. » (*Meurthe*, 20 juillet 1832.)

Les articles se succédèrent dans les journaux, et la première enquête tentée ne fut pas favorable à l'administration municipale. Celle-ci renonça à son projet, de convertir, tout ou partie de la Pépinière, en champ de manœuvres, et proposa d'y faire des changements, pour l'affecter exclusivement à une promenade publique. Le ministre exigea alors une enquête *de commodo et incommodo*, qui eut lieu à la Préfecture, du 16 au 24 juillet 1835, de 1·1 heures à 2 heures, par devant M. Payot de Beaumont, conseiller de préfecture.

« Des différents projets mis en avant, pour ramener la Pépinière à sa destination primitive, c'est à dire la rendre accessible à tous les promeneurs, aux dames surtout, celui qui semble aujourd'hui réunir le plus de suffrages, consisterait à faire disparaître toutes les haies qui entourent les carreaux et les massifs d'arbres qu'ils renferment. En mettant ainsi les pelouses à découvert, comme sur la place de Grève, on ôterait aux filles publiques la facilité d'y exercer leur honteuse industrie, et on empêcherait une foule d'individus d'en faire des foyers d'infection.

» Nous croyons qu'on arriverait encore plus facilement à ce résultat, en ouvrant à l'endroit de la grille, une issue sur la campagne. Il s'établirait alors sur la Pépinière, une circulation continuelle, qui tournerait au profit de la morale, en même temps qu'elle donnerait de l'animation à cette belle promenade. Il en résulterait, sans doute, une dépense nouvelle pour la Ville, par la nécessité où elle se trouverait d'y établir un poste d'octroi ; mais aussi on parviendrait bien plus sûrement à réprimer la contrebande qui se fait en plein jour. » (*Meurthe*, 9 juillet 1835.)

L'enquête *de commodo et incommodo* fut close le 23 juillet 1835, à 2 heures du soir. Plus de 150 personnes y étaient venues présenter leurs observations. Sauf un seul, les 150 citoyens qui ont répondu à l'enquête, ont réclamé la conservation et l'embellissement de cette promenade. On s'est partagé, quant aux voies et moyens. En 1836, on vendait 497 arbres, hors du commerce de pépinière de différents âges et grosseurs. Ces ventes se continuèrent jusque vers 1840.

En 1841, la Pépinière avait déjà reçu quelques améliorations sensibles, lorsque surgit du cerveau de quelques amateurs passionnés des courses de chevaux, l'idée de faire un cirque dans les allées d'enceinte, c'est à dire d'y circuler à cheval et en voiture, et ce, pour la plus grande gloire de l'amélioration de la race chevaline. Ce projet fut présenté au Maire et au Conseil municipal.

» Nous appelons vivement l'attention du Conseil municipal, dit la *Meurthe*, sur les observations que nous venons de lui soumettre, au nom de plusieurs de nos concitoyens. La Pépinière, ouverte à la circulation des chevaux et des voitures, deviendrait une sorte de Champs-Élysées, qui serait bientôt le rendez-vous de notre société élégante ; la foule ne se concentrerait pas exclusivement sous les arbres de la Terrasse, elle descendrait dans les allées inférieures, et donnerait à notre belle promenade le mouvement et la vie dont elle manque encore. La réalisation du vœu dont nous nous rendons l'interprète, s'accorderait parfaitement avec le projet, que nous ne croyons pas entièrement abandonné, d'ouvrir par la grille du fond, une issue sur le boulevard extérieur. » (*Meurthe*, 15 juillet 1841.)

L'administration municipale eut le bon esprit de ne pas prendre cette demande en considération. Elle a été renouvelée plusieurs fois depuis : l'administration municipale a toujours résisté, et elle a eu raison.

En somme, tout ce que nous venons de raconter prouve, que jusqu'en 1840, la Pépinière, promenade publique, n'était fréquentée par la société nancéienne, le high-liffe du temps, que sur la Terrasse : les carreaux inférieurs étaient réservés au commun du peuple, qui avait le droit de s'ébattre dans leurs verts ombrages. — Tout le monde n'y mettait pas les pieds, croyez-le. Cette petite bourgeoise bas bleu, qui y avait peut-être fait sa première culbute, dédaignait, dans ses atours de nankin, de revoir le théâtre de ses premières amours. Cependant, son gars n'avait pas été si fier en ce temps-là, ni elle non plus, la petite bobonne qui glissait sur une pente fatale, quand une heureuse union vint cimenter l'écart d'un instant derrière la haie. La Pépinière a des secrets à elle, qui noirciraient plus d'un boulanger, et qui blanchiraient plus d'un charbonnier.

La Terrasse était, en ce temps-là, tout à fait indépendante de la Pépinière. Construite sur les anciens remparts, bien avant la création de cette promenade, elle la dominait. Ce n'est qu'en 1847, qu'on a commencé à combler l'espace qui existait entre la Terrasse et la première allée, aujourd'hui disparue. Ce comblement a duré trente années, pour être amené au point où il est actuellement.

« M. le maire de la ville de Nancy prévient les entrepreneurs de bâtiments et toutes personnes qui auraient des terres, gravois et décombres, provenant de démolitions, et jusqu'à nouvel ordre, que ces matériaux pourront être conduits dans la Pépinière communale. Les dépôts seront faits le long des murs de soutènement de la Terrasse. » (*Meurthe*, 14 mars 1847).

L'année suivante, on y conduisait toutes les terres provenant du Calvaire, qui se trouvait sur la place de l'opéra (Boffrand) ; en 1850, celles provenant des fouilles pour la construction du Marché Couvert ; en 1851, les déblais des terrassements de la gare du chemin de fer y furent également amenés ; enfin, en 1876, ceux des Facultés. C'est alors qu'on traça le jardin anglais, qui fut terminé pour le concours régional de 1877.

Nous avons vu, que depuis longtemps on avait engagé l'administration municipale à ouvrir un passage à l'extrémité est de la Pépinière, dans l'axe de la grande allée. On prétendait, avec raison, que la création de cette porte donnerait une plus grande activité à la promenade, et que bon nombre de gens préféreraient ce passage, aux immenses détours qu'il fallait faire alors, pour se rendre à la campagne, soit par la porte Sainte Catherine, soit par la Citadelle. Ce vœu, depuis longtemps exprimé et souvent renouvelé, fut enfin exaucé dans le mois de février 1846.

» Nous apprenons que le conseil municipal de Nancy vient de voter l'ouverture de la Pépinière. L'un des ponts de communication du canal, placé exactement en face de la grille qui termine la principale allée de cette promenade, faisait d'ailleurs pressentir cette mesure, que tous les Nancéiens accueilleront avec plaisir. Un garde sera placé à l'entrée, afin d'interdire le passage à toute personne conduisant des brouettes, ou portant des paquets et paniers. »

Cette ouverture fut bientôt faite, et pour la clore, on y plaça une grille en bois, et à côté, un petit kiosque, où se tenait le gardien chargé de surveiller chaque entrant et sortant.

Dans les premiers jours du mois d'avril 1846, un arrêté municipal fixa les conditions d'ouverture de la « nouvelle porte de la Pépinière », donnant issue sur la grande rue du Boulevard.

Elle ne devait être ouverte que de jour, pendant les mois et aux heures ci-après indiquées, savoir : mois de *mars*, de 9 h. à 6 h. — *avril*, de 8 h. à 7 h. — *mai*, de 7 h. à 8 h. — *juin*, de 7 h. à 9 h. — *juillet*, de 7 h. à 8 h. — *août*, de 7 h. à 7 h. — *septembre*, de 8 h. à 6 h. — *octobre*, de 9 h. à 5 h. — Nous n'avons pas besoin de dire, que la première heure est celle du matin et la seconde celle du soir.

Cette grille était toujours fermée pendant les mois de *novembre, décembre, janvier* et *février*. L'entrée et la sortie de la Pépinière par la susdite porte, était interdite à toutes personnes circulant avec des brouettes, hottes, paniers, cabas et généralement toutes charges quelconques, et tous paquets, quelques minimes qu'ils soient. Les contrevenants étaient poursuivis par devant le tribunal compétent.

Ce règlement était tout à la fois vexatoire et fort gênant, pour ceux qui passaient par là. Quand on allait se baigner aux Grands Moulins, les habitants de la Ville Vieille ou de la Ville Neuve, pour couper au court, ne pouvaient espérer traverser cet endroit, avec leur serviette et leur caleçon de bains, sans s'exposer à entendre un formidable : *On ne passe pas* ! à moins qu'on n'ait eu le bon esprit de bien dissimuler sa serviette et son caleçon. Ceux qui allaient chopiner à la grande Brasserie de Schaken, étaient exposés au même refus, s'ils s'encombraient d'une galette ou d'un gâteau. Ce règlement, qui avait pour but de prévenir la contrebande, — en matière d'octroi — fut très longtemps observé avec une inflexible rigueur. Ce qui n'empêchait pas du tout la contrebande de marcher son train.

A propos de cette ouverture, il ne faut pas croire que la municipalité de 1846 a fait acte d'innovation ; elle a simplement ouvert une issue qui avait été murée en 1792, par le département, les ressources de la ville ne permettant pas à la municipalité de l'époque d'y faire adapter la grille en fer de la porte Stanislas, qui fut vendue à la même époque au profit de la commune. (V. les délibérations du corps municipal des 18 juin et 27 août 1792).

On peut encore voir, près de cette ouverture, à gauche de la grande allée, derrière le sixième arbre, à environ 60 cent. du sol, l'inscription commémorative de la fermeture de la Pépinière ; sur une pierre sculptée et ornementée, on lit :

CETTE PIERRE A ÉTÉ POSÉE
le 5 août 1757
POUR LA CLOTURE DE LA PÉPINIÈRE ROYALE
PAR. . . . . NE
DE LA GALAIZIÈRE
COMTE DE NEUVILLER.

Il faut dire que cette épitaphe est devenue excessivement frustre, par suite de l'intempérie des saisons et de son exposition à l'ouest ; elle est, pour ainsi dire, illisible. Aussi, ne garantissons-nous pas la date de 1757. Elle a été longtemps cachée sous le lierre qui croissait le long du mur. Les ornements sculptés en relief qui l'entourent, sont eux-mêmes rongés, par l'effet de la pluie et de la lumière.

La Pépinière avait certainement besoin d'être réglementée d'une manière très sévère : non seulement elle était malpropre, mais les enfants et bon nombre de gens, ne la respectaient pas : on cassait les branches des arbres, on dénichait les nids d'oiseaux, on salissait les bancs, on brisait les chaises, etc. Que ne faisait-on pas à la Pépinière ? Jusqu'en 1851, les chiens avaient le droit de s'y promener librement, pour y manger quelques brins de chiendent, et aussi pour s'y esbattre et courir joyeusement. Patatra ! voilà qu'un arrêté municipal pleut sur eux, et les en exclut juste au moment où les feuilles et le chiendent poussaient. Cet arrêté est un des premiers qui ait garanti la Pépinière, contre les dévastations de tous genres qui s'y commettaient.

« Le Maire de la Ville de Nancy,

» Considérant que des travaux dispendieux ont été faits récemment, pour l'entretien et l'embellissement de la Pépinière communale ;

» Qu'afin de conserver au public la jouissance des agréments que peut offrir cette promenade, il importe d'empêcher le renouvellement des dommages et dégradations qui s'y commettent journellement ; qu'il y a lieu, à cet effet, de rappeler les peines portées en l'arrêté municipal du 6 mai 1833, en y ajoutant de nouvelles mesures de police ;

» Arrête :

» ARTICLE PREMIER. — Il est défendu d'amener des chiens dans la promenade dite la Pépinière, à moins qu'ils ne soient tenus en laisse.

» ART. 2. — Il est également défendu de faire ou déposer des immondices dans cette promenade, de pénétrer dans les carreaux et talus, de placer des chaises en dehors de l'alignement des allées, de monter sur les arbres, d'en détacher les branches, et généralement de rien couper, enlever, ni endommager dans les plantations.

» ART. 3. — Défense est faite aussi de monter et de se coucher sur les bancs, de les salir et détériorer en aucune manière

» ART. 4. — Il sera dressé procès-verbal, et dirigé des poursuites contre tout individu qui contreviendra aux dispositions du présent arrêté. Les parents seront civilement responsables des contraventions de leurs enfants.

» Nancy, le 14 mai 1851.

« LEMOINE, maire. »

Depuis cette époque, il a été publié d'autres arrêtés réglementant la police de cette promenade. Malheureusement nous ne les connaissons pas tous. Ils se résument, d'ailleurs, dans celui qui y est affiché aux entrées ordinaires.

La Cour, ou le Manège des Pages, qui n'existe plus, a été seulement embelli à cette époque. Nous lisons dans la *Meurthe* du 28 avril 1840, cet entrefilet :

« On s'occupe actuellement à garnir d'une pelouse et d'une ceinture d'arbres, l'entrée de la Pépinière, du côté de la rue de l'Opéra. Cette partie, trop longtemps négligée, se trouvera ainsi en harmonie avec le reste de notre magnifique promenade, qui s'embellit chaque jour, grâce à la sollicitude de l'administration municipale. On ne saurait trop la remercier de sa préoccupation constante, pour l'entretien de la cité, et la reconnaissance publique servira de compensation, aux attaques injustes auxquelles elle a été plusieurs fois en butte. »

C'est à partir de 1854, que nous voyons une nouvelle amélioration se manifester sur la Terrasse de la Pépinière. Nous voulons parler des petits jardinets et des petites Terrasses qui ont remplacé depuis, et très avantageusement, avec leurs grilles uniformes, ces affreux murs d'écuries, dont il ne reste plus que quelques échantillons, que les propriétaires devraient bien s'empresser de faire disparaître. En 1883, nous avons vu avec peine, que quelques-uns ont été réparés, au lieu d'être supprimés. Tout recrépis et blanchis qu'ils puissent être, leur aspect fait maintenant tache dans l'ensemble de la Terrasse. Nous ne sommes pas difficile, nous aimons cependant à voir régner l'uniformité et la beauté, là où elles peuvent être, sans charges bien lourdes. Ce serait, pour les propriétaires des maisons de la carrière desquels dépendent ces remises, une bien·faible dépense, pour se mettre au niveau de leurs voisins, et à la hauteur des goûts du jour.

« On dit que les propriétaires des maisons situées sur le côté est de la Carrière, ont fait des démarches, dans le but d'obtenir l'autorisation d'établir, entre ces maisons et la Pépinière, une terrasse qui régnerait d'un bout à l'autre, et qui ouvrirait sur la Pépinière, au moyen de grilles uniformes. Les toits des écuries actuelles disparaîtraient, et seraient remplacés par un toit plat formant terrasse. » (*Meurthe* 10 janvier 1854).

C'est ce qui a été fait, pour le plus grand nombre ; il est bien possible que les propriétaires qui ne se sont pas encore exécutés ont été les premiers à signer cette demande. La chose mériterait examen, et serait curieuse à constater. Les lanceurs, on le sait depuis longtemps, ne sont pas toujours ceux qui mettent la main à la pâte.

Tout excellents que peuvent être les arrêtés municipaux et les réglements de police, ils finissent toujours par tomber en désuétude, quand les agents qui sont chargés de leur exécution se relâchent de leurs devoirs. Divers arrêtés ont réglementé la fermeture des entrées de la Pépinière. Plus d'une fois, cette fermeture s'est opérée en dehors des heures réglementaires, tantôt avant, tantôt après l'heure fixée, de sorte que les promeneurs attardés qui s'endormaient sur un banc, étaient obligés d'y passer la nuit à la belle étoile. Ce n'était pas agréable pour les bourgeois : leurs familles pouvaient être inquiètes et passer une nuit d'angoisses ; mais à cette époque, c'était plus gênant et plus désagréable encore pour le militaire, qui, porté absent à l'appel de dix heures, subissait le lendemain, une punition qu'il ne méritait réellement pas.

« Des militaires nous prient de faire remarquer que la grille de la Pépinière n'a pas une heure régulière pour sa fermeture, ce qui, plusieurs fois, a fait manquer des hommes à l'appel. » (*Meurthe* 15 octobre 1885).

Nous croyons que c'est à la suite de cette réclamation, qu'un arrêté municipal décida qu'une cloche, annonçant la fermeture des portes, un quart d'heure avant, serait placée près de la nouvelle grille ouvrant sur le canal, et que la place ordonna au tambour de garde du poste de l'Arc-de-Triomphe, d'y battre en même temps la retraite sur tout le parcours de la Terrasse. Il n'y a pas plus de six à sept ans, que ce réglement était encore observé.

PORTES

CATHERINE (Porte Sainte-)

La porte Sainte-Catherine et la porte Stanislas sont deux sœurs jumelles, qui on été édifiées en même temps par le roi de Pologne, lors de la création de l'Esplanade, c'est-à-dire en 1652.

Ouvrons Lionnois, t. II, p. 150 :

» La porte Sainte-Catherine, ainsi nommée de même que la rue qui, depuis cette porte orientale conduit à la place Royale, de Catherine Opalinska, reine de Pologne, duchesse de Lorraine et de Bar, forme un Arc-de-Triomphe de trois portiques composés de trois colonnes d'ordre dorique, avec leurs chapiteaux et entablements, surmonté d'un attique orné de trophées d'armes et de bas-reliefs. Elle avait d'abord été placée au côté intérieur des casernes ; mais depuis leur construction, on l'a rebâtie de nouveau au côté extérieur.

» Vis-à-vis, et à l'extrémité occidentale de la Ville, on voit une autre porte semblable, qu'on a nommée porte Saint-Stanislas, du nom du roi de Pologne. Ces deux portes conduisent au milieu de la place Royale, dont elles laissent apercevoir la statue de Louis XV, à un quart de lieue hors de la Ville, par la direction qu'on a donnée aux chaussées, dont l'une conduit à Paris, et l'autre à Dieuze. Cette porte est environnée d'une vaste grille qui renferme une maison, auparavant hors de la Ville, et pour laquelle il y eut beaucoup de difficultés avec la Ferme, qui prétendait pouvoir obliger le propriétaire à clore toutes les croisées qui avaient vue sur la campagne ; mais la Ferme a été déboutée de ses demande et prétentions.

» Pour former cette porte et la rue Sainte-Catherine qui y conduit, et prévenir les plaintes des particuliers, à travers les maisons desquels on a établi cette rue, le roi en acheta le fonds. Le principal consistait en une maison, jardin, cour, remise, écuries et fontaine, appartenant à M. de Neuvron, et dans lesquels ont été pris 46 pieds et demi de largeur, pour partie de l'emplacement de la rue Sainte-Catherine, le reste ayant été vendu au sieur Gentillâtre, pourquoi il fut payé audit sieur de Neuvron 14,709 liv. 13 sols 6 deniers au cours de France. Neuf autres particuliers partagèrent entre eux une somme de 22,019 liv. 3 s. 4 d. au même cours, pour les terrains et bâtiments qui leur appartenaient, quoique sur le glacis.

» M. Durival dit « que le roi de Pologne fit démolir au mois
» d'avril 1762 les portes Saint-Stanislas et Sainte-Catherine qui,
» ayant été mal fondées, s'écroulaient. Il fit mettre en la place
» des Arcs-de-Triomphe d'ordre dorique, tels qu'ils existent à pré-
» sent. La 1re pierre de la porte Stanislas fut posée le 31 juillet,
» et celle de la porte Sainte-Catherine avait été posée le 7 du
» même mois. Comme le Quartier-Royal des Casernes, construit
» depuis, se trouvait en dehors, la porte Sainte-Catherine fut
» démolie encore une fois au mois d'août 1768, et replacée
» plus loin. On posa la 1re pierre de sa reconstruction le 22
» mars 1770. »

Ailleurs Durival avait écrit, dans sa *Description de Lorraine et Barrois*, t. 1, p. 240.

« Les portes Saint-Stanislas et Sainte-Catherine étaient for-mées des débris de l'ancienne *Porte Royale* ; elles n'avaient ni la beauté ni la solidité des autres portes de la Ville de Nancy, et ne répondaient pas à la magnificence des édifices dont Stanislas avait orné cette capitale. Vous avez fort bien fait accommoder la porte Saint-Nicolas, disait-il le 19 novembre (1761), cela me fait penser à faire quelque chose de Saint-Stanislas et Sainte-Catherine. Aussitôt M. Mique fut appelé, et eut ordre de faire des dessins en conformité.

Nous prenons ici Durival en flagrant délit de contra-diction. Il dit, en 1761, que les deux portes dont s'agit ne répondaient ni à la beauté ni à la solidité des autres portes de la Ville et plus loin dans le texte cité par Lionnois, il avance qu'elles s'écroulaient. La vérité est qu'elles ne cor-respondaient pas le moins du monde aux nouvelles créations de Stanislas. Le plan de Belprey, de 1752, nous les montre dans un tout autre style, et ayant la forme d'un fer-à-cheval.

Quoique l'arrêté du Conseil général de la commune du 17 septembre 1791, ne vise pas expressément la *porte Sainte Catherine*, celle-ci fut nommée *porte des Volontaires nationaux ;* elle devint *porte de la Garde nationale,* par la délibération du 18 fructitor an III. A la Restauration, on lui rendit son vocable primitif.

On lit encore très bien, sur la façade intérieure, cette inscription :

PORTE

DES

VOLONTAIRES

Dans le cartouche au-dessus de la petite porte septentrionale, on lit aussi à l'extérieur les mots :

PORTE DES VOLONTAIRES

Dans le cartouche de celle opposée à celle-ci, il reste encore à l'extérieur, cette portion d'inscription :

. . . . DE LA RÉPUBLIQUE

LIBERTÉ ÉGALITÉ, FRATERNITÉ OU LA MORT

Les mots effacés étaient sans doute : *Propriété nationale.*

Les inscriptions de la façade intérieure ont presque toutes disparu. Nous nous rappelons y avoir lu une inscription à peu près conçue en ces termes :

« Citoyens, respectez les propriétés d'autrui ; elles sont le fruit de leurs travaux et de leur industrie. »

CITADELLE (PORTE DE LA)

CI-DEVANT NOTRE-DAME-DES-CHAMPS

Cette porte, qui ferme la Citadelle à l'extérieur, date de 1598. On la nomma d'abord *Porte Notre-Dame.* Pendant la domination française, elle devint *Porte de la Citadelle,* si nous en croyons Israël Sylvestre, qui la dénomme ainsi, dans une de ses vues, en ajoutant qu'elle s'appelait autrefois *Porte Notre-Dame.* Pour la distinguer de la Porte de la

Craffe, qui était aussi nommée Porte Notre-Dame, on l'a appelée *Porte Notre-Dame-des-Champs,* ou *Porte Notre-Dame extérieure.* Elle est plus connue sous le nom de *Porte de la Citadelle.* Au moment de la Révolution, elle comptait mieux que la porte de la Craffe, pour une porte de la ville ; et c'est surtout d'elle, qu'il s'agit dans les diverses délibérations du conseil général de la commune, lorsque de nouveaux vocables leur ont été appliqués. Le 25 octobre 1792, elle est devenue *Porte de la République ;* le 13 pluviôse an II, *Porte de la République démocratique ;* le 18 fructidor an III, *Porte de la Citadelle ;* et, entre temps, on la voit encore nommée *Porte de la République.* Avant la construction de la porte Stainville, on l'appelait *Porte de Metz ;* elle portait encore ce vocable sous la Révolution.

En résumé, les vocables appliqués à celle-ci l'étaient aussi bien à la porte de la Craffe. Entre les deux, il n'y a eu de distinction bien tranchée, que dans les appellations *de la Citadelle* et *de la Craffe.* Autrement, si nous cherchons la vérité, nous y perdons notre temps.

On comprend qu'elle se soit appelée *Porte de Metz,* parce qu'avant l'édification de la porte Stainville, qui a porté également ce vocable, elle était le point de départ de la route qui conduisait à Metz.

Qu'elle se soit appelée *Porte de la Citadelle,* c'est un vocable assez juste puisqu'elle était l'entrée de la Citadelle.

On ne s'explique pas bien celui de *Notre-Dame,* déjà donné à la porte de la Craffe ; il n'y avait d'ailleurs de raisons pour la nommer ainsi, qu'une autre image de la Vierge avec l'enfant Jésus, ce qui explique mieux son vocable de *Notre-Dame-des-Champs,* ou celui de *Notre-Dame extérieure,* parce que cette vierge était placée sur la façade extérieure qui donne sur les anciens fossés, sur les champs.

» Vis-à-vis cette porte (de la Craffe), dit Lionnois dans son *histoire,* t. I p. 22, dans l'intérieur de la Citadelle, il y a un autre porte, dont la face extérieure a vue sur la campagne, qui n'a pas d'autre nom que celui de Notre-Dame, comme la précédente. La face intérieure est remarquable, tant par sa belle achitecture, que par sa sculpture, qui est de Florent Drouin. On y admire surtout quatre bas reliefs, qui représentent des militaires, dont deux à cheval et deux à pied, qui sont d'une rare beauté.....

» La face extérieure de cette porte, qui regarde la campagne, ne le cède en beauté à aucune autre de la ville. Elle est de l'ordre dorique, et ses quatre pilastres sont rustiqués d'une très belle façon. Sur la clef de la porte principale, sont encore les armes de Salm, avec les casque, cimier et manteau ducal. A chaque côté, est une moindre porte ; celle de la droite seule est ouverte, l'autre est remplie entièrement par la pierre de taille, mais au-dessus de l'une et de l'autre, il y a des trophées et cottes d'armes, en reliefs fort saillants. Sur la corniche, dans un encadrement qui occupe toute la largeur de la grande porte, sont les armes pleines de Lorraine, avec le casque et la couronne ducale, un aigle pour cimier et deux autres pour supports. De part et d'autre, il y a une figure de grandeur ordinaire dans une niche. Celle du côté droit représentant l'Equité, et semblant offrir une couronne de laurier, est désignée sur un marbre noir, incrusté dans la frise inférieure par ces mots :

SCVTOM INEXPVGNABILE ÆQVITAS.

Celle de l'autre côté représente un homme, dont les attributs, ainsi que la main qui les portait, sont brisés, ce qui empêche de le distinguer. Sur un pareil marbre que le précédent, et placé de même, on a gravé le millésime de la construction de cette porte, MDXCVI. Sur la seconde corniche qui surmonte tous ces ornements, et sur un piédestal, dont l'intérieur de marbre noir est encadré dans la pierre et porte ces mots : CARLO III DUCE, est une Vierge avec l'enfant Jésus, dans une niche ornée de deux pilastres d'ordre ionique, avec tous leurs accompagnements. Par dessus le fronton de la niche, il y a une grenade embrasée, et des deux côtés des trophées militaires, drapeaux, étendards, canons, etc. »

Depuis la domination française, cette porte a subi bien des transformations, et les sculptures qui l'ornementaient ont été impitoyablement mutilées, pour ouvrir des fenêtres borgnes, qui déparent la façade intérieure. Les armes de Salm ont sans doute été enlevées pendant la Révolution ; les tables de marbre jaspé, de la carrière Sainte Catherine, près Nancy, qui garnissaient l'encadrement, où se voyaient les armes de Salm, ont été détruites « pour ouvrir les petites croisées du bâtiment du commandant de la place, qui est au-dessus de cette porte » dit Lionnois. Il en reste encore quelques petits échantillons. Ce bâtiment fut occupé long-temps par la chefferie du génie ; maintenant il est la demeure du colonel de génie, en résidence à Nancy.

La petite porte latérale, sur le fronton de laquelle se lit le millésime de 1598, et non 1596, comme l'a écrit Lionnois, a été livrée à la circulation dans l'hiver de 1870-71.

Précédemment, il y avait un long couloir coupant la voûte en deux, et servant de décharge à l'officier supérieur qui habitait au-dessus. Le passage pour les voitures était alors très étroit.

La Vierge tenant l'enfant Jésus, disparue pendant la Révolution, a été remplacée, en 1861, par une statue pédestre du duc Charles III; elle est l'œuvre de Jiorné Viard.

L'inscription *Carlo III Duce* est remplacée par celle-ci, maintenant illisible, et depuis longtemps effacée :

CHARLES III, DUC DE LORRAINE ET DE BAR,
FONDATEUR DE LA VILLE NEUVE DE NANCY,
FORTIFIÉE PAR LUI SUIVANT UN SYSTÈME PERFECTIONNÉ,
QU'IL APPLIQUA A LA VILLE VIEILLE,
EN RECONSTRUISANT SA PREMIÈRE ENCEINTE BASTIONNÉE,
1567 — 1608.

Le marbre est noir; les lettres gravées étaient autrefois dorées. On pouvait encore lire la première ligne, en 1881; mais depuis, le temps a achevé de ronger la dorure. Du reste, les inscriptions qui sont au dessus des petites portes latérales ne sont lisibles que par les temps humides, et à certaines heures du jour.

On s'est beaucoup amusé jadis, de la statue de Charles III, placée en cet endroit, et de l'inscription qui l'accompagne.

CRAFFE (PORTE DE LA)

OU NOTRE-DAME

Nul n'est d'accord sur l'origine de la porte de la Craffe. Les uns veulent que cette porte soit très ancienne, et remonte à 1336; les autres n'admettent pas qu'elle soit antérieure à l'édification des deux tours qui la défendent.

Lionnois, qui n'en savait pas très long sur ce chapitre, avait déjà trouvé la chose bizarre en son temps, et il n'avait qu'une bien médiocre confiance dans les assertions de Dom Calmet, puisées d'ailleurs dans le manuscrit du chanoine de la Primatiale, sur les antiquités de Nancy.

« Ce n'est véritablement, dit-il (t. I, p. 15), que sous René II, et même après sa victoire sur le duc de Bourgogne, que Nancy prit la forme de ville, quoiqu'on ne puisse nier que, longtemps auparavant, il n'ait eu ses portes, des tours, des fossés et des faubourgs. La porte de la Craffe, anciennement Garaffa, ainsi nommée d'un gouverneur gentilhomme napolitain, nommé de la Casa de la Garaffa, que Dom Calmet fait ingénieur, et par qui il dit qu'elle fût construite, n'a point été bâtie sous le règne de ce prince, et encore moins après l'an 1476, comme le prétend, mal à propos, cet historien de la Lorraine. Elle subsistait déjà sous le duc Jean. L'auteur de la *Chronique manuscrite de Lorraine*, que Dom Calmet a lui-même fait imprimer dans ses preuves, dit que ce prince, « en l'an 1453, fut ung dimanche après disner, en
» une maison hors de la ville de Nancy, près de la porte de la
» Craffe, nommée les Bordes; les gens de ville y alloient s'es-
» battre; à tous jeuz on y jouoit; des gens plus de cent on y
» eut trouvé. »

M. H. Lepage, dans ses *Communes de la Meurthe*, t. II, p. 106, écrit ceci :

« Nancy paraît avoir eu, dès la fin du XIVe siècle, à peu de chose près, la même étendue que la Ville Vieille actuelle; il est probable qu'il n'y avait point de communication avec l'exté-rieur, du côté des Trois Maisons, ou faubourg Saint Dizier; car aucun titre ne fait encore mention de la porte Notre Dame (*sic*). Mais celle de Saint Nicolas, que Lionnois dit avoir été dans la direction des rues des Dames Prêcheresses, c'est à dire dans le prolongement de la rue d'Amerval, à sa jonction avec celle de la Pépinière, existait déjà. Il y avait, en outre, la poterne Saint Jean, près de l'entrée actuelle de la rue des Michottes, du côté de la place de Grève. »

Très bien, que la porte Notre-Dame n'ait pas été men-tionnée au XIVe siècle, sous le vocable habituel de *porte de la Craffe;* il n'en est pas moins vrai que cette porte existait à la fin du XIVe siècle, quoiqu'en dise M. Lepage; car il n'est pas admissible, qu'ayant agrandi l'enceinte de Nancy, on n'ait pas ménagé, du côté du faubourg des Trois Maisons, ou mieux des villages de Saint Dizier et de Mal-zéville, une ouverture donnant un accès plus facile et plus direct. Il ne s'ensuit pas, de ce que cette ouverture ne soit mentionnée dans aucun des titres qui restent aux archives, qu'elle n'existait pas. Il est vrai qu'elle ne s'est pas tou-jours appelée *porte Notre Dame*, ou porte de la Craffe. Elle a eu peut-être, au XIVe siècle, une dénomination qui a échappé à M. Lepage; en tous cas, celui-ci nous fournit la preuve qu'elle existait déjà au commencement du XVᵉ siècle, sous un vocable bien différent de ceux que nous lui connaissons. Par conséquent, si elle existait, dans les premières années du XVᵉ siècle, il est de toute probabilité qu'elle avait été construite au XIVᵉ siècle, avec la nouvelle enceinte, qui enfermait le prioré de Notre Dame et des deux Bourgets.

Voici ce que nous apprend M. Lepage, dans ses *Communes de la Meurthe*, t. II, p. 109 :

« Par un second acte, daté du même jour (16 janvier 1424), Charles II, « mû de piété, et pour l'augmentation de la chapelle » qu'il a fondée, à l'autel de la main droite, en sortant du chœur » de l'église de Saint Georges », donne en aumône, au chapitre de cette église, une maison qui fut à Jean de Luiron, vicaire de Saint Georges, sise du côté de la *Porte Sacrée*. En 1445, le chapitre revendit cette maison au duc René Iᵉʳ, pour la somme de 150 écus de bon or et juste poids, 20 gros pour l'écu. »

Quelle aurait donc été cette *Porte Sacrée*, si ce n'avait été celle qu'on nomme, un quart de siècle plus tard, la *Porte de la Craffe* ? et en admettant même, que ce ne soit pas celle-ci, où la placerait-on, alors qu'on a preuve antérieure de l'existence de la porte Saint-Nicolas, invariable dans son vocable ?

Un peu plus loin, à la p. 112, M. Lepage citant une autre mention, fait une remarque fort judicieuse, qui réduit à néant les assertions de Dom Calmet :

» Le 12 août 1441, Warcy de Chastenoy, secrétaire du duc, vend au chapitre de Saint Georges, une maison avec ses usuaires « séant en la ville de Nancy, on lieudit condit sur le tour de la » rue du Grand Bourget, au chief dessoubz par devers la *Porte* » *de Lescraffe*. » Ce qui prouve que la porte de la Craffe (aujourd'hui Notre-Dame) existait déjà du temps de René Iᵉʳ ; mais ses tours furent construites plus tard. Quant à l'étymologie de son nom, que l'on prétend venir d'un gouverneur gentilhomme napolitain, appelé de la Casa de la Garaffa, qui l'aurait construite, elle ne semble rien moins qu'admissible, et on ignore complètement, où Dom Calmet a pu puiser cette assertion. »

Dom Calmet n'a fait que reproduire ce qui est avancé, dans le mémoire sur les antiquités de Nancy, par un chanoine de Saint-Georges, continué par un chanoine de la

Primatiale, annoté par Nicolas, Dupont de Romémont, etc., etc.

Un peu plus tard, le 22 mai 1453, le duc Jean fait son entrée solennelle à Nancy. Le procès-verbal de cette cérémonie nous apprend que « très hault, puissant prince et très redoubté seigneur, monseigneur le duc Jehan, fil de Roi de Jerusalem et de Sicile, duc de Lorraine et de Calabre...., vint à l'une des portes de sa bonne ville de Nancy, com dit la *Porte la Craffe*.... »

Il n'y a pas de doute possible, sur la corruption du mot de *Lescraffe* en *la Craffe*. C'est à partir de cette époque, qu'elle a été appelée *Porte de la Craffe*, et mentionnée ainsi dans les documents qui nous ont passé sous les yeux. En résumé, nous sommes convaincu que la *Porte Sacrée* est devenue la *Porte de Lescraffe ;* par conséquent, elle existait antérieurement au XVᵉ siècle.

M. Lepage émet une autre opinion, dans ses *Archives de Nancy*, t. I p. 29.

» .... il est permis de supposer que, outre la poterne (du vieil aître), qui s'ouvrait derrière le vieux palais (*Antiquum polatium*), il y avait encore, du côté du prieuré Notre-Dame, une issue qui devait servir de communication avec les Bourgets, avant qu'ils fussent enfermés dans la ville, et avec le village de Saint-Dizier. C'était peut-être la *Porte Sacrée*, mentionnée dans les titres de 1424 et 1445, et qui se trouvait vraisemblablement dans le prolongement de la rue du Four Sacré ? »

Nous ne partageons pas cette manière de voir. Suivant nos chroniqueurs, les Bourgets ont été enfermés dans la Ville-Vieille, dans les dernières années du XIV siècle. Suivant le premier écrivain du mémoire sur les antiquités de Nancy, ils ne l'étaient pas en 1340 ; mais il constate qu'ils y étaient l'an 1373, ès années 1380, 1394 et l'an 1409. Lorsqu'on fit cette nouvelle enceinte, sous le règne du duc Jean Iᵉʳ, ou ménagea certainement une ouverture qui ne fut autre que la *Porte Sacrée*, dont le vocable s'explique par le cérémonial usité pour l'entrée des ducs de Lorraine dans leur capitale, et sous laquelle déjà, avant d'être introduits dans la ville, ils étaient tenus de prêter, en présence de Messieurs du chapitre Saint Georges, de la noblesse et du Tiers, le serment constitutionnel. Ce vocable était tout naturel, et s'explique parfaitement.

La date de 1336, inscrite sur la clef de la voûte, en 1861, est donc fausse, et n'a aucune apparence d'exactitude, puisque le chanoine de Saint Georges constate, sur le vue d'un titre de la collégiale, que les Bourgets n'étaient pas enfermés, en 1340, dans la nouvelle enceinte, qui forme, depuis le règne de Jean 1er, la Ville Vieille proprement dite.

Il ne faut pas induire, de ce qu'en 1441, on ait mentionné la *Porte de Lescraffe*, pour lui refuser en 1445, et peut-être plus tôt, ou plus tard, — le nom de *Porte Sacrée.* On voit souvent — et nous en avons acquis la preuve pour toutes les rues de la Ville Vieille — des vocables être portés successivement plusieurs fois par la même rue ; tantôt l'un est moderne, tantôt l'autre est ancien. Par exemple, la rue des Maréchaux est dite rue Callebray, plus tard rue des Maréchaux, plus tard rue Callebray, et ainsi de suite. Il nous semble, au contraire, très possible et très admissible, que la première dénomination de la *Porte de la Craffe* a été *Porte Sacrée.*

M. Louis Lallement dit, dans son *Nancy vu en deux heures*, (2e édit. p. 10) : « Le milllésime 1336, gravé récemment (en 1861) au-dessus de l'arcade centrale sous la Vierge noire, est inexact ; ces tours ne datent que de 1463 (règne de Jean 11). » M. Louis Lallement a raison, quant aux tours ; mais nous croyons avoir démontré plus haut, que la porte était de beaucoup antérieure à 1463. La porte et les tours sont deux choses bien distinctes, qu'il est essentiel de ne pas confondre. Evidemment, le millésime 1336 est erroné, puisque, dans un acte de 1340, il est fait distinction de ceux (des habitants) qui sont enfermés dedans la ville, et ceux des Bourgets qui en étaient hors ; ce qui prouve qu'alors, l'enceinte fortifiée n'était pas reculée jusqu'à la porte actuelle de la Craffe.

Quant aux tours, que l'on confond trop souvent avec la porte, elles ont une autre origine, et n'ont été construites qu'en 1463, ainsi que l'attestent les deux notes suivantes, des comptes du receveur général :

« Payé par le receveur à Jean Frichemant, prévost de Nancy, par mandement de Monseigneur, à la relation de son conseil, donné à Nancy le xve jours de may mil iiijc lxiij, pour mettre et employer en l'ouvraige des deux tours qui, présentement se font a la porte de la Craffe de Nancy, cent francs douze gros, dont ledit prévost est tenu représenter compte..., valant lesdits cents francs iiij^{xx} livres tournois.

» Payé par ledit receveur, par mandement de mondit seigneur, donné le xviij^e jour de juillet mil iiij^c lxiij, à Jean Mesure de Nancy, pour cause d'une certaine maison qu'il avoit en la ville de Nancy, au plus près de la porte de la Craffe, qu'il a vendue à mondit seigneur, et que on a fait abattre pour y faire et édiffier la tour gemelle de ladite porte, qu'on fait présentement faire toute neufve, en la partie de la Tour le Vanier, pour ce xlv francs, à charge de xx gros de cent..., que vallent lesdis xlv pour xxxvj livres tournois. » (H. Lepage *commune de la Meurthe* t. II, 114).

Il résulte de cette dernière mention, que la Tour le Vannier, dont il est si souvent question dans les chroniques, était très proche de la porte de la Craffe. Il n'en est plus fait mention dans la chronique de Lorraine, à propos du siège de Nancy par Charles-le-Téméraire.

Aucune modification ne paraît avoir été apportée, depuis le règne de Jean II, jusqu'au règne de Henri II, lequel fit construire, dans l'intérieur de la Citadelle, une autre porte sur la face de laquelle, on lit le millésime de 1625.

« C'est en 1615, dit Lionnois (*histoire*, t. I, p. 20), que le duc Henri fit faire les rampes, ou escaliers, qui sont sous la porte Notre-Dame, et dont l'une conduit aux prisons, et placer en avant l'ancienne décoration de cette porte : on lit, à ce sujet, dans un rapport des ouvrages restant, pour le parachèvement des fortifications de la Ville-Viéille : « Pour poser les anciens » escritteaux et imaiges, les remettre avec la porte ancienne, en » tant que pourront estre conservées, et faire versure convena- › ble et à proportion des portes pour aidier le passage du canon, » aussi pour couvrir le corps de garde, le tout pourra couster › 25,000 francs. »

» A la même époque, marché fut passé avec le sculpteur Florent Drouin (et d'autres ouvriers), pour la construction et l'ornementation de la seconde porte Notre-Dame, pour la somme de 4,000 francs.

» Lionnois ajoute, qu'il résulte d'un procès-verbal de visite des fortifications de la Ville-Vieille, rédigé en 1618, que tous les ouvrages extérieurs était encore à faire, et que la plupart des ouvrages intérieurs n'étaient pas terminés, ou avaient besoin de grandes réparations. La dépense portée à ce procès-verbal s'élève à 565,479 francs. » (H. Lepage, *commune de la Meurthe*, t. II, p. 176).

Lorsque Louis XIII se fut emparé de Nancy, en 1633, il fit combler une partie des fossés intérieurs de la Citadelle, et y fit élever les constructions nécessaires au casernement de ses troupes. En même temps, il changea l'ordonnance de la façade intérieure de la porte de la Craffe, et lui appliqua le genre d'architecture alors à la mode (1). En 1861, le génie restitua à cette façade son ancienne ordonnance gothique, et c'est à propos de cette restauration, qu'on replaça dans sa niche, la statue de la Vierge noire, qui en avait été enlevée pendant l'époque révolutionnaire.

Durant l'hiver de 1870-71, on pratiqua, dans les tours, les ouvertures latérales à la porte principale. Jusque là, le passage sous les voûtes de la Craffe, n'était pas sans danger ; on a néanmoins regretté que ces deux ouvertures, faites sans goût, aient mutilé l'édifice dans son ensemble.

Suivant nous, cette porte a été appelée d'abord *Porte Sacrée*, ensuite *de Porte L'Escraffe*, d'où est venu *porte la Craffe*. On lui a donné le nom de *Porte Notre-Dame*, non pas en 1505, comme le dit Lionnois, mais au XVIIe siècle ; les rôles du XVIe siècle, que nous avons consultés, (1551, 1572, 1582, 1589), parlent tous de la Craffe, et non de la Porte Notre-Dame. Au XVIIe siècle, on l'appelait aussi *Porte Notre-Dame*. Elle est devenue *Porte de la République*, par la délibération du 25 octobre 1792 ; *Porte de la République démocratique*, par celle du 13 pluviôse an II; *Porte de la Citadelle*, par celle du 18 fructidor an III.

Nous croyons cependant que les vocables de l'époque révolutionnaire ne s'appliquent pas seulement à la porte de la Craffe, mais surtout à la porte de la Citadelle, qui était la vraie porte de Ville, celle où se trouvaient le corps de garde et le portier-consigne, celle où se tenaient les employés de l'octroi.

Le 22 mars 1792, le Corps municipal ayant été informé que, désormais, les tours Notre Dame ne serviraient plus de prison militaire, invita le directoire du Département, par une délibération spéciale, à faire raser ces tours.

Celles-ci ont une lugubre page dans l'histoire de notre

(1) « Il est aisé de voir, dit Lionnois, que les pilastres d'ordre dorique, qui ornent cette porte du côté de la Ville, ont été ajoutés à sa structure gothique. » (*Histoire*, t. I, p. 20).

ville. Depuis leur création, elles ont servi, tour à tour, de prisons d'Etat, de prisons criminelles et de prisons militaires. Lorsqu'elles servaient de prisons criminelles, on y appliquait la question, dans une salle de torture, dont l'emplacement n'est pas indiqué dans les diverses mentions qui en sont faites.

D'après la *Chronique de Lorraine*, Lionnois dit que c'est en « 1505, que fut faict le boulevard de la porte de la Craffe », c'est à dire que René II fit augmenter la partie du rempart qui est derrière les Tours du côté de la Citadelle. Parlant ensuite des « anciens escritteaux et imaiges » qui ornaient la face extérieure de cette porte, il ajoute :

« Ces images sont une vierge sculptée avec l'ange, représentant l'Annonciation, dans une niche avec ses ornements. Au côté droit, sont les armes pleines de Lorraine, telles que les portait le duc René, les duchés de Berg et de Julliers exceptés ; au côté gauche, un écu en lozange porté, au premier de Lorraine comme ci-devant ; au second, de Gueldres et de Juliers, pour Philippe de Gueldres, duchesse de Lorraine, épouse du duc René.

» On voit ces ornements antiques, dans un ordre dorique qui les enferme, et dont les pilastres qui forment les jambages sont rustiqués. Sur la clef de la couverte, qui fait une espèce d'encadrement avec les deux côtés, on a sculpté le millésime de sa reconstruction, 1615 : et sur celle de la Porte, les armes d'Elisée de Haraucourt, alors gouverneur de Nancy.

» On a aussi replacé, aux deux côtés de cette porte, les anciennes inscriptions, nommées écritteaux, dans le marché ci-devant rapporté. Elles sont gravées en lettres saillantes et gothiques, sur deux grandes pierres, qui forment encadrement. (1) D'un côté, on lit :

> A · langelicqve · Annonciation ·
> Et · havlt · legat · de · l'incarnacion ·
> Dv · filz · de · diev · ne · de · vierge · moult · nette ·
> Rends · le · salut · come · droit · admonette ·
> Dis · o · mortelz · toy · de · front · venant · cy ·
> Ave · Marie · espoir · sevl · de · Nancy ·

(1) Elles sont gravées en creux. Le texte qu'en donne Lionnois n'est prs rigoureusement exact. Nous donnons celui fourni, pour la première fois, par M. J. Rouyer, dans le *Journal de la Société d'Arch. Lor.*, année 1881, p. 184, Quant à la seconde, le texte est douteux.

» De l'autre côté, la pierre n'est visible que dans sa moitié. Une maison qu'on a élevée dans cet endroit, en cache une partie. Voici ce qu'on peut en découvrir :

Vierge de qui Dieu. . . . .
Cui donna nom . . . .
Duc de Lorraine. . . , ...
M · iiij · c · septante et six. . . . (1).

» C'est cette image de l'Annonciation, ajoute Lionnois, qui a fait changer le nom de cette *Porte de la Craffe*, en celui de *Porte Notre-Dame*, depuis l'an 1505. On sait que le duc René avait une si singulière dévotion à la Sainte-Vierge, qu'il avait fait peindre, dans ses étendards, une Annonciation. Dans la déclaration du fait et de la bataille de Nancy, donnée par l'ordre exprès de ce prince, par Chrétien, son secrétaire, à l'auteur de la Nancéïade, on trouve que messire Jean de Bade portoit l'estendard en ceste bataille, auquel estoit l'*Annunciate peinte* ; et en rapportant les enseignes, ce duc dit : J'avois la même avec moi, qu'estoit l'*Annunciate*. » (*histoire*, t. I, p. 21).

Si nous connaissons, par cette citation, l'origine très vraisemblable du vocable de *Notre-Dame*, celui de *la Craffe* ou de *Lescraffe* demeure toujours obscur. *Lescraffe* est peut-être un ancien terme de fortification, comme on dit *Escarpe*, ou *contrescarpe*. Pour notre part, nous rejetons entièrement l'origine du mot de *craffe*, comme étant un dérivé ou un diminutif de *Caraffa* ; nous l'admettons comme une corruption de *Lescraffe*, que le peuple a prononcé *la Craffe*.

La restauration entreprise par le génie militaire en 1861, M. Trancart étant alors commandant à Nancy, a été des plus heureuses, et a mérité de la part du public une approbation unanime. Les journaux, enclins à la critique, n'ont pas cru devoir insister sur quelques anachronismes un peu frappants. Ils ont bien avoué, qu'il y avait de la fantaisie, dans certaines parties de la décoration ; mais ils ont applaudi, du reste, à l'initiative prise par le génie.

(1) Jean Cayon, sans indiquer à quelle source il le doit, donne le texte suivant dans son *Histoire de Nancy*, p. 74 :

Vierge de qui Dieu fut en terre né,
Tu donnas nom triomphant à René,
Duc de Lorraine, armé sous ton enseigne :
Mil iiij. c. septante et six l'enseigne.

Nous avons dit que la date de 1336 est erronée ; la croix de Lorraine n'a jamais existé sur cette façade, construite sous le duc Jean Ier. On a eu tort également, de faire figurer les portraits des ducs Raoul et Antoine, qui sont demeurés étrangers à l'édification et à la restauration de la porte. On comprend très bien les portraits des ducs Jean Ier et René II, qui ont été, l'un le créateur, l'autre le restaurateur de la Craffe.

Ce sont là des critiques insignifiantes, que nous devons cependant ne pas omettre de signaler, et qui, toutefois, n'enlèvent rien à l'entreprise du commandant Trancart, auquel on doit la disparition de l'affreux placage qui dénaturait l'architecture de cet édifice national.

DÉSILLES (Porte)

Cette porte a été construite en exécution de l'art. V, de l'arrêt du conseil du Roi, du 12 juin 1778. — V. Cours Léopold.

Le peuple lui donna le nom de *porte Stainville*, du nom du maréchal commandant la province de Lorraine et Barrois ; officiellement, elle était la *porte Saint-Louis* ; mais ce vocable, qui rappelait aux Nancéiens des souvenirs trop cuisants de l'occupation française au XVIIe siècle, leur fit lui donner les noms de *porte Neuve* et de *porte de Metz*.

Nous ferons remarquer que, dans son histoire, Lionnois ne lui donne aucun nom ; il se contente de l'appeler la « nouvelle porte » ou la « porte de cette nouvelle place » où encore la « porte nouvellement construite » et « cette porte. » Il ne la désigne sous sa véritable appellation, qu'à la p. 40 de son *histoire*, et dans son *Calendrier pour 1797*, où il dit d'elle « appelée ci devant la *porte de Stainville*, actuellement de *la Liberté*. »

Elle a porté ce dernier vocable, en exécution de la délibération du Conseil général de la commune, du 17 septembre 1791. En voici les termes :

« La porte Stainville sera appelée *porte de la Liberté*, et les ci-devant armes de Choiseul en seront effacées, et remplacées par un faisceau surmonté du bonnet de la Liberté. La nouvelle route de Metz, hors de cette porte, s'appellera *rue de la Liberté*; et la promenade plantée d'arbres, entre cette porte et la nouvelle place de Grève s'appellera aussi *Cours de la Liberté*. »

Fr.-Ch. Callot ne manqua pas de critiquer la municipalité, à propos de cette nouvelle dénomination; il aurait préféré lui voir donner le nom de *Désilles*. C'est donc Fr.-Ch. Callot, qui, le premier, a eu l'idée de rappeler, par le nom de cet officier, le souvenir de la regrettable journée du 31 août 1790. Depuis, Callot a eu beaucoup d'imitateurs, et l'on est revenu maintes fois à la charge, pour décider la municipalité à lui accorder ce vocable, sur lequel on est plus d'accord que sur tous les autres. Écoutons maintenant les récriminations de Callot :

« La porte Stainville s'appellera *porte de la Liberté*. »

» J'observe que la municipalité ne veut point des noms de choses, qui n'existent plus. Le nom de Stainville n'est point une chose, mais un nom célèbre dans la Lorraine, et dont toutes les histoires racontent les exploits. De cette maison, sont sortis tant de braves guerriers, tous fidèles à leurs souverains ; témoin un exemple tout récent, en la personne de celui qui, fidèle à son Roi, qu'il accompagnait dans son départ de Paris pour Montmédy, s'est vu sur le point d'être victime de son zèle et de son devoir. Nancy leur doit son embellissement et son augmentation ; la porte dont je parle, et la place qui y aboutit en sont une preuve. Pourquoi donner le nom d'une chose qui n'existe pas, en place d'un nom que tout bon Lorrain doit révérer ? Je dis *une chose qui n'existe pas* : car comment appeler *liberté*, celle qui arme indistinctement tous les citoyens, détruit la religion, enfante le fanatisme, enlève le commerce et laisse à toute la France de cruelles anxiétés ! Cette liberté, dirai-je toujours, voyant notre situation, n'est, pour nous, qu'un beau rêve qui nous laisse, à notre réveil, de cruels regrets. J'observe qu'à cette porte un jeune héros, dont le nom n'est pas comparable à une chose, a, par son sacrifice, été le bouclier et le salut de nos concitoyens. Ingrate municipalité ! tu oublies bientôt celui qui t'a sauvée ! Il sera toujours pour moi un second Marcellus. »

Voilà bien la première réclame hodographique faite en faveur de Désilles.

La *porte de la Liberté* dut reprendre, en 1814, le nom qu'elle avait eu avant la Révolution. Officiellement, elle aurait dû redevenir la porte Saint Louis ; mais, à aucun prix, les Nancéiens ne voulurent user de ce vocable. On continua donc à l'appeler comme avant la Révolution : porte de Stainville, porte de Metz et porte Neuve. C'est ce dernier vocable qui a été le plus populaire ; et sous ce nom qu'on lui a substitué, le 7 février 1867, le vocable de *Porte des Isles*. Mais quelques années plus tard, des doutes sur l'orthographe de ce nom s'étant élevés dans l'esprit de plusieurs personnes, M. C. Lapaix, fit des démarches près de la municipalité de Saint-Malo, pour obtenir, sur ce point, les renseignements les plus précis. (1) On rectifia donc, en 1878, le nom de *des Isles*, en celui de *Désilles*. On effaça les inscriptions *porte des Isles*, qu'on avait fait peindre, au-dessus des deux petites portes latérales de l'édifice, et on arrangea le grand tableau sur lequel on lit *porte Désilles*, en grosses lettres dorées. Nous parlerons un peu plus loin de ce tableau, et des inscription qui ont figuré à la place qu'il occupe aujourd'hui, au-dessus de l'arcade centrale.

La délibération du 17 septembre 1791, vise principalement la destruction des armes de la maison de Choiseul, qui étaient sculptées sur cette porte. On se demande aujourd'hui, comment tant de fiel ait pu entrer dans l'âme d'un dévot M. Thierriet, ou Thiriet, maire de la commune, alors que ce citoyen de fraîche date, se payait ci-devant du *de*, à tire la rigaud, et qu'après, le ci-devant susdit faisait le bon apôtre devant le premier Consul et devant S. A. R. *Monsieur*, quand l'Empire tombait. On ne doit pas oublier, que le maréchal de Stainville, qui représentait, dans la province, le gouvernement du Roi, a été pour Nancy l'homme le plus affable, le plus concillant, le plus dévoué, le plus généreux pour les intérêts de la ville. Nous n'avons pas à faire son éloge : les actes de son gouvernement parlent plus haut que toutes les phrases banales. On devait, au moins, le respect à M. de Choiseul de Stainville, et ç'eût été le moins, à notre avis, de se souvenir, en 1791, de tout ce qu'il avait fait pour Nancy,

---

(1) V. C. Lapaix. *Description illustrée de Nancy et de ses environs.* L'acte de décès, dressé à la paroisse Saint Roch, le 18 octobre 1790, orthographie *Des Illes*. Nous ferons remarquer, qu'au dernier siècle, on n'attachait aucune importance à l'orthographe des noms propres. Il suffit de parcourir quelques actes de l'état civil, pour en être convaincu. On écrivait souvent les noms propres, tels que la prononciation les donnait.

depuis la mort de Stanislas. La municipalité, plus encore que les particuliers, devait, en tous les cas, lui manifester sa reconnaissance. Elle a répondu par un acte ingrat, indigne de la part d'un corps constitué. C'est regrettable et cent fois regrettable.

Nous ouvrons Lionnois, à la p. 359 de son *histoire*, t. I :

« Cette porte, dit-il, a été élevée en 1785, par la province de Lorraine, sous l'approbation de M. le maréchal de Stainville, son commandant, *en reconnaissance de ses bienfaits,* pour célébrer la naissance du Dauphin (Louis XVII), les victoires, et l'alliance de la France avec les Etats-Unis. C'est un Arc-de-Triomphe, qui n'a pas tout le mérite qu'il aurait dû avoir, dans ce temps où l'architecture est portée, en France, à un haut point de perfection. Construite assez à la hâte, et sans avoir égard aux terrains qui l'environnaient, on l'a placée sur une éminence qui empêche d'apercevoir la place, sur la route de Metz qui y aboutit en ligne directe, et réciproquement, de la place de voir cette belle route. Si cette éminence eût été baissée de quelques pieds, outre le bon effet qui en aurait résulté, on aurait évité de grands frais, pour le remplissage des fossés, et les terrains auraient été nivelés en bien moins de temps. »

A cette simple critique, on pourrait en ajouter plusieurs autres. La porte n'est pas placée dans l'axe de la rue Notre-Dame, à laquelle elle devait correspondre ; car on avait l'intention, en édifiant l'Université, de prolonger la rue des Minimes (rue Gilbert), jusqu'à la nouvelle grande place de Grève. Or la porte Desilles dévie quelque peu de cet axe. Maintenant il faut tenir compte des difficultés de la construction. La porte repose en partie sur la pointe du bastion de Danemarck, et en partie sur les fossés. Les travaux de substruction n'ont probablement pas permis l'abaissement de terrain que regrette Lionnois.

« Quannt à la porte de cette place, ajoute l'auteur, p. 361, son architecture est d'ordre ionique. Une grande porte ceintrée, et deux plus petites, à ses côtés, forment son ensemble. Elle est décorée de quatre pilastres d'ordre ionique, et sa frise forme une guirlande de lauriers, qui se continue alternativement, en couronne et en guirlande. Les petites portes quarrées, quoique sous un ceintre mat, sont ornées, dans un cadre circulaire, des chiffres du Roi, d'un côté, et du maréchal de Stainville, de l'autre. Ses armes, avec les insignes de sa dignité, sont sculptées sur la clef de la grande porte. L'architecture qui s'élève sur la corniche, semblerait appartenir à l'ordre dorique, puisque les ornements qui entourent le marbre de l'inscription sont des triglyphes, qui, étant moins légers que l'ionique, ne devraient pas se trouver en cette place.

» Sur cette porte, sont deux bas reliefs, représentant, d'un côté, l'hommage des Français à leur souverain, en reconnaissance de la liberté des mers qu'il leur a procurée ; et de l'autre, l'alliance de la France avec les Etats-Unis. Ces morceaux de sculpture sont parlants et parfaitement exécutés, par le fameux Joseph Schunken, ainsi que le couronnement de cet édifice; bien construit et bien soigné dans tous ses détails. C'est le buste de Louis XVI qu'on voit, dans un médaillon, porté par l'Indépendance, représentée par un nègre coiffé de plumes, et soutenu par la France, sous la figure de la Victoire, et couronné de laurier par la Gloire...

» La partie extérieure de la porte est tout uniment en bossage vermoulu. Sa corniche est néanmoins d'un bel ordre dorique. Mais, cette face est singulièrement embellie par le beau morceau de l'histoire de la bataille de Nancy, dans laquelle Charles-le-Téméraire, dernier duc de Bourgogne, périt avec son armée, près de l'étang Saint-Jean. Au-dessus des petites portes, sont des trophées d'armes, et sur la grande porte, les armes du Roi, en grand, décorées de tous les attributs de la royauté et de la victoire, formant son couronnement. Tous ces beaux ouvrages, également du ciseau de Joseph Schunken, font le plus grand effet, et excitent l'admiration des connaisseurs.

» A côté de cette porte, on a construit deux petits bâtiments couverts en ardoises, pour le logement du concierge, et pour un corps de garde.

» La porte et ses dépendances ont été construites et élevées par le sieur Mélin, architecte de cette Ville, connu et très estimé pour la solidité de ses ouvrages. »

Nous n'en doutons pas, à en juger par la porte Désilles. Ce Mélin a, en en effet, joui d'une très grande réputation ; nous ne savons à quelle époque, on avait donné son nom, sans doute à cause de la construction de la porte Désilles, à une ruelle qui est devenue aujourd'hui une rue. Vers 1867, on a mis simplement l'architecte Mélin à la porte de sa ruelle, pour lui substituer Israël Sylvestre. Certainement qu'Israël Sylvestre vaut l'honneur d'une rue ; mais là n'était pas la place d'Israël Sylvestre, et c'était celle presque naturelle de l'architecte Mélin. Quand donc nos municipaux, qui veulent envoyer tout le monde à l'école, apprendront-ils l'histoire de la Ville qu'ils ont l'insigne honneur d'administrer ?

Lionnois dit, plus haut, que la porte Désilles fut élevée en 1785. C'est, ou une erreur de copie, ou de typographie. Il est certain qu'elle était commencée en 1783, et presqu'achevée, puisqu'à la page 40 du t. I, de son histoire, il dit :

« Dès le mois de janvier 1784 *(sic)*,, plusieurs savants avaient fait parvenir des inscriptions latines et françaises, à l'Académie des Belles-Lettres de Nancy qui, dans sa séance de la Saint-Louis de l'année précédente, avait proposé un prix. Aucun ne fut couronné, parce que la Société Royale et le maréchal de Stainville se décidèrent en faveur de la suivante, rédigée en commun, d'après les meilleures pièces du concours par MM. Brotier et Barthelémy, membres de l'Académie des Inscriptions et Belles-Lettres de Paris.

Regnante Ludovico XVI,
Delphino Galliæ votis dato,
Pace terrà marique, partà,
Insigne Ducis optimi nomine monumentum
Memor beneficiorum posuit Lotharingia,
Anno MDCCLXXXIII.

Mais, suivant Durival, supplément t. IV, p. 89, elle aurait été commencée au moins en 1780, puisqu'en 1782, elle était élevée à la hauteur de la première corniche. On sait qu'elle repose sur la pointe du bastion de Dannemark et sur les fossés, donc les travaux des fondations ont dû être longs. Voici ce qu'écrit Durival en 1782 : « On construit actuellement (1782) une nouvelle porte pour Metz. La face intérieure est d'ordre ionique, ornée des chiffres du Roi et de la Reine, sur les petites portes. La face extérieure, en rustique, avec des ornements militaires. C'est le sieur Mélin (1), architecte de Nancy, entrepreneur de fortifications, qui en a donné le dessin et l'a exécuté. »
Revenons maintenant aux inscriptions.
Le concours ouvert par l'académie de Stanislas, mécontenta quelques concurrents ; il y eut, à l'occasion du choix fait par celle-ci, plusieurs brochures critiques publiées

(1) Jusqu'en 1867, la rue Israël Sylvestre qui n'était qu'une ruelle, s'appelait *ruelle Mélin*, en souvenir du constructeur de la porte Neuve.

contre son jugement, dans lesquelles on se moque quelque peu de l'inscription envoyée par Brotier et Barthélemy.

« Nous croyons faire plaisir à nos lecteurs, dit Lionnois, de leur communiquer celle du sieur Laugier, dont nous venons de faire mention, laquelle a été fort applaudie des connaisseurs, et semblait mieux répondre au programme donné par l'Académie, et même qui aurait été acceptée, sans la trop grande modestie du maréchal de Stainville, qui la trouva trop flatteuse pour lui, à cause du nom du Roi, la voici :

> Tandis que *Louis* assurait à l'Europe la liberté des mers ;
> Qu'il donnait à la France un Dauphin, et la paix aux deux mondes ;
> La Lorraine reconnaissante éleva cette porte,
> Qu'elle appela *Stainville*, du nom de son bienfaiteur.

Lionnois avait des obligations à Laugier ; c'est un peu ce qui l'a empêché de remarquer, qu'en style lapidaire, on n'emploie pas des vers de douze pieds, pour exprimer une pensée. L'épigraphe lapidaire doit être concise. Celle-ci ne l'est pas, et l'académie aurait eu tort de l'admettre et de la couronner. Elle a cependant un mérite, et Lionnois a bien fait de nous la conserver ; elle prouve que le nom primitif donné à la porte Désilles, a été celui du maréchal de Stainville, préférablement à celui de *Saint-Louis*, qu'elle aurait dû porter officiellement.

L'inscription latine Brotier et Barthelémy avait été gravée sur marbre noir, et fut enlevée à la Révolution ; elle fut remplacée par celle-ci, plus appropriée à la circonstance, mais non moins défectueuse que celle de Laugier, en tant qu'inscription lapidaire.

> Les arts que nos tyrans asservissaient ici,
> Avaient à cette porte imprimé l'esclavage.
> Le nom qu'à lui donner nous avons réussi
> En fait un monument qui dira d'âge en âge
> Que de la Liberté le règne est à Nanci.

> *20 prairial, an II de la République.*

Cette inscription, qui était peinte en grosses lettres noires, était encore visible et lisible en mai 1878, sur l'attique, avant qu'on y ait placé le grand tableau de bois sur lequel on lit en lettres d'or *Porte Désilles*. Par conséquent, elle ne recouvrait pas, comme l'a prétendu un journal de Nancy, du 17 mai 1878, celle de 1783, enlevée en vertu de la délibération du 17 septembre 1791.

Le journal que nous citons dit que que l'inscription de 1783 était gravée dans la taille de l'attique. Lionnois dit qu'elle était gravée sur un marbre noir. D'autres disent que le tympan sur lequel on lit *Porte Désilles* est le même que celui qui avait servi à l'inscription du 20 prairial an II. Ceci nous semble peu probable. Enfin, qui croire dans cette question de peu d'importance ?

Nous extrayons de ce journal les passages suivants :

« L'administration municipale fait réparer, en ce moment, la porte Désilles ; les ouvriers bouchent avec du ciment, les fissures que quatre-vingts années avaient produites.... »

« Une note de M. Duquesnoy, maire de Nancy, dit à la date du 26 septembre 1791 : « Il est ordonné au commissaire de » police Oudin, de faire enlever sans délai l'effigie du Roi, qui » se trouve au-dessus de la porte de la Liberté ; le commissaire » me rendra compte de l'exécution du présent ordre. »

Nous venons de lire plus haut, la date du 20 prairial an II de la République ; beaucoup de personnes n'y ont pas fait attention. C'est, en effet, la date de la pose de cette inscription ; mais c'est aussi celle d'une grande fête révolutionnaire. C'est le 20 floréal an II, 8 juin 1794, que se célébrait à Nancy, la *Fête de l'Etre suprême*. (V. Place de la Cathédrale.)

Dans son *Nancy, histoire et tableau*, M. P.-G. Dumast parle bien, dans une de ses notes de « l'affaire de Nancy » ; mais il ne réclame pas une place pour Désilles, dans son hodographie. On est quelque peu surpris de cette omission, sous la plume de M. Dumast ; mais il ne faut pas trop s'en étonner : la poire n'était pas suffisamment mûre, pour la faire tomber à ses pieds ; il aimait assez à laisser tirer aux autres les marrons du feu, sauf à lui à les croquer, s'il les trouvait bons. Nous allons le voir.

Le 2 novembre 1849, le *Journal de la Meurthe* publiait un long article intitulé « La Porte Neuve de Nancy. » Nous ne le citerons pas entièrement, il est trop long ; nous prendrons seulement le commencement et la fin :

« Le curé de Vakefield avait un cheval élevé dans sa maison et qu'il appelait le « *Poulain* » ; le poulain avait dix-huit ans ;

telle bonne femme appelle « Fanfan » son fils qui a cinquante
ans ; on a vu, à Bordeaux, un négociant à qui, pour le distinguer de ses oncles et de ses frères aînés, on avait donné l'épithète tenace de « Junior », épithète qui, au bout d'un demi-
siècle, distinguait de ses neveux le véritable octogénaire. Paris a
son « Pont Neuf », vieux de plus de deux siècles ; l'Olympe a la
« Jeune Hébé » ; et Nancy a. . . . la *Porte Neuve*, vieille de plus
d'un demi-siècle, et digne de perdre cette insignifiante dénomination, pour recevoir le nom d'un nouveau d'Assas, dont le dévouement héroïque et sublime eut précisément pour théâtre
cette porte, primitivement appelée Stainville, du nom du maréchal de France qui gouvernait La Lorraine, lors de sa construction. »

L'auteur raconte ici, à sa manière, l'affaire du 31 août
1790 ; et, dans un style pathétique, il nous retrace la
conduite héroïque du jeune Désilles, qu'il ferait presque
mourir dans les bras du capitaine Hœner, s'il ne s'était
souvenu qu'il est mort un peu plus tard.

« Le 17 octobre suivant, ajoute-t-il, pour conclure, le généreux Désilles succombait à la suite de ses blessures : de grands
honneurs furent rendus à sa dépouille mortelle ; son corps fut
enseveli à la Cathédrale de Nancy, dans le caveau des évêques.

» En donnant à la porte dite Neuve, le nom de *porte Désilles*,
l'administration nancéienne ferait un acte de justice et de reconnaissance, qui ne coûterait qu'une délibération du Conseil municipal, et la demi-journée d'un tailleur de pierres, pour graver
une inscription sur le couronnement, aujourd'hui laissé vide de
cette porte.... on ne peut monumenter un glorieux souvenir à
meilleur marché. »

En 1857, M. P. G. Dumast publiait, dans le *Journal de
la Société d'archéologie*, un travail intitulé *Hodographie nancéienne*, dans lequel il n'a pas introduit moins de *220 vocables nouveaux*. Pour arriver à ce chiffre fabuleux, — toutes
les rues de Nancy n'y suffisaient pas, il les coupait en
tranches, — il lui fallut compulser toute la biographie
lorraine de Michel. Parlant de la porte de la Craffe, dite
Notre-Dame, il songe à assigner une place à Désilles,
oublié dans son hodographie de 1846.

« L'autre porte de la Ville Vieille, dit-il, où mourut, en 1790,
un jeune héros, martyr de la défense de la loi, deviendrait la
Porte des Isles, et la petite rue latérale serait accordée au sculpteur

Joseph Sontgen, à qui est due toute la partie artistique de cet arc de triomphe. »

Mais, dans le tableau que M. Dumast dresse,.à la suite de son travail, il attribue le nom de *Des Isles*, à la porte de Stainville ou de Metz, et à la petite place extérieure ; malgré sa promesse, il y oublie…. *Sontgen*.

L'auteur de l'article de la *Meurthe* du 2 novembre 1849, avait écrit *Désilles*. Cette orthographe déplaisait à M. Dumast, qui ajoute dans une note : « *Des Isles* ou *Des Islles*, c'est à dire *Des Iles (de Insulis)* ; car tout en mettant les deux *l*, on ne les a jamais prononcées mouillées. »

A puriste, puriste à demi.

Nous nous permettrons d'observer que la porte Neuve, Stainville, de Metz ou Désilles, n'a jamais appartenu à la Ville Vieille ; qu'elle n'est pas une porte de la Ville Vieille, mais bien de la Ville Neuve, du troisième Nancy, commencé sous le règne de Louis XVI. Nous ne savons pourquoi M. Dumast l'a toujours rattachée à la Ville Vieille, quand elle a été construite, pour ainsi dire, en dehors de ses fortifications, et dans un moment où il ne restait plus que des ruines de celles-ci.

M. Léon Mougenot, dans son mémoire *des noms à donner aux rues de Nancy*, laisse subsister le vocable de la Porte Neuve et, donne le nom de *Des Isles* à la rue du Cimetière, devenue maintenant rue Jean Lamour ; il remarque cependant que « la place sans nom qui nous confine extérieurement à la porte Neuve conviendrait mieux à Des Isles. »

Enfin, en 1867, la veille des élections…, nous voulions dire de la décision municipale, M. Louis Lallement arrive à la rescousse, et sous le n° 50 de son *Mémoire* autographié, qu'il a bien voulu nous communiquer, il coupe dans le pont du rédacteur de la *Meurthe* de 1849. Eh ! ne serait-ce pas lui quelquefois qui aurait écrit cet article ? Dame, on ne sait. Celui-ci est tellement semblable à l'ombre, que la recherche de la paternité nous est permise :

« La Porte Neuve (qui n'est plus neuve, étant presque centenaire) devrait s'appeler *Porte des Isles*, en souvenir du généreux dévouement dont elle fut le théâtre, le 31 août 1790. »

Les uns ont écrit Des Isles, les autres Des Illes, ceux-là Désilles, etc.

Bref, la Porte Neuve était devenue en 1867 la Porte Des Isles.

Chacun sait ça !

Mais voilà qu'en mai, peut-être en avril, le mois des giboulées, de l'an de grâce et funeste à la fois 1870 « les propriétaires des maisons contiguës à la *Porte Des Isles*, demandent le dégagement de cette porte, par la suppression des deux bâtiments, sis à l'intérieur et du bureau d'octroi extérieur, de manière à laisser l'Arc de Triomphe complètement isolé. Pour venir en aide à la Ville, ils offrent une subvention de 6,000 francs.

Mettons au haut chiffre 6,500. Les dépenses pouvaient s'élever entre 15 et 19,000 fr. Le Conseil municipal prit la demande en considération, et ajourna sa résolution. D'abord, la subvention offerte était faible, comparativement aux dépenses ; ensuite le corps de garde (pavillon à l'occident de la Porte) était la propriété du génie militaire. La Ville ne pouvait donc prendre aucun engagement, sans le consentement de celui-ci. Heureusement que la Convention du 24 août 1876 lui donna les coudées franches. En octobre de la même année, le montant de la subvention avait atteint 9,000 fr. (art. 66 du budget.)

Enfin, la réalisation du dégagement de la Porte Désilles s'opéra, comme nous l'avons dit précédemment, dans les premiers mois de l'année 1878. En mai, c'était chose faite.

GEORGES (Porte Saint)

Pour avoir une idée du premier tracé de la Ville Neuve à l'Est, nous n'avons qu'à nous placer à peu près devers la fontaine d'Amphitrite, et tracer sur un plan, une ligne droite jusqu'à la rue des Orphelines ; nous ferons ainsi tomber en dehors du mur d'enceinte primitif, toutes les rues nouvelles de Nancy, créées après 1605. Par conséquent, ces rues n'étaient pas comprises dans le plan primitif de 1588, né dans la distribution des terrains de 1591.

Lionnois n'a pas réfléchi à cela en nous racontant la légende de la *ruelle du Pendu*, en nous expliquant l'étymologie de la *rue des Moulins,* en nous disant qu'il n'y avait pas de *porte Saint-Georges,* avant 1605. En effet, si cette *porte* n'était pas désignée par le vocable *Saint-Georges* elle existait néanmoins en 1591, dans la longue courtine, qui reliait la bastion Vaudémont ou bastion de la Madelaine.

Ouvrons Lionnois, t. I, p. 447, sans nous occuper du plan de La Ruelle :

« Charles III continua à faire exécuter comme précédemment pendant les années 1602 et 1603, les fortifications de la Ville-Neuve, selon le premier plan qui en avait été dressé et *qui terminait la Ville du côté de la prairie, le long de l'hôpital Saint-Julien, à travers la Primatiale actuelle et les maisons des Chanoines, dont plusieurs ont été bâties ensuite dans les fossés qui étaient déjà faits.* Dans le marché même, que nous avons rapporté ci-devant, fait avec Nicolas Marchal, il n'y est fait aucune mention ni de la *Porte Saint Georges,* ni des deux bastions qui la défendent, mais bien de l'immense courtine qui devait unir les bastions de Vaudémont et de la Madelaine, à laquelle on ne cessa de travailler jusqu'en 1605 *(sic).* Cependant, il paraît qu'avant même de passer le marché, Charles III avait formé le projet de porter plus loin, du côté de la prairie, les fortifications, car le 2 août de cette année, par commission adressée au sieur de Haraucourt, gouverneur de Nancy, il avait déclaré que » comme pour l'embellissement et fortifications de sa Ville » Neuve de Nancy, il ait jugé par avis de gens experts, être à » propos de l'élargir en certains endroits, et qu'il fut nécessaire » d'acheter des particuliers, plusieurs places qui tomberont en » remparts, fossés, rues et autres lieux communs et publics qui » étaient à faire, comme aussi par le même élargissement, il y » aurait d'autres places employées, *et remparts et fossés, qui sont* » *déjà faits,* lesquels reviendront à son profit, il le commet, pour » incessamment vendre à qui plus les places qui lui appartien- » dront, par le moyen dudit élargissement, et des deniers en » provenant, acheter celles qui seront de besoin pour les rem- » parts, fossés, rues et autres lieux, traitant de gré à gré, avec » les propriétaires. Et, en cas de difficulté, lui faire rapport avec » avis pour en ordonner ce que de raison. »

« Ce ne fut même que le 25 février 1606, que le marché de ces nouveaux ouvrages, fut fait par M. Elisée d'Haraucourt, lesquels obligèrent de détruire tous ceux qui étaient déjà faits. Dans ce marché, la *Porte Saint Georges* y est désignée sous le nom de *Nouvelle Porte,* et dans d'autres actes, sous celui de *Porte des Moulins,* jusqu'en 1608, qu'on fit le marché pour le Saint qui lui a donné le nom de *Saint Georges.*

» A la fin du traité dont nous venons de parler, on lit ce qui suit : Et d'autant qu'il est dit dans le contrat que Marchal a fait, qu'il doit rendre ladite Ville Neuve faite au contenu du dessin dans sept ans, à prendre la date du jour d'icelui, qui serait en l'an 1611 (1), il demande prolongation de temps, à proportion dudit ouvrage.

» En outre, il demande pour la mieux value et ses intérêts des défaisage et faisage de la maçonnerie, et port de terrasse, quarante mille francs, outre les quatorze cents mille portés en son contrat, ce qui lui est accordé par les lettres d'approbation dudit marché par S. A. le 10 mars 1606. »

Lionnois nous donne encore une autre preuve de ce que nous venons de lire, en parlant du Carré de la Primatiale, t. III, p. 248 :

« Ce carré ne contenait avant la fondation de la Ville Neuve, que des jardins, dont la plus grande partie était ascensée par les Dames Prêcheresse à divers particuliers..... » Après avoir donné la description des quatorze pièces de terrains dont se composait cet emplacement, il ajoute : « Toutes ces terres avaient été prises aux dites religieuses pour être *renfermées dans les remparts et fossés*, qui furent d'abord construits dans le terrain occupé aujourd'hui par la Primatiale ; et dont les fondements sont restés dans quelques-unes des maisons des chanoines. Le premier plan de la Ville Neuve n'avait point admis la porte Saint Georges de ce côté ; mais seulement une courtine qui s'étendait depuis le bastion de Vaudémont, derrière les frères de la Charité, jusqu'à celui de la Madelaine, et le long de laquelle on voulait faire couler une partie de la rivière, pour en remplir les fossés. Ce ne fut que longtemps après, et lorsque les ouvrages de ce contour furent bien avancés, que l'on résolut de construire cette porte Saint Georges, ce qui laissa un espace considérable, depuis la petite rue Saint Julien jusqu'à la dite porte Saint Georges. »

« Car alors, ajoute-t-il entre' parenthèses, il n'y avait rien dans le carré où sont les bains du sieur Mandel, qui fût réservé pour place devant la Primatiale, comme on le remarque dans le plan de La Ruelle. »

La maison Mandel porte, de nos jours, le n° 50 de la rue Saint Georges, et fait angle sur la rue Montesquieu.

Nous remarquons que les appréciations de Lionnois sont excessivement justes et rigoureusement exactes. En 1604, les Dames Prêcheresses réclament, par suite de la détermination prise à l'égard des fortifications, la restitution de

(1) 1606 + 7 = *1613.*

leurs propriétés. Le gouverneur de la Ville oppose une fin de non recevoir, au profit du domaine ducal. Cependant, il renonce à ses prétentions, et le 13 janvier 1605 intervient un accord entre le primat de Lorraine et les Dames Prêcheresses. Cete pièce, dont Lionnois ne donne qu'un extrait trop succinct, a une grande valeur historique, et mériterait d'être reproduite, s'il en avait indiqué la source. (V. rue Mably.)

Il résulte de ce que nous venons de lire, que Lionnois n'a pas eu connaissance de la première porte des Moulins, dite *Porte des Grands Moulins,* de laquelle nous voulons parler. Néanmoins, il est bien établi, d'après ces documents, que la clôture de la Ville s'étendait à l'est du bastion Vaudémont (Terrasse de la Pépinière) au bastion de la Madelaine (rue Didion.)

La muraille de la courtine qui reliait ou devait relier le bastion de Vaudémont au bastion de la Madelaine, était commencée, dès longtemps avant 1603. Nous en avons encore la preuve, dans les comptes du Domaine de Nancy, par une dépense qui figure en l'année 1591, pour « ouvrages faits ez corps de garde de la *Porte des Grands Moulins* et aultres. » Voilà donc l'ancienne porte de la courtine, dénommée dans un document authentique. Celle commencée en 1606, dans la nouvelle enceinte qui remplace l'ancienne, prend, d'après Lionnois, le nom de *Nouvelle Porte;* mais cette qualification, employée seulement dans le marché, indique certainement qu'il s'agit d'une Porte Nouvelle, en remplacement de l'ancienne *Porte des Grands Moulins.* On la nomme d'abord *Porte des Moulins*; après avoir conservé longtemps ce vocable, elle est devenue la *Porte Saint Georges,* vers 1620.

Nous répétons ce que nous avons dit déjà, qu'il ne faut pas chercher d'autre origine au vocable des *Moulins,* que la direction que prenait la rue Saint Georges, et la porte de ce nom, pour conduire aux *Grands Moulins,* et au Moulin de la Poudrerie construit en 1591, car, antérieurement à la création de la Porte Saint Georges, les rues Saint Jean et Saint Georges étaient dites, en 1600, *rue des Moulins.*

En 1791, la Porte Saint Georges, qui avait près de deux siècles d'existence, devint la *Porte de la Fédération.* Elle perdit ce nouveau vocable à la rentrée des Bourbons. On peut encore lire cette dénomination, à demi effacée, sur le pilastre à gauche, entre la petite porte qui s'appuie contre l'hôtel de la Chartreuse et la voûte principale.

Sa façade extérieure, qui passait pour un chef-d'œuvre au dernier siècle, a été bien mutilée à la Révolution, moins cependant que ne l'ont été celles des portes Saint Jean et Saint Nicolas.

Depuis la démolition des fortifications, et depuis la création des nouvelles voies d'accès à l'extérieur de la ville, les anciennes portes de Nancy la Neuve, perdirent beaucoup de leur aspect, par le comblement des fossés, et l'exhaussement des chaussées qui les environnent

La Porte Saint Georges fut commencée en 1606; on en a la preuve dans les archives; elle était terminée, lorsqu'on eut l'idée d'y placer la statue équestre de Saint Georges. (V. Lionnois *histoire* t. I, p. 449.) Les nouveaux travaux pour recevoir cette statue furent commencés en 1608. On ne sait pas au juste à quelle époque celle-ci fut mise en place; elle l'a été certainement avant 1611.

Nous ne parlerons pas de la malencontreuse campagne, entreprise en 1875, par M. Bernard, maire de la ville de Nancy, pour arriver à la démolition de cette porte, ni des péripéties, de 1878 à 1883 qui ont passionné non seulement les Nancéiens, vieux et nouveaux, mais encore toute la presse, aussi bien celle de la province et de l'étranger que celle de Paris.

La première menace faite en, ces termes : « ..... Nous devons, dès à présent, prévoir le moment où nous aurons à faire disparaître la 'Porte Saint Georges, qui, comme la Porte Saint Jean, à l'autre extrémité de la ville, constitue un obstacle si grave à la circulation et au développement de la ville de ce côté. Le jour n'est peut-être pas très éloigné, où j'aurai, à vous faire, à ce sujet, des propositions. La démolition de la porte entraînera la démolition de l'école perchée sur ses voûtes » se trouve dans le rapport du maire au Conseil municipal, pour le projet de budget pour l'exercice 1876. (V. *Journal de la Meurthe*, 26 octobre 1875.)

M. Léon Germain a publié dans le *Bulletin monumental*. n° 1, de 1882, une monographie intitulée : *La Porte Saint Georges à Nancy* (broch. in-8, 28 p. tirée à part.) Nous y renvoyons le lecteur.

JEAN (Porte Saint)

Nous n'avons pas beaucoup à dire sur ce monument, qui n'existe plus depuis 1874.

On en a heureusement conservé plusieurs vues, datant des XVIIᵉ, XVIIIᵉ et XIXᵉ siècles.

« La Porte Saint Jean, dont nous avons rapporté la dépense à l'article des fortifications, est la même qui a été bâtie sous le règne du duc Henri II, pendant qu'Élisée d'Haraucourt était gouverneur de Nancy (1612.) Sa face extérieure, d'ordre dorique, a été gravée par Israël Sylvestre, né à Nancy le 15 août 1621, mort au Louvre le 15 octobre 1691, et par Collin, en 1762. »

M. Thorelle en a fait une vue en 1838 ; M. Chatelain l'a représentée dans son album, et Jean Cayon en donne un dessin, dans son *Histoire de Nancy* :

« Au-dessus de cette porte et dans tout son contour, ajoute Lionnois, que nous venons de citer, il y a des logements où l'on place ordinairement les soldats mariés. Il y a aussi une tour dans la partie voisine des Prémontrés, qui sert de prison. » (*Histoire*, t. II, p. 494.)

Cette tour, détruite depuis longtemps, servait encore de prison militaire, au moment de la Révolution. Il en est souvent question dans les délibérations du Corps municipal. Il ne faut pas confondre « la Tour » avec les « Tours Notre-Dame. » La *Porte Saint Jean* a été appelée *Porte Lepelletier*, en l'an II ; elle est devenue *Porte de la Cavalerie*, le 18 fructidor, an III, pour reprendre son vocable primitif en 1814.

Dès 1840, même auparavant, on avait formulé le désir d'abattre la Porte Saint Nicolas ; de nombreuses protestations n'empêchèrent pas sa démolition ; mais, au moins, elle eut les honneurs d'une restauration plus ou moins heureuse, et plus ou moins coûteuse.

La Porte Saint Jean, enlaidie par de continuelles mutilations, ne trouva ni les mêmes admirateurs, ni les mêmes protecteurs, et la municipalité, qui avait reconstruit la Porte Saint Nicolas, décida, en principe, la démolition de la porte Saint Jean. — On la coula douce au public ; les évènements aidant, la chose fut facile.

« Il est bien regrettable, dit Jean Cayon, qu'on ait inconsidérément détruit de nos jours les belles pyramides élancées et la table au milieu, imprimant un si noble caractère à la façade extérieure, que le célèbre Israël Sylvestre s'empressa de consacrer son burin à dignement la reproduire. C'était alors la seule porte sur la route de Paris. Son intérieur forme un carré à jour entouré d'arcades, malheureusement remplies par de misérables constructions. L'architecture sur la place est imposante, décèle ce goût original qui crée les modèles. C'est en son genre une très belle étude à observer, surtout par les Termes accolés aux arches des portiques. » (*Histoire de Nancy*, p. 143.)

Dans la séance du Conseil municipal, du 19 janvier 1866, on traitait la question de la percée de la rue Mont-Désert, lorsqu'un membre entretint « le conseil de la nécessité de réduire la pente de la rue Saint Jean, etc. » Voilà le premier coup de feu tiré.

Le 8 août 1867 « un membre renouvelle des observations déjà présentées sur la porte Saint Jean, dont le resserrement fait obstacle à la circulation si active sur ce point. »

Le 2 juin 1868 « plusieurs membres demandent à l'administration de s'occuper instamment de la porte Saint Jean ; il devient de plus en plus urgent de prendre un parti. — M. le maire répond que l'administration étudie, depuis longtemps déjà, cette question, qui présente des difficultés sérieuses. — Le Conseil la renvoie à l'examen de la Commission des travaux. »

Dans la séance du 28 novembre 1868 « le Conseil a voté un crédit de 12,000 francs, pour être employé uniquement aux démolitions de la façade extérieure de la porte Saint Jean, le Conseil réservant la question du fond toujours à l'étude. »

On se mit aussitôt à l'œuvre ; et c'était chose faite pour le printemps de 1869. M. Lhulière, entrepreneur chargé de la démolition, fit déposer au Musée lorrain des morceaux de sculpture provenant de la façade extérieure. Ils se trouvent aujourd'hui derrière la fontaine de la place Saint Epvre.

C'est seulement dans la séance du 12 avril 1870, que, sur la proposition de M. Hatzfeld, demandant « s'il ne serait pas possible de prendre un parti radical et d'ensemble et de raser la porte. » M. le Maire fut invité à faire établir le devis des dépenses qu'entraînerait la démolition entière de la porte Saint Jean, et des constructions qu'elle abritait. »

Si, petit à petit, l'oiseau fait son nid, petit à petit aussi la porte Saint Jean disparut, sous le pic et la pioche des démolisseurs.

A la séance du 13 février 1873, la poire étant mûre, « M. le maire entretient le Conseil du projet de modification et d'élargissement de la porte Saint Jean. » D'après ce projet, adopté par la commission des travaux, il s'agirait de raser la totalité de la porte, en suivant la largeur de l'alignement du faubourg.

« M. Cournault, sans combattre le projet, fait observer que la face du monument donnant sur la Ville est un véritable objet d'art, le seul échantillon du style Louis XIII que possède Nancy, et qu'il est essentiel de le conserver, en le reportant sur un autre emplacement ; par exemple, en le mettant à la disposition du Musée lorrain.

» M. Rizalion dit que, certainement, le don n'en sera pas refusé à cette Société, si elle en fait la demande et qu'elle se charge de l'installation. »

Nous croyons, qu'en effet, les pierres de cette façade ont été numérotées et emmagasinées dans l'espoir de la reconstruire un jour, en quelque autre endroit.

Nous ferons remarquer qu'en 1868, lorsqu'il s'est agi, au Conseil municipal, de démolir la façade extérieure de la porte Saint-Jean, et de décider, en principe, sa démolition, sous le prétexte que le passage en cet endroit était très difficile aux voitures et camions, trafiquant de la gare des marchandises à la ville, on étudiait et on votait l'ouverture de la rue Mon-Désert. Dès que cette voie fut créée, elle enleva à la rue Saint Jean près de la moitié du trafic ordinaire ; par conséquent, la démolition de la porte devenait inutile, au moment où on l'achevait. Quelques années plus tard, l'ouverture du chemin de fer de ceinture enlevait encore à la rue Saint Jean, le trafic qui se faisait de la gare du canal et du faubourg Saint Georges, à la gare des marchandises de l'Est.

Quant à la raideur de la pente qui existait sur la place Saint Jean, on pouvait parfaitement l'adoucir, sans nuire à la porte, au contraire ; en la dégageant, on lui aurait rendu le caractère architectural qu'elle n'avait plus, depuis que la base avait été enterrée, par suite de la démolition des remparts de la Ville Neuve, et des divers exhaussements du sol, produits par des empierrements sucessifs.

(NICOLAS Porte Saint)

STANISLAS (Porte)

La *Porte Saint Stanislas* a la même origine que la Porte Sainte Catherine.

Elle fut appelée *Porte de Paris*, par la délibération du 27 octobre 1793 ; mais peu de temps après, le 3 janvier 1794, elle est nommée, dans une autre délibération, *Porte de la Montagne* ; le 18 fructidor an III, on lui donna le nom de *Porte de Toul*, qu'elle a conservé jusqu'en 1814. Elle redevient *Porte Saint Stanislas* ou simplement *Porte Stanislas*.

Nous l'avons dit précédemment, cette porte était entourée d'une grille en fer, qui a été enlevée en 1792, et vendue au profit de la Ville (V. la Pépinière.)

On lit encore très bien, sur ses deux façades, d'un côté, *Porte de Toul*, et de l'autre, *Porte de la Montagne*. Ces deux inscriptions sont beaucoup plus visibles, par les temps humides ou pluvieux.

TRIOMPHE (Arc de)

Nous voici en présence d'un vocable nouveau et ancien, que les Nancéiens ont eux-même choisi et préféré à tous autres, en dépit des inscriptions et des documents officiels. L'Arc de Triomphe a prévalu sur tous. Lionnois ne désigne guère autrement la Porte Royale, dite du Peuple, sous l'ère révolutionnaire. Avant que Lionnois n'ait écrit ses *Essais,* on désignait ainsi cette nouvelle Porte de la Ville Vieille.

Tout le monde est d'accord, pour dire que la vieille Porte Saint Nicolas, entre les deux villes, était placée dans l'axe de la Grande Rue, que Louis XIV en ordonna la démolition, et fit édifier à côté, un peu plus vers l'orient, en 1672, une nouvelle porte que ses ingénieurs appelèrent la *Porte Royale.* Stanislas fit démolir celle-ci, et, construisit à côté l'*Arc de Triomphe* actuel, auquel il conserva le nom de *Porte Royale.*

Le peuple, qui n'aimait guère le joug français, qui détestait souverainement tout ce qui s'édifiait dans les fortifications, fut longtemps à refuser le titre de *Royale* à la porte qui remplaçait l'ancienne. Il l'appelait bénévolement la *Porte Neuve.*

Léopold contribua peut-être beaucoup, par divers actes, à lui faire adopter la dénomination de *Porte Royale.* Du moment que cette expression ne déplaisait pas à S. A. R., le peuple, si sincèrement attaché à ses souverains, aurait cru faire injure à Léopold, de ne pas suivre son exemple; néanmoins, ce mot *Royale* écorchait la langue de beaucoup de vieux lorrains, surtout de ceux qui avaient vécu sous le régime de l'occupation.

Lorsque Duquesnoy fit donner à la Place Royale le nom de Place du Peuple, on nomma aussi l'Arc de Triomphe, édifié en 1751, la *Porte du Peuple.* Nous avons dit comment la Porte du Peuple est devenue la *Porte Napoléon* (V. place Stanislas.) Redevenue *Porte Royale,* en 1814, ce vocable trouva moins de défiance dans la génération moderne. On l'accepta assez facilement; mais en 1830, sans doute dans la crainte d'un nouveau changement, on eut des tendances à la désigner, comme avant la Révolution, sous le nom très pacifique d'*Arc de Triomphe,* et elle méritait d'autant mieux cette épithète, qu'elle était dépourvue, depuis 1817, de son escalier monumental qui, de la Terrasse qui la surmonte, conduisait à la Terrasse de la Pépinière.

Aujourd'hui, ce n'est plus une porte de ville; c'est véritablement un Arc de Triomphe, isolé dans toutes ses parties et de tous les côtés, depuis la suppression des prisons de la Conciergerie, en 1872. Les documents officiels lui ont d'ailleurs consacré cette simple dénomination, depuis longtemps, même avant la destruction de la voûte des Chameaux. On a toujours eu des tendances à le préférer à tous autres.

En parlant de la Porte Désilles, nous faisons remarquer que le même phénomène s'est produit, lorsqu'on a baptisé officiellement cette porte du nom de *Saint Louis*. On l'appela bien Porte *Stainville;* mais le peuple, quelque peu rancunier, et frondeur, lui donna, par opposition à celui de Saint Louis, le nom de Porte Neuve, qu'il avait donné au XVIIe siècle, à la Porte Royale de Louis XIV.

L'idée de construire un Arc de Triomphe dans l'axe de la Carrière, n'appartient pas, comme on le croit généralement, à Stanislas et à ses architectes. Charles III, qui a beaucoup contribué à l'embellissement de cette place, avait l'intention d'y faire élever, à son extrémité méridionale, un Arc de Triomphe; on n'en a pas de dessin, mais il en reste des preuves écrites.

Dans des lettres datées du 14 octobre 1566, Charles III s'exprime ainsi :

« Comme nous ayons advisé, pour l'embellissement et décoration de nostre ville, de permettre à plusieurs personnes faire dresser ung reng de maisons en la place vulgairement appelée la Rue Neufve, prenant de nostre maison et hostel, tirant droict à la courtine, estant entre la porte Saint Nicolas et le bolevart de Vaudémont, et au bout de ladicte rue, proche d'icelle courtine, faire ériger à nos propres fraiz *ung Arc Triumphal* de bonne et grande estendue, au-dessoulz et contre les pilliers duquel y aura plusieurs bouticques pour servir à marchands et artisans. Mais craingnons que, par succession de temps, tombant les dictes bouctiques, en mains de particuliers, elles se démollissent, et à faulte de bien entretenir ledict *Arc......*, il ne tende à ruyne....; pour à ce obvier et perpétuer ledict *Arc Triumphal*, nous a semblé n'y pouvoir mectre meilleur ordre que de le mectre ez mains d'un seul personnage qui ait bon moyen de fournir à l'advenir aux fraiz des réparations qui y pourraient estre nécessaires, avons, pour ces causes... et... signammènt que nostre très cher... conseiller Jean, comte de Salm... veult faire bastir une maison au plus pres dudict *Arc*, à icelluy donné... le dessus et dessoulz dudict *Arc Triumphal*, tant en bouctiques qu'aultres choses..., à charge que ses hoirs et ayant cause entretiendront ledict *Arc* et bouctiques ainsy par nous construict, en bon et suffisant estat sans les laisser démolir. » (T. C. Nancy, 5.)

« Aucune note des comptes du trésorier ni du receveur gé‑
néral n'a rapport aux dépenses faites pour l'érection de cet Arc
de Triomphé, qui aurait dû occuper le même emplacement que
l'Arc de Triomphe actuel ; Lionnois n'en parle pas non plus. Le
plan de Nancy, dressé en 1611, et sur lequel se trouve figuré
l'hôtel de Salm (à la place qu'occupe le Palais de Justice) ne l'in‑
dique pas ; on y voit seulement, à l'extrémité de la Carrière, et
adossées aux murailles, des espèces de constructions qu'on n'a
pas cru devoir marquer par un chiffre de renvoi, ce qui fait pré‑
sumer qu'elles avaient peu d'importance. » (H. Lepage, *Com‑
munes de la Meurthe,* II, 148.)

Nous ne sommes pas tout à fait de cet avis : de ce qu'il
ne se trouve pas, sur le plan de La Ruelle, de numéro de
renvoi indiquant cet Arc de Triomphe, il ne faut pas en
conclure qu'il n'existait pas. L'auteur du plan de 1611 a
omis bien des monuments dans sa légende, si nous en
jugeons par la copie réduite de 1617, dans laquelle, à
défaut de légende, on a coloré les établissements princi‑
paux en vert, en jaune, et en rouge (1) ; or, les trois mai‑
sonnettes de la Carrière, qui figurent dans le plan de 1611,
où se trouve aujourd'hui l'Arc de Triomphe, sont peintes
en rouge. Il n'y a néanmoins pas de preuves que « l'Arc
Triumphal » ordonné par le duc Charles III, ait été
construit ; ce qu'il y a de plus certain, c'est à ce prince
que revient la première idée de l'édifice qui nous oc‑
cupe.

Lionnois nous a laissé une exacte description de l'Arc
de Triomphe édifié par Stanislas. Nous croyons devoir la
transcrire ici :

« La place (Royale ou Stanislas) est terminée par un corps de
bâtiments à un étage, qui masque le rempart et y fait retour,
pour donner une rue de communication entre les deux villes.
Au fond de cette rue, qu'on nomme du Passage, est un Arc de
Triomphe, composé d'un grand portique dans le milieu, et de
deux autres plus petits à côté, qui conduisent à la place de la
Carrière, sous deux péristyles qui occupent la largeur du rem‑
part. Cet Arc de Triomphe est un grand ordre corinthien, élevé
sur un piédestal couronné par un attique, et terminé par le mé‑

(1) Le vert indique les jardins, le jaune les murailles, le rouge les
toitures. Nous avons remarqué que tout ce qui est ainsi coloré, dans le
plan de 1617, avait une certaine importance ; ce sont, ou des hôtels
seigneuriaux ou des établissements publics.

daillon de Louis XV, en marbre blanc, soutenu d'un côté, par la Lorraine sous la figure, d'une femme assise, et de l'autre, par un Génie, au-dessus duquel la Renommée place, d'une main, une couronne de laurier sur le médaillon, tandis que de l'autre, elle embouche sa trompette, pour faire entendre ces mots gravés au-dessous, dans l'attique, en lettres d'or, et sur un marbre noir :

HOSTIUM TERROR,
FŒDERUM CULTOR,
GENTISQUE DECUS ET AMOR.

« A côté de ces figures, sont des trophées d'armes.

« Sous cette inscription, est un bas-relief en marbre blanc, de toute la longueur du grand portique, qui représente deux figures assises sous les feuillages d'un dattier qui les sépare. Celle du côté droit est Mercure, tenant d'une main son caducée, et s'appuyant de l'autre sur une ruche, ayant sur ses genoux une corne d'abondance, et devant lui divers instruments des Arts. Celle du côté gauche est Minerve ou Bellone, armée de toutes pièces, tenant sa lance, d'où pend l'étendard romain, désigné par les lettres S. P. Q. R., et devant elle des drapeaux et des étendards militaires. Les petits portiques sont aussi ornés de bas-reliefs et d'inscriptions. Celui du côté droit représente Apollon, jouant de sa lyre, au son de laquelle un musicien et des femmes couchées paraissent, d'une part, ravis en extase, et de l'autre, les muses qui désignent les différents arts, semblent s'animer et s'encourager mutuellement. Plus bas, sur un marbre noir orné d'un cadre circulaire, environnant un bas-relief de divers instruments des arts, en marbre blanc, on voit ces mots en lettres d'or :

PRINCIPI PACIFICO

« Sur les acrotères de ce portique, deux statues colossales de Cérès et de Minerve, annoncent les fruits de la paix, qui en procurant la tranquillité aux artistes, développent leurs talents et leur procurent des récompenses. Celui du côté gauche représente Apollon, lançant une flèche contre un dragon ailé, qui entrelace un homme de ses divers replis, pour désigner le Roi attaquant et renversant les ennemis de son peuple. L'inscription, comme la précédente en lettres d'or, est accompagnée d'un bas-relief de trophées et d'instruments militaires et contient ces mots :

PRINCIPI VICTORI

» Sur la corniche de ce côté, sont deux autres statues colossales d'Hercule et de Mars, représentant la force et la valeur, dont le Roi a donné des preuves dans les guerres qu'il a soutenues. » *(Histoire, t. II, p. 28.)*

Lorsque Stanislas fit démolir la porte Royale, élevée en 1672, par ordre de Louis XIV, les différentes parties de cet édifice furent employées à orner divers monuments de notre ville. C'est ainsi, qu'on en fit la porte Stanislas et Sainte Catherine. Les trois bas-reliefs en marbre blanc, dont Lionnois vient de nous donner la description, sont d'un style et d'un faire différents de tout ce qui compose l'ornementation de l'Arc de Triomphe. Sans être connaisseur, on remarque de suite qu'ils appartiennent à une autre époque ; par conséquent, on en conclut qu'ils ne sont pas l'œuvre des sculpteurs du temps de Stanislas, alors que ceux-ci taillaient des amours, des génies, et tout ce qui se rattache au genre pastoral, si prisé au XVIIIᵉ siècle. Ces bas-reliefs sont, en effet, d'une époque où les dieux de la mythologie étaient fort à la mode ; disons simplement qu'ils ont appartenu à la porte Royale ; ils sont dûs au ciseau de César Bagard, qui en avait fait tous les ornements et même le buste, ou le médaillon de Louis XIV. On n'a malheureusement aucun dessin représentant la Porte Royale ; et, chose plus étrange, on n'en connaît aucune description écrite, de sorte qu'on ne sait pas comment elle était construite, quel était son style architectural, quel était l'ensemble de sa façade. Mais, à en juger par ses bas-reliefs et par le plan de Belprey, qui nous a laissé la vue des premières portes Stanislas et Sainte Catherine, la porte Royale devait être un monument sévère et imposant.

Lionnois dit que le médaillon représentant Louis XV était en marbre blanc *(sic)*. Ce médaillon fut enlevé en 1792, et on en replaça une autre en 1814, ou en 1815, à la rentrée des Bourbons, qui fut également enlevé en 1830. Ce dernier, remis en place le 26 mars 1852, est en plomb doré ; il faut donc supposer que le premier a été détruit aussitôt son enlèvement, comme emblème séditieux.

Dans le même temps, on fit peindre en jaune, sur les deux cartouches de marbre, au lieu de *Principi pacifico* et *Principi victori*, les mots : Liberté, Égalité et Liberté, Fraternité. Ces mots révolutionnaires étaient encore visibles, il y a quelques années, avant que l'on ne remplaçât

les marbres commémoratifs du fronton et des cartouches.
On a gravé sur les nouveaux marbres, posés en 1876, les
inscriptions primitives, mais faute de les avoir peintes,
elles sont maintenant illisibles.

L'Arc de Triomphe est un des rares édifices de la ville,
respectés par les révolutionnaires de 92 et 93. On s'est
borné à enlever le médaillon de Louis XV, et la dorure des
inscriptions.

Depuis longtemps, il a été reconnu que cet édifice
n'était pas construit très solidement. Aussi, nous nous
demandons pourquoi l'administration municipale permet
que les jours de fêtes nationales, le feu d'artifice soit tiré
sur la plate forme ? On devrait savoir cependant à la mairie, qu'à différentes époques on a dû faire des réparations
urgentes, pour la consolidation des voûtes.

Il paraît qu'au commencement du siècle, il était laissé
dans un état d'abandon tel, que la ville a dû solliciter des
secours de l'Empereur, pour le restaurer. Nous en avons la
preuve, par cette supplique, adressée le 14 novembre 1810,
à Son Excellence le Ministre de l'Intérieur.

« MONSEIGNEUR,

» Le Maire de la ville de Nancy a l'honneur d'exposer à Votre
Excellence que, par délibération du 30 mai dernier, le Conseil
municipal de cette ville, légalement convoqué, ayant considéré :

» 1° La nécessité urgente de restaurer l'Arc de Triomphe érigé
en cette ville et dédié à Napoléon le Grand, notre Auguste
Empereur ;

» 2° La pénurie des finances de la ville, qui est hors d'état de
subvenir à l'acquit des dépenses qu'entraînera cette restauration ;

» A délibéré, que Sa Majesté l'Empereur et Roi serait très
humblement suppliée d'accorder un secours extraordinaire, pour
être employé à la restauration et à la conservation de ce précieux
monument, conformément au vœu émis à ce sujet, par le
Conseil général du départemeut de la Meurthe, et par le Conseil
d'arrondissement du chef-lieu, dans leurs sessions de janvier

» Ce considéré, Monseigneur, vu ladite délibération, ensemble
les devis estimatifs y rappelés en date du 1er mars 1809 et
30 avril dernier, et les cinq plans y annexés, attestant que cet
Arc de Triomphe est un des plus monuments d'art qui existent
dans l'Empire français

» Il plaise à votre Excellence présenter à Sa Majesté l'Empereur et Roi, la présente supplique et le vœu, tant du Conseil municipal que celui du Conseil général du département et du Conseil d'arrondissement, pour obtenir des grâces de Sa Majesté, le secours extraordinaire, demandé pour subvenir aux dépenses qn'exige la restauration du monument dont il s'agit.

» Nancy, le 14 novembre 1810,

» LALLEMAND, *maire.* »

Nous ignorons quelle suite a été donnée à cette affaire; mais il permis de croire que la demande de secours aura été favorablement acccueillie en haut lieu.

LES FAUBOURGS

DE NANCY

LES FAUBOURGS

Nancy compte aujourd'hui officiellement sept faubourgs.
Trois sont très anciens : Boudonville, les Trois-Maisons et Saint Jean.

Après ceux-ci, vient le faubourg Sainte Catherine. Les autres sont de création plus récente.

Le faubourg Saint Pierre est l'un des plus jeunes, quoiqu'il ait eu, depuis 1477, un lieu de pèlerinage qui aurait dû aider à sa formation.

Avant la Révolution, ces sept faubours composaient deux paroisses :

Celle de Saint-Vincent-Saint-Fiacre comprenait les faubourgs Saint Jean et Stanislas, Boudonville et les Trois-Maisons.

La paroisse Saint Pierre avait sous sa domination les faubourgs Sainte Catherine, Saint Georges, Saint Pierre, et tout le territoire qui s'étendait jusqu'à l'étang Saint Jean et le ruisseau de l'Asnée.

Aujourd'hui, chaque faubourg a pour ainsi dire sa paroisse :

Saint Mansuy dessert Boudonville et une partie du faubourg Stanislas.

Saint Fiacre est la paroisse des Trois-Maisons.

Saint Léon rassemble sous sa crosse pastorale les faubourgs Saint Jean et Stanislas.

Ceux de Sainte Catherine et de Saint Georges sont desservis par la cure Saint Georges.

Le faubourg Saint Pierre est le mieux partagé, du côté du culte. Il a deux paroisses : Saint Pierre et Bonsecours, et plusieurs chapelles, qui servent, en quelque sorte, de succursales à ces deux cures.

La délimitation du territoite de chacun des sept faubourgs qui enceignent la Ville, n'a jamais été bien définie. Nous n'avons trouvé jusqu'à présent, que des documents incertains, qui ne limitent pas, d'une manière précise et exacte, le territoire de chacun d'eux. Du reste, cette délimitation deviendrait aujourd'hui inutile, par suite des nouvelles voies qui s'ouvrent constamment dans leurs différentes parties. Nous ferons remarquer, que le tableau dressé en 1840, pour les faubourgs, ne leur assigne aucune délimitation. Les rues de l'un sont enchevêtrées dans les rues de l'autre : le faubourg Sainte Catherine pénètre sur le territoire des Trois-Maisons ; il en est de même du faubourg de Boudonville, auquel on a attribué toute la rue du Ruisseau, et le faubourg Stanislas commence à la rue de l'Hospice, près de la rue de Boudonville, quand la rue de la Ravinelle appartenait au faubourg de Boudonville. Il n'y avait alors que le faubourg Saint Pierre, qui était bien délimité ; mais il ne l'est plus aujourd'hui, depuis la création du chemin fer et des rues nouvelles, qui ont été créées en deçà, du côté de la Croix de Bourgogne. La délimitation certaine des sections a une plus grande importance que n'en aurait celle des faubourgs ; mais qu'il nous soit permis d'observer, que la création incessante des nouvelles rues exigera bientôt un remaniement dans les sections : *première, troisième, sixième* et *huitième,* devenues aujourd'hui trop grandes, par rapport aux rues nouvelles et à l'agglomération des habitants.

Cependant, chacun des faubourgs de Nancy a son existence propre, son histoire spéciale, ses origines particulières, sa population différente des autres, son hodographie, ses particularités, ses industries.

Ainsi, pendant que Boudonville n'avait au nombre de ses habitants, que des carriers, des bûcherons et des vignerons, les Trois-Maisons étaient peuplées de maraîchers, de jardiniers, de vignerons et d'aubergistes. Le faubourg Sainte Catherine avait les tanneurs, les flotteurs, les pêcheurs, etc. Le faubourg Saint Pierre, des aubergistes, des manœuvres, des artisans et quelques vignerons et jardiniers. Les fauxbourgs Saint Jean et Stanislas, placés sur la grande route qui conduisait à Paris, comprenaient plus d'aubergistes que d'autres industriels. Il en était de même du faubourg Saint Georges, où s'arrêtaient les rouliers et les cultivateurs, venant de la Seille.

On voit donc que, lors même que tous ces faubourgs seraient confondus par l'unité des rues nouvelles qui s'y créent, qu'ils seraient ajoutés encore au Nancy *intra-muros*, on ne pourra leur refuser à chacun l'hitoire de leur existence, et cela est si vrai que, pendant la tourmente révolutionnaire, nous les voyons prendre un caractère spécial, et subir à cette époque, tout comme les rues et les places de notre ville, les caprices hodographiques des officiers municipaux. Ceux-ci, par exemple, il faut le dire, se sont contentés simplement de changer les vocables portés par les faubourgs, sans s'occuper autrement des rues qui les composaient. Ainsi, quand un saint était rayé de l'hodographie *intra-muros*, il avait droit de cité *extra-muros*. Gageons qu'on aurait eu dans un faubourg une *Rue Royale*, qu'elle aurait été respectée, tandis que le mot *Royale* était profondément gratté aux angles de la place Stanislas.

On ne s'est jamais beaucoup occupé à l'Hôtel-de-Ville, de l'hodographie faubourienne, si ce n'est quand il s'agissait de percevoir des cens, ou d'imposer de nouvelles charges aux contribuables. Dans ces cas seulement, on reconnaissait aux rues et ruelles des faubourgs, des dénominations admises par le temps : autrement les particuliers étaient indiqués comme habitant les faubourgs. Maintenant cherche, devine et trouve, si tu peux.

Les plans de Nancy, antérieurs à 1850, ont même l'inconvénient de ne tracer les faubourgs que par quelques bouts de chemin qui ne se continuent pas, et, cela va sans dire, sans indication de vocable. Châtelain fait, en 1841, un magnifique plan de Nancy. Les faubourgs n'y figurent pas.

Cependant, la municipalité de 1840 s'est montrée habile, en publiant les tableaux des rues, places et impasses de la ville de Nancy, *intra-muros*, et en donnant, le 20 octobre de la même année, la nomenclature des rues et ruelles de la ville *extra-muros*.

Cette nomenclature est la première, à notre connaissance, qui fixe à peu près la délimitation des faubourgs, tels qu'ils étaient avant qu'on n'ait décidé, en 1867, la création de 52 rues nouvelles.

Il serait bien à désirer, aujourd'hui, que la municipalité publie le même travail. Ce ne serait pas un superflu, mais bien une nécessité. Depuis 1867, on a ouvert un grand nombre de rues nouvelles, soit par le fait de la municipalité, soit par le fait de simples particuliers. On a changé de place un certain nombre de vocables, on en a créé de nouveaux, à la place des anciens. Ces considérations devraient faire prendre la résolution de publier l'état actuel des rues anciennes et nouvelles, avec leurs tenants et leurs aboutissants, et de continuer ce travail tous les ans, dans le bulletin administratif, ou dans les comptes-rendus des séances du Conseil. Nous avons pu nous convaincre qu'il y a, sur le territoire de Nancy, des rues récemment créées, qui ont un vocable admis et qui ne figurent dans aucune décision du Conseil municipal. On nous répondra à cela, que ce sont des rues particulières; peu importe : si elles ne sont pas la propriété de la ville, le public a toujours intérêt à les connaître, à savoir où elles sont situées.

Nous prendrons donc pour base la nomenclature officielle de 1840, dont les rues offrent, — quelques-unes seulement, — un intérêt historique se rattachant au faubourg auquel elles appartiennent. La nomenclature de 1840, a aussi cet avantage, de nous faire connaître les faubourgs de Nancy, tels qu'ils étaient avant la construction du canal et du chemin de fer. On sait que ces deux grandes artères ont coupé et supprimé plusieurs rues et ruelles.

Dans cette partie de notre travail, nous ne pouvons pas suivre, comme nous l'avons fait pour la Ville-Vieille et la Ville-Neuve, l'ordre alphabétique ; nous devrons nous contenter de classer les rues, selon les faubourgs desquels elles dépendent, sans nous arrêter à celles nouvellement créées.

On reproche quelquefois, et avec raison, à l'administration municipale, de n'avoir pas pour les faubourgs, les mêmes soins que pour Nancy *intrà-muros*. Les faubourgs, dont on étend et multiplie les rues, sont fort mal partagés, sous tous les rapports : police, eau, gaz, pavés, trottoirs et autres objets. Quelques-unes jouissent de certains privilèges, parce que certains propriétaires ont un pied dans l'Hôtel-de-Ville ; les autres, n'ayant personne pour les patronner, demeurent à l'état rudimentaire, elles occupent les 3e, 4e ou 5e rang, dans le système de la voirie. Il en est dont les cailloux qui servent à l'empierrement ne sont écrasés qu'à force de temps, et tous les jours on y emploie des hommes, bien inutilement, pour arracher l'herbe qui pousse entre les pavés des cassis ou sur les trottoirs, soi-disant sablés, sur lesquels on n'a jamais répandu un grain de sable.

Autrefois, les maisons des faubourgs, à part les auberges et les maisons de campagne, étaient de modeste apparence ; elles n'avaient guère plus de deux étages. Il en est autrement aujourd'hui : ce ne sont plus des maisons d'artisans que l'on édifie ; ce sont des petits palais, aux petites chambres, aux petites alcôves, qui tentent le diable et qui chassent loin d'eux le pauvre diable d'ouvrier Trop de luxe a pénétré dans les faubourgs où :

Tout bourgeois veut bâtir comme un grand seigneur.

BOUDONVILLE (Faubourg de)

Le chemin de fer a beaucoup modifié, depuis 1840, l'aspect de ce faubourg, qui se confond aujourd'hui avec le faubourg des Trois-Maisons. Les rues principales étaient à cette époque :

1° Rue de Metz : de la porte Neuve au territoire de Maxéville.

2° Ruelle de l'Hospice : de la rue de Metz à la rue de l'Hospice.

3° Rue de la Ravinelle : de la rue de l'Hospice à la rue de Boudonville.

4° Impasse Saint-Vincent : rue de Metz.

5° Rue de Boudonville : de la rue de Metz au carrefour de la rue du moulin à la fontaine publique.

6° Rue du Ruisseau : de la rue de Boudonville au canal de navigation.

7° Rue du Moulin de Boudonville : de la rue de Boudonville au carrefour de la rue de Boudonville à la fontaine publique.

8° Rue d'Auxonne : de la rue du Ruisseau à la rue du Moulin.

9° Rue du Sapin : de la rue d'Auxonne au sentier du Haut–de–Lièvre.

SAINTE–CATHERINE (Faubourg)

En 1840, le faubourg Sainte-Catherine, qu'on nommait plus vulgairement faubourg des Tanneries, était composé seulement de trois rues principales :

1° Rue du faubourg Sainte-Catherine : de la porte Sainte-Catherine au Pont Cassé.

2° Grande rue du Boulevard de la Pépinière : de la porte Sainte-Catherine à la gare du Canal.

3° Petit Boulevard de la Pépinière : de la grande rue du Boulevard de la Pépinière à la petite rue du Boulevard (rue Claudot.)

SAINT-GEORGES (Faubourg)

Les rues officiciellement reconnues qui composaient ce faubourg, en 1840, étaient les suivantes :

1° Rue du Faubourg Saint-Georges : de la porte Saint-Georges au pont d'Essey.

2° Rue des Jardiniers : de la rue du faubourg Saint-Georges, à la rue de la Prairie.

3° Rue du Tapis vert : de la rue du Faubourg Saint-Georges à la Prairie.

4° Rue de l'Ile de Corse : de la porte Sainte-Catherine à la rue du faubourg Saint-Georges.

SAINT-JEAN (Faubourg)

Ce faubourg est un des plus favorisé par l'administration municipale. Il est actuellement traversé par une infinité de voies nouvelles, qui lui ont fait perdre son aspect primitif. On pourra en juger, en comparant les rues qui le composaient en 1840, avec celles qui existent aujourd'hui :

1º Rue du faubourg Saint-Jean (rue de la Commanderie) : de la porte Saint-Jean au chemin de Laxou et de Villers.

2º Rue Mazagran : de la rue du faubourg Stanislas à la rue du faubourg Saint-Jean.

3º Rue du Château Carré (rue Saint-Léon) : mêmes limites.

4º Rue du lavoir Saint-Jean : de la rue du faubourg Saint-Jean à la rue de la Commanderie. — Cette rue a la forme d'un fer à cheval.

SAINT-PIERRE (Faubourg)

En 1840, ce faubourg comptait déjà 16 rues, ruelles et impasses, sans comprendre les chemins vicinaux et les sentiers ; de plusieurs de ceux-ci on a fait des rues. Le chemin de fer l'a beaucoup modifié, à son avantage. Il a pris depuis, une extension plus grande, croyons-nous, que le faubourg Saint-Jean, à cause précisément de ses nombreux chemins, qui n'étaient pas classés comme rues et sur lesquels ne s'étaient élevées que de rares habitations. C'est surtout depuis 1871, que ce faubourg a acquis une grande importance. Ses voies principales étaient, en 1840 :

1º Rue de l'Etang : de la rue du Montet au chemin de l'étang, jusqu'à l'angle occidental du mur du jardin derrière l'hôpital militaire.

2º Impasse du Caveau : de la rue de l'Etang.

3º Petite rue de l'Etang : de la rue du Montet à la rue de l'Etang.

4º Rue du Montet : de la rue du Faubourg Saint-Pierre à la route de Neufchâteau au chemin de la Garenne.

5º Rue Pichon : de la rue du Montet à la petite rue Saint-Pierre.

6º Petite rue Pichon (rue Sonnini) : de la rue Pichon au chemin de Saurupt.

7° Rue de Bellevue : de la petite rue Saint-Pierre à la rue de Nabécor.

8° Ruelle de Nabécor : de la rue de Bellevue au chemin de Saurupt.

9° Rue du Faubourg Saint-Pierre : de la porte Saint-Nicolas au pont de Jarville.

10° Petite rue Saint-Pierre (rue de l'abbé Grégoire) : de la rue du faubourg Saint-Pierre à la rue de Bellevue.

11° Rue de la Prairie : de la rue du faubourg Saint-Pierre à la rue des Jardiniers.

12° Rue Dauphine : de la rue du faubourg Saint-Pierre à la rue de Bellevue.

13° Rue de Nabécor : de la rue du faubourg Saint-Pierre à la rue de Bellevue.

14° Ruelle de la Voûte : de la rue du faubourg Saint-Pierre à la ruelle de la Madelaine.

15° Rue de Bonsecours : de la rue du faubourg Saint-Pierre à la route d'Epinal, jusqu'au tournant.

16° Rue du Bord de l'Eau : de la rue du faubourg Saint-Pierre à la Meurthe.

STANISLAS (Faubourg)

Sans contredit, le faubourg Stanislas, tout petit qu'il soit, est devenu, depuis la création du chemin de fer, un des beaux faubourgs de notre ville. En 1840, il était très long, n'avait pas beaucoup de rues et était fort étroit :

1° Rue du faubourg Stanislas : de la Porte Stanislas au chemin de Saint-Jean (rue Saint-Lambert).

2° Rue de l'Hospice : De la rue du Faubourg Stanislas à la rue de Boudonville à l'hospice.

3° Ruelle Saint-Antoine : de la rue Mazagran à la rue de la Ravinelle.

4° Ruelle de la Rame : de la rue du faubourg Saint-Jean à la route royale de Paris.

5° Rue de Toul : de la rue du faubourg Stanislas à la vieille route de Toul devant Turigny.

TROIS-MAISONS & LE CROSNE

(Faubourg des)

Depuis 1840, ce faubourg n'a pas beaucoup changé d'aspect, sous le rapport de la voirie ; il en est autrement, quant aux propriétés particulières et aux habitations. Les rues officiellement reconnues, à cette époque, sont les suivantes :

1º Rue de Malzéville : du pont de la Citadelle au pont de Malzéville.

2º Petite rue du Boulevard (rue Claudot) : de la rue de Malzéville au petit boulevard de la Pépinière.

3º Impasse du Canal : de la rue de Malzéville.

4º Rue du Crône : de la rue de Malzéville à la Meurthe.

5º Rue du Gué : de la rue du Crône à la Meurthe :

6º Rue du faubourg des Trois-Maisons : du pont de la Citadelle à la rue de Metz au bureau d'octroi.

7º Rue Saint-Fiacre : de la rue du Faubourg des Trois-Maisons à la rue de Malzéville.

8º Rue de l'Atrie : de la rue du faubourg des Trois-Maisons à la rue Saint-Fiacre.

9º Impasse de l'Atrie ; de la rue de l'Atrie à des propriétés particulières.

10º Rue des Prés : de la rue du Ruisseau au territoire de Maxéville.

11º Rue du Cimetière : de la rue du faubourg des Trois-Maisons à la rue de Metz.

12º Rue des Glacis : de la rue de Metz à la rue du Cimetière.

Il y a à ajouter à cette nomenclature :

13º Rue Grandville : de la rue de Malzéville au manège des Pages, hémycicle de la Pépinière.

14º Rue du Bastion : de la rue Claudot à la porte Notre-Dame.

15º Rue du Jolicœur : de la rue Jean-Lamour à la rue du Ruisseau.

16º Rue Sellier : de la rue de la Citadelle à la rue Claudot.

17º Rue du Chemin de Malzéville : du pont de Malzéville, à....

18º Rue du Petit Boulevard de la Pépinière, qui doit rejoindre, un jour ou l'autre, la rue Braconnot, et en être la continuation.

19º Partie de la rue du grand Boulevard de la Pépinière, conduisant de là rue de Malzéville à la rue du faubourg Sainte-Catherine.

LISTE

DES SOUSCRIPTEURS

LISTE

DES SOUSCRIPTEURS

————

MM.

AARON (Marc), négociant, rue des Dominicains, 20, Nancy.

ADAM, premier président, à Rennes.

ADAM, rentier, 9, rue de Metz, Nancy.

ANDRÉ (François-Eugène), propriétaire, 6, rue du Manège, Nancy.

ANTOINE (Arthur), juge de paix, à Tlemcem, département d'Oran (Algérie).

ANTOINE, négociant, 100, faubourg des Trois-Maisons, Nancy.

ASHER, libraire, 5, Unter den Linden, Berlin (Allemagne).

BAILLE (Élie), rentier, 4, rue Drouot, Nancy.

BARBEY (Adrien).

BAROTTE, 55, rue des Ponts, Nancy.

BARTEL (Auguste), comptable, 133bis, rue Saint-Dizier, Nancy.

BASTIEN, libraire, à Lunéville.

BENEL, à Epinal.

BENOIT (A.), propriétaire, à Berthéleming.

BERGER-LEVRAULT (Oscar), imprimeur, 7, rue des Glacis, Nancy.

BERNARD DE TANDIN, ancien magistrat.

BERNARD, propriétaire, 19bis, rue Jean-Lamour, Nancy.

BERTIER, avoué.

BESCH.

BEY (E.), conducteur des Ponts et Chaussées, 32, rue Gouvion-Saint-Cyr, Toul.

MM.

BIBLIOTHÈQUE de l'Ordre des Avocats, à Nancy.

BIBLIOTHÈQUE PUBLIQUE (LA), de la ville de Nancy.

BLANC, ancien rédacteur du *Courrier de la Moselle*, à Nancy.

BLANCHEUR, notaire honoraire.

BONNABELLE, à Bar-le-Duc.

BOPPE (Paul), ancien officier.

BOSSU, négociant à Nancy.

BOULANGER (l'Abbé), curé de Bonsecours.

BOURGON (Léonce), 3, place Carrière, Nancy.

BRADFER (Mme Ernest), rentière, 118*bis*, rue de la Rochelle (Bar-le-Duc.)

BREIDENSTEIN (Jules), propriétaire, 10, rue Grandville, Nancy.

BRAUX (DE), à Bourcq, par Foug (Meurthe).

BRIARD.

BRUNEAU (Albert), faubourg Saint-Jean, 33, Nancy.

BUQUET (baron), rentier, place des Dames, Nancy.

CABASSE (Henri), pharmacien, place Saint-Epvre, Nancy.

CASSEÏ, propriétaire, 15, rue de Malzéville, Nancy.

CAYE, rue Lafayette, Nancy.

CERCLE DE L'ANCIENNE PRÉFECTURE (LE)

CERCLE DES NÉGOCIANTS, place Stanislas, Hôtel de la Comédie, Nancy.

CHAMPION (Justin), 18, rue de Malzéville, Nancy.

CHAPELIER (l'Abbé), Jeanménil.

CHARLOT, ancien Juge, rue des Dominicains, 5, Nancy.

CHATELAIN, propriétaire, 24, rue de Boudonville, Nancy.

COISEUR, fabricant de dragées, 6, rue Drouot, Nancy.

COLLIN, notaire.

COLIN, représentant de commerce, 25, rue Ste-Catherine, Nancy.

COLLOT (Émile), libraire, 15, rue Entre-Deux-Ponts (Bar-le-Duc).

COLLOT (Félix), curé de Saint-Mansuy, Nancy.

MM.

CORDELET (Jules-Pierre), professeur, 11, place Carrière, Nancy.

COSSERAT, marchand de papiers, rue des Carmes, Nancy.

COSTÉ.

CREMEL, directeur de l'Ecole municipale supérieure.

CUNY, architecte.

CUVIER (O.), Pasteur, faubourg Stanislas, Nancy.

DAUBRÉE, négociant, rue Saint-Dizier, Nancy.

DAVID, à Lezay.

DEGERMAIN (Jules), à Sainte-Marie-aux-Mines.

DENIS (René), 18, rue de Malzéville, Nancy.

DESLOGES, représentant de commerce, 58, rue du Montet, Nancy.

DEVILLY, conservateur du Musée de Nancy.

DIDIERJEAN (R.-P.), Cours Léopold, Nancy.

DIGOT (Mme A.), rentière, rue Montesquieu, Nancy.

DUCRET (Léon), 33, rue Stanislas, Nancy.

DUMONT (Paul), 16, place Carrière, Nancy.

ELIE (Edmond), 29, rue Montesquieu, Nancy.

ELIE-LESTTE, ancien officier.

FABVIER (Édouard), 10, rue d'Alliance, Nancy.

FÉNAL.

FERRY, rue de la Constitution, Nancy.

FRIOT, docteur, 45, rue Saint-Georges, Nancy.

FRUMINET (Prosper-Joseph), secrétaire général de l'Évêché, Nancy.

GABRIEL, rédacteur du *Patriote de l'Est*, rue des Dominicains, Nancy.

GARNIER, juge au Tribunal, à Nancy.

GEBHARD (G.), pharmacien, rue Léopoldbourg, 38, à Épinal (Vosges).

GENAY (F.), architecte, rue Baron-Louis, Nancy.

GÉNIN (André), lieutenant au 79e, à Neufchâteau.

GEORGES, négociant, rue de la Hache, Nancy.

MM.

GÉRARD (Albert), avocat à Saint-Dié (Vosges).

GERMAIN, rue Héré, Nancy.

GILLE, négociant en vins, 29, rue de la Source, Nancy.

GOTTEREAU (A.), Nancy.

GOUTIÈRE-VERNOLLE, avocat, 3, rue Sainte-Catherine, Nancy.

GOUY DE BELLOCQ, rue d'Alliance, 3, Nancy.

GOUY (J.-F.), propriétaire, place d'Alliance, Nancy.

GRANDEAU, doyen de la Faculté des Sciences, rue du Faubourg Saint-Jean, Nancy.

GRANDEMANGE (l'Abbé), 133bis, rue Saint-Dizier, Nancy.

GREFF, brasseur, rue de la Commanderie, Nancy.

GROSJEAN (Mlle Franceline), propriétaire à Pulligny, par Frolois (Meurthe-et-Moselle).

GUÉRIN (Edmond), manufacturier, 6, rue des Capucines, Lunéville.

GUERRIER DE DUMAST, Conservateur des Forêts, 38, place Carrière, Nancy.

GUGENHEIM, imprimeur, rue de Serre, 15, Nancy.

GUINET, entrepreneur.

GUYOT, usine Solvay, à Dombasle.

HAMONVILLE (Baron L.-D. D'), Conseiller général, au Château de Manonville, par Noviant (Meurthe-et-Moselle).

HEITZ, percepteur, à Vézelise.

HENNEQUIN, ancien conseiller.

HUBERT (Émile), manufacturier, à Sarreguemines (Lorraine).

HUMBERT (Lucien), architecte, rue du Point-du-Jour, 7, Nancy.

HURON, commis principal de Direction des Postes et Télégraphes à Nancy.

HUSSON, notaire à Baccarat.

ISLE (Henri DE L'), à Jeand'heure, par Saudrupt (Meuse).

JACOB, archiviste de la Meuse, place Saint-Pierre, à Bar-le-Duc.

JACQUEMIN, cafetier, 100 et 102, rue Saint-Dizier, Nancy.

MM.

JACQUINÉ (Louis-Joseph), inspecteur des Ponts et Chaussées, place Carrière, 10, Nancy.

JACQUOT (Albert), luthier, 19, rue Gambetta, Nancy.

JEANDEL, greffier du Tribunal de Commerce, place Carrière, 5, Nancy.

KELLERMANN, percepteur, à Châtel-sur-Moselle (Vosges).

LADONCHAMPS (DE), Nancy.

LADONCHAMPS (Henry DE), lieutenant au 26e régiment d'infanterie.

LADONCHAMPS (René DE), capitaine au 26e régiment d'infanterie.

LALLEMAND, 8, place de l'Académie, Nancy.

LALLEMENT, docteur.

LALLEMENT (E. P.), prêtre de l'Oratoire.

LALLEMENT (Louis), avocat, 27, rue de la Pépinière, Nancy.

LALLEMENT DE LIOCOURT (DE), rentier, rue de Boudonville, 24, Nancy.

LANGLARD, directeur d'assurance, rue des Tiercelins, Nancy.

LAMBLIN, aîné, à Nancy.

LAPREVOTE (Ch.), rue de Lorraine, 8, Nancy.

LARCHER, avocat.

LANGENHAGEN (DE), à Nancy.

LEBÈQUE.

LEBRUN (L.), avocat, Lunéville.

LEFORT, libraire, 4, rue Lafayette, Nancy.

LEGAY (C.), père, Nancy.

LEROY (Louis), café de l'Europe, 14, rue des Ponts, Nancy.

LEROY (Osvald), rédacteur du journal *La Meurthe*, 4, rue Lafayette, Nancy.

LENGLET (Paul), banquier, 38, place Carrière, Nancy.

LES FILS D'EMMANUEL LANG, Nancy.

LOMBARD, avocat.

LORRAIN (l'Abbé), chanoine secrétaire de l'Évêché, Nancy.

MM.

Louyot, épicier, 27, rue Stanislas, Nancy.

Luc, tanneur, Nancy.

Mairie de Nancy.

Marc, notaire, 2, rue des Quatre-Églises, Nancy.

Marcus (Henry).

Marly, ancien notaire à Nancy.

Mathis (Jean-Louis), directeur d'octroi, 54, rue St-Jean, Nancy.

Meaume (Édouard), professeur en retraite, 45, avenue de Neuilly, à Neuilly-sur-Seine.

Meixmoron de Dombasle, à Nancy.

Mengin (Henri), avocat à la Cour, 16, place des Dames, Nancy.

Michaut (Gabriel), propriétaire à Lunéville.

Miscault (de) rue d'Alliance, 5, Nancy.

Morizot (Arsène-Auguste), représentant de commerce, 4, rue du Tapis-Vert.

Mougenot (Léon), consul d'Espagne à Nancy.

Nettancourt (de), à Nettancourt (Meuse).

Nicolas (E.), représentant de commerce, 17, rue du Montet, Nancy.

Otteinheimer (Clémence), 7, rue des Carmes, Nancy.

Paillot (Eugène), manufacturier à Vandœuvre (Meurthe-et-Moselle).

Papelier (Albert), négociant, 24, rue de Strasbourg, Nancy.

Paquet (Jean), voyageur à Saint-Romain-en-Puy (Loire).

Parisot, ancien officier d'Infanterie à Nancy.

Passerat (Hubert), sous-inspecteur des Domaines à Langres.

Pernot, à Nancy.

Pernot (Clémence), 34, rue Stanislas, Nancy.

Pernot du Breuil (Edouard), rentier, rue du Haut-Bourgeois, 4, Nancy.

Poirson (J.), directeur des Magasins généraux, 42, rue de l'Équitation, Nancy.

MM.

Pré (Arsène), employé à la Direction du Génie, porte Notre-Dame (Citadelle), Nancy.

Prince de Balaschoff (le), Paris.

Quintard (Léopold).

Ravinel (Mᶜᵉ de), ancien préfet, Lunéville.

Regnard de Gironcourt, conducteur des Ponts et Chaussées, 5, rue Désilles, Nancy.

Renard, avocat à Nancy.

Renard, directeur des Contributions directes, 15, rue du Grand-Cloître-Saint-Pierre, à Troyes (Aube).

Renauld (Albert), avoué, à Bar-le-Duc (Meuse).

Renauld (l'Abbé), 11, place de l'Académie, à Nancy.

Robert (des), Ferdinand, villa de la Pépinière, Nancy.

Roche du Teilloy (de), rue de Rigny, Nancy.

Rousselot (Jules), négociant, 133ᵇⁱˢ, rue Saint-Dizier, Nancy.

Saint-Joire, (René), avocat.

Salzard (Léon), négociant, 108, rue Saint-Dizier, Nancy.

Schott (Louis), négociant, 133ᵇⁱˢ, rue Saint-Dizier, Nancy.

Schneider, avoué, 18, rue de la Ravinelle, Nancy.

Serot, fils, rue de la Monnaie, 8, Nancy.

Serot, père, rue de la Monnaie, 8, Nancy.

Sidot frères, libraires à Nancy.

Simonin, ancien conseiller à la Cour, 36, place de la Carrière.

Société de Géographie de l'Est, Nancy.

Sonrel (Jules), vins en gros, 17, rue du Haut-Bourgeois, Nancy.

Staemmel (l'Abbé), secrétaire à l'Evêché.

Staub, fabricant de pianos, 113, rue de Toul, Nancy.

Thibout (L.), propriétaire, aux Normands, Saint-Loup-Terrier (Ardennes).

Thiébaut (Jules), entrepreneur, rue de la Commanderie, Nancy.

Thiéry-Solet.

Thiriet (l'Abbé), professeur au Séminaire.

MM.

TOURTEL, rue de Metz.

TRESSE (Octave), voyageur, rue Saint-Dizier, Nancy.

TURINAZ (Monseigneur), évêque, Nancy.

VAGNER (René), imprimeur-libraire, 3, rue du Manège, Nancy.

VALENTIN (le docteur), rue des Ponts, 16, Nancy.

VERGNE, notaire honoraire à Nancy.

VESQUE (Edmond), pharmacien, 29, place Carrière, Nancy.

VIENNE (Hoe), 6, rue d'Alliance, Nancy.

VIENNE (H. DE), ancien magistrat, 6, rue d'Alliance, Nancy.

VOINIES (Auguste), économe de l'École Saint-Sigisbert, 11, place de l'Académie, Nancy.

VOLFROM (E.), négociant, 117, rue Saint-Dizier, Nancy.

VOLLAND (Adrien), maire, 20, rue de la Ravinelle, Nancy.

WARREN (Vicomte DE), ancien capitaine, 3, place de l'Arsenal.

WEISSENTHANNER, fabricant de confitures, 6, rue des Fabriques, Nancy.

WIENER (L.), ancien négociant, rue de la Ravinelle, Nancy.

WILD (Émile), Consul de Suisse, Nancy.

WILD (Marc), négociant, rue Saint-Nicolas, Nancy.

WILLEMIN, ancien notaire, à Saint-Nicolas.

WŒLFLIN (Jean-Michel), notaire honoraire à Nancy.

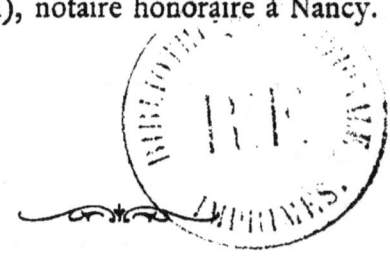

TABLE DES MATIÈRES

PLACES

(Suite)

PROMENADES

PORTES

LES FAUBOURGS

FIN DU TOME TROISIÈME

ERRATA

LES RUES DE NANCY

DEUXIÈME VOLUME

Page 220, note (2), *au lieu de :* « Il est aujourd'hui la propriété de M. d'Archambault, de Toul. — *Lisez* : La propriété de M. Costé.